U0486438

昨日楼台

老建筑的文学追忆

马力 著

中国社会科学出版社

图书在版编目(CIP)数据

昨日楼台：老建筑的文学追忆/马力著.—北京：中国社会科学出版社，2014.10

ISBN 978-7-5161-4988-1

Ⅰ.①昨… Ⅱ.①马… Ⅲ.①散文集—中国—当代 Ⅳ.①I267

中国版本图书馆 CIP 数据核字(2014)第 241850 号

出 版 人	赵剑英
选题策划	小 颐　王 磊
责任编辑	王　磊
责任校对	林福国
责任印制	王　超

出　　版	中国社会科学出版社
社　　址	北京鼓楼西大街甲 158 号(邮编 100720)
网　　址	http://www.csspw.cn
	中文域名：中国社科网　010-64070619
发 行 部	010-84083685
门 市 部	010-84029450
经　　销	新华书店及其他书店
印刷装订	北京君升印刷有限公司
版　　次	2014 年 10 月第 1 版
印　　次	2014 年 10 月第 1 次印刷
开　　本	787×1092　1/16
印　　张	35.25
字　　数	398 千字
定　　价	98.00 元

凡购买中国社会科学出版社图书，如有质量问题请与本社联系调换
电话：010-64009791

版权所有　侵权必究

目 录

自序 /008

辑一 古庙 /001

白马寺 /002
少林寺 /006
法王寺 /009
相国寺 /012
嵩阳书院 /015
中岳庙 /018
赤山法华院 /021
灵岩寺 /024
汇宗寺 /027
开元寺 /033
承天寺 /037
南华寺 /041
云门寺 /045
皇泽寺 /050
宝华寺 /053
宝光寺 · 升庵祠 /057
南普陀 /060

娲皇宫 /062
黄粱梦 /066
草庵 /069
布达拉宫 /072
大昭寺 /074
哲蚌寺 /076
扎什伦布寺 /078
白居寺 /081
塔尔寺 /084

辑二 古墓 /089

大禹陵 /090
茂陵 /092
乾陵 /095
宋陵 /098
德陵 /100
西夏王陵 /102
关林 /106
洛阳古墓 /109
方以智墓 /112
廉颇墓 /115
春申君墓 /117
鲁肃墓 /119
小乔墓 /121
海瑞墓 /123
五人墓 /125
黄公望墓 /131
郑成功陵墓 /134
靖江王陵墓 /139
阿斯塔那古墓 /142

昭君墓 /144

辑三　古关 /151

山海关 /152
居庸关 /156
剑门关 /161
娄山关 /165
阳关 /167

辑四　古城 /171

昭化 /172
长汀 /175
佗城 /179
凤凰 /184
沅陵 /188
芷江 /193
通道 /198
道县 /201
富阳 /204
鸡鸣驿 /209
平遥 /213
安阳 /216
广府古城 /220
高昌故城 /223
交河故城 /226

辑五　古窟 /229

云冈石窟 /230

麦积山石窟 /235
莫高窟 /242
榆林窟 /248
柏孜克里克千佛洞 /252
大足石窟 /254
响堂山石窟 /258

辑六　古楼 /265

黄鹤楼 /266
岳阳楼 /269
披云楼 /272
浔阳楼 /275
樊楼 /278
花戏楼 /281
赤嵌楼 /285

辑七　古台 /289

丛台 /290
越王台 /293
严子陵钓台 /296
观星台 /301
郁孤台 /303

辑八　古亭 /307

兰亭 /308
烟水亭 /311
三醉亭 /314
仙梅亭 /317

沧浪亭 /319
燕喜亭 /323

辑九 古阁 /327

天心阁 /328
滕王阁 /331
蓬莱阁 /337

辑十 古矶 /341

采石矶 /342
东坡赤壁 /346
周郎赤壁 /350

辑十一 古宅 /355

王羲之故居 /356
李贽故居 /359
李鸿章故居 /363
翁同龢故居 /367
康有为故居 /371
黄遵宪故居 /374
曾朴故居 /379
胡适故居 /386
青藤书屋 /391
三味书屋 /394
百草园 /396
青云谱 /400
关西新围 /404
留余堂 /409

会老堂 /414
陋室 /418
华祖庵 /422
卢宅 /426
尚书第 /431
承启楼 /435
蔡氏家宅 /439

辑十二 古园 /447

沈园 /448
介寿堂 /450
清华园 /456
香花墩 /463

辑十三 古镇 /471

周庄 /472
同里 /478
盛泽 /482
锦溪 /485
木渎 /488
南浔 /492
枫泾 /497
磁器口 /500
三河镇 /503
暖泉 /510

辑十四 古桥 /517

洛阳桥 /518

　　　　五里桥 /521
　　　　学步桥 /524
　　　　弘济桥 /527

辑十五　古塔 /531

　　　　慈氏塔 /532
　　　　崇禧塔 /534
　　　　苏公塔 /537
　　　　银山塔林 /539

辑十六　古坊 /543

　　　　棠樾牌坊 /544
　　　　许国石坊 /547

自 序

  中国文化的一部分是在建筑上面的。亭台楼阁虽不缺少实用的功能，主要的似乎还在它的观赏性，放在山水间，借着风景的衬托，就更入眼。一个中国文人，写了一辈子，他的作品里，总会有一些关于建筑的文字。

  我在伦敦，望着泰晤士河畔的中古时期的城堡，觉得它是沉重的。我的目光喜欢落在轻缓流着的河水上。我想起了湿漉漉的江南，粉墙乌瓦的老屋，同清浅的泉溪融成了画，看多久，心头也是舒朗的。

  中国的古人创造出多种建筑形式。飞檐、鸱尾、雀替、歇山、额枋、藻井，在西方建筑中看不到，这是中国式的建筑美。走进青山翠谷，望见绿丛中忽然闪出一片僧寺暗红的墙影，不待钟鼓响起，心就醉入诗境。"远磬秋山里，清猿古木中"、"小院无人雨长苔，满庭修竹间疏槐"，唐人的吟咏，都由四时景物触发。建筑物在风景里扎了根。

  中国的古迹连着历史，承载的文化遗产受了千年风雨而不灭。苏州园林的出名，在营造的工巧之外，拙政园、沧浪亭主人寄托的襟抱、情致和趣味，暗含在堂榭亭馆、竹荷溪石间了。梵宇琳宫深藏名山，佛道气象又是人间的大观。高壁阔院的格局分明远借皇宫帝阙的建造手段。宗教的力量岂止限于一角山林？繁多的石窟、陵寝、祠堂、庙塔、摩崖，成了常睹之物。至于额上檐下的木雕石刻，留着无名工匠的技艺，品赏，能够微感着先人的指温。假定把它们滤去，目光所触的一切就单薄了，无味了。

我在旅途中写下的文字，记着这些由砖瓦木石组构的文化符号。

我的办公室北边，有一条赵堂子胡同。三号院里住过的朱启钤，是享大名的古建筑学家，单士元先生对我讲起他，很佩服。因为钦敬，我常常流连其门阶前，也进到里面看过。已经成了一个大杂院，轻抚着回廊和垂花门，我尽力浮想着旧日光景。中国营造学社曾设在前院，现今也是故迹难觅了。

我前些年为旅游而忙，神州之域的风景也还没有完全看罢，非不为也，是不能也，因为实在是太多了，希求"芥子纳须弥"就成为至难，甚而近于痴人说梦。近日脚板是慢慢地歇下了，由户外的游转为室内的写。文字似乎比砖木之筑更能耐久。

山西悬空寺的栈道上立着四个字：公输天巧。我的文字虽够不上"天巧"，辑为一册，却不负我半生的行走。

辑一

古庙

雄视千古的寺宇，无声地叙说沧桑。

白马寺

汴洛多佛迹。少林寺为禅宗祖庭，可算天字第一号。我已另有文记过，故无妨在这里略去。离寺，过少室、太室两山间的辕辕关，奔往西北的白马寺。古关不存，漫漫山道上，大禹理水的传说还常常被人说起。忽然想到家里挂着的《老子出关》那幅画。若骑在青牛背上在嵩邙陵谷间缓行，流览沿路风物，何等悠闲！朱自清说"悠闲也是人生的一面"，诗意正该不浅呢。

此际崖上是迎着艳阳而泛出新碧了，在气象上表露着蓬勃与跃动。覆在山上的那层灰黯渐渐褪去。清明刚过，距谷雨也不远了，豫中的春天，应该是这种颜色，岂可流于毫无点缀的枯淡？我就记起那年四月里来游少林的情形了。山景和庙貌不见变化，老去的只是我的容颜。

行至洛阳城东的郊野。张恨水说管鲍分金的典故就出在此处，寺西数里尚有名为"分金沟"的车站。中原古地、黄河岸边，随意指去，就可讲出一段故事，正好供我掇拾。站在午后的天底下把四外一望，村舍横斜于廓落的田垄里。邙山洛水之间，哪里去寻一点周汉魏晋的残迹呢？昨日走中牟，看人遥指平野述说官渡之战，千年烽烟都逝，谁能道尽兴亡旧事？

中国的僧刹，差不多是固守同一法式来建的。白马寺并无例外，挑出它的特殊之点倒不容易。我只能说些比较的话。看过嵩山之麓的中岳庙，白马寺便显出格局的稍逊。殿廊的高矮、院舍的深浅在中国的梵宇里应算普通，同少林寺来比，略无相差。大雄殿供毗卢遮那佛，文殊、普贤陪伴左右，华严三圣虽近在眼前，犹如远踞神秘的彼岸。那种平和安详的表情仿佛在建寺初年就凝定了，永无改变。十八罗汉静守在两厢的暗影里，神温和而貌清秀，不似一些地方的罗汉胖大。护法的伽蓝菩萨执一杆戟，有天王的眉目而猛气胜过手握金刚杵的韦驮。看众神，我有点无动于衷，盖因都是非人间的。能牵我情的，是引白马负经籍远来中土的摄摩腾和竺法兰。两位高僧是在寺中永眠了，又仿佛在深墓里做着各自的清梦。觉苑的风晨雨夕，和他们的精神融在一起。圆大的坟茔分立于山门内的东西，古德的灵魂远离冢中枯骨而翩然飞升。我绕墓一走，可说高山仰止。碑勒僧像，算是投在石上的最后一点影子。无缘睹其真面，看看线刻小像，亦聊可慰情。镌诗，唐太宗李世民题。"青牛漫说函关去，白马亲从印土来"一联尤妙。有他的抒咏在，天竺之僧的名气更非寻常。

考寺史，可谓触到中土佛教的源头。《理惑论》里写着的聊备一说，是：

昔孝明皇帝梦见神人，身有日光，飞在殿前，欣然悦之。明日博问群臣，此为何神。有通人傅毅曰："臣闻天竺有得道者，号之曰佛，飞行虚空，身有日光，殆将其神也？"于是上悟，遣使者张骞、羽林郎中秦景、博士弟子王遵等十二人，于大月支写佛经四十二章，藏在兰台石室第十四间。时于洛阳城西雍门外起佛寺，于其壁画千乘万骑，绕塔三匝。时国丰民宁，远夷慕义，学者由此而滋。

另有类近撰录于寺碑上，云：

汉明帝永平七年甲子，四月八日，帝寝南宫，夜梦金人，上因君臣之对，遂使人至西域求佛道，乃得摩腾竺法兰，帝大悦，至十四年辛未，敕于西雍门外，建白马寺以居之。

我只是觉得这些记在书里、刻于碑上的字，出处虽是两样，却足可说明这座古寺的来历，才不惮烦地选抄。

腾、兰二僧将释典引进，在儒道之外添入新的文化精神。中土素无宗教的历史就此一变。洛邑清梵含吐，天花乱坠。张中行讲过，佛陀之教一来，民众就有了"睁眼似可见，闭眼似可得，力大到绝对可靠"的精神依凭。此种信仰，比"道家设想的逍遥，宋儒设想的孔颜乐处之类"更能亲近日常生活。跨入释门的善男信女，在心灵的润化中暂时忘却了俗世的悲苦，释迦的影响也就超出孔聃。清人"孔丘老教所到处，无不有佛教。佛教所到处，孔教或不到"，表明的大约是同样意思。

寺的前后立了那样多的佛、菩萨，所谓"百丈金身开翠壁，万龛灯焰隔烟萝"的气象盛矣。踏过松影晃动的砖阶，转到接引殿后面的清凉台。供在台上配殿里的，是腾、兰二人的塑像。竺法兰较摄摩腾的面相稍老，不知道是照着什么画像造出来的。我看佛塑，总难感味人间情趣，仿佛一经装点，生命也就僵死了。殿前分植的千年圆柏仍颇畅茂，看那苍绿的枝叶，我宛如见着两位尊师未朽的筋骨。

佛法在中土初兴，译经是大举。毗卢阁的后壁嵌着历代石刻，腾、兰二位高僧共译的《佛说四十二章经》在其中，为首部汉译佛经。倚墙的经橱甚高大，漆色黯旧，里面尽存佛理教义吧。层台芳树间，久印着他俩苦译佛典的劬劳之影。东汉以降，敷畅译经，亦多在这座汉魏都城。《洛阳伽蓝记》里有"永宁寺"一节，杨衒之"绣柱金铺……宝铎和鸣"的话，摹绘出耸峙于赫赫释藏后的浮图壮概。岁月久远了，光景还能依稀浮想得出。梵呗咏歌，敷弘释学，洛阳成了一座佛都！曾聚九朝京师的王气，也淡若轻烟一缕。

法宝阁、藏经阁占了寺后很大一片地方，殿堂的里外全是新葺的。到上面一看，浮艳炫目，同旧有的清凉台一比，反失颜色。

寺中松荫下，安坐一位穿黄色僧袍的和尚，喝着茶，细眯双眼，似在淡品众香国的深味。对我讲起汉明帝永平求法的遗事，如叙家常。执掌东汉朝政的刘庄，在他口上仿佛一个熟友。

未及转遍院内每一角落，就迈出寺门。两旁的石马是从别处移来的，附会得真是恰好。朝东南不远处举目，将逝的霞辉把齐云塔映得朦胧，望去恍若缥缈了一些。在随来的黄昏与夜中，只剩了薄薄的影。晚风一吹，叫我很想细听塔檐下如吟的铎声。

昨日楼台 老建筑的文学追忆

钟磬沉宏。翠微中，一片悠远的回声。嵩山深处的名刹，引发关于佛史的忆想。

少林寺

　　鲜卑崇佛，北魏孝文帝筑寺于少室之林，南天竺人菩提达磨落迹修禅。禅法下传，五祖弘忍之后，南能压过北秀。六祖慧能所倡南禅又分门别户，以至族谱更杂，续出五家七宗。

　　夜雨歇了，寺前的山溪涨满水，流出一片清响。五乳峰浮坠着铅灰色的湿雾，鲜润的空气弥漫在初春的早晨。

　　寺门深闭。数株细瘦的柏树在阶前遮出一片翠荫。钟鼓楼的飞檐斜出寺墙，不见一院的宝殿崇阁，大雄之气竟先领受几分。

　　待到山门一开，衲僧卖票迎客，清净山林纷纷扰扰，莫安其居。身如临朝市，心还能定于一吗？释家的四谛之义也就烟消云散了吧。

寺中多碑。苏黄米蔡的书迹都有。"仙游二蔡"均擅书，在这里的，是力倡"丰亨豫大"的蔡京而非蔡君谟。明代《混元三教九流图赞》碑，线刻释迦、老聃、孔丘像，恰好看出佛道儒的融合。唐肃宗"佛教见性，道教保命，儒教明伦"，可说言必有中。天王殿、大雄殿、藏经阁是中国建造寺院的通例。有堂皇的"三宝殿"在，一座梵刹的骨架就搭成了。同中所存之异，是立雪亭。慧可向达摩求法，断臂明志，终成禅宗二祖就在这里。慧可，虎牢人（我后来从白马寺返郑州，曾过荥阳虎牢关），其家离嵩山不远。此种付法传衣，也只是来于"据说"，又似乎比达摩入洞冥思真实些。寺中《达摩面壁像》碑，题数行字："两只突眼，一嘴落腮……道是渡苇江上客，一花五叶只今开。"活画出达摩本来面目。我朝五乳峰上的达摩洞望望，那块面壁石真能看出什么影子吗？张中行说这位禅宗初祖入嵩山面壁"像是也出于误传，因为他提倡的壁观禅法是心观，与面无关"。虽如此，隐修者的寂定之心却是可佩的。

禅武一宗。十三棍僧救秦王之举，使少林寺出了名。带着李世民感情的《告少林寺主教》碑，立于寺中。千佛殿的砖地上，几十个脚坑深深浅浅，是历代寺僧站桩习拳的遗痕吧。山中多设武馆，释风之外，武技盛矣。

我编辑张中行散文集《步痕心影》时，读到他写少林寺的文字。张先生游寺，"印象深的是寺门内那几棵粗大的银杏树，也是因为思古，坐在最大的一棵的根部留了个影"。这张照片后来放进他的《留梦集》。我不近禅，亦不亲僧，将殿阁稳稳的姿影略微打量后，找到这棵银杏。古树被铁栏围住，不能抚而兴叹。

寺西，一片墓塔，若林。越千年，塔身如故，犹似看见众僧生时禅

塔林幽静，一丝风也会扰醒沉眠的僧魂。

寂的影子。游山之人涌入，带来嘈杂。过去，这里是安静的。

　　禅宗六祖，无一瘗骨嵩岳。二祖慧可、三祖僧璨都入皖，一憩岳西司空山，一憩潜山天柱山。四祖道信、五祖弘忍都进鄂，同在黄梅坐蒲团。一眠破额山，一眠冯茂山。六祖慧能则在广东曲江。禅风是向着南方去了。

　　把少林寺放入佛史看，才有意义。

古塔，在风雨中站立，与岁月对峙。

法王寺

跑遍中国的名山，不见庙宇的能有几座？古时的那些人，仿佛不造些佛寺道观就枉对一片山林，华岳的胜概岂不虚掷？

来看嵩邙之间吧。洛阳白马寺的兴修年代与佛教入中土同时。张中行说："寺有高名，是因为在中国建佛寺的历史上，它排名第一。"住在白马寺中译经的天竺僧人竺法兰，又东南行，于嵩岳太室山玉柱峰下筑造法王寺，或可在中国寺史上居次席吧。

入山数里，方能行抵法王寺。寺址仍是东汉的。殿堂多为清代重葺。近来好像又加修缮，雕栏玉砌，古旧之气殆尽而一片明灿。近两千年前，

它的落成之日，也是这样华焕吗？竺法兰是嫌洛水之滨的白马寺太缺少清静山林气吧，才穿越如障的峰峦，沿着辕辕关的古道，寻到了嵩岳深处。那时节，这里只是一片郁郁葱葱的山野，群禽在飞，百兽在跑，漫山都是碧透的流泉，遍岭都是繁艳的鲜花。竺法兰畅吸着清润的空气，山间的风也是甜爽的。西域沙门跋陀还没踏入北魏的疆界，菩提达磨也未乘苇渡来，哪里有少林寺的钟磬和禅家的梵呗？竺法兰是在嵩山焚升第一缕佛香哟！这最初的觉苑，这如梦的仙陀！不畏途远的朝山者，仰观圣境，放缓急切的脚步，动情于彼岸的静逸和闲寂，华丽与堂皇，转瞬就将十丈红尘从心头滤尽。

　　我的这段话，仿佛写给法王寺的献辞，大约是宜于放到舞台上来高诵的。写到别处山寺时，我不曾这样动情。我真的被法王寺周围的山景魅惑了。竺法兰择此造寺，佛眼的神力是叫人称奇的。"嵩山第一胜地"的赞语不落到法王寺，谁家担得起呢？忽见天底下耸峙秀逸的双峰，凹下的缺处，便如洞敞的阙门，中秋的圆月恰能落在中间，宛如美人入怀般的好。大雄宝殿前的紫金莲池里，一汪碧水漾得粼粼，"口吐金莲"的故事仿佛又被寺僧缓缓道出，且依稀看到二祖慧可临池说法的影子。我抚栏东眺，所谓中岳八景之一的"嵩门待月"正在这里。携酒设肴筵，飞觞吟素娥，当属赏心乐事。遥寄愁心与明月，又是古来的诗境。可惜不逢皎好的清夜，就来闭目浮想为骚客所歌的美景良辰、可人风月吧。坡上一座半损的唐塔，还在那里支撑。换了罗哲文来，会不辞疲累，登而细览吧。倚塔望月，另是一番光景呢。

　　法王寺的近邻是嵩岳寺。这座北魏之寺的里外殆近坍圮了。可是今人仍然记得武则天和高宗游山时，把这里当成离宫的旧事。存下的是一座古塔，和法王寺塔隔岭互望。塔为密檐形制，如果给中国的密檐式砖塔排名次，当以它为第一。不只塔的年代久，而且白居易曾游过，留下五律《夜从法王寺下归岳寺》，里面有吟赞它的诗句："双刹夹虚空，绿云一径通。似从忉利下，如过剑门中。"塔体粗大，淡黄色，很柔和。密檐层层高上去，连向刹顶。衬着塔身的，是明蓝的天。说到我自己，向来有登塔的偏好。这座塔的木梯已毁，无以上。我只有朝上望。八面壁龛浮雕精美的莲瓣，是缀饰的璎珞，是娑婆世界繁盛的香花。百丈浮屠，在云间透散着雄健的风骨而又带些柔婉的气韵。一缕光线从顶上照下，不挂沧桑的古塔，退去它的衰容，永世年轻。

连荫的翠柏之间，昔年该掩着多少朱殿碧阁！几乎都化为空无。我就叹口气。想到与时光相比，木石之筑尚且难支，人力更是微弱了。寺院荒弃，这样一座塔却留下来，像是一段枯瘠的躯骨，默守山中的死寂，那样的安安静静，实在是带着不灭的佛性，甚至是一点遗世独立的傲气。我如同看到那棵青色的菩提树，眼前飘过五彩的瑞云，身旁吹来轻柔的香风。这澄净的圣界中，结跏趺坐释尊之身。恍惚的幻象闪动着，我暗自祷念这未朽的古塔能够在风雨中挺过更久的岁月。

汴水长流，殿堂上空，飘响阵阵唱偈声。

相国寺

开封相国寺，旧为信陵君家宅。我痴于历史，若说对这位魏公子无忌尚有佩服的地方，也在他矫夺晋鄙兵，击秦救赵那一段。郭沫若的五幕史剧《虎符》正是它的演义。朝更代易，院舍早非昔日模样，入内，还能浮想大梁盛景，仿佛听到三千食客放情的谈笑，己身也似在战国七雄间纵横。

入城，过龙亭、天波府，又转包公祠。碧瓦朱甍，皆古式楼殿。大宋气象从一片平矮民宅中显出。包拯名气大，敬祭他的祠却不堂皇。祠后一片水，名为包公湖。傍岸植花，叠石，筑亭，可供登眺。波影也衬着湖东的相国寺，一片鳞瓦在春阳下闪光。过到近前一看，人多车稠，寺旁是个大市场。宋时大约就是此番光景。书上说，寺内有市，四方商旅来汴京贸易。过万之人相聚，盛比庙会。郑振铎来游，说："旧的封建遗存物死去了，属于人民的大市场正在兴起，那繁华的景象一定会远远地超过《东京梦华录》所记载的。"孟元老在书里有"相国寺内万姓交易"一节，写出汴京喧阗景象，恰可同张择端的那幅《清明上河图》相仿佛。北京的报国寺，一样热闹，终日静不下来。顾炎武选在那里住下，不知道是怎样想的。

寺史可溯至北齐。我入大兴安岭，看过鲜卑祖先的嘎仙洞，可说寻到拓跋氏的根。十六国的乱局终归一统，北魏之功大矣。鲜卑崇佛（太武灭法除外），从平城到洛阳，筑寺凿窟，极一时之盛。武周山和龙门山成了石佛的天下。废东魏而起的北齐，命虽短，尊佛和前朝却是一样的，汴洛之地便又多了这座相国寺。越千年，旧筑毁废，代有修缮。供今人游而观之的，多留清朝工匠的手技。天下梵宫看得多了，每游庙，并无触动。相国寺的八角琉璃殿却有它的不俗处，形制虽未及大雄宝殿饶具威势，总也有特别的地方吧。千手千眼观世音像静立殿中。以整根银杏树为材，雕刀来去，观音大士的眉目也就宛然。这一尊，不及承德普宁寺大乘之阁内的千手千眼观音菩萨高大，造艺的精细犹过之。我游罢普陀山，始知观音变相多至三十三种，男容女态，各尽其妙，放那样多手眼上去，总觉得过于繁密，仰观，深感浪漫而不敬畏。人所崇奉的四大菩萨里，救苦的观世音最能恤民，经了雕工画匠的巧手，也就最亲近艺术。妙庄玉女落户这里，为相国寺添些娴淑气。

我无缘往生清净庄严无量妙土，还是不念大悲咒而读《水浒传》吧。法名智深的鲁提辖闹过五台山，自往东京，在相国寺中重挂搭，弃禅杖

戒刀而守起菜园蔬圃。来到寺前，花和尚一惊——端的好一座大刹！

　　山门高耸，梵宇清幽。当头敕额字分明，两下金刚形猛烈。五间大殿，龙鳞瓦砌碧成行，四壁僧房，龟背磨砖花嵌缝。钟楼森立，经阁巍峨。幡竿高峻接青云，宝塔依稀侵碧汉。木鱼横挂，云板高悬。佛前灯烛荧煌，炉内香烟缭绕。幢幡不断，观音殿接祖师堂；宝盖相连，水陆会通罗汉院。时时护法诸天降，岁岁降魔尊者来。

　　小说家言，极显"大相国寺天下雄"的不凡气象。鲁智深倒拔垂杨柳，真罗汉身体、千万斤气力同弘盛的寺景配得上。我猜想，立寺都邑，把净坊由山林迁至里巷，哼哈二将如守普通街门，在花和尚看，也会觉得家常气过浓吧。

　　不入山林，也能礼佛诵经，形迹虽处世间而心已脱略俗常的牵缠。我迈进寺门，心就静了，所谓澹泊而致爽是也。寺中一潭水，卧桥，同文庙的泮池仿佛。《无量义经》："法譬如水，能洗垢秽。"《庄子·德充符》引仲尼语："人莫鉴于流水，而鉴于止水。"儒释道走的是一个路子。

　　向晚，池面粼粼的波光融入渐浓的暮色。我默看自己浮映于水中的清影，正该把白乐天传世的名句轻声吟出："汴水流，泗水流，流到瓜洲古渡头，吴山点点愁。"这寂然的古寺哟，这老去的汴都！何时听得见"相国霜钟"呢？

宋时的书声还回荡在嵩山的幽谷间吗？程朱理学的教义，生命和森茂的古柏一样顽健。

嵩阳书院

中国古时的书院，多建在清幽的山间。嵩阳书院就于太室山中立身。相傍的少室山里出过少林寺的武僧，名气之大似在青衿之上。

嵩阳书院择势颇高，望去如一片台阁，全笼入深碧的树色里。清凉，幽静，是个读书的地方。讲经论籍的盛景远在宋明两朝。数百生徒以孔孟道统、程朱理学相砥砺。程颢、程颐、范仲淹、司马光在讲堂授业，皆资深望重。弟子诵其书，闻其教，可说如坐春风。院以人名，它在宋初四大书院中居一席，实有根据。

北魏，这里是一座寺，嵩阳寺。院中两棵汉武帝游山时封的将军柏，

四千多年了，还活着。《古诗十九首》"庭中有奇树，绿叶发华滋"，仿佛是吟赞此树的。据传，司马光的《资治通鉴》在这里编撰，绿荫也润他的史笔。或曰："后人就柏而置嵩阳书院。"不如说是远借汉武的声威。汉儒治经，偏重训诂，宋明儒家则由经义之学而演说天人性命之理，颇有异同。说到濂洛关闽四家，周敦颐的濂溪、程氏兄弟的伊水、朱熹的武夷山，我多游而赏之，也算履其行迹。对于他们所倡的学理，却终隔一层，总不如《爱莲说》和《洛神赋》入心。

院中之筑，较少佛寺道观的气味，亦不甚华焕，可算平屋素室了，却浮漾一种静穆之气。凿泮池，架石桥，文庙通常都置这一景。池北为道统祠，立多尊圣像。儒学也有家传，诸像是照着这个统系布设的，由尧舜禹，而汤，而文武周公，而孔孟。壁画图解道统之传：尧帝巡狩、大禹治水、周公测景……夏禹劈嵩岳而导洪水，周公立圭表而正日影，在山中都有旧迹可寻，就不感到邈远。

不闻"子曰诗云"的讲诵之声。藏书楼还在，好像在为书院正一点名。典章要旨、经史义理皆有可观。橱内存一方武则天金简（我后来在河南博物馆看到原物），是本县一位农民在峻极峰上拾到的。简上刻字，记武后游中岳，投简乞求山神免罪，以保大周江山永固之事。《资治通鉴》有武则天嵩山封禅一节。司马光在山中静室中写她，何种心情？

程门立雪是久传的典故，它的教化气还在院中飘散。二程弟子杨时、游酢为请益，在讲堂前静候"偶瞑"的老师，"颐既觉，则门外雪深一尺矣"。这一则，和少林寺中神光雪夜向达磨求法的故事何其相似。只是这位法名慧可的禅宗二祖断臂明志之举，在宋儒那里不知会怎样衡估。少林寺内的立雪亭尚在，嵩阳书院里的立雪亭，毁圮了。在嵩山深处游观故址，可知西天之佛、东土之儒虽处世界的两端，求识精神的强韧却是一样的。

书院内外立碑多通。北齐造像碑、黄庭坚诗碑、大唐嵩阳观纪圣德感应之颂碑，均是可珍之物。后一块甚高大，权臣李林甫撰嵩阳观道士孙太冲为唐玄宗炼丹故事。碑文出自奸谀之笔，徐浩所书唐隶却姿态横生。访书院，我有幸看到这些存世墨迹，可算意外之获。在我，观规整碑碣不及赏散逸摩崖。我更爱看湖南浯溪的《大唐中兴颂》石刻。

植杏为坛的一处旧迹近在碑前。花开过。韩愈："明年花发应更好，道人莫忘邻家翁。"来年春日，置酒此树下，我很想看见细雨清风中飘落一片香雪似的闲花。此等襟抱，直追栖遁山南逍遥谷中的田游岩。枕泉石，醉烟霞，朝夕面对飞泉蔓草、鸟影苔痕，守正的儒风恰同隐逸的道气浑融。

嵩岳高峻，给了雄狮威严的表情。

中岳庙

　　五岳多为道教神占据。恒山会仙府、泰山岱庙、衡山南岳庙和嵩山中岳庙，帘帐后面，皆端坐一位戴冕旒、垂长髯的金面山神。诸帝游山祭岳，在众神之前也会折腰吧。岳神是被当做人间之圣来盛祭的，处身的殿宇比起三清山那里简素的道教玄宫，可以称为华观了。山间筑岩堂，流泉、奔瀑、云烟，霞彩中浮隐着飞甍崇阁、龙栋凤梁，如睹天尊圣迹。持诵炼度之时，心游玉牒金书、丹简墨箓，颇撩动慕仙的畅想和礼神的情致。

　　中岳庙的坊额题了四个字：依嵩、带颍。北负苍苍嵩山，南临汤汤颍水，正是它的所在。太室雄哉，秦汉魏晋、宋元明清，历朝修庙者，堪舆的眼光是相近的。

中岳庙颇似紫禁城。我在遥参亭看天中阁，如望宫阙。峻极殿前矗一方碑，题"岳立天中"四字，仙家气韵十足。或曰："嵩高正当天之中。"比起素享"天齐"之誉的泰山，毫不相差。在庙中，门、坊、殿，多取"峻极"这两个字。嵩高峻极，把祀神的观阙兴修于此，才不辱山尊。

过配天作镇坊，是崇圣门。尊神为圣，又证明着我在前面说过的话了。因崇道而敬畏山神的是宋太祖赵匡胤，"中天崇圣大帝"的名号即由他所封。我看这位道君在峻极殿中高坐，手控天衡、俯视人寰的样子，不觉其威。"祭神如神在"，康熙、乾隆、咸丰三帝都为这座大殿题了匾。天纵之英对岳神也是恭谨的。我不近佛道，故每入庙，全不跪拜。"子不语怪力乱神"，我无缘亲受孔教，只是觉得，供位上的神佛同我的生活总是太远了。

木泥神像在人的奉仰中若显灵异，并非因此有了力量，有了美。

人神相杂，陪岳神而山居的，文臣是寇准，武将是关羽，皆入道教鬼神庞杂的谱系。打成一片的还有一些民间俗神。我看几眼，感到乱。

峻极殿东侧背静处，是寝殿，中岳神夫妇歇眠之所。在庙宇里建寝殿，大约算个孤例。中岳神木雕像卧在床上，睡去了。这就更添些世俗气味。我和张守仁从寝殿出来，都笑了，觉得中岳大帝仿佛有影可寻。

峻极门的阶前，立碑，这是两块地理性质的石刻，勒篆体五岳之图。碑志不离弘道法、明教义、记灵应、显神迹之辞。均为明代碑。一记西王母授汉武帝五岳图，一记修道之士携图出行，可避木石之怪、山川之精，百神群灵，尊奉亲近。仙家道士视《五岳真形图》为神符，亦非随意外传。这里面有一个充满智慧的故事：宋真宗大中祥符六年增修中岳庙。淮南

书生郑雨田恰好经过殿试中了状元，皇帝要选其为婿。御史翟贵北作梗，让真宗传旨，令雨田在中岳庙完成"举目观看五岳山，百步登完四岳殿"的工程，限期三个月。雨田愁苦无策。幸得赶考路上救过的三个穷工匠帮助，才解了难。工期已到，宋真宗带文武百官游庙。走出峻极门，雨田指着一块碑刻，让皇帝细看上面雕制的五岳真形图；又领他登上东西对称而筑的四座殿堂，殿门上分别高悬"东岳泰山殿"、"南岳衡山殿"、"西岳华山殿"、"北岳恒山殿"的金匾。真宗满意而笑。污吏翟贵北计穷力竭，被御林军严办，剁了舌头。这些不过是传诵在百姓口头上的故事，与庙史无关，可是和碑铭上记载的仙道意味很浓的五岳传说相比，要生动得多，有趣得多，值得一听。

　　古神库是用来放置祭器的。镇库的四个宋代铁人铸得好！形貌皆近武士，比自然神更富人间情味。我轻抚一个躯壮的，照了相。这种触摸是真实的，己身也似融进赵宋王朝的史页。

　　一片苍蔚的是嵩山柏，龄高，代久。李元洛引我看一棵最古的，叫熊猫柏，因形赋名也，树史可溯至西汉武帝元封元年。人立浓碧中，不免慨叹。"岁月不能败者,惟松柏为然"，人之寿真是太短了。杜甫咏柏："霜皮溜雨四十围，黛色参天二千尺。"语虽夸张，却能传古柏精神。在我，是把嵩山柏当做英雄来看的。

　　树影摇动于一庭阳光中。山风吹着。化三门旁的小店铺里飘响道曲，更衬出庙院的幽静。清霄高远，不禁醉入飞仙升遐的缥缈境界。峻极门外两侧的四岳殿台久圮，柱基石栏间乱生野草，荒苑芜台，叫人不免凄惘起来。我好像远效登幽州台的陈子昂，念天地之悠悠了。

古庙 赤山法华院

唐代的史籍，铭载着求法的虔心。中日韩的先贤，在碧海的飞浪间，开辟一条金光闪烁的丝绸之路。

赤山法华院

法华院藏赤山深处。红色院墙里外，春桃开得正艳。

庙貌虽不好同一些名刹放在一起比，可近旁除去大海风景，真不容易再寻这种气派的古迹。无佛处称尊是一句老话，用在这里，也行。

守功不唐捐的古训，凡造庙，大约都断不了一缕因缘。殿内一方《慈觉大师山东遍路图碑》拓片，将来历讲得很明白：

皇朝承和平中，慈觉大师之求法入唐也，暂驻锡扬州，欲谒天台山不果，催归。由海州抵山东赤山浦，决意上陆。经文登、蓬莱，

021

假寓于青州龙兴寺，又过长山访醴泉寺，历临济禹城，从正定登五台山，遂西游长安，驻六年。归路复出山东，经莒、高密、蓬莱到赤山浦。不获船，仍傍海南下，由琅琊台抵楚州索船。会有新罗商泊过而北，乃追至乳山浦搭之，历赤山浦而归朝，实距今一千有七十六年也。当是时，驾小船，凌风涛，往往不免覆没，且陆行又多艰阻，固与今日交通至便，海有轮船，陆有铁路不可同日而论也。余遍历山东，每过大师巡锡之处，未曾不慨然于怀焉。于是建后以记其壮举云。

落款：

日本大正十二年九月二日，大官权平撰，松平穆堂书。

另外一种材料，与这段碑记互存异同，引证过来，可以相表里。公元839年2月13日，入唐求法的日本圆仁、圆载法师一行离扬州回国；遇海风，漂到赤山港（即今山东石岛内湾），至法华院，居数月，遂去五台山。五年后，圆仁复回赤山，法华院已被奉旨拆除。所幸还俗僧人李信惠为之奔走联络，筹钱粮，修船只。公元847年9月2日，圆仁从赤山港扬起归国的桅帆。粗细加起来八年光景，这位日本法师对中国的感情皆融入他那本《入唐求法巡礼行记》中了。近年重建法华院，是参照了书里对原寺的那些记录的。

综观史料，可以断定，法华院在外真是大有名声。因是中日两国的先人结下的一段友情，故叫后代铭记于心。

不该忘记的人物还有新罗人张保皋，法华院是由他建起的。殿里挂着一幅他的画像，披甲胄，含英气。像下附着一段文字，述其生平大略。我只抄下几十字，大意是张保皋入唐任中军小将，善驭战骑而挥枪……

这里，大雄宝殿最为气派，同他处庙宇无异。照例是释迦牟尼像居中，大有威仪。到底是禅定的古佛，面庞秀润，神态平和，人间难有这样超然的表情。烛光香烟木鱼，不是我们能够轻易领会的，只好隔着一段心灵的距离遥看。

在配殿，读到一副对联，字面不错，意思也堪回味：

不俗即仙骨，

多情乃佛心。

向晚的霞光正红，却红不过墙头的桃花。

说法的僧人远去，寺殿内排坐的泥佛，眉目传递灵妙的感应。

灵岩寺

  入山数里，两脚已踏着泰岱西北麓的玉符山了。山有灵，"朗公说法，乱石点头"的传说，增其玄异。钟磬声里习静坐禅，敬佛之思如香鼎飘出的宝篆烟缕，轻轻地往彼岸去。

  坛座之上的四十尊泥塑罗汉，以千佛殿为家。宋人造像，多取真人意态，太原晋祠圣母殿中的侍女像可为代表，塑工之妙尤在神貌气度上。罗汉群塑经历代敷彩，青绿朱紫，诸色谐和，更添鲜活的血肉感。一颦一笑又能如真，衲僧的生动情态都可以在这里看见了，又不妨领受一点艺术史的意义。朗公法师和净土宗始祖慧远等圣僧也在这里面，照此看，泰山灵岩寺与庐山东林寺就牵上了因缘。低回之际，仿佛听见众僧不分源流宗派，口念《往生论》，心飞向极乐世界。修持的悠然神意，给山斋佛堂添了活气。有罗汉群像在，再把目光朝高供殿中须弥座上的释迦牟尼、毗卢遮那、卢舍那三身佛上一转，那番结跏趺坐的端庄仪容，未免过于固化，似不及罗汉传神，故而说略也可以不必。在梁启超看，满殿的罗汉像在中国古代佛塑作品中当居首位，"海内第一名塑"据称是他留下的赞语。檐下石碑上，刻着这几个字。

禅院掩在蓊郁的古树间，幽深的意思不消去说。更有那剥蚀的墙身，留下风雨经过的痕迹。御书阁的篆字残碣、墓塔林的伎乐浮雕、五花阁的颓毁梁垣、辟支塔的华美铁刹，散布在大雄宝殿的周缘，每一处都负载老去的故事。这又有何可以夸说的呢？比比那株苍雄的汉柏吧，你把目光落在它的粗皱枯劲的树身上面，决不像是默视一堆僵死的残骸，就能够明白强韧的生命是怎样穿越时间而保持顽健的姿态；况且更有千古泰山在前，这座东晋初兴的伽蓝，实在还不能称尊。我所挂怀的，却是朗公以降的山林中人物，心远朝市，意气颇近遁迹江湖的隐士。我看诵经唱偈的僧人，一举一动都有意拖入一种缓慢的节奏，仿佛灵敏的知感正是其所不屑的，本柢也许恰在出家或出世的观念上。心中毫无挂碍，以行所无事为至境，自然也就淡于功名，不慕世间荣利，便只有阅尽眼底风光，朗丽的蓝空让他们眺览，静憩的白云让他们谛视，活泼的溪流让他们聆听。

大片黑色松影筛落的明亮日光，又被扇形的峰岩向天空反射。风声远去，鸟声远去，都沉在山的梦里，像住持僧在墓塔下幽眠。浸入忆之域的我，游走在野花摇曳的山径上，接受光影的变幻，接受情绪的变幻，接受智灵的变幻。刚转到崖嶂的那边，石径就向偏处一折，强烈的日光倏忽被遮拦去一半，落在山景上的美丽光线消失了亮度的魅惑，内心一

片灰黯，也无闪闪的流星，也无点点的飞萤。数峰缺处，泻来的是一缕浅红的余晖，仿若一幅笔趣幽淡的禅意画，洗过一样的纯净、鲜洁、明秀。恍悟的我，觉得这山谷飘响的钟声，这沟岭萦绕的泉音，本应一阵阵混入安神的清籁，此刻却如同浪的腾升，幻出千百种形色，令我心魂飞荡。

清人王士禛殊爱灵岩，照他的意思，"游泰山而不至灵岩，不成游也"，极赞此处山色的幽绝。一脚已从青莲宇中迈出的我，想到这番话，目光便越过辟支塔，朝云烟轻笼的山那边望去。我多年前游历泰山，好像也曾在这样一个夏末秋初的时节。遥溯的一刻，不禁含咀起印在那里的旅痕。眼下所见的灵岩风景，一样会让我记取它的特别的好处。

迷恋不知归路，一句暗藏机锋的禅语忽然撞进心怀，是"万古长空，一朝风月"。好了，且留下临去的一望吧。晴爽的天底下，白云的飘影正衬着玉刹的清姿，暗红的寺垣已隐在松柏的静绿中。

泰山的弘壮峰影，环护着古刹的雄姿。

朔风吹塞北，寺檐下，风铎声传向苍莽大漠。

汇宗寺

"江汉朝宗于海"一句话，跳出《尚书》，植入清朝康熙帝玄烨心间，待到给这座敕建在朔漠的庙宇赐名时，用了这个典。

今夏，北走紫塞，游眺千里沙野的多伦。说起对这个地方的所知，感慨便跟来了。我在城关镇看见"多伦淖尔"四字。草原上的湖泊在蒙古人那里是叫做"淖尔"的。汪曾祺《大淖记事》是一篇小说，开头就写到它，很美。我读进去，疑心他写起了江南。

在北京人看，眼下的多伦成了沙尘暴的根，哪会想到它也有过水草丰茂的光景？其实，多伦之绿古今未绝。滦河源就潴着一片大水，湖光

山色，很清幽。栽了成片的树，大多是耐旱的沙柳，还有杨树和樟子松，把沙荒渐渐治住了。

京城里的人受沙尘之袭，并非自近年始。邓云乡《增补燕京乡土记》中《大风》一节述立春前后黄沙蔽空之状，苦况自不待言。邓先生的感觉却异于常人，他被大风刮出了豪情，并且极尽赞颂："从蒙古草原吹来的大黄风，一直吹到燕山脚下，吹开了冻土，吹发了草芽，吹醒了柳眼，吹笑了桃花，吹起了昆明湖的波涛，吹白了紫禁城的宫娥的鬓发……"昔年的大黄风当是今之沙尘暴吧。若把这话念给我的左右听，不知怎样深叹。

多伦虽在锡林郭勒，牧野之风却要淡些。它的旁邻是河北的县份。东接围场，南毗沽源、丰宁。又要说起那条滦河。我在围场和丰宁的草原，数次见着它的面，到了遵化的喜峰口一带，就蓄为潘家口水库了。一段长城也隐伏在静缓的水底，不露它的雄姿。南经滦县入渤海时，其势汤汤，已衍成一条大河。我对滦河有情，是因为过去的生命和这片大平原深存关联。我曾经把自己在滦河岸边的一段经历写进《春雪》，这是我的第一篇小说，唐山的《冀东文艺》发表了它。一晃，二十年过去了。谁言"事如春梦了无痕"？有这番牵扯在，我在多伦，望滦源而心动就不是无端，且自忖将有事于此段山水了。

汇宗寺是一个历史符记，带来的尊荣和显誉，多伦人至今还在受用。那次隆盛的会盟已在三百多年前，时光的逆向流程中，永逝的影像清晰复现，旋响着遥远声音的全部生动与真实恍若刚刚开始。高原的碧空下，飘旌舞纛，兵戟仪卫，一派雄武之气。龙帷虎幄镇服桀骜的浑善达克沙漠，玄烨轻拂龙衮，西望龙沙，神思越千年。隋炀帝在焉支山下的山丹草原搭设行辕，面谕二十七国使节，祁连俯下昂翘的头颅，弱水止息奔涌的激浪。而今，在兴安岭下的察哈尔草原，奉诏令，漠北喀尔喀三部、漠南四十八旗蒙古王公台吉各依位序，仰瞻天颜，俯聆圣谕广训，聚而图议国计。滦河之滨，龙逸凤集，盛典赫赫。玄烨的目光投向沃原和高冥相接的远端——一轮破云的太阳幻出五彩光晕，丹墀石陛一般环绕着太和殿，仿佛又从金漆雕龙宝座上喷射出来，穿透紫禁城厚重的宫墙，映亮霄壤。平服变乱，庆典的鼓乐喧阗，震击着沉睡的朔野，若"与百神游于钧天，广乐九奏万舞"。塞鸿的飞翅掠过，一声尖啸划破朗阔的清穹。转瞬，烈马仰嘶北风，又把这位征战的帝王引向飞闪着刀剑寒光的漠南。收拾舞衫歌袖，亲率靖难之师跃出神武门而北伐已在昨日。传檄千里外，烽鼓动地，兵戈遮天，铁骑长车，驱驰纵横。飞镝流矢碰撞着，蓬蓬蒿草间遗散着无数冷硬的枯骨，新堆起座座宿草轻拂、秋虫低鸣的荒冢。曾刺透铠甲的箭镞锈蚀了，凝一层仍殷的血污。寒日凝愁，野风吹哀，苍烟影里，战马犹在狂吼，军笳犹在悲咽，阴郁的云影和凄凉的暮色笼罩无际的沙原。昏鸦衔一缕夕光，低旋于古战场上空。丘树间传出几声清唳，哀哀地伤吊苦战中仆身的无名士卒。

王师北定，噶尔丹的幻梦在玄烨高擎的长剑下散碎，浮埃般落定。金瓯无缺，坐帐戎旅的清帝郁闷轻舒，抖去袍袖上的征尘，仍乞灵于宗教。他要在摇草的莽野修筑一座凝聚满蒙精神的宝刹，彰显"惠此部旗，以绥四方"的勋绩，如古颂歌所唱"播仁风，流惠康。迈洪化，振灵威。怀万方，纳九夷"，希求成吉思汗的子孙有沐恩之感，永世亲君；而"汇宗"二字又向天下昭示清廷的宏阔气度。在地旷天低的北疆，矗立此种碑碣式的建筑，则见证永固大清宗庙社稷的壮心。"以德行仁政者为王，以力假仁者为霸"，皇建其有极。玄烨文武并用，垂衣裳而天下治，皇统相承，帝业的遗泽就深钤于千秋编年。会盟罢即返京师。玄烨行于途，说：

"昔秦兴土石之功，修筑长城。我朝施恩于喀尔喀，使之防备朔方，较长城更为坚固。"浩荡皇舆走的是经过古北口、独石口还是张家口的驿道，我不能详知，却推想，他的这番话，大概是仰眺盘陀于燕山峰巅的长城时讲出的。此刻，他或许满心闲安自得。乾隆帝弘历这样赞他的祖父："备边防，合内外之心，成巩固之业。"苍莽的木兰围场回响着先帝"秋习武，绥服远藩"的余音，雄奇的浑善达克沙漠记录着会盟庆贺的史实。漠野之上，八旗兵的演武之声随风而逝，连营故址撩动他挥写出那篇《虎神枪记》，敬献于昭穆列祖的庙堂。

　　在历史面前，多么高贵的血肉之躯也如同易逝的时光，连同负载的尊显和荣耀必会朽去，正如权力无法永在一样。故此，历代帝王多醉心在大地上为自己的生命痕迹寻求一种不灭方式。鼓角声里将兵纵马、长驱边草的玄烨，选择了文字的诗，更选择了木石的寺。光环下的名字和功业便能够依附物化的载体成为持久的存在，而不必担心叫后世的史官挥笔尽删。他这样思虑着，深怀不宣之秘躲进自构的幻境。面对人生的终极困局——死亡，天纵之圣精神的浅鄙与灵魂的孱弱忽然放大，阴影般吞没傲世的心，赫赫皇权也无力填补这虚空和苍白。于是，宗仰空门，将灵魂送往佛的面前，寻求宽宥与解脱，成了在上者相沿的老套。托体仙陀，飘然如入灵境之际，或许是自我安排的最好归宿。佛踞的莲台，仿若金銮殿的御座。玄烨也似一尊佛，低眉静观无限江山。殿阶之前，平衍的草野连向远方，铺展成大清神圣的版图。芊绵青草下，犹未干去的是饱沃野戍的战血。

　　苏轼"一纸清诗吊兴废，尘埃零落梵王宫"一联诗，或可道出帝王内心巨大的遗憾。昔年的寺垣大半坍圮，碑表残毁，庙貌不如昨，仿佛前朝遗事在岁月的磨蚀中一点点风化了。萦于怀的，尽是白头宫女重话天宝当年的伤情。不见敞阔的殿院，金猊烟消，银鸭无香，唯余一撮冷灰。躲过风雨之劫的鸱甍指向苍昊，发着无声的怅叹。南望昌瑞山，幽墟深处的玄烨还能在荣哀之颂中安眠吗？

佛宇重葺，不过是用敷设的油彩还原无法仿制的历史。

靖边绥远，一次会盟带来一座梵宇，带来一座繁盛商埠。一条通达蒙古的商道从中原腹地蜿蜒而来。多伦稠密商肆间，垒建起山西会馆，喜庆日子，优伶粉墨登台，蒲州梆子、铙鼓杂戏满院传响，把乡关之情送给过往货贩。晋人吆引着驼队，满载茶叶、皮毛和铁器，穿过大境门，缓缓走向口外，迎头吹来坝上劲爽的风。燕山雄峭的影子在身后渐渐远去，兴安岭如一片茶褐色的云，从东北方低低压来。思乡，怀亲，奔劳的晋商，依然不肯停歇酸胀的双腿，前面就是"半城寺庙半城商"的多伦，慈婉的白度母正在汇宗寺的廊壁上望着他们，娴静的注视中，柔柔地含着天国的温暖。此刻，高原的太阳飞散着奔星似的亮斑，煌煌金莲花幻作铺满绿野的金银和珠翠。

高原人眼中的青草，是畜牧之根，而在骚客那里，则是沛然诗意和多彩情调的来源。草原能够容纳最浪漫的想象。沉陷于遐思的一刻，眼前浮出的一切似添了不淡的画意：漫漫商路上的行旅，走过黄河两岸的沃壤，走过长城脚下的乡野，一步踏上蒙古高原，在海洋般的牧场穿越，途中的疲累尽消，单调无味的驼铃声也欢快起来；花痕凝碧草萋萋，这些别家远行的人，迷失在绿色的风景里……便是年深月久，也褪不尽画色。生命的记忆如一片美丽的叶子，闪耀着无数细节的光斑，悠悠飘入晋商发迹史。

檐下的铎音在风中颤响，诵经唱偈之声只留在后人的追述中。随时间一起苍老的萧寺只能成为怀旧的对象，成为古代宗教史上最后的遗产

让后代凝望。佛光万丈，庭砌、钩栏、雕梁、画栋，熠熠焕彩，撩人涵泳建筑语言深沉的内蕴。身入了这样的觉苑，始知帝威和佛力相融于木石之筑，当会固守千年的形制，拒绝任何变易，以高傲的姿态远离一切新的时髦，在珍存文化的古老元素和传统品性时，呈示着自己的神圣。

带着宝篆的微香，旅蒙的商人朗声吆喝载货的驼队，放步离开这座高原的檀林。消逝在草原尽处的背影，永远移不出白度母护佑的目光。

莲花的淡影是一片轻云，飘过碧瓦朱甍。

开元寺

　　我一生多方游走，探山访水，渐有所窥。又好形于笔墨，故历来写成的文章里面所有的就只是这一些东西，如知堂（周作人）说的"它所给我的大约单是对于某事物的一种兴趣罢了"。积以岁月，人家便以游记专门家而视我了。听着耳旁所绕的话，我也别无意见，到底我从云水生涯中认识了许多胜迹。中国的名山古今又常为僧人占着，每入庙，同一庭坐卧之佛相往来，似乎还染了一点禅气在身上。我所落在纸面上的文字多少年来总是那一套，亦不免为笔域不能广远而自愧。

　　近时在写承天寺的文章中我曾这样说，人佛相处，是开元寺特别的

地方。此话算作我直观后的一点浅见。人只一位，是尝披剃而入钱塘江畔虎跑寺，潜修律宗的弘一法师。他走入佛的道上来，缘由非我所能解也，故也没有一番话要说。他的遗骨部分葬入虎跑。这里的几间屋，放着的是他的旧物和遗照。世上已无李叔同，念贤哲如此，亦复泪飞如堕。

佛像遍全寺。世间风雨到了佛上，似都消歇了。纷扰变为安静，焦躁变为平和，狂怒变为柔顺。庭院已够阔大，站在古榕枝叶下，一望而闯入眼来的，便是那一座檐下悬着"桑莲法界"巨匾的岿然凝立的紫云大殿，在浮着薄云的晚空下面，犹如穆穆佛身一样。里面高供的五方佛，圆脸、修眉、细目，唇角微含一丝笑。天下佛塑，相似大于相异，共性总是占着较大的方面。区别仅在手印上，而我却辨说不出一句来。默然的我只好和众佛一起聆赏飞天乐伎在斗拱上的曼舞，那里有艺术的个性，那里有情感的渗入，飘带轻盈地挽着流云，凉月弯曲地钩着夜天，我和佛一起浸到戏剧的情境里面去。

在寺内呼吸的也不都是端凝的空气，静听的也不都是沉闷的唱偈。明人在檀香木上雕出的千手千眼观世音菩萨，美丽得不可以言喻。我在泉州的几日，和一些来访的演员同寓承天寺对面的鲤城大酒店。这些口不能语、耳不能听的聋哑青年，却把来于千手观音的灵感化作舞蹈语汇。一切都在无声中展开，一招一式准确地衍示生命的情节。灿亮的光雾里，柔若无骨的臂膀盈闪着玉的温润，伴随如水的音符，交聚成手臂的丛林。每一次流畅的转摆，都精准地落在艺术表达的细微部分，轻旋起梦的彩环。内心的光芒散射着，照彻世间的角落。恍兮惚兮，暖暖的风吹来天国的馨香，清醇、淡远。袅袅的梵乐、翩翩的仙舞，贴近心灵，圆融得无法容忍任何硬性的解构。灵魂的声响不待我的领悟，飘云般的舞影就舍弃期待，永远脱离视线的牵挽，时间一样不可阻留。无数瞬间闪逝的动作编创成舞蹈的整体，奇异玄妙非寻常语言所能描摹，须得用着无限度的想象和超卓的心理能力，才可以感觉与体验，乃至从中看出和日常生活的某种联系。照此说，我和他们，真算得一次佛国的巧遇！甘露戒坛里的寒山、拾得菩萨像，笑谈的那种样子，也很含着人间纵乐的快意。明代的以紫檀为料的地藏菩萨，木质已带几分枯，把不易说清的沧桑感无遗地表现在上面了。而唐朝的带须释迦、阿弥陀佛，明代的达磨祖师、伏虎禅师，又都在辉绿岩上刻出，生命的依存方式原不必只在血肉。把这些不可能直接存在于客观实际的形象创造出来，伴随想象而至的灵感活跃于物质材料中，通过艺术传达的进程，对佛的崇仰的理念获得了物质存在的形态，让人感知西哲所谓"灵感的无理性"而服从着神的意志。我虽不好臧否这话，心里却隐隐地有了呼应。我的感觉力在佛前一点不灵。对于释家天地，我的欣赏只限于感觉的一层，就是说，感性的接受倒不费力，理性的肯定便难期了。我看佛，依自家法度，只求直觉的满足，不求认识的深刻，故而有负其客观的价值。假定我对梵界多所知，观佛大约就能动心，就有情绪的敏感。若要从这里面找出一点原因出来，就得走入审美境界。被我感受着的，是诉诸视觉的造型艺术，来充作媒介因素的是冷硬的木石。它们载着艺术的匠心与情感，在空间和谐地排列呈示着自身的体积与面积。我不再注意木石的自然属性，我领受着感知着的是邈远的佛境，实则还是柴米的人间。它补充和丰富我的视觉经验。嵌入我的视觉印象里的形状、色彩、线条，又作用于思维，引起我的联感，想象着佛陀的庄严、菩萨的温婉，禅林清远的钟磬声震颤着山林的晨昏。这普世的暖意呵，催生我青春的欢欣。由此，美学家说的"某种可视可听的感性材料所构成的艺术形象的直接性，诉诸欣赏者的想象力，通过欣赏者相应的想象和联想活动，可以过渡到对于形象间接性的感受"这

话，就找到落实的地方。感觉经验承载的间接内容更丰富，更多彩，比起直接反映，间接反映更接近内心。佛的表情、动作、神态这些形象的可见的东西入了眼，我便从直接的感性因素出发，去把握间接的理性内容，又将其化为语言——思想的直接现实。我是把造型艺术里间接表现着的情感和精神活动直接地表现着了，却又将原本在造型艺术中直接表现的佛像的形貌间接地表现出来。感觉的艺术和思想的艺术互转着，直接感受的鲜明性、确定性，间接感受的隐约性、易变性，汇流似的激涌着我的心。我所能做的，是把佛像形体的可感觉性通过体验和想象转化为词语符号，在纸面幻出如真的映像。我在艺术的复制中进入佛的心境。这样絮语，久抱乡愚之见的我，像是替美学家在此论理了。

寺内之筑当然还要数到东西相望的镇国、仁寿二塔。塔身上下，遍雕天王、力士、菩萨，又为莲花、卷草、雄狮、翔龙烘衬，很拥挤，很热闹。

甘露戒坛飘溢最初的莲香。紫云大殿前，凌云的双塔抖落风尘，让繁丽的石构解读深邃的经义。摩天的塔身，俯瞰万户人家。

闽南禅风,在生香的梅石上传续。月台之上,还氤氲着清美的幽意吗?一声佛号,唱醒泉南佛国。

承天寺

　　我对承天寺的留意,起先全在它的名字上。苏东坡《记承天夜游》是一则有名的小品,为多种古代游记选本所不舍。我从前不自量,也写文把它鉴赏过一番。后来去坡翁谪迁的黄州,只顾游赤壁,这座承天寺的究竟,却连问也未曾。

　　苏东坡记寺,到底还是寄慨,而非述游。说来我又是最不长于空论人生的道理的,笔虽向着承天寺去,实意还是用文字把它收在心里罢了。

　　承天寺临街的一面,匾上题了"月台"两个字。我即断定这里是一处名胜无疑。待到朝深处走,见到它的山门和"泉南佛国"题壁,便同

这座"闽南甲刹"有了一段牵扯。

　　天已向晚，逢着修葺的寺内，来看庙的人没有几个，饰彩髹漆的工匠也歇身了。殿前一片安静。多忧的人说，历代的加修会磨损古物原本的面目，其实倒也未必应了这句话。南方的寺庙，以我的眼看，不广而精，专在雕花绣凤上用力，细处上的匠心也能蔚成大观，去补尺寸上的短欠。方圆之内，也凑齐十景，为他处庙宇不常见。我不惮烦，择此处照抄，只看字面，就得三分城市山林之美。是：偃松清风、方池梅影、卷帘朝日、榕径午荫、塔无栖禽、瑶台明月、推篷雨夜、啸庵竹声、鹦歌暮云、石如鹦鹉。随景赋名，我一向是佩服的。学问好之外，道心又必不可少。琢磨出这十景的，应当是一个里外清凉的人。

　　佛界无边，把四面围起的墙壁只隔出空间意义上的地带，却无法对精神的疆域做出限定。心沉下去，已经听不见震颤于空气中的噪音了。一阵钟，一阵磬，才更清亮，像从梦里传来。

　　喧杂俱消。每在静下来时，心便空了，且拒绝纷乱的感思来扰。这滋味的苦甜真还说不出。人是奇怪的，总愿触及远离自己日常范围的种种，从中寻找贴近灵魂的部分。而佛境同我究竟是隔膜的，它始终是一个超越生活真实的世界，信仰的差异又决定了进入的难度。相遇的刹那，我却微感着灵异的力量。此刻，最能同心境契合的事情，只有默默望定释祖半睁的双眸，接受启迪和暗示，暂无旁虑而随他往众香国去了。

　　霞彩在池水里舞蹈，正鲜的花似的。虽不逢早春的天气，寒梅的艳影已依稀可赏了。榕树皆老干而非新枝，作深绿色，苍劲之姿如开元寺八百年古榕，昂立大雄宝殿左右，俨然护佑金刚耳。两厢廊下，塑罗汉像，古铜色的躯影闪着冷厉的光。一庭英雄！神态面目只可端详出表浅的一层，七八分深意我却看不透。南北莲宇，罗汉不陪在释尊身侧而立于殿外风雨中，倒也有些，每看到，总觉得是破了常格，过深的用意，惜我辈不知也。而一眼扫来，就能把我的心思看透，却是他们的神通。木石之身，在一雕一塑中胎孕，沾了佛性，精神脐带的一端，紧系着人类的母体。从如来淡定的目光，从观音温婉的笑纹，还有罗汉的灵慧、金刚的雄威，观照一番，只想看作人类异化的表情。宝刹是漫漫尘途上的驿站，心神劳倦的人，在这里安歇，看众佛眉宇间不变的颜色，看众佛坐立中凝定的姿势。一瞬即永恒。到了闽南这石艺之乡，又特别显出雕刻的好处。承天寺的罗汉，好像全是浮镌于廊壁的，运斤成风，比起木雕泥塑或者艳彩壁画，骨力倒在其上了。

　　天下仙陀，佛是常主，仆从却是僧伽。大雄宝殿的烛光幽幽，释迦高踞在灼灼的圣焰里，向世间垂下慈婉的眸光，端凝、渊默得不可形容，语言的饰片也无法贴附。几位素衣禅客埋头忙活，手脚轻缓，一如坐禅诵经般虔诚，又有扫榻以待的盛情。香鼎蜡台拂拭得不染一丝尘，烛炬闪出一片淡红，使三世佛前的光景颇似梦中的片断。只看佛身下精勒纹缕的莲座，殿檐下细雕繁花的雀替，又是循例于一般梵宇琳宫的。对于建筑的理性原则孜孜坚守的同时，营造法式中的诗意表达何曾有一刻的忘却？飞翘若燕尾的朱甍，为闽南之刹独异的形制。梁上檐下，还真就栖落几只晚归的燕子。霞光尽，月朦胧，暝色中似还留恋欢斗翠红的欣悦。它们不识佛，只消得一段春光来舞翩翩的双翅。"荒草谁家深院落，繁花何处好池台"这样的诗咏，不过是一己的遣怀吧。

　　我虽非平居无事的闲叟，也发髀肉复生之叹，便想出都门而入山访寺。谁料泉州僧院近在曲街斜巷间，不必远遁林泉就能求隐，去做世外之人。此承天之胜也。还有与它鼎足的开元、崇福二寺，也是一样。我思忖，必得让出几日工夫，方可看得尽泉南的伽蓝。

人佛相处，是开元寺特别的地方，也意味着观念的交混。供佛焚香的紫云大殿自不必说，叫人夸在口上的双塔，佛菩萨的浮雕也是遍全身。我却把兴趣的多一半给了李叔同纪念馆。法师的血肉被时间风化了，留在纸上的光影可以烛亮塔寺的每个角落。承天寺格于成例，远人而近佛。佛是信仰的符号，维持其存在的，不是富含大地精华的五谷，不是滋润焦渴身体的流水，不是阳光，不是空气，却是心中虔诚的意念。我在承天寺里的流连，所能体会到的，都和这个意念相关，而佛的面目我竟看不清。看不清大约恰是游庙的实际心得，心只落在悬空的地方，如酒后的微醺。这时，"朦胧"两字我仍有拿来一用的意思。

　　每在万籁消隐的静夜，想象便浮动起来，清晰地展开明亮的层次。它是灵魂的津梁，接合着虚境与实境、此岸和彼岸。

　　附记：那年我编《走遍名刹》这书时，自知天下禅林无可胜计，穷尽怕是办不到。其时如果游此寺，名录上自会多添一家。

曹溪碧波，流过清旷的古寺。梵呗响处，六祖拈花微笑。

南华寺

《禅外说禅》刚印出来，张中行先生送我一册。翻看，南华寺山门和六祖慧能真身照，外加敦煌本与明北藏本《六祖坛经》书影印在前几页。我对南华寺最初的印象便由此来。时间荏苒地过去，将近二十年的旧事，如今想起，说不清是书缘还是佛缘。我不谙禅，想到光阴的流走，叹多而悟少，至多聊发儒家的逝者如斯之慨而已。

汉传佛教，可以用禅宗来包括一切。天下禅僧，皆以南华寺为祖庭。在张先生看，禅法"作为一种对付人生的所谓道，是向道家，尤其庄子，更靠近了。我们读慧能的言论，看那自由自在、一切无所谓的风度，简

直像是与《逍遥游》《齐物论》一个鼻孔出气"。从《六祖坛经》和《南华经》里，能够品出一点相近的味道。释修心，道修身，二家在部分观念上合了流。

　　道人惯于抱朴守素，佛家像是破了这个例，至少在寺宇的建造上，不肯对付。阅世一千好几百年的南华寺，顶着祖庭的名声，更要等而上之。匾题"曹溪"的头山门，崇宏之态自不必说，一进去就觉得气象巨丽，把左思《吴都赋》中"飞甍舛互"的形容放在这里，也受得起。五香亭筑起一座石桥，游寺之人过放生池，就好比经棂星门而入文庙，行于泮池之上的状元桥。匾题"宝林道场"的二山门，证明此寺曾有一个"宝林"的初名。大门开敞，好像迎着无数敬慕的心。便是朝谒皇家宫阙，料想不过如此吧。

　　中国梵刹，形制都有通例。南华寺也是一样，只是格局大得好，大得气派。天王殿、大雄宝殿、藏经阁、灵照塔、祖殿、方丈室，正南正北，全在居中的一条线上。在北京城里久住，走熟了永定门到钟鼓楼这十几里街路，对此种方向感，会觉得习惯。

　　纵的是轴，两边还有分列。东路是钟楼、客堂、伽蓝殿、斋堂，西路是鼓楼、祖师殿、功德堂、禅堂。我过去以为千庙一面，转悠半天，全寺建筑的大略也不挂在心上。就是说，观庙在我不守一定的程式，东一眼，西一眼，只求随便。可是到了六祖的家，竟然也学灰衫僧人，低头轻步绕院走，却瞧得细，瞧得周详。一切看在心里，才是以寺宇为精神之宅。对禅家宗义领受的深浅先不说，至少没有枉对历朝工匠的苦心。

　　殿宇所取的重檐歇山顶，为中国古代建筑所常用，宫城和寺庙尤其认可它，竟至固化成为难变的模式。皇权的威仪、宗教的庄穆巧妙杂合，构成强硬的权力法则，影响着建筑语言，也渗透到欣赏观念中。象征与暗示产生的强大力量，使人无力悖逆多维的审美逻辑，以至窥见政治隐情与生命意识的蕴藉。青砖墙、碧琉璃在六祖栽植的水松间泛出光影，我稍稍听了一阵细叶榕上的风声，目光朝诸殿一扫，便停在脊刹上的琉璃珠、蔓草式的鸱吻上。鳌鱼和夔龙也成脊饰，白云之下，正好显出瑞兽的姿态。不看神龛上遍贴金箔的三宝大佛，不看屏墙后倒持净瓶、轻拈柳枝的观世音，更有那塑在四壁海浪间的五百罗汉，只消斜瞥殿中覆盆式石柱础和花格门扇窗棂，就知道过眼的种种，无一不在创造着精神表达的物化形式。

南华寺的外观，可说庄穆其表；动灵其里，则在祖殿。慧能的真身，静静地安顿在佛座上，看那端凝的风度，一副禅定的样子。皮骨实存，形相若生，究竟比化身更耐端详，也配得上身后"本来面目"的题匾。我看慧能低眉之下微合的眼睛，仿佛若有光，推想在烛影之中细意端详，恍如能见到眼角唇边轻漾的笑纹。慧能的肌体内，依然流动精神的血液。就记起当年他和神秀争做六祖时分别题在廊壁上的偈词。神秀"身是菩提树，心如明镜台"，绝；慧能"菩提本无树，明镜亦非台"，妙。以隐语的方式作偈呈心、见性，论悟境，还是慧能占了上风，五祖弘忍遂付法传衣于他。沉于佛史，由禅界的立宗分派而想到更深的一层，比如慧能领衔的南宗的顿悟、神秀领衔的北宗的渐修之类。慧能这一支，势力大，终成正统，门下别出青原行思、南岳怀让、荷泽神会、南阳慧忠、永嘉玄觉众弟子，弘传禅义，各成宗风。法脉传嗣，衍出曹洞、云门、法眼、临济、沩仰五宗和黄龙、杨岐两派。我抬眼看看慧能真身之上的横幅，"一花五叶"这几字便入了眼。不谙法门的我，鲜闻其道，至于佛家常识，亦少彻见神会，南禅的顿教、北禅的渐教，更要费一番琢磨。虽则暂不能尽破妄知妄见，心也醉入拈花笑处。能有这一点浅知，我自

会感念祖殿正中端坐的这位。照此看，这"五叶"之源的"一花"，绕开初祖达磨，说是六祖慧能料也无妨吧。

祖殿门侧放一张桌，守一僧，长着白润的阔脸，见我站在近处，从抽屉里取出一叠纸卡，抽一张给我，上面印着的恰是六祖的坐像，看去正和龛位上供奉的真身一样。我连忙称谢，他亦会心微笑。

殿外檐下，几块石碑嵌在青壁上，位置虽然矮，那字句含着的气象假定可以标出长度的话，却是高出十丈不止，竟至远上苍莽的庾岭。其中一块镌六祖偈词："菩提自性，本来清净。但用此心，直了成佛。"

转到寺院的后面，刚刚沉进去的禅梦就非得醒来不可。一大片古杉树遮出浓浓的清荫，一些游人倚着溪旁一溜半圆的石栏歇息，又像对着隔岸那一座奉祀虚云长老的殿堂暗忖。朝右边去，步过溪谷之上筑起一座伏虎亭的飞锡桥，正迎着额题"天下宝林"、"曹溪圣地"的石坊，慧能浣洗袈裟的卓锡泉就在近前。这眼泉在全寺的东北隅，虽则偏了些，却也幽了些，妙了些，无疑可以插一段传说进去，招诱得泉前密密地排了两队人，各怀不浅的虔心，等着掬饮从那龙嘴里流出的水。我想若汲满一壶，沏泡南华茶，不消说杯中的风味如何的甘美，清心怡神那是当然的。这一刻，浮沉的魂魄沾了山林之气，心逐曹溪春水，神醉象岭秋麓，忘记了太深的忧劳，忘记了太大的世界。宗教的力量，使梵刹成为信仰的场域。

待我才把泉旁苏东坡的《卓锡泉铭》略瞧了一番后，太阳刚好映在灵照塔的檐头，那飞落的一束光，仿佛安坐塔内的毗卢遮那佛的笑影。

文偃说法，禅风入心。遥望远天，逍遥一片云。

云门寺

乳源云门山，草树葱翠。慈悲峰下有古寺，文偃禅师的云门宗在此开创。

游寺并非一步就到那样容易，车子不知得绕过多少弯折的山路，叫我这一年中总有几回在丛山间行走的人，要费些劲才辨得出路径来。粤北的秋景在车窗外偶尔露一露面目，我也不能记得，留在印象里的，是不很高却长满树的绵延峦冈。山道断而又连，点点的瑶寨散布在蟠曲车路的两边。

到了山寺正门。最先到眼睛里来的，是那座不算旧的牌坊。四近看

看，周遭尽叫山峰围住，在感觉上似已断了和外面世界的来往，这也恰是禅家以为得意的天地。乳源县志上对这座云门山大觉禅寺的记载，我到眼下为止，也还不曾读过，却也知道此寺的建造，比曲江的南华寺迟了四百多个寒暑，而开山的文偃和尚，嗣法脉、弘宗风，当能博六祖慧能一笑。

明黄的墙边，平铺着几块飞绿的稻田，和邻村的菜圃连在一处。我猜不出这田产是寺院的还是庄户人家的。瞅瞅禾苗的长势，莳弄得还算不差。矮塍围着浅浅的水，秋阳底下泛出安静的光。到此地一看才约略明白佛书上所说的云门宗农禅并修的意思。看见的这些，又梦里见过似的，心里便像是添了"梦觉"这两字。

有条柏油路直直地通到里面，也有些花草树木丛植在两旁。人在这一条路上走，用力吸几口禅界的空气，心会闲起来。路边一道水。有个黄衣僧人绕水而走，一下一下敲着手里的梆子，刚进寺门的人都忍不住朝他看。那轻振在空气里的脆硬声音近在耳旁，在我听来却远在另一个世界，每一响虽极短促，意味又极深长。

一座青色拱桥跨水而卧，石栏上刻着"孝思桥"三大字，含着的意思从字面上不难揣测出来。几个穿着青灰色僧衣、褐色袈裟从左肩披裹下来的老年和尚蹲在桥头，个个面白体腴，说的却是日本话。是从京都、奈良前来续佛缘的吗？我一个禅界之外的人哪里知道。其中一位扬手向水面撒食，诱引清波中数百游鱼朝他来。桥下这道水，说是放生池也是对的。便想起郁达夫的《从鹿囿传来的消息》那一篇散文，里面记述了他在东瀛游奈良法隆寺和大佛寺的经过。

云门寺屋栋甚壮，在建筑格局上也同平常僧蓝并无二致，山门、天王殿、大雄宝殿、法堂、钟楼、禅堂、斋堂、功德堂、延寿堂照例都是应有的。材料上说，寺中堂室的大部，为数十年前住持虚云募化重修，在我想，这古寺的可看，还在于它的同从前一样的缘故。

一样的更有上殿、过堂、坐香、出坡诸日常佛事。无数晨昏，寺中人所忙的，除去吃睡之外，差不多全在这玄而空的仪制上。禅家道风在幽深的山中也不减色。时辰还早，一片梵呗已在大雄宝殿里响着了。住持升座，僧众肃立听法，素净的面容静如水，这是戒定时才会浮现的表情。所谓上堂的律仪便是它吗？香赞的念诵声里，一队身穿褐色海青（或为"紫而浅黑，非正色也"的缁衣？我也说不准）的寺僧出殿右转，在廊下绕院而走。此种僧服，宽腰阔袖，圆领方襟，款式近于袍，胖大身子才撑得起。一片影子映上墙，也是一幅笔墨清淡的禅画。他们回到殿中，又在佛像前依次站好，钟声里的诵唱更觉入境。门外阶上，站着两个小沙弥，一个戴眼镜的执着香炉，另一个执着木雕鱼，白嫩脸上透出的表情温静而虔诚。我虽在凡间，也不免对禅院里的一切发生好奇，并尝试对禅理寻索一点浅知。云门宗的"函盖乾坤句"、"截断众流句"、"随波逐流句"，即所谓云门三句，真是"简而不着边际"，佛性浅者，难懂奥妙。《五灯会元》卷十五：

问："如何是佛法大意？"师曰："面南看北斗。"

文偃禅师机锋灵妙，比起"风送水声，月移山影"一句，虽在味深而隽永上不及，却唯独来得爽利，如脑子里的弯，转得陡，转得急，迅捷明快而使人豁然开朗，就不免称绝。南宗禅法的顿悟境界也即如此吧。禅家语录多以自然之景释佛义、明本心，平素走山水的我们，惯看飞花落叶、清潭月影，除去几缕惆怅，又能明了其中多少深意呢？参禅修道，求得

慧悟而心入佛理，这对于闹市里和小沙弥一样年纪的人来说，是多么渺远的一件事。这样想着，再端详诵持的小沙弥严恪衿庄神态，更觉两样。诵经，是对佛的膜拜，还是对心性的修炼？浮世多舛，习禅，能够解开精神的系缚，化迷为悟，会使心灵的一角明亮。

登上寺后一座双层禅房，两三僧人倚着窗栏闲聊。袅袅的香篆在佛塑前缭绕。左右的对联颇耐读，我缺少可供凭仗的慧根，眼观，口念，想记在心里却未能，仿佛对文偃禅师失了敬意。

从寺院转出来。向东这一边，可以往后山去，更望见蓊郁的竹树在渐起的峰岭上摇起一团绿影子，吹来的风里还带着桂花的香气，并且隐隐听见涧谷中悬瀑的飞响，所以有桂花潭的名称，寻常山景是可以敌得过的。访寺过后别有风光待赏，可说二美具。就踏着一条如同蛇身般的狭径转到寺后的山下，来寻那片幽静。粤北的秋天，不染萧瑟之气，一片清凉罩住寺的东面靠山处。亭中坐着游人，满身都是绿，我没有细听这群养闲的男女所聊的话，单看悠然的神色，可知游过山和寺，心态仿佛便不同了。古树伸到天上去，太阳光给挡在一边了，不像在寺院的广庭里总也躲不开日头的晒。我连是什么树都没有辨清，只记得遮下的一片阴凉让人心里静，身子坐在这里便移动不得了。白天人多，暮色下来，逛庙或者汲水的人走光，若在这里静听一夜泉声，梦也清了。把眼睛再抬高几分，望见几进院子的后面还立着一座楼阁式佛塔，好像在山与寺之间完成一种气势上的映衬。可惜若以画眼打量这塔，样子还欠古旧还欠苍劲一些，在青绿的林麓深处未免有点不很适配。

人为草光花气所醉，恍兮惚兮，我也不知道自己的身子究竟来到何种地方，似把那天下风光尽收在胸臆之中了。石径又曲折地盘到山腰去，在几块铁壁般的石崖后一拐，断了似的，实则是诱着爬山人不歇脚地直奔更深更高的山里去。我朝一层一层曲绕于峰峦之上的阶径瞧瞧，斜覆出去的叠嶂巨岩那边，一定少不了石碣、古碑、崖刻，我也无心一步一步地上去，欣赏古人的字和诗。起身离去，心里实在还是留有余恋的。

我自知不谙佛法精义，更无立宗弘法的大愿，求取梦幻空花的妄念也断无，对着融化在阳光里的远山凝眸，心就同野鹤一样的朝向苍茫云天了。

昨日楼台·老建筑的文学追忆

嘉陵江的清波，流过碧绿的草滩，寺院飞出世俗的欢笑。

皇泽寺

　　嘉陵江面飘动乳白色的淡雾，风也浸透了湿意，丝丝缕缕极温柔。

　　青峰相依相偎，伴一条浩荡江水起起伏伏，伸展成两岸翠屏。与蜀门重镇广元市隔江相对的乌龙山上，一片深红色的亭阁被浓碧的山影衬托得辉煌，那就是与中国历史上唯一的女皇帝武则天有着因缘的皇泽寺。

　　川北，因有了这处名胜而流荡着深邃的历史感。

　　这里原先有一座建于南北朝的乌奴寺，传说武则天在此出家与唐太宗相遇并选入宫，后人便将此寺改名为皇泽寺，且精心修缮。像许多庙堂一样，最下功夫装点的是门面，金碧耀眼，显示着无上的尊严。"皇泽寺"匾额由张爱萍将军亲题，呈现一番飞动的气势。亭台楼阁的布局毫不显得狭隘，错落之中自有一种开阔舒展的内在节奏。占据主体位置的是则天殿，有这位女皇帝的一尊石刻坐像，虽无血肉生命，但精神的力量却并不随岁月的流逝而泯灭，眼眸灼灼，明亮依旧。她凝望一条嘉陵江水日夜奔涌，是在咀嚼"万岁登封"的历史余韵，还是沉醉于坐享圣庙的满足感中？石像左侧立石碑一通，正面题字"大蜀利州都督府皇泽寺唐则天皇后新庙记"，文曰："天后武氏其人也，事实具录，此不备书。贞观时，父士彟为都督，于是生后焉。"这大约成了郭沫若先生考证武则天生平的重要史据。殿门两旁就有郭沫若1963年的题联：

政启开元治宏贞观，
芳流剑阁光被利州。

联语极富历史感，气势恢弘，是对"盛唐之华"武则天一生的概括。

宋庆龄也在此留下题词：

武则天是中国历史上唯一的女皇帝，封建时代杰出的女政治家。

赞颂的情怀流露于文字间。

未料及的是，在这样一处皇威煊赫的所在，竟然也有吕洞宾前来凑趣。我走进山腰处的吕祖阁。这位诗酒神仙的塑像默默立在一片昏暗中，虽手执拂尘，却仿佛少了几分飘逸风流，便叫人愈发体味到道家的神秘主义。以逍遥为乐的吕仙人不在岳阳弄鹤，偏跑到这里，难道就感觉不出寂寞吗？这一座暗阁，对他那颗放达的灵魂来说，不好比一个牢笼才

怪哩！让纯阳子同武周大帝相伴，真算得一个奇想。抑或是要从森严的皇权与玩世的精神之间寻求一种融合？还是借吕道人来寄托民本主义的思想，倾吐斗米百姓在朝纲山一般的重压和禁锢下，一声挣扎般的呻吟？

不过，千百年来，当地人大约并不把这位则天大圣皇帝视作芦帘纸帐中人物，更没有牝鸡司晨的咒语和丑诋，而是将其引为家乡的骄傲与光荣。看来，百姓在受着皇权桎梏的同时，也在灵魂里滋生着对于皇权的尊崇。

据传，每年的农历正月二十三日为"武则天会期"，人们均在武皇生日这一天来此热闹一番，称为"游河湾"。想来这皇泽寺旁的则天坝，平畴如茵，江流潺湲，真是一片纵情怡乐的好风景，大约也是晚唐诗人温庭筠"波上马嘶看棹去，柳边人歇待船归"的境界吧！女皇帝荫福遗泽于故乡，不恰是她作为普通人的常情吗？亦流露着女性的温柔。

皇泽寺内还有石窟和摩崖数十处，造像千余尊，为南北朝及隋、唐、宋等历代石刻，尤以大佛楼里高达数米的释迦牟尼石雕佛像与五佛亭的隋代观音造像为最。这些瑰宝显示着皇泽寺的文化品格，使这里弥漫着天国的神奇缥缈氛围。郭沫若有诗赞曰：

广元皇泽寺，石窟溯隋唐。

媲美同伊阙，鬼斧似云冈。

这是将此处同龙门、云冈石窟相埒了，可见其价值不寻常。

皇泽古寺和附近的千佛崖摩崖造像、觉苑寺壁画、鹤鸣山道教造像，构成了嘉陵江畔的人文风景，也是金牛古蜀道上闪耀出的巴蜀文化的异彩。

古庙 宝华寺

空山清梵，唤来岭上的飘云。禅是一枝花，在心野摇曳。

宝华寺

  禅家七祖怀让在衡山磨镜的那个台子，实则是一块斜石，我多年前游山的时候过其旁。怀让在禅史上的名气大得很，掷钵峰下的福严寺又是七祖道场，我却没有什么可说。不入佛门的我，反有兴趣探问马祖道一昔日在石边领受南岳之主启悟的公案。说到衡岳，印象不浅的倒是他。

  禅家爱山。识道而择居山林，为求静。观松，看花，闻鸟，听泉之际，得云之闲，月之幽，心也放逸，神也逍遥。此种意态，几能统摄天下一切山。山若有灵，这禅宗家风可算要紧的一面。便是这多山的赣南，又有何异呢？

马祖道一是南宗禅中的超卓者。怀着高远心志的他，辞别湘东衡山，过闽北佛迹岭，越赣中临川，行至虔州佛日峰面壁坐禅。怀让传嗣的"心印"之法，让他和苍莽山川融为一处，亦从自然中领受南宗的精义——顿悟。据传"山鬼筑垣马祖避往龚公山"，道一禅师在龚公山建寺、开坛、讲法，禅学丕盛，遂将这处梵刹交给徒弟智藏，去了洪州（南昌）。洪州宗的创设，便是这之后的事。我此行未获缘一瞻佛日峰上的马祖岩，却在看过客家的白鹭古村，返赣县梅林镇的路上，车子一拐，驶上了通向宝华寺的路。

马祖道一卓锡弘法的宝华寺，藏在龚公山麓。择址这样深僻，赣县本地人有多少知道它，我也不敢断定。一路之上，也不知绕过几道葱翠的峰岭，也不知越过几条白亮的河流，直把映带左右的田舍风光看了又看，暗自赞叹江右风光的好。唐虔州刺史龚公，择此栖遁，是将山林气和农家景相融了。

宝华寺虽说是唐时建起的古刹，庙貌却已残旧得极可以。年代过去那么久，看在眼睛里的已非旧时形制。不待去查阅史实，似乎已经明白此寺兴废的大略。今人下手整葺，全在它的名气之大，并且足可远溯禅史上几位尊享祭飨的人物。我好像没有瞧见崇宏的寺墙，殿堂的左右尽叫红色的山坡围拢，到处堆着木料和水泥。殿里高供的佛菩萨，正在髹漆敷色，莫说那眉目辨不清楚，便是佛界的静谧，也暂时寻不见了。倒是山门的那尊袒露宽胸圆腹、面堆无邪之笑的弥勒，不改神气。此尊笑佛，体大、色乌、质硬，据称是用阴沉木雕成的。如此说来，也就经千万春秋而炼成，更不再受那自然的变异。

踏着后面的层阶，上到高处。有座修到一半的殿宇，它的名字我也没有请教僧家。它的过去不能知道，它的将来也不能知道，便是公输天巧，推想和天下禅林亦无过大分别。况且我这人的眼光真是怪，修葺得太过金碧反倒无感，这种古旧的样子，殊能添我的兴味。古杉的影子落下来，栽植于何年何代我也不知道，只觉得头顶飘着一片苍老的云。比这更老的是一座尚无殿门的佛堂里传响的唱诵声，是唵嘛呢叭咪吽的咒语吗？看几位穿着褐色僧衣的和尚在蒲团上跪拜，我的心微微一颤。这几位的脸上似无表情，双目稍稍闭合，沉于静界而避开现世的一切。龛坛上是一尊千手观音，体小而尤显精致，在幽暗的殿内，泛出一片灿黄的光，直映亮眼眸。木鱼也仿佛敲得极紧，声音里，含着人在此岸心在彼岸的虔怀。此种微妙本心，我怎能轻易契悟？僧人的襟袖下摆着一册《暮时课诵》，字句间的奥妙，理解起来也不能立得门径。看他们不为外界所扰的神情，不免想起结庐习禅的马祖道一。心是一潭水，一切吵闹搅不皱它。寺僧念经如常，并不在意大殿内墙的有无。真是息虑静缘！戒定慧的奥义，缥缈如一片云，又可从浮上他们脸庞的一切，隐隐地知道。即心是佛的禅理，却更觉幽妙与玄远了。檐边风响，泉喧，入耳的只一字：空。那个方正的功德箱里，像是不空。

  大觉殿的表面，砌着灰色的砖，尽显清朴的样子。正中的石台上，照例供着三尊佛菩萨。我的目光在他们身上一跃，落在后面一座楼阁式石塔上。它叫大宝光塔，传为唐穆宗为大觉禅师而造，到了灭佛的唐武宗手里，废毁，北宋元丰年间重修。七层塔身，约丈高，塔刹的宝珠、宝盖、相轮，和那塔身与基座，同木构楼阁的门窗、额枋、斗拱比较，亦能得其仿佛。飞翘的塔檐尤其宽大，檩椽、雀替、瓦陇也具体而微。悬在四角的铁马，若有风来，也会发出禅界的清妙之音吧。一雕一刻，宛如开出盛美的花。飘逸而流畅的线纹，抵抗着时光的磨蚀，空气犹含一丝香。它又有一个"玉石塔"的名字。岁月之痕印在上面，色白如雪

的样子也只在追想中了。我绕塔细看几眼，不论是唐，不论是宋，众香国里多少人也像我这样端详它，履印温凉之际，更有那口中的默祷，翩翩的神思，已飞离这僻远的山寺。

古杉的影子遮着殿堂厚重的屋檐，故人无迹，老树的铁枝上泛出新碧。心头总还留着一丝情感或者精神的印记吧？就我的感受说，如同马祖道一听怀让禅师喻佛理后，"一闻示诲，如饮醍醐"。这一刻，思想的翅膀充满倦意地收拢，我不愿和任何人讲话，不愿思考尘俗的一切，只想和现实世界保持无形的距离。我抬起双眼，目光穿越厚厚的岁月之障，在无边的沉黯的空间游荡。我意识到自己已经进入无力对生活做出改变的生命季节，只有把命运交付剩余的时间。这也是禅的本意吗？恍兮惚兮，我的心界蓦地映出行走在迂曲山路上的马祖道一，宽长的襟袖拂起晚天的流云，破旧的芒履沾满河谷的湿气……身影倏忽隐逝了，化作一株青色菩提树，迎着飞漾的雨雾摇动，点点星辉在幽亮的夜空开放簇簇蓝色的花朵。便有一种奇异而莫名的力量潜入我的内心，幻成白色的梦，失去一切真实。我的灵魂也被远近的山岭围裹。鲜绿的树色荡起一片温柔的精神底色。此时，与心灵相伴的唯有机械敲响的木鱼声。我能从单调的节奏里听出丰富的含义，仿佛整个身体在空明的水中自由翔泳。

寺中据称还有柳公权的碑铭值得一看。我是偶过，无暇细寻，只得存憾。回望，天下寺庙都不能少的大屋顶横于飘云之下，压住整座山。

寺是一尊佛。妆未罢，尽显本来面目。

古庙

宝光寺·升庵祠

梵呗声声，震落云外的花雨。五百罗汉的姿容，燃烧着无名工匠的心灵余温。

宝光寺·升庵祠

　　我来新都，是因为这里有个桂湖，还有一个宝光寺。汪曾祺先生写过这个地方，从此知道了这里风景的好，就很想看看新都是个什么样子。

　　宝光寺据传建在东汉，比洛阳的白马寺能晚多少呢？佛教入中土，时在东汉。那么早，蜀中就有了这座名刹。它的历史，不是一下子听得完的。

　　舍利塔是一座方形的砖塔，寺院是围着它的。我的兴趣在罗汉堂。五百多尊罗汉，泥身，彩绘，贴金，绕着居中的观世音，分踞其位，各有数珠、木鱼、宝杵、禅杖、钵盂、书卷、拂尘、蟾蜍、仙鹤、麒麟、灵芝、仙桃、石榴诸法器、灵物、瑞果为伴。塑罗汉，要比塑佛菩萨随便一些。罗汉面目不雷同，喜怒哀乐皆形于色。他们的眼睛好像会说话。

057

堂里虽然幽暗，也不觉得神秘。他们不像是从佛界来的，倒像一群食息人间的汉子，弄得满堂活泼泼的生活气，世间百态都在身边。这些作品，是咸丰年间塑的。雕塑至清，几无好例可举。有人说，道光年间，出了个怪才黎广修，从四川跑到云南筇竹寺，用彩泥塑出五百罗汉像，少佛气而多人味，自与官塑不同。宝光寺的有些罗汉，亦自其手出。这位民间雕塑家的艺术观，在筇竹寺的一副对联里："两手把大地山河捏瘪搓圆，洒向空中毫无色相；一口将先天祖气咀来嚼去，吞在肚里放出光明。"联语或为黎氏自撰。我佩服他的创作自信。

来了一趟宝光寺，只看到这些罗汉，就够了。至于佛法是怎样的渊深，禅茶是怎样的味香，图典是怎样的煌巨，不过问可也。

桂湖像是带着一些绍兴鉴湖的气象在里面。把桂湖说成是一个池塘更合适些。满湖都是绿荷，和岸上的丹桂相映带，不知谁是主人。

进门处，一架紫藤遮住日光。在这暑热的天气里，无风而心底自生清凉。有几个老汉在阴凉里下棋。真滋润！

杨柳楼的对面，是小锦江。这是一个水榭，有飞来椅。坐定，凝眸，一湖碧荷都在眼睛里了，意甚闲雅。吴虞的旧游之迹留在他的诗上："蜀中妙曲谁堪和，丛桂娟娟拟卜邻。"字句雅丽，风调清美，随五四之势而挥写《吃人与礼教》时的激进情绪，寻不到了。

桂花亭、古香亭、湖心楼、沉霞榭、枕碧亭、饮翠桥、观稼台、香世界、绿漪亭……命意都好，字面也雅。写它们出来，尤可见到处置文字的美丽处，专给文人品赏似的。朱自清、徐悲鸿、谢无量、巴金、沙汀、艾芜，都曾踏曲桥，越长堤，穿花径，映水菌苔、垂湖柳浪入眼，兼想画舫、远汀、笙歌，以及月华流泻一池荷花上，便添不淡的诗情。

桂湖是和杨升庵连在一起的。升庵是别号，其名慎。刚才说到的杨柳楼，即为寄升庵与黄峨离情而建。升庵身世坎壈，我只粗知梗略。他因"大礼"之议犯明世宗，远谪云南永昌卫戍所三十余载，古稀之年卒，终未返蜀。其妻黄峨从泸州迎其灵柩，归葬祖坟。乡里在桂湖建祠，以祀升庵。这样看起来，新都人对他的感情，真！祠内塑升庵像，正与沉霞榭里的黄峨像隔水相对。其意深。我没有见到这对鸾凤乐度新婚的榴阁，但诵起黄峨"朵朵如霞明照眼，晚凉相对更相宜"之句，继而想起他俩的一生离愁，殊觉凄婉。依旧说，黄峨"才情甚富，不让易安、淑真"，填词用韵，旨趣清雅，抒幽怀怨致，发身世之悲。应该找来这位蜀中巾帼诗人的《榴阁偶存》一读。

升庵和黄峨并有才名，《杨升庵夫妇散曲》，是后人将二人之作编成的合集。姻缘之美落在这里，古来能有几人？他俩一生所著，光是书目就排了一大片。

"经籍之光，古书浑浑灏灏尔；湖山在抱，佳气郁郁葱葱然。"这是昆明杨升庵祠的一副联。一个人，写了那么多东西，创造了有意义的生命。

绕湖归，门前的紫藤下，那几个老汉的棋，还没见分晓。

桂湖的绿漪，盈漾着杨慎的诗情文采。贬谪的感愤，化作激扬的言辞。一湖荷影、满岸桂香，杨柳楼头闪过黄峨待月的倩姿。

昨日楼台 老建筑的文学追忆

海涛声里，钟磬的余音缭绕，唤回飘远的船帆。

南普陀

南普陀在五老峰下，殿宇甚精整，端庄有大气，敷彩颇艳，若山中素女浓施粉黛，故显华丽之态，为诸多寺院不能及。

山门无遮拦，与寺院相通连，这种建筑布局为他处鲜见。四大天王造像极精细，所用工艺为漆线雕，丝缕分明，色彩艳丽，在多数寺庙的天王殿里见不到这样好的作品。

由大雄宝殿楹联，可推知南普陀来历：

经始溯唐朝，与开元而并古；

普光披厦岛，对太武以增辉。

不像是年代很久的联语，寺史却能够同泉州开元寺相当，皆为唐代建筑。

闽南佛殿与北方不相同，显飞动之形，隐约有天国般的梦幻感，这是燕尾式飞檐的效果。梁顶屋脊亦多美丽图案，不施彩墨，而是以瓷料剪贴镶嵌成，称剪瓷和嵌瓷。它的好处是颜色历久不褪，绿檐瓦、白石柱，也将雅气占尽。同北方佛寺常见的金琉璃、红廊柱相比，别有风格。闽南产石，寺庙多以石柱支撑，是得地之利也。

大雄宝殿两侧外廊，分坐十八罗汉，这种布置和涌泉寺无异。

大悲殿不求庄严正大，形如翘檐楼阁，所供为观世音菩萨。这里虽不是正宗道场，却也能眺览汪洋，同浙东的普陀山无太大分别。殿前菩提树的碧枝、三角梅的红花，也略具兰中求清、竹里寻静的禅界意味。

南普陀的素菜十分有名。我向不喜吃僧人斋饭，非远粗淡而近精荤，而是出于不好说清的原因，大而化之，是俗人不食山家清供。到了桌旁，才知南普陀的素菜要比多年前在九华山见过的讲究，可同京城的功德林在伯仲间。菜之名也多禅意，南海金莲、普陀粉丝、五老如意、梵宫玉笋，合于佛家口味。菜肴上桌，每盘的量不求满，却很悦目，入口，味道不坏，没有九华山斋饭那样重的素油味和山柴的熏燎气。这样地道的菜饭，不会是涌泉寺那口供千僧用饭的大锅烧出来的。

色香味、形神皿六字，为南普陀烹艺之诀。

昨日楼堂 老建筑的文学追忆

悬空造寺，邀女娲栖身，天神也要折腰。"公输天巧"的惊叹，遏阻冀南豫北的流云。

娲皇宫

炼石的女娲，是被尊为人之始祖的。其兄伏羲的部落居天水，明人修庙祀他。古荫掩着堂皇的殿宇，气派森然，至今未见其弱。女娲是和伏羲塑在一处的，蛇身人首，面相已很模糊。商纣王到朝歌女娲庙进香，风动珠帘，露出女娲姣容，纣王题淫诗一首，女娲怒，遣妖女灭商。民间传下的这一则东西，无妨当做消遣来听。

奉祭女娲的庙堂，冀南涉县唐王峧沟的凤凰山上也临崖筑起一座。山那样高，崇阁一空依傍，我差点断了登攀的心。成片的松冠，占满了山的阴处和阳面，叫人动了赏绿之意。弯折的山阶往深处去，一层一层地通向天。建筑不单是一个平面，只会伏在地上，它是可以站起来的，像一个威严的人。北齐文宣帝高洋由邺城去晋阳途中，要有这样一座停骖巡幸的离宫。凿岩壁，造禅窟，勒释迦、文殊、普贤诸尊像，石山就添了佛性，也是北朝的风气。至明，把道教神女娲安顿进去，佛道两家就混融一山了，连北齐的一间阔大石室都做了拜殿，又在宝顶上增筑三层，定下峻阁的形制，始有娲皇宫这一个名字。

建筑从来就是观念的物化。楼台这样峭厉地刺向邈远的苍天，是在刻意证明着审美上的崇高感。娲皇圣母的坐像体大而硬拙，九天玄女伴绕神台，把生气给了这个幽暗死寂的地方。山小势大，只因女娲神把山给看住了，灾乱不至。进到这里，心安静了，仿佛听不见山中一点响动。

楼台廊檐勾连，细部的精致构成整体的精致。公输天巧的妙处被筑进清虚阁、造化阁、补天阁的砖石里去了。浑源的悬空寺，飞梁、栈道，惊心之筑出自北魏匠人手，高峻的恒山仿佛也被看低。娲皇宫是学了古来的手法，也学了前人开山凿崖的雄心。八根铁索牵拉着楼体，风吹阁动，仿似力士的骨节与肌腱爆出的响音，而姿态还是稳的。不避重复，见了这一景，我想的仍是"公输天巧"这四字。

建在山上的寺，晋北的悬空寺可算一座，而且名气似乎也大过冀南的这一座。其实，娲皇宫比起它，高得好，也悬得好，差不多靠着山尖了，有参天之势，倨傲的大树都矮下一截去了。看它的人，心胸一宽。先不必想造宫人的事略与功业，你且放眼望一望这摩云的楼台，听一听这吹过的风声，这鳞鳞的殿瓦，这森森的松柏！临了这样的地方，身未退隐，心已先逍遥了。逼仄的山径一弯一弯地缠裹的只是腿脚，无法缠裹自由的目光。我在这里把娲皇宫和悬空寺并提，不过是就建筑的形制发一点感慨，若就海内外的名声说，娲皇宫似乎还不如一些。悬空寺所依傍的

恒山不是这里的凤凰山所可比拟的。悬空寺的出名，实是因为有了恒山在后面，至少添了一半的胜境给它，而这却是娲皇宫所无的。它只是共享着无边际的天空，从我这个角度望上去，正好显示着天底下它的峻耸的姿态，暗自噤住了，虽则我在悬空寺的下面也曾于抬眼的瞬间受过这一惊。瞧，国人重名而轻实的旧弊在我这里又发作得不浅，况且旧游的悬空寺留给我的印象，鲜明的程度一年不如一年了。两处景色的自然清绝既是相像的，寻赏之余，铺纸绘记，值得我把同样的笔墨用上去。

现代文化与科学的昌兴，使人上不畏神，下不拜物，心无所役，入了至境，也算得其所宜哉。这样看，在现今的男女，信佛笃道的还会多吗？登顶看庙的身影似乎仍是络绎于途。拖着游山屐痕的人里，或许有不染佛道气的，山村的悠闲风味也能引他入胜。我自己可说是吧。山路上，在凉亭歇脚时，颇如一个世外之人，看静眠的云在岚光里做着蓝色的梦，就盼着风，好把一堆死去的身躯吹活，任它们漫天飞卷起来。这番心思也带到了高处。登楼，眺得尽冀南的形胜，与四围罩在烟云下的低峦浅阜。猛抬头，一眼望到那边山上去了。目光落着的崖畔，染了花的色彩。人影点点，野菊围了他们笑，游山男女的心暂且晴了。人在这天半的空中，灵魂失去平素的沉重，轻飘如一片自由的羽絮，任由风吹着。哪里都是去处，没有一个设定的方向。

山高到了如此，一个来回走完，想再上下一趟，腿脚却软了。只好回头朝掩在茂林与陡岩间的下山路望一眼。这一望，多少挂怀！这会儿，晴天也阻不住雾的来去，留着可供咀嚼的余味似的。寺在山里，好像隐在时间深处。那峻伟的山阁，只现出一道缥缈的虚影，而那阵阵的炉香，是散逸在晴夏的天光中了，高妙、深邃、幽眇。既是佛道的灵场，身不是老僧的，像是无缘随便出入。时间尚是在白天已使我敬畏不已，到了夜里，幽深的山中楼台会是怎样光景？我不敢想。

营造的巧妙，胜过笔墨技法。这雄丽的楼阁，与时间对峙，又像时间一样老去，而记它的文章，千余年来能有几篇？中国自古坐了龙位的，轻纸上之声而重地面之筑的习性可知。"凭轩槛以遥望兮，向北风而开襟。"虽则不谙平仄如我者，也要来诵这一句，但是做一篇游山志来记此行，比起汉王粲慨吟《登楼赋》，或许来得适当。

一座云间的宫殿，敬祀抟土造人的女娲。补天的神话，使精神朝高处飞升。

古庙 娲皇宫

一眠不醒，枕上的卢生，灵魂飞离多苦的尘世，在梦里浮笑。

黄粱梦

晨发邢台，经褡裢，去看黄粱梦。农民把刚刚收割下来的谷子晾满道上，任汽车往来碾轧，然后随风高高扬洒，一片金色的雾。

这方水土盛产谷子。看来，喷香的小米饭伴卢生做了一回那样漫无边际的美梦，可以从生活中找到依据。

这是中国历史上一个金色的梦，一个最灿烂的梦。多少人的梦，都没有超越它的境界。

庄生晓梦迷蝴蝶。

千秋重复的梦很耐咀嚼。

沈既济《枕中记》："道士有吕翁者，得神仙术，行邯郸道中，息邸舍。摄帽弛带，隐囊而坐。俄见旅中少年，乃卢生也。"下面便引出黄粱一梦的故事。吕翁者，吕洞宾也。确否？不少人都认可。南墙一幅字：蓬莱仙境。前面三字就是吕洞宾手笔，后头那字据称是乾隆帝补上去的。有什么异同吗？有点儿，不多。这固然又是传说。不过，旁边真的有一座八仙阁，题联："庄子到红楼证百代之梦境，钟离度吕祖诚八仙中名仙。"殿堂供着八位仙人的塑像。他们的面孔，我在山东蓬莱阁已经熟悉。

观内另有钟离殿、吕祖殿。本是来看名声在外的卢生祠，一进门却掺进这样多八仙的内容，两合水，有些夺卢生的光彩了。

琉璃亭，玉石桥，池中绿荷，岸畔碧柳，黄粱梦其实是一座公园了。

最后才是卢生祠。庭置香炉，配廊皆为碑碣，新制旧物参差，不少人在仔细逐其字句。殿内光秃秃一尊卢生漆黑色卧像，在千年霜雪中寒着一把骨头，依旧一副酣眠模样。这一梦岂止"徜翔台阁，五十余年"，怕是断不了梦里的因缘，睡它无尽春秋了。檐下一通石碑，镌一个颇大的"梦"字。好些人摆正姿势，同它照相。人是醒着的，且极灿烂地微笑。云尘梦影，没有谁真会在这里推敲一则传奇故事的深刻处。一纸荒唐，留在游客脸上的，只是梦一般浪漫的神色。

卢生的悲欢属于另一个时代。

吕纯阳是留在传说里的人物，卢生呢？有人讲史有其人，名英，字粹之，所居村庄在旧邯郸县治西北二十里，今尚名卢英堡。此可备一说。

寐寤之间，阴阳乾坤。王谢人家的富贵梦竟抵不过炊黍的片时，良宵短，梦难圆，寒畯逢掖的卢生耐不得这份熬煎，干脆不再醒来，用一双倦眼看人间。这也得安详。夫宠辱之道，穷达之运，得丧之理，死生之情，尽不知矣。这是遁世隐逸了。卢生祠联："睡至二三更时凡功名

都成幻境，想到一百年后无少长俱是古人。"读之苍凉。也有清新可诵者。比方这一副："梦醒黄粱方悟道，心同明月可寻梅。"梦能使人昏沉，亦可叫人清醒，这一副就题得好，只是这种水平的碑撰我没能读到更多。有些题联，词语虽工，境界却不高，总脱不了富贵梦一类漂亮的废话，读多了反倒把人给"绕"进华胥国了。

后来读元好问《题卢生庙》："邯郸今日题诗者，犹是黄粱梦里人。"深刻！

邯郸古观红墙之外，不少地摊儿正忙活，曰"算命的"。

"嘿，算命的，来一卦！"

这些人，白游了一回黄粱梦，真要朝卢生借过青瓷枕头吗？

"修到神仙，看三醉归来，也要几杯绿酒；托生人世，算百般好处，都成一枕黄粱。"大梦若醉，纯阳遗风和卢英残梦毕竟还相承袭。把他们安置在这邯郸古道旁，让后人来当风景看，贴谱。

抄下袁宏道诗"人间惟有李长吉，解与神仙作挽歌"，以祭那个遥远的梦境。

古庙 草庵

结庐读书的硕儒，早已乘着隋代的风烟远去。浮雕的摩尼佛，背后泛出美丽的光晕。月色下，他在静听窟外山泉的流响。

草庵

摩尼教传入中土，据考是晋代的事情。正逢着安息、月氏、康居、天竺诸僧来洛阳译经论、弘佛法的盛期，波斯摩尼氏所创明教随潮流而来自然也是可能的。凿窟、造像、筑寺、修塔、刻经之风也不只释家之举。唐长安城大云光明寺，即是一座摩尼寺。信奉道教的唐武宗兴会昌法难，毁寺、熔像、勒令僧尼还俗。排佛之际，摩尼教也受池鱼之殃。据传到了朱洪武登基，摩尼教又遭禁。千载之下，能在泉南山中长留这座名为草庵的教寺，直叫我深叹一声：硕果独存，岂非天哉！

闽粤的冬天，真是和暖得很。燕赵早已雪深几尺，这里的树上可还

尽摇着未凋的花呢。车出泉州城南门朝晋江去。窗外的冬景即在小寒节气，只消大略一瞥，比起北方将残的秋色，绿意还更鲜浓些，恰好去衬岭上刺桐花的艳红。至于天际的云光映着潮起的海湾，凝视的一刻，心间也被烛亮。呼吸一点点深起来，空气的澄润正养得住四野林峦的幽秀和水木的清美。江身两侧茂聚着夹岸的芜草，也没从浅黄中透出一点衰枯的颜色。岭南气候温煦，四时非但脱不尽暖阳的抚爱，就是霏霏凉雨湿了身，也不会瑟缩得让心头一阵凄紧，而哀吟眼底的肃杀，倒想披一片清光去踏野闲行呢。

隋代十八硕儒入山求隐，已是古旧的谈资；近世弘一法师居寺，品闲习静，砥节砺行，朗吟、曼诵，修其心、养其志，是他终日的功课，依理应是同样逸致，并且释迦、摩尼二祖立教劝善的根底也是一类的。

草庵是它在宋绍兴年间始建时的得名，至元代改为石构。灰白的寺壁看上去一片清素之气，不以金碧夺人。深隐于世人视线之外的神迹，简朴中又都含着大气度。这种境状，反使初游者的心归于安静。"草庵"这两个字留了下来，刻匾张悬门上。寺依高崖筑起，虽不甚宏巨，但在闽南梵刹中排行，也不会居后。何况摩尼教寺天下又有几座呢？云霓、岚气、树色、泉影朝夕映带，筑室幽居者是把自己放入一幅水墨里去充栖遁的仙翁了。我非讲般若的空门士，也非论冲虚的持素人，眼望这高台之上的古寺，仍感叹它择址的不凡。我便觉得表现宗教圣洁境界的，不是崇阿的峭厉和林麓的深秀，却是气象的超俗与感受的别异。七宝庄严，也不在讲堂精舍的美盛，也不在宫殿楼观的雄丽，却在摩尼光佛坐像的蔼颜上。我是曾在南北名山中入过多座法门的，低眉的佛菩萨，半启的双眸闪出朦胧的光，直抵心间，让我似乎在恭听一种婉和的诉说。觉性圆融是至境，只可惜我的慧根浅，无力破邪执，形诸言，也怕难于及义。观佛像，纵使旦暮对之，倒也没有什么更可对人说起的心得了。

　　昔年的工匠，殚其力，一凿一錾，用着水磨工夫在石上刻出古佛灵秀的眉目，刻出背后照彻幽冥的轮光，正把摩尼教以"光明"为本的教义符号化了。香鼎蒲团，善男信女远近而来，此番情形却又是常常可以在泉南的一些地方看到的。在半阴微凉的天气里，或者上雪峰寺的楼头细观谷溪流过苔阶，在茶香里待月，或者倚九日山的曲阁石栏，赏历代祈风摩崖，也算得俗虑皆抛的一种清游。

　　庵前坡草极青绿，映衬崖上森秀的古木。向北面山间看过去，一片巍然的楼台已占了峰峦的高处，应是在宋代龙泉书院的遗墟上建起的大华严寺。不在晨钟高响的清晓，也不在暮鼓低鸣的傍晚，只一片凝然的影子静伏在暖翠的山中。我不会礼忏，我不会唱偈，这里面的缘由，大约总在我入世的心太深了一些。因为还要折几道弯才能抵近，倒不如离它一程望望有意味。

　　庵旁辟出一间窄屋，两三老叟闲闲地吸烟，缓缓地聊天，谈笑至星月冷照的半宵也不会知倦。清寂的山居中，消磨着平淡的日子。

　　一浅一深的叹息却不是此时所应发出的。心无旁虑，烟火气全消，便是世人所慕的佛境；而我登庵一览，目光如触着墨香不散的古画了。

昨日楼堂 老建筑的文学追忆

五色经幡摇颤着雪域的宁静，溢满阳光的苍穹，飞满嘹亮的梵呗。旋动的转经筒、长明的酥油灯，传递心头的虔诚。

布达拉宫

在照片上看熟了的布达拉宫，就隐在蒙蒙的雨雾里。满山雕凿了彩色的经文和佛教意味相当浓的图案。崖壁间拉扯了许多在湿漉漉的空气中招展的经幡，似乎是一种刻意的点缀。陈若曦用过一个比喻，说布达拉宫是宫殿中的蒙娜丽莎。现在这么一望，颇得意境。拉萨海拔原本就不低，这座高逾百米的宫殿又建在布达拉山上，可算是高上加高，几与天齐了。说它是世界上最高的殿宇，不算过分。"危楼高百尺，手可摘星辰"的古诗用在这里，就对了。

布达拉宫是宫殿，不错。可对它，我总摆脱不了寺庙的感觉。合金大殿里浓浓的酥油气味叫人不易接受，昏暗的灯盏散出微红的光晕，映着总览雷同、细辨有异的大小佛像。红衣喇嘛站在浓重的暗影里，拜谒的教徒不停地摇着手里的转经筒，口里默诵着经文，六字真言。

叫人惊异的是那些灵塔，尽倾黄金、宝石、珍珠、珊瑚而镶筑，高大无比，金碧辉煌，豪华得简直难以想象。中原的帝王陵墓多矣，却也鲜有此观。宫内的壁画绝对是第一流的，多佛教题材，虽久阅春秋，色彩依旧艳丽如新。另外一种叫做"唐卡"的卷轴也触目皆是，题材和风格同壁画接近。

布达拉宫色分红、白二种，故有红宫和白宫的叫法。红宫供佛和灵塔，白宫则为达赖喇嘛的起居室与亲政场所。这也只限在冬季。一俟夏日，办公和起居就要迁往罗布林卡了。依节令的冷暖而分设冬、夏二宫，这也算一种排场。

我从布达拉宫里转出来，没有留下太鲜明的印象，倒是走下山来，远远地去望，还觉有所得。所以我说布达拉宫最宜居远而欣赏。它贵在气势大，观其外表倒能得其深意。一是色彩。红、白二色，在苍茫的高原是最富有强调和夸张性的颜色，在蓝天下老远便可以耀人眼目。二是格局。形如宫堡，是藏族传统的碉房式，却又带些汉式殿堂的特点。它最突出的地方，就是不循规则，不讲对称。布达拉宫早先仅有法王洞一座，供着松赞干布、文成公主，至清代，以法王洞为中心，依山势而扩建，无整体设计，随意性极强，修了近半个世纪，始成今日规模。一位当地朋友笑着说：你看，整个建筑群就像一堆帐篷聚在山上，最没规矩，也就最现代。我觉得这位老兄的眼光很特别，却不是怪得没有道理。当年主持扩建工程的是桑吉嘉措，他在藏人心目中极有位置，是学者、医学家、政治家，还是戏剧家。他当然具有浪漫诗人的气质。

布达拉宫维修未竣，但不掩其规模大势。它依旧背倚蓝得透明的天和白得如雪的云，很傲气。殿廊深处飘响藏族青年欢乐的打夯歌。

香烛的微光，映着高远的碧天。喇嘛唱诵着金色的祈愿。

大昭寺

　　大昭寺让藏传佛教信徒们虔诚得无法，干脆将整个身子趴下，头触青石地面，曰"磕长头"。来磕头的不是孤零的几人，而是一片，从疲惫的神色看，像是远途而来。那扇庄严的寺院大门，在他们看来，神力无边。

　　桑烟从四面八方飘过来，浓得呛人。

　　寺里照例遍燃酥油灯，金亮一片。灯光和从檐顶照下来的阳光在烟雾里混合，仿佛模糊不清的薄纱。无数耀眼的光斑在浑浊的空气中欢乐地跳动。

　　风铃在金色的飞檐下摇响。

寺内正大施维修之工，脚手架和灰土砖石搅乱了观览，总之离不了佛像、壁画一类内容。一间屋顶上，有群藏族姑娘正在打夯，载歌载舞，且依一定节奏。这叫我想起原始的"杭育"诗。当然，她们唱的要好听得多，听不懂词，但感觉曲调很美。我攀上前，要过一根夯，细瞧，只在木棍的顶端嵌上一块圆形石片，就集体随歌的节拍朝新铺的地面砸，砸瓷实才住手。她们在歌声中朝前迈步，再转身返回，进退有据矣。脚使劲跺着，手中的夯打拍子一般落下去，古朴简单，又是十足的艺术情调。是踏歌吗？我恍如看到了上古时代的先民"投足以歌，披发而舞"的影子。

浓浓桑烟弥漫，大昭寺前那株唐柳差不多已接近于枯，和那尊唐蕃会盟碑一同圈在围墙里，再叫生意摊子一挡，遮得更其严实，无法靠近。文成公主当叹！

八角街紧环大昭寺，是买卖人的天下，同内地的集贸市场略近，区别在于较少有菜蔬鱼禽摊卖，而多佛教意味很浓的工艺品：经卷、藏香、念珠、灯盏、首饰、面具等等，难尽其详。有的店铺，门脸儿很低，据说是防鬼用的。我对竹篓里斜插的几扇干枯的叶子抱有兴趣，色显黑黄，较芭蕉叶为厚。一打听，是贝叶，写经文用的，在藏地，大约不算稀罕。摇着转经筒掐着念珠过往的多为老年人，背已驼得够深了，纵横的皱纹深处，飘着叫人捉摸不透的虔诚的眼光。有许多喇嘛坐在路的当间儿，身前摆着盛钱的纸盒子，化缘。他们的岁数，多半很轻，眼神也透着灵活。

八角街一带的房舍有特点，多白色小楼，很敦实。窗子四周却涂上又粗又宽的黑框。什么道理？我没有搞清楚。反正在藏家民宅，这种装饰，常见。

街头很热闹，可使异地人看得缭乱。据说转八角街，黄教徒是要顺时针方向走的，而黑教徒则偏要逆时针方向走。我是循哪派的规矩呢？好像逛马路一样无章法可遵，乐在两个字——随便。

哲蚌寺

　　哲蚌寺居拉萨市西北，在这片地界，它同甘丹寺、色拉寺齐享"三大寺"美名。但哲蚌寺要先领一段风骚，盖因达赖世家是把这里当做母寺的。

　　哲蚌是藏语，藏译汉，"米堆"也，寓意繁盛。僧伽也兴旺，多可聚成七千七百之众，在黄教诸寺中，气派最大。佛堂僧舍缘山建造，规模颇巨。我们雨中来游哲蚌寺，却无心看庙，兴趣全在观晒佛。

　　哲蚌寺的晒佛，时在雪顿节，每年只一次，当为盛事。晒佛即是将巨幅释迦佛祖彩像织毯在山上铺展，选址当然要高，尽让阳光照射，也易于远远而来者欣赏。可听说接连几年，一逢晒佛，天就落雨，待几小时过后，将佛像卷拢人群散去，太阳便朗照了。我这次赶来看晒佛，也不例外。这种现象，似乎不易找到解释。

　　这尚无关紧要。晒佛的场面的确很大，开人眼界。首先是人多，漫山遍野，无法统计其详。说一句没文采的话，简直不得了。山路在阴雨中泥泞得不堪，却丝毫挡不住信徒们一路上择地而向依山斜展出的佛祖跪拜。嘛呢堆旁的桑烟一股股地弥漫，藏民们把干草一般的桑枝往火堆里投，光焰中发出清脆的爆裂声响。树丛间挂满了祈祷意味极浓的哈达。

　　法号之音低缓沉闷，操号的是一排红衣喇嘛（虽为黄教，但僧服之色仍然偏重于红），站在高处齐吹。号很长，巨型，声响自然传送极辽远。最有特点的是他们头上顶着的帽子，杏黄色，高檐，状若鸡冠。一望而知，格鲁教象征也。这在别的地方鲜能一睹。

诵经声中，覆在佛像上的黄色经卷缓缓收拢，佛祖的面容毕现无遗。这显然是一幅新织的作品，色彩艳丽无比。欢呼的人群拥上前，把哈达裹上钞票，在淌着雨水和汗水的额头轻蹭一下，口里低声念着什么，用力朝佛像一投。

数不清的哈达在雨丝里飞舞，一切都恍若浸润在神的灵光中。

藏戏和牦牛舞也络绎登台，那块山间的平台照例挤满了人。表演的招式粗悍，极狂烈。这样深的大山，这样浓重的宗教气氛，容不得江南式的婉约。

顺带说一下藏戏。我头一次看，所得印象零星。人物虽不画脸谱，却戴面具，依一定模式以别性格身分。伴奏也简单，镲和鼓足矣，打击乐也，配着重节奏、贵狂放的舞蹈，合适。藏戏起源较早，大约同宗教祭仪相关。演员择地而舞，无须讲究的剧场，典型的广场艺术，保留了初期戏剧的某种形式，是戏剧史上的活化石。

雨，照例没有停的意思，大佛在雨中更显其鲜艳。一个多小时后，开始从下端卷拢，速度很慢。上面的哈达、钞票被收进几个预先备好的白布口袋中。谁晓得这些孝敬佛祖的钱有多少？反正错不了。

我撑伞下山了，可释迦佛像还没完全躲过雨水，瞧着被淋得精湿的模样，竟无端地替它心疼。

昨日楼堂 老建筑的文学追忆

金顶的光芒跃上坚硬的尼色日山。班禅灵塔是一个宗教符号，镌入僧侣柔软的梦境。比唐卡更美丽的，是多彩的想象。

扎什伦布寺

　　高原多雨，太阳雨。自拉萨去日喀则，一路多见阳光下斜飘的雨，很亮，闪珠玉之光。飞逝得也快，将观者的想象带远。

　　比太阳雨更显美丽的是彩虹，架在天空如一座弧形的长桥，很完整，不像我们在城市的狭街里抬眼，只偶尔望到吝啬的一截，神龙见首不见尾的怅憾总免不了。高原不会给视觉带来阻碍，七彩虹霓亦可以横空逍遥地来去。但我们依然看不透它的行藏。来无相邀，去不可止，我们既走不进它的怀抱，剩下的差事，只有抓紧调焦距，对镜头，叫这道灵光永远凝定在底片上。当然还要把自身装饰物般地摆放进去。心与自然亲。

沿中尼（泊尔）公路行，入目的依旧是茶褐色的冈底斯山和同样颜色的雅鲁藏布江。苍山负雪，亦负云影，洁白得不好分别。江水也来相映，便将浓淡的银色飘在山水间。车在风中行，视线在开阔与逼仄的变换间移动。对山景的形容不易出新，但怎样也望不够。它同内地的山有什么异处？一时似难以道清。江景亦少变化，逢深谷则略急，遇峰回则渐缓，宽展处，浅渚沙洲，江湾明净，简直如画了。最宜有两三江鸥闲飞。有是有，却不常在望。但这样有名的大山和这样有名的大江互为搭配，雄浑的气势，他处鲜有其比。就连那片铁石一般的山水之色，也透出一种古典的意味。外来的干扰接近于无，便得之纯净，得之天然，得之原始状貌。

河谷中闪现的原野亦大悦眼目。金黄的小麦和同样灿艳的油菜花，跟江南风光比较，差能得其仿佛。荞麦正开花，颜色非常之美——粉红。荞麦面为我所喜啖，花，却是头一回看到。

路边立着一根根老旧的柱子，颇有沧桑。细一瞧，是土坯垒砌的，且有秩序地间隔出现，一直伸向路的尽头。一问，始知为昔日的电线杆残迹。这在其他地方肯定难得见识，可入《正大综艺》节目，叫观众去猜。

望年楚河而知日喀则已近。河面一片亮，倒映雪峰云。日喀则的标志还在扎什伦布寺，老远望到的就是它。金檐顶红墙壁（这里突出红色，建筑风格显得热烈、庄重）极耀眼地峭耸，仿佛高出日喀则城市的楼厦不少，十足的大气派。这同临近拉萨而遥望布达拉宫的感觉十分接近。日光山，色赭红，褶皱起伏若浪涛之痕，气象极峥嵘。在规模上，扎什伦布寺似略胜拉萨三大寺。就是在黄教的六大丛林中，也绝不弱。

自四世班禅起，这地方成为历世班禅宗教和政治活动的中心。灵塔当然有，最新的一座是从五世至九世班禅的合塔。殿宇高大，灵塔亦辉煌。十世班禅为它开光，亦将生命的句号画在了日喀则。现在也正为他

修一座灵塔，未竣。十世班禅的法体居大殿佛龛内，不可近视，只能远观。外表看去，依旧是庄严的神情。双目睁着，仿佛陷入一种永恒的思考。头发还很黑，左腕尚戴着一块手表，又圆又大，可能是腕子细瘦下去，显的。有人说班禅的头发又长了，手表也依旧在滴答。幽暗的酥油灯光下，隔着佛龛的玻璃，我无法细辨，很快就在喇嘛的诵经声中退出来。

古庙 白居寺

八角塔和天空默默对语。流云含情微笑，看那佛画的灿烂。

白居寺

后藏的嘛呢堆好像更多，从日喀则去江孜，一路多有所见。刨掉这份景物，大小寺庙也较拉萨一带为稠。规模固然不如何大，但山里人家的香火，足够供奉。这一段的山岩，也多冷峻的锈色，如血。彩色的佛像和佛塔图案装饰在上面，使宗教意味犹浓。

江孜的抗英古堡虽残，却未坍弛，仍如一尊雕塑轮廓分明地立于宗山之上。橘红的夕光从铅灰色的云层射下，宛若镀上一抹灿亮的金，古堡和整座宗山皆显辉煌，更加浓了一种悲壮感。只消望望，就会将慨叹尽付沧桑中。

没能凌宗山之巅而观古炮台，是一桩憾事。车子从山下的加日交大街开过去，来看白居寺。

全寺贵在白居塔。塔内供佛万尊，木雕、泥塑、铜铸，品类齐全。万佛塔的叫法，恰副名实。另有说法，若再把壁画和唐卡上所绘佛像算在一处，当以十万尊计，故在叫法上又扩大了数目——十万佛塔，见诸藏文史籍，曰"古布木曲典"。

佛像多是实话，黑、红、花、白、黄诸教派几乎均有代表在这里落脚（寺院中三根高大经幡柱，亦象征黄、白、花三大教派的并列），佛海弥深，多宽容气。我于藏传佛教生疏，端详不出寅卯，但除去护法金刚，仿佛皆呈善良之色，一脸菩萨笑，可化尽世间干戈。红、白、绿诸色度母最为慈蔼，模样介于释迦和观音之间。我不久之前刚在五台山看够了佛菩萨和庙，来这里又看，但还能看下去，不烦。因为在感觉上，还是各异，不好替代。这些壁画虽为数百年旧物，色泽却历久远春秋而不褪易，不像经过后人修饰。贵在绘制时，画匠所敷颜料取之天然。岁月的风雨抹不尽，艺术之功也。

塔楼七级。有篇文章里讲，是江孜法王贡桑绕丹帕望年楚河梯田状的河滩得到启发，取其层叠，上矗六重圆塔，顶托十三瓣莲花，紫铜的。支撑三十二点五米高塔的，全在一根千斤核心铁柱，孤撑万钧！大门十二道，小门八十道。我绕塔两周，无缘走尽，连螺旋形塔梯也未及攀，总指望管中窥豹便能晓其大概，差别仅在详略之间罢了。故真有佛十万尊，我顶多擦了个边。

正寺当然不能省略。老喇嘛吃力地推开沉重的两扇门，空气中便颤响锈浊的声音，如一串深长的叹息。所供内容除释迦佛祖似再无其他，可见他的惹眼。释迦戴凤冠，据说他升天后就是这种装扮。我看的释迦像多了去啦，这副样子还从没见过，活像一员武将。酥油灯光晃动着，映亮老喇嘛阴沉的皱脸。他正往灯盏里添油，手脚迟缓，可眼神很纯，不好形容的心诚。四壁经书盈橱，覆了尘埃，似也意味着某种价值。酥油花很好看，供在那里，让佛祖独自欣赏，眉开眼笑。

　　开得更鲜的是阳光下的花，红、粉、黄、白诸色极美丽。喇嘛们也会养出这样好的花，佛界与人间的分别仿佛在花色中淡去。

高原的香界，载满禅意的心和白云共舞。

塔尔寺

佛法入藏，衍为喇嘛教。教派多种，格鲁派最为显耀。释侣衣帽皆黄色，故得来黄教的名号。教主是宗喀巴。人类出于对木石的信赖，在大地上修造远离现世的建筑，使精神性的东西在物质化的稳固形式中获得对于时空的超越。我这些年去西藏、甘肃，看了数座黄教寺院。塔尔寺建于宗喀巴的故土，黄教的总根应该在这里。游过它，我就看全了黄教的六大宝刹，也算一种圆满吧。

塔尔寺在湟中县鲁沙尔镇。这是一片谷地，从西宁出来，走南川，数十里即到。殿堂寺塔都造在山坡上，同拉卜楞寺相仿而格局稍小。有许多院子，好像是陆续增筑的。整个寺貌是松散的，甚至有些随便。湟水汤汤，人的性情也会放逸。在重重的院落转悠，我始终没有方向感。真不知要环顾几番才能将南北辨清！佛门深如海，不是谁都能够一眼看透的。

寺前是一溜白塔，八座，不高大。样子差不多是一样的，区别仅在细处。这样的"窣堵波"我还是初遇。塔腰雕出释祖本生故事，我如见着一部佛界的浮世绘了。有位年老的女人，手触着塔前的石栏，好像在抓住深深的祈望。她一圈一圈缓步走着。明亮的阳光从蓝天泻下，照着她黑皱的脸和微驼的瘦骨，不见一丝笑容。寻找幸福的过程总与苦难相伴。她拖着沉重的影子，轻念咒愿，是在复诵一世未脱的苦谛吗？这八尊如意宝塔是清乾隆年间建起的，数百载风雨中，多少虔诚的信徒绕塔而走。如今，塔周那道深深浅浅的足痕是叫新铺的地面掩去了。

藏人造寺，以镏金铜瓦覆顶。塔尔寺里有大小金瓦寺。灿黄的光芒飞闪，显示着高贵之气。宗喀巴好像仍在至尊的圣位，不，是在黄教的源头安详地微笑。

小金瓦寺供奉的是护法神，还有一些金刚力士。看过，只记住凶悍的眼睛。金刚怒目，所以降伏四魔，本不足惧，可我还是觉得低眉的菩萨亲切。在塔尔寺，壁画上度母慈婉的目光触到我内心的柔软处。我是把度母看成一尊女神的。她将暖意和温情带给雄性的高原。寺中的油塑、堆绣仿佛是她的巧手做出的。廊下的转经筒绘满六字真言、八吉祥相。入山访寺，我对"唵嘛呢叭咪哞"这六字多见，却不懂它的真义；莲花

宝瓶的图案过眼，也不能深知其所寓。枯对墙上一幅《六道轮回图》更是不得解。足见我对释界的隔膜。

　　到处都是哈达。色分三种：白、黄、蓝，均极鲜艳。我感受着色彩的力量，亦仿佛看到晶莹的飞雪、炽亮的阳光和阔远的海面。熏修的喇嘛也会悠然远想。

　　大经堂里一片安静，我没有赶上两千喇嘛合诵经文的时候。梵音深妙，隆盛之景总也可比五台山上的大法会吧。我对佛门教义虽不能信受奉行，旁观，也能感受其场面，体味其气氛。恒沙众生，皆为法侣，佛境常以广大无边的壮景夺人，在习经的堂内，更是极有布置。高处垂下宽大的帷幔，外裹彩毯的柱子超百根，缀饰刺绣花幡和飘带，极尽繁丽。长条的布垫整齐排列，空着。在微暗的光线下看，自有一种幽深感。僧众低眼念经书，举目则见酥油灯光映着的宗喀巴和强巴佛静渊的容颜。口诵真言，心观佛尊，和坐入学塾里开口"子曰诗云"比，滋味真是大异哉。经堂内的清众，全将一生苦乐系于蒲团上的日月了。

　　我最抱憾的是，大金瓦寺修葺未竣。一块木牌上写着：农历八月初八迎客。大概是个吉日。可惜我等不到了，只好仰看一眼屋脊上闪亮的金轮，叹口气。这是全寺的主殿，重檐歇山，是一座汉式建筑。金银灯、古瓷瓶环供一座大银塔，在敬瞻的视线中凝定为佛光四射的影像。一座纪念性质的塔，使失去肉身的宗喀巴以另一种形式存在。推想它和甘丹寺的宗喀巴灵塔，同其高大吧。殿前的菩提树还活着。据传，树下埋着这位教主的胞衣。宗喀巴如果是在这里降生的，格鲁派必会把大金瓦寺尊为祖庭。

塔尔寺的菩提树，以小花寺里的那棵最繁茂。飞花乱坠如雨的光景过去了，秋已深，树下落满叶子。我拾起一片，犹散淡香。

飘来几朵湿云，亮亮的雨丝蓦地就把山寺织入一片朦胧中。高原的阳光细雨装饰着宗教庄严的背景，金瓦闪闪的光焰里，浮映出宗喀巴雍容的表情。

辑二

古墓

昨日楼基·老建筑的文学追忆

会稽山下，长眠着理水的大禹。远古的滔天洪水，铸造起华夏祖先的精神风范，松柏一样挺拔。心中的碑碣上，镌刻永远的铭文：禹功千秋。

大禹陵

　　大禹陵在会稽山中，择势颇高。禹穴之上立窆石，有人状其形似斧钺，我看也像。碑凿"大禹陵"三字，血色，气韵沉雄，立得住。旁造庙，供大禹之像。塑在这样的地方，大禹不再是黄河岸边执锸而立的农人形象，冠冕垂旒，配上这张脸，总像是一位不好亲近的帝王，又似同神佛混为一流。

　　《论语·泰伯》："禹，吾无间然矣。菲饮食而致孝乎鬼神，恶衣服而致美乎黻冕，卑宫室而尽力乎沟洫。禹，吾无间然矣。"孔夫子尊大禹若此，圣人之上，自然只有神了。

遇见两位有心搞地方志的人，在核校廊下的碑文，别做新编。我似乎碰上了同道，便和其中的年高者稍聊了几句。如果他们的《绍兴地方志》能够印出来，我倒很想买一本。

　　陵前临水，密生菱角，浮一片绿，很浓，无尽地铺开，仿佛连上了天。碧影中泊着几只乌篷船。天落着不很紧的雨，船头都牢实地插一杆篙，还撑起油纸伞。篷下，几位戴黑毡帽的精瘦老人聚在那里喝黄酒，说些我听不懂的绍兴话，颇入野渡横舟的画意。想到他们整日坐船浮水的家常生活，低低的乌篷下就似有无尽趣味。

　　鲁迅写《理水》，以禹爷治洪为本事，别加虚构。我想，在越中乡间时，他或许会常来陵前走动。

渭北高原的沙尘，吹不干金铜仙人的清泪。坟冢长出绿松，低语中送远晨昏。枝干深处，流淌着汉武的血乳。

茂陵

　　法门寺的塔影望不见了，车子在召公镇拐入土路。

　　冬小麦已经泛绿，辣椒长得很旺，红绿相宜。有时也可以望到一汪浅碧的池水，浮着浓密的莲叶。在大西北，这或许稀罕。过武功县，见路边堆放不少雕着狮虎图案的刻石，方方正正，传汉代画像石朴茂风神。这同我去年在鄂西山区的所见类近。这些砖石作品被用做住家院门明柱的基座，装饰意味很强，自有讲究。

　　入兴平县，过马嵬坡。路畔高出一座土冢，环墙以为园，乃杨贵妃墓。但无缘下车以观之。车里人有到过的，言除去孤冢及古碑数通，别无长物。他们过于简单了，只识眼面前一二实物，未得想象的情趣。"蜀江水碧蜀山青，圣主朝朝暮暮情。行宫见月伤心色，夜雨闻铃肠断声。"多伤情的句子，全在体味之间。红墙朱阁远去，我回望那墓冢痴想。凄风黄埃飞卷，吊死那位古典美人的梨树安在？原本，这里是可以出一篇忧郁文章的。现在只好将这一处出典故的遗迹拿几行文字大略走个过场。

黄昏抵茂陵。暮色里一座坟，完全具备了山的气势。上面植松柏，覆一层暗绿。

刘彻是汉代最有功名的帝王。他的墓冢在汉陵中也可以为冠。汉代堆土为陵，皆夯筑，形似覆斗。其实，封土的高矮对棺椁会有什么用处呢？只是一种权势的象征。汉武帝是到过泰山的，惊叹它"高矣，极矣，大矣，特矣，壮矣，赫矣，骇矣，惑矣"。我猜测，茂陵造得崇隆若此，是不是要同岱岳一比伯仲？终难与天齐。茂陵是刘彻当皇帝的第二年开始建造的，干了五十三个春秋，陵园周回三里。在修陵寝这件事情上，他可同秦皇比方。长陵下的高祖刘邦要为之叹。

茂陵博物馆却建在霍去病墓前。就山麓人兽石刻之势，对英年早殒的冠军侯钦慕成分亦渗在里面。在帝王与将相的权衡中，择其要者而从之，显出了建馆者的眼光。

石刻以马踏匈奴为上品，是昭彰年轻的骠骑将军戍边功勋的。另有跃马、伏虎、卧牛、蟾蛙诸石刻作品，均依石料原状，略施雕凿，便出形象。汉承秦制，但艺术风格却有异同。秦俑细腻写实，汉雕粗犷写意，尚风骨，崇神韵，刀斧雄阔。

霍去病巨冢状祁连山之貌，据说是汉武帝的授意。览胜亭高踞其上，颇有姿态。因行色匆匆，未及登攀一眺夕暮下的五陵原风光。

院内花窗彩堂游廊，美人蕉火红，翠竹与冬青碧绿，各有浓淡。置

泉石假山又添韵味。茂陵博物馆是一座很美丽的花园。

院墙之外环卫青、霍光、李夫人诸墓，气势显然弱去许多。

只得片时的游赏，茂陵便在暮色中远去。古原落日里，湿薄的雾气带着晚凉在田野上浮起，宛若流动着乳白色的液体。风景很耐咀嚼。

辞别茂陵刘郎，秋风送我又归咸阳古道行。汉宫冷月伴着黄土堆下躺着的前世英雄，听静夜里飘响李长吉的那曲《金铜仙人辞汉歌》。

远天好苍茫。

一个女人，在唐朝的寒冬躺倒。一块失掉刻痕的碑，后人用目光寻找语言。

乾陵

　　乾陵依梁山，望之若女人体。躺在墓里的又是一位女皇帝，且一睡就逾千年，从没有谁来打搅过她。在观者的感觉里更多了一层神秘。

　　梁山起伏如飞浪。山是对大地的超越，是向天国的延伸。帝王因山为陵，自有道理。高山成为他们亡灵的象征。这样大的规模需要有极开阔的视野才能够容纳。加上那天雾气沉沉，我没能端量出什么女性的清肌秀骨。

　　乾陵近旁的村庄很整洁，许多农民沿神道两边摆开生意的场面，卖古钱币，以招泉布之友。据说这里面大有真货，犁地时，一犁翻下去，

凑巧了就能捡到几枚。最招摇的当然是绣花衣物，大红底色，在黄土高坡上特别扎眼。有一种用红布做的背心，绝对的"土造"，穿在身上走四方，等于替陕北老乡做广告。老外管它叫"西安夹克"。

买卖能做得这样红火，是仰仗了没有尽头的游人。也不能不叫大家动心。我看了一幅《乾陵古建筑复原图》。陵园广八十华里，东西两峰各耸阙楼（以山为阙，确是建筑上的大构思）。御道和司马道连通。石像华表碑碣分列两旁。过朱雀门，有献殿，可步灵亭、元宫，终达上仙观。北峰下为地宫，还不知为何等的规模呢！再拿永泰公主墓来比较，显然不是一个等级。乾陵虽好，也耐不住风雨。沧桑转瞬，只剩下几座山包和一堆老碑残像了。

守陵的是四头石狮子，这在丧葬史上是一个首创（此前多以虎来做守卫之物）。一个女人，喜爱的是兽中王，多一半是因为她做了不能再高的官。顺着这个思路推下去，陵前那块叫无数后人费猜想的无字碑，也只有武则天能够把它立在那里。这也很巧妙，起码展示了两种可能。一是武后的谦虚。她可以为丈夫撰述圣迹碑立在另一侧，却空着自己的这一块，不着一字。二是武后的狂傲。自己功高德显，非语言所能记述。凡可用文字表达者，皆未达于极致之境。倒是后来的一些人物题词碑上，对李唐和武周做起月旦评，无字碑反而不纯粹了。

碑顶滋出细柔的苔藓，阳光下一片绿。

朱雀门前几排人像，一律齐刷刷削去脑袋，大约也是五代十国时社会动乱的恶果。据说是将六十一位异邦特使写实雕在这里的，均为拱手状，面部表情呢？谁知道！不过来为武后守陵，多半是悲。

当地的同志发给每人一本介绍乾陵的小册子。首页便印着武则天的彩色绘像，是个极美丽的少妇。这同我在四川省广元市的皇泽寺看到的那尊黑不溜秋的武后石像差异极大。

"贞观时，父士彟为都督于是州，始生后焉。"她生在嘉陵江畔，应是正宗的川妹子，细皮嫩肉，美目盼兮，巧笑倩兮才对。真不清楚皇泽寺则天殿里的那尊造像为什么要弄成那种模样。即便她初为太宗才人，后为尼，也不会一下子变丑。皇泽寺中塑的是一位缺乏血肉的比丘尼。

乾陵墓道正在砌筑，极宽阔。我站在风中远望渭河平原久矣。眼底无限江山，堪咏古今赞。

昨日楼墓 老建筑的文学追忆

铁青色的翁仲，微闪着黝黯的影调。雕像也是有感情的灵魂，朝朝暮暮，守护着无语的亡魂。忧伤凝固成历史的表情，被岁月风化，渐渐消失在夕阳中。赵宋江山，都付一抔黄土。

宋陵

在豫北的巩县宾馆，喝一盅宋河粮液，真香！

这酒包装讲究，硬纸盒上的古代市井风情画，仿佛一幅《清明上河图》。数行文字下来，把这酒的眉目说得很明白。宋河粮液酿于春秋，盛于隋唐。酒厂在鹿邑县（老子的家乡）枣集镇，踞古宋河之滨。宋河水好，相传是太上老君所赐。宋河粮液在唐代即享"皇封祭酒"之名，自有根由。

巩县虽离鹿邑还远，可我们从函谷关一路走来，是踏了老子出关故道的，不免有所遥想。

巩县风物，存下多处。有伏羲观《河图洛书》的八卦台，中国九大石窟之一的北魏石窟寺，南窑湾笔架山下的杜甫故里……因为是转蓬过客，我只看了路边的北宋永定陵。

赵宋王朝九个皇帝。徽、钦二帝客死关外，余下七位都葬在这里，可见巩县风水的不俗。

永定陵是宋真宗赵恒的陵墓。灵台居中，神道两旁石人石兽列开仪仗。这是一个葬仪的场面。控马官、驯象人、文臣武将，表情似很忧郁，蹙着愁眉，悲哀地守着皇陵。其中有一位客使，浓须，穿胡服，好像是从中东那边过来的。是不远万里专事吊唁的吗？

从《永定陵复原图》看，这座陵寝很有气势。阙台、角楼崇宏，墓道石刻高大。有四座神门。神墙围住献殿和灵台，台下庞大的地宫里安放着灵柩。再往后，则为后殿和下宫。下宫又含正殿、影殿与斋殿。真是"美哉轮焉！美哉奂焉"，犹见天颜的微笑。

八百多年了，永定陵只剩下土丘似的灵台和神道两旁冰冷的石雕，形若华表的望柱自然也失掉了往昔的轩昂。

相依的永昌、永熙、永昭、永厚、永裕、永泰、永安七陵，形制大体近似。这些陵墓的名字全落在一个"永"字上。可叹风雨沧桑，俱成过往的繁华，唯嵩邙河洛依旧。灵台青草，掩着旧苑荒台；冢中枯骨，低吟秋风古调。

北邙山隐隐一线，并不如我想象中那般峻拔，却埋尽多少前朝风流。

昨日楼台
老建筑的文学追忆

赑屃驮负历史的重量。一尊明朝风云铸造的碑碣，记录着时光流淌的痕迹。

德陵

出德胜门北行，一过沙河镇，就望到一片赭黄色的山峰横在早春的晴空下，略显出元人浅绛山水的意思。这里虽还是昌平的辖界，仿佛已见着塞外的光景。

中国厚葬的习俗，在朱明王朝的帝陵上可以看出它的盛气。荀子所谓"太古薄葬"之仪，也是俱往矣了。

由远及近，汉唐殓葬也从"厚"。我曾过渭河平原，印象是，单看陵址，均不及明皇陵。那位江西籍的风水术士廖均卿相中这片"吉壤"，自具眼光。

钟叔河先生前年过京，去游思陵，对我说，颇有蔓草荒烟之感。熹宗的德陵，经我这次的游而观之，也多是一样。熹、思同父，颓圮的陵台在我的想象中，似应落着一抹残照，恰可象征晚明的凄景。

炽亮的阳光直泻在透蓝的天空，万千淡黄色的微尘斜舞着，一股泥土的气味四近弥散。多历年所的陵门已无面目，白石为质的棂星门和石案上的香炉、烛台、花瓶还照着旧时的样子留在方院。诸物多系虚置，透出冰冷气。在这样的地方，不需要生命感。有一些松柏，轻踱于绿树荫里，呼吸着前朝的空气，想到陵下的帝王，对于帝制毫无感受的今人，能有什么哀乐呢？城台之上的明楼未倾，不失高峻的姿态。脚手架层层搭上去，像是拢紧一具衰朽的骨骼。所谓宝城，只残存一个大致的轮廓，墙内聚土为坟。今冬北京少雪，到处都是干燥的，一阵风来，草木杂处的浮土就被吹起，好像又读着鲍照《芜城赋》里的那一笔："棱棱霜气，蔌蔌风威。孤蓬自振，惊沙坐飞。"宝顶裂了一道大口子，直上直下。冢里的亡魂可以由此飘升吧？这位天纵之圣，命短，且有远希公输般之心，在中国的帝王谱里，恐属孤例。旧籍"性至巧，多艺能，尤喜营造"数字，像是就把他说完了。天启之年，国政的荒弛、民生的凋敝也是可想的了。魏宦乱朝，正在当时。这样一个人，也能奉天承运？我信守"多闻阙疑，慎言其余"之义，对于始自秦嬴政的帝制何以在中国延续千古的话题，真是"一部二十四史无从说起"。枝条稀疏的影子印在冢上，恍若历史的纹痕。人到了这种地方，易生幽思。

天上全是蓝色。陵垣外面无数山，一片苍黄。带着寒气的风漫吹郊野，过耳之声宛如一种岁月的追述。以修齐治平的标准看，熹宗一生，空无勋业，墓阙前那尊神功圣德碑，不刻一字，毫不足怪。

陵周一片安静，此昔人所谓"虽焕丽不足，而邃穆有余"也。

昨日楼台　老建筑的文学追忆

漠野荒原，封土堆积起王朝的背影。秋风宿草，古陵阅尽几度沧桑？

西夏王陵

贺兰山枕西北之天，遥望若奔马。西夏的帝陵造在这里，得堪舆之胜。

西夏立国近二百年，不能算短，十朝帝王的陵墓多数在这里。建筑，推想早已超过植木冢上的寻常葬式，当是宏丽如殿堂的。无奈成吉思汗的一声令，大片陵寝就被火焰烧尽，只剩下座座忧愤无言的裸冢。冢，底座大，朝上尖去，具体而微，样子就颇像渭河平原上的汉唐帝陵。一代天骄像是不让火烧阿房宫的楚霸王。

以我寡识的眼看，关于西夏的大概，实在是近于陌生，能够找来读的文字也稀如星凤。想沉入史，就像是成为大难。索性反一下知难而上的常道，退步趋易，至少可以避开史的纠缠转而醉心于对眼前景物的观赏。观赏，因了史与识的短浅，故同样是默对陵寝，却不像对秦汉唐宋墓冢或是清朝的东西二陵那样大可捉摸。能够借死物以帮活人忙的，是这里的一些陈列，图表加照片，毕竟也略能得其梗概。几方残碑，密刻西夏文，形状粗似汉字，显然是借取了会意、形声、转注的造字法，却非专门家不能辨识。碑的面目已不复完整，远不像我去年在甘肃武威文庙里所见的那尊《凉州重修护国寺感应塔碑铭》气派，不单镌于碑上的伎乐菩萨美妙，那一千多个西夏文字也已成为广陵绝响。

党项族人所创大夏国，尽领河陇之地。从疆域图上看，以兴庆府（银川）为中心，西达玉门，东抵黄河，南至萧关（固原），北控大漠，与宋、辽（金）鼎足而三，轰轰烈烈多少春秋！席终筵散，秋坟鬼唱，恨血千年，这同刘汉、李唐、赵宋帝王的归葬像是没有分别。庙堂之君纵使高高在云霄之上，死后，也不免委枯骨于泥土之下，倘非封之若堂，谁人能够辨出和市井之民的异同？《易》理所谓"古之葬者，不封不树"八字，实在也止乎圣人耳。止乎，未免也太绝对，葬于鲁的孔仲尼，生前曾做《系辞传》，其墓前可有成拱之木乎？我至今仍无缘去孔林，不能知其详。能够说清楚的，是这片西夏王陵，排场不光是封植之功了。身死，还要让灵魂静憩在人造的风景里。木石之筑的阔大气象，我们只能到今人据推想而绘的长卷壁画中去领略了。且看，角楼、门阙、碑亭、外郭、内城、献殿、陵台、神墙，极有规模，如果不为战火所焚，总也能同朱明王朝的十三陵相当，至少不会输于桂林郊野的靖江王陵。这种形制的帝陵凡九座，环以为数堪众的官僚勋戚的陪葬墓，聚为旷漠大观，我们简直无法想象其壮丽。风云舒卷八百年，残留的一座座塔形陵台，在艳阳下闪烁金黄之光，遂使贺兰山下的平川，野意和古韵俱足。

有的人将西夏王陵同埃及的金字塔相比方，想想，差能得其仿佛。

昔年的风云人物和功业距今是遥远得无可追寻了，唯余一片荒冢断垣来供我们凭吊。偶有风来，自腾格里沙漠越贺兰山而东移，就使秋凉愈深。粗硬的沙砾中，离离之草和几株细瘦的沙枣棵在渐紧的风里摇动。风化的古陵台，残躯如尊尊不肯坍弛的骸骨，默立于苍茫的宇宙和寥廓的历史空间中，在流云、疾风、骤雨、飞雪里维持着昔日以刀剑横世的尊严。是王者之风吗？"春色不随亡国尽，野花只作旧时开"，是遗民之音。除去这一片荒陵古台，我们何处去寻西夏旧影？无可奈何花落去，谁也只能空抱叹息。形而上，王充谓之"鲸鱼死，彗星出，天道自然，非人事也"。

有好事或怀古者也如我一样缓步在陵前走，明代的安塞王朱秩炅就是一位。他不只是游，还留下一首《古冢谣》，有"道逢古老向我告，云是昔时王与侯"句，绘事之外兼以言情，就不能不让人心系沧桑。忽然忆及，旧日登咸阳古道，迎茂陵秋风时，也曾有过这种感觉。总之，伤古的心是太重了。此情，四海皆有相近。路易·波拿巴时代的雨果谓："凡是发生过悲剧的地方，恐怖和怜悯就留在那里。"早他千年之上的晚唐人杜牧之则以诗咏叹："六朝文物草连空，天澹云闲今古同。"

我未逢翁叟于古道原田，只独自在秋草鸣虫间轻抚斑驳如蜂房的陵台，捡起几片砖雕或覆瓦的碎片埋头看，貌痴痴似有所寻绎，也能略近于考古家端详断简残牍。

老去的陵台，覆满劫火的燎迹和箭镞的锈痕，是一具泥质的木乃伊。深深浅浅的裂皱间，竟毫无惊扰地爬行着一只彩色的甲虫，它是从哪里来的呢？

枯朽的残骨，还能绽放生命的花朵吗？

贺兰之荫、黄河之水仿佛都已远我而去。己身、古冢，相距近，可以借无声的语言交流，也确实能够视为一种独有之境。

西夏王陵，可看的不很多，可悟的却未必少。悟，常同遥想相伴。比方同这些高大的冢丘默立在银川平原上的我，幻想之翼就飞向了阳关的古烽燧和苍茫的戈壁滩。野云寒沙中，铁马悲嘶，雕旗狂卷，敢以征杀边塞的龙城飞将自居乎？

最是萧瑟残秋的夕暮，踏寒烟衰草来看这成片的枯冢。纵有扬州歌女在，《玉树后庭花》也是无法隔江犹唱的。想到一代王朝就这样灭绝了，连《二十四史》都不曾入，总不免心怅怅兮有所憾。憾，还在另一面。六伐西夏功将成的成吉思汗，未及举觞做得胜之饮，便病死在六盘山中的军帐里，霸业，转瞬就成空无。

苏东坡尝歌《江城子》，谓："酒酣胸胆尚开张。鬓微霜，又何妨！持节云中，何日遣冯唐？会挽雕弓如满月，西北望，射天狼。"对于苏才翁聊发少年狂，千骑卷平冈的气魄，我只能暗抱赞叹，所想，实在还只是古甘州之地的大佛寺，居首位的，当然是那尊倚梦而笑的释迦。

昨日楼堂 老建筑的文学追忆

忠义之骨，使冢头的草树青青。

关林

　　湖北当阳有关陵，孙权切下关老爷的脑袋（汪曾祺《午门忆旧》："有两把杀人用的鬼头刀，都只有一尺多长。我这才知道杀头不是用力把脑袋砍下来，而是用'巧劲'把脑袋'切'下来。"），将身子埋在这地界，脑瓜子并未拿去枭首，却送到洛阳城。曹阿瞒从主簿司马懿计，给关公之颅配上一段香木之躯，葬于洛水边。果然应了"身首异处"这四个字。悲夫，汉寿亭侯。

　　资料上讲：帝王墓称陵，王侯墓称冢，百姓墓称坟，圣人墓称林。孔子是文圣，故曲阜有孔林；关公是武圣，这里便叫关林。想想，有道理。

关林其实是一片殿宇，好像和墓冢没有什么关系。里面供着关老爷的塑像，带彩的。檐坊上绘着斩颜良、杀文丑、挑锦袍、古城会的彩画。拜殿廊下戳一柄青龙偃月大刀，许多人在那里费劲地提。我一试，真够沉，怕不下百斤。这是关公舞如飞的那柄名刀吗？《三国演义》上说"云长造青龙偃月刀，又名'冷艳锯'，重八十二斤"，应该是不错的，可我总怀疑。该不是罗贯中的夸张吧？连这口刀或许也是假的。关老爷再壮（《三国演义》上说他身长九尺），再能拔山扛鼎，在赤兔马上耍这样笨的家什，顶得住吗？悬！

关公兵败临沮，成刀下鬼，连历代看官都替他窝囊，故后人在二殿塑一尊"关羽怒视东吴戎装坐像"：彩袍铠甲，纶巾战靴，蚕眉紧蹙，遥望东南，对吴将潘璋、马忠，不服！左有捧印之关平，右有持刀之周仓。这是我看过的所有关公像中最有风神的一尊。白帝城上的明良殿也有云长像，但太"死"，缺乏血肉，故不易回味。

寝殿里原有关羽看《春秋》像，这是符合"神威能奋武，儒雅更知文。天日心如镜，春秋义薄云"诗意的。不知道此像安在？因为现在搞了一个关羽活动卧像，须另购票方可观赏。每凑够一拨看客，才响起音乐声，"活"关公便从描金漆床垂下的绣花幔帐后缓缓坐起，捋一下胡子，以示欢迎。这还是关大将军吗？倒活像灯会上的电动玩具，是变形金刚！我曾在鄂西咸丰县的唐崖土司皇城遗址看过张飞庙，已是一片废墟。百姓为感念这位黑脸将军，修过张飞木像，端坐庙中，朝拜的人上前踏一块石头，机关启动，张飞像便直立了。这和"活关公"仿佛是同一个人琢磨出来的。

殿宇登到尽头便是青冢。两块石板拼成墓门，上面刻了三个字：钟灵处。什么意思呢？是风水先生的把戏。门扇上凿了两个细小的竖孔，

塞五分钱钢镚儿正合适。投币入孔，能听见清脆响声者，为祈福成功。

关老爷冢中枯骨，也能有用场。

这里楹联极多，殿庑的自不必说，单这冢前的亭坊上就有不少，多为明清时题撰：

邙山当年郁圣陵，首回伊阙，魂回汉阙；
洛阳此处埋忠骨，地在天中，心在人中。

这副题得好！

土冢没有什么可观。红色的矮墙砌了一圈，里面一个土山头。这叫我觉得眼熟，有些和沈阳东陵的月牙城仿佛，只是规模不及。坡上植松，并几蓬紫荆。没谁站在这儿望风怀想。好多人却挤在墙外看热闹。有位聪明人摆了一地的高级香烟，哄骗游人抛竹圈儿套着玩。当然不是白耍这游戏。不知哪位还在旁边立了一尊很高大的唐三彩马，坐上去照一次相，五毛！

他们并不理睬关老爷。

配殿陈列魏晋隋唐以及宋元明清石刻，多是寻常的翁仲五畜题材。往外走的时候，忽然看到一尊碑，上书"河南省洛阳初级师范学校纪念碑"，落款竟是曹靖华。我马上想起不久前编辑过的彭龄的文章，讲到他父亲曹靖华想来洛阳看牡丹花而未如愿的一段旧事。曹老先生是河南人，这块碑和他的生涯有什么联系？为什么立在了这里？我不清楚，应该去向彭龄打听。

紫荆花到处都是，绯红一片。韦应物："杂英纷已积，含芳独暮春。还如故园树，忽忆故园人。"总应该对关老爷表示点意思的，但园丁严于僧道。为避罚款计，不好折枝。

古墓 洛阳古墓

河洛的黄土，一层一层掩去多少叱咤风云的生命。邙山深处的帝陵，安顿死去的王朝。一切陷入沉寂，只有黄河的风在孤独地低诉。

洛阳古墓

洛阳古多士，风俗犹尔雅。这些人死后，烂为丘中土的到底有多少？无法说准。但邙洛一带古墓葬多，是别的地方没有办法相比的。

把一些有代表性的古墓葬集中在北邙山深处，按西汉、魏晋、唐宋诸朝代排列成序，各居单元，便成了一座博物馆。真是独特。

墓室在地下，很暗。我辨识墓顶及壁上的打鬼图、出行图，有些惊异：这些汉唐壁画是怎么"搬迁"过来的？把沉睡了千年的古墓揭开盖，拆下来的砖石，要一块不落地按原位砌好，对上缝，稍一马虎，就会走样，即便事后"找补"，也不是原先那个东西了，价值自然就要差得多。

我始终认为这是个谜，不简单。

壁画中最让我感到人间生活情味的，是北宋壁画墓中的一幅作品，几将墓穴的阴森忘到一边去了：门扇轻掩，一姣好女子只探出半个身子，是谛听街上喧闹的市声，还是盼夫归？这座墓的主人为什么喜爱这样的画面？莫非这位香闺绣阁中的女子寄托了他的某种感情？这画能叫人想象出情节，编一段幽婉的故事大约不会困难。西汉画像砖上的奔马、东汉的车马出行图、宋墓壁画的墓主夫妇对饮图，线条均是飞动的，极飘逸。特别是西汉新莽壁画，色彩亮丽，线条流畅，好像一团团升腾的云气或强烈的阳光。西方的现代派绘画略能得其仿佛。

无论汉魏，抑或唐宋，墓的形制相差不多，只是在用料上有砖石和泥土的区别。墓内备厨房、宴饮厅、车马间和仓库，多功能！王侯将相把生前的排场挪到地下一齐带走，心里才踏实；又如恋栈的老马，梦想着在鬼域再来一番驰骋。在千年以后的人们眼中，因无关休戚，故多少觉得有些滑稽。

墓室很低，古代人的身量想必也不十分高大。我们均要猫腰弓身地往来。只凭这一点，我感觉地下的摆设再奢华，日子也不会好过。

伊洛平原尚出过苏秦、田横、司马懿、狄仁杰一类不凡人物，但在这里，没有他们的一片瓦。或许，当年只一座秃坟便打发了，想搬迁进来也无从下手。

这里摆一口"喷水龙洗"，御品，皇帝用来洗脸照面的，是为鉴。这是一件什么朝代的宝物？没有读到说明。不过，至少应该是在战国以前，那时候还造不出青铜镜。那么，它比这里的古墓葬年代要久。是哪位墓主的陪葬物吗？皇帝的东西，他是怎么搞到手的？

这口鉴很好玩，青铜的，有两个把儿，以双掌搓之，激振盆中水骤起极细密的波纹，水珠遂腾跃，高可二尺。我试过，须用巧劲才行。鉴之清音，也悦耳。

邙山五百里，风云千载。原葬在古墓中的仕宦人家，生前千钟禄，万石食，均极有头脸，只是他们的名字，不容易让人记牢。

昨日楼墅
老建筑的文学追忆

灵魂不肯永眠，穿越时光之障，让荒冢树起另一种生命形式。

方以智墓

　　有清一代，皖人方苞以超世的文华领军桐城派。我出潜山县城而北行，想去访游先贤故迹。到了孔城，才知道方望溪、刘海峰的身后连遗墟也无。姚鼐的葬骨之墓尚在枞阳城西北的乡下。看看近晚的天色，就弃桐城而不入，折回浮山东麓，去寻桐城方姓的另一位鸿博之儒方以智的墓冢。

　　方以智和侯方域、冒辟疆同在"复社四公子"中享名。商丘侯氏因有李香君、如皋冒氏因有董小宛而更为天下痴男怨女追慕。换了岁长的钱牧斋，词华的风雅配以柳如是的色艺，光彩似也将他遮障。方以智的精晓谙悉，多在词章之学以外。著述亦有等身之量。他留下的《通雅》，广揽史籍方志，尤以考证训释见长。《物理小识》泛猎饮食、医药、金石、器用、草木、鸟兽、鬼神、方术，学涉博赡宏富，甚至驳杂。他的治学方向不是朝着单一的目标，而是向整个中国文化史延展，以通才的能力融会研究对象。千古经史在他的视域内展现全部精彩。涵容若此，何言"小"欤？同歌咏骈俪去比，别有深功。我虽未涉历方氏之书，也能认定他为那一代的宏儒硕学。南明亡，清帅马蛟腾逼诱，云："官服在左，白刃在右，易服则生，否则死。"方以智不畏死，真是"无从驯服"，遂收敛心情，以弘智法号入释门，隐于浮山寺礼佛。面对板荡的时政、喧哗的世间，他选择了退避。逃离精神的禁锢，他赢取了心灵世界的自由。殁后，即在这幽僻的一角长寐。生时自撰墓表文，不署清朝年号。论气节，是在归葬常熟虞山的钱牧斋之上的。忆古，那些足以显示历史生动性的个人的行为细节，恍若浮映眼前。

车子开进浮山。青碧的山影横在夕暮的天底下，如浪。几座山亭立于远近峰巅，来添一点姿态。苏东坡、王安石、欧阳修、范仲淹、黄庭坚都留屐痕。刘海峰尝作《游浮山记》，摹状景色。踏坡径，绕上一道高岗，就看得见那座白石筑起的荒冢了。近旁全是野草，蓬乱极了。墓碑昂立在一抹斜晖下。刻满图纹的碑额像一朵沉重的云，凝止于数百年风雨中。碑上所镌《方密之先生事略》，不知道是否方以智自撰的那篇。四围寂寂的，连昏鸦寒蝉的凄鸣也一点不响。沉思永远是无声的，他的生命仿佛仍在。暖红的夕光把枯枝的瘦影映上青白的墓碑，心中隐隐颤响的是悲悼的哀歌，是伤逝的怅叹。万事云烟忽过，方以智已经远离今世，他的起点和生命的流程只贮存于传记的字句间，启人的智慧也仅在思想史的纸页上闪光。望定苍然的墓碑，我似在匆匆检视他命途的履迹，

且终于看到他人生的终端。尊严若神，可谓穆穆巨子之容者矣。一个绝不偷生屈节的智者形象，以感性的方式走进我的心。身躯早已朽去，灵魂却未沉眠，冰冷的丘墟长久地释放着文化的力量和生命的激情。孤伫于黄昏的墓碑，像他远去的背影。埋尸虞山的钱牧斋，生前苟合取容，慕势媚世，放弃文人的清节和傲骨，觍颜仕清，正该把唐人王建的一联诗引过来，是："碑文合遣贞魂谢，史笔应令诐骨羞。"今人已不能起钱氏而诘之了，有贞静的柳如是永伴，他也会于泉壤自悔失志的吧。思想又一偏：一个人到了历史进程的关口，浮沉于王朝更替的政治旋涡，是附顺，还是背逆？是应时达变，还是抱残守缺？真是一个复杂的问题，不深说也罢。这样思忖着，觉得自己整个的身子已化成精魂，朝着明清的时空飘去。

　　山色苍苍，天边的残阳携着红霞来映照丛枝衰草中的古墓。这凭吊的况味如何不浓？那两行深勒碑上的字也泛着暖光：

　　博学清操垂百世，
　　名山胜水共千秋。

十几个字，含着那样深的意味。默念这副对联，像是有一缕情丝从心里缓缓地牵出，有些凄清，也有些寂寞，却连向一个学者的精神史和悠长深湛的文化传统。这样一位俊彦，就这样地长寝了。文化的长河还在向前流动，他已不能在波浪中漫泳了。生命和作品无法重复，殂陨，所可惜者正在这里。凝望将逝的日影，我沉到怀人的梦中去了。

悒郁而终，埋骨寿春。青色的碑石宛如老将军不肯倒下的身躯，迎楚风而长望燕赵。

廉颇墓

昔年我过冀南之野，在邯郸城回车巷前温习"将相和"故事兼追想这位赵国良将战绩。廉颇晚年郁悒而奔魏，适楚，受春申君黄歇之迎终未建功，埋骨寿春。太史公做"列传"述其梗概。

阳光很淡，轻柔而飘忽，又仿佛泻着一缕愁。放牛山在廓落晚空印上一抹苍郁影子，奇峭数峰，远近环拱，廉颇墓所在的地方正是林麓幽僻的一处，西去一程便能把银练般盘曲的淮河望见。草木深处闪出青色墓碑，铁铸一般立着。略知战国者自会遥想廉颇"肉袒负荆，因宾客至蔺相如门谢罪"这一段旧事。四围无声，又逢天色将晚的时候，怀古的

心情就更浓了一些，这一角风景的清幽更可以不必细说。北面隆起的那一个坡头，秋草离离，该是安顿老将军的丘墟吧？一切都消歇了，只剩下安静。

　　碰着几个在路边挥木叉翻扬豆秧的妇女，听那说笑我倒不觉得生分。不待我问，抢说自河北沧州来，已在皖北扎了根，更报上姓氏，称是纪晓岚的后代，村名就叫纪家郢。几句话，也算回答了我的这一猜。廉颇墓在她们嘴上，叫做大孤堆。

　　村户的矮墙连向果园，枝头叶间，石榴点点红。若在春天来，满山梨花宛似千顷雪海，心醉。

战国君子久眠于萋萋芳草下。石碑上的一抹夕照，映着后人凭吊的眼神。

春申君墓

我那年走湖州郊野，过春申君垒筑的下菰城。金盖山上、东苕溪边，未融的春雪泛着灰白的光，杂枝蔓草轻抚壁上黄歇的刻像，心情尽叫《芜城赋》里的荒寂空气缠着，感而咏叹江山兴废，恰是"草色烟光残照里，无言谁会凭栏意"词境所寄。

战国四君的功罪，要由史家评定，我真是无从说起。古远年代在今人看确乎陌生，春申君黄歇不过一个历史语符而已。岁月迁流，这位雄霸淮北江东的楚相，早成了坟垄之下的白骨。想和他隔着时空碰面，只有寄痴情于梦遇了。

李郢孜镇的一堆土，埋着春申君。墓冢高大，望之俨然。苍茫暮色下看它，更添怀古意味。史上陈迹，湮废不彰，黄歇事略，核论于墓表，一言一词，皆成品题，说是春秋笔法也有一点相似。

　　天边斜阳一抹残红，泻落在秋草萋萋的古坟上。我踏着中间一条分开丛棘的细路上去，听一丝风声在空气中颤响，终于消隐于远方夕烟里。也不见一两只鸟儿穿度暮霭，大约收拢翎翼，躲在密枝上待晓呢。

　　流光将来，月影又要映上淮河的清波。我的思绪走出漫长的忆想，仰面看那隐隐的青山。

鲁肃墓

在传统戏曲和小说中，三国人物鲁肃只是一位忠厚蔼然长者。可历史上的鲁肃，却是"少有壮节，好为奇计"、"思度弘远，有过人之明"的将才。难怪周瑜临死前遗书孙权，曰："鲁肃忠烈，临时不苟，可以代瑜。"鲁肃果然出任奋武校尉，赶至岳阳一带接掌水军。他在洞庭入江的咽喉之地构筑险固的城池，并且依山面水建造阅军楼，以供训练和检阅水军之需。这阅军楼便是岳阳楼的前身。遥想鲁肃伫立楼头，操演水军，艨艟千里，战帆如云，该是何等的虎虎雄风。又有人说他"虽在军阵，手不释卷"，好一派儒雅风流！鲁肃在任时期，始终维护自赤壁之战时结成的孙刘联盟，使曹操不敢贸然南征。鲁肃卒于任上，年仅四十六岁，亦葬于此。据说岳阳城曾有鲁将军庙，可惜目前只存一座鲁肃墓。

鲁肃墓坐落于岳阳楼东侧，我是踏着暮色寻来的。四周很静，竟让人陡然生出几分苍凉感。墓冢覆一层嫩嫩青草，石栏环护。墓顶筑六角小亭，翘耸的飞檐刺破黄昏天空流泻的晚霞，把亭影浸在一片寂寞的血红中。墓前的牌坊是石制的，虽然经过数度风雨，但字迹尚清楚可识：

扶帝烛曹奸所见在荀彧上，
侍吴亲汉胄此心与武侯同。

我想起了众多的三国英杰，想起了遍布湘鄂川豫的三国古迹。这些

风云人物，在广袤的神州大地上演出了多少壮烈的历史活剧，以至今日，在长江流域遗留累累人文景观，丰富着灿烂的长江文化。

沿着石阶登临墓顶的小亭，彩柱上的红漆已经剥落，斑驳若苍苍的鳞甲。偶有轻风拂来，惹得墓周那几株苦楝树和梧桐树发出低吟般的声响。那边，洞庭湖水浩浩汤汤，似从遥远的天边涌来，君山隐约为一团缥缈的绿影。那位咏出"未到江南先一笑，岳阳楼上对君山"诗句的宋朝诗人黄庭坚，可否来过这总也脱不了凄凉景象的鲁肃墓凭吊？那位高诵"且点君山云外立，似乘风去访蓬莱"的清代诗人袁枚，可曾来祭过鲁肃的亡灵？

说来也叫人深思。这荒亭中原立一通石碑，碑文做得颇沉郁："距今一千六百九十八年汉建安二十二年，东吴水上将军鲁肃卒于斯，巴陵人思其德而葬之于斯。余在岳阳，过其冢下，想见其为人，为之徘徊留连不去。旧冢有亭，褒不容人，余从而修葺之，而为之铭曰：公德于斯，卒于斯，而葬之于斯，呜呼，公足以千古！"这段铭文竟是1915年镇守岳阳的北洋军阀曹锟所撰，不免让人一阵感慨。忽然就忆起了清人顾贞观的那首《金缕曲》："如此江山刚换得，才子几篇词赋！吊不尽，人间今古。"都是过往人物，都化成了历史符号，本不该引得后人再来唶叹，可是人偏偏又极怪，总想从历史的甲骨中寻求几块鳞片，为的是烛照身边的现实。从鲁肃于三国鼎立的大势中力主联刘抗曹的战略大策，到他与关羽为邻，于疆场纷错中"常以欢好抚之"，避免了一次次军事摩擦的胸怀，我们不是很能够汲取一些为人的经验吗？

有人讲，这座鲁肃墓并不是真的，因为在长江中下游一带，都有他的墓葬。我以为，没必要考证得确凿。还是梅村老人吟得好："葬骨九原江上月，思家百口陇头云。"鲁肃的灵魂应超越时空，同长江洞庭永相厮守。

小乔墓

原本，岳阳是有座小乔墓的，就在如今的市第一中学内。此处相传是周瑜军府的旧址，当年有二进墓庐和小乔塑像。据明《一统志》载："吴孙策攻皖，得乔公二女，自纳大乔，而以小乔归周瑜，后卒葬于此。"我兴致自然极浓，一路问询，来到那所中学门前。几个学生无所谓地笑了，说哪里还有什么小乔墓，早就是一片平地了。

说得我心里一颤，却又不甘心，哪怕看看遗址也好。这样，一位很瘦弱的老人就领我往校园深处走。雨静静地落着，风吹得梧桐树叶沙沙响。

校园建得很漂亮，雪白的雕塑立在如茵的绿草间，粉红的花朵在银亮的雨丝中依旧一片灿烂。老人颇自豪地告诉我，这所学校的历史不算短，五四运动那时就有了，已是七十多年光景啦！这就更使我对这里怀着一层深深的敬意。

老人终于在一片不大的空地前止住步，说这就是小乔墓了。我一阵惊愕，甚至痛苦。眼前连隆起的土堆都没有，徒剩一片沙石，只有几株榆树在斜雨中沉重地歪斜。我不忍再走动了，担心会将地下那颗美丽的亡灵从千年的沉睡中惊醒。

"从前，这里还有一块石碑，上面刻着'小乔墓庐'四个字，可惜给砸没了。"老人把声音压得很低。

我叹口气。从遥远的北方来到这巴陵古城，对古迹是充满万千美妙遐想的，谁料，却在这里遇到了失望。

周围有一些学生捧着书本走过,有的还用好奇的目光打量我,传导着一缕陌生感。他们的神情均是平静的,仿佛那些历史人物属于另外的世界,很难激荡起心中的波澜。这种平静反倒显示着他们性格的成熟。青年爱瞻前,老人爱顾后。他们的目光是向未来延伸的,不会叫沉重的往昔如影子一般拖住迈向现代文明的步伐。

这是现实,也会变为一页历史。

琅琅的读书声音在空气中飘响,历史人物很难挽留一颗颗年轻的心,他们只是作为一个个枯燥的符号而干瘪了鲜活的血肉。谁会知道小乔也是个痴情女子呢?她是在周瑜死后,含悲自尽于丈夫灵前的,和君山上为舜帝殉节的湘妃,何等相像。

不过,和寻常人比较,这位美丽的小乔应该算是幸运的。有谁的墓冢能够保留如此久远,在湮灭之后还能引得人们流连凭吊?那种宗教般的神秘色彩如同这浓浓的烟雨,久久地在这片土地上空萦绕。

我是带着惆怅离去的。乱飞的雨丝将浩淼的洞庭湖笼得一派迷茫。"从别后,忆相逢,几回魂梦与君同。"那小乔可曾和雄姿英发的周郎梦魂相忆?后人只能在想象中勾勒一幅英雄佳丽的忧郁图画了。

伴随流逝的岁月,神州上的古迹是一天天地少下去了,令人嗟叹。据说岳阳市正准备重修小乔墓。那时,游人在领略了岳阳楼的壮伟、洞庭湖的辽阔后,还可以在这里感受另一番柔美的情调,宛如绵绵无终的朦胧烟雨,牵惹着总也梳理不尽的幽思。

清朝人舒位的《二乔墓》诗云:"秋草中间蛱蝶肥,美人黄土是耶非?一时豪杰销沉尽,剩有香魂夜夜飞。"周郎是含着一腔英雄恨卒于岳阳的,他可否想到,无尽春秋,锁在洞庭湖畔深处的,是那颗美丽的灵魂缠绵的呼唤。

海瑞墓

海瑞墓很普通，花岗岩砌就，八角基座，圆顶，前立神道石碑，我顺便将文字抄下来：

　　　　皇明敕葬资善大夫南京都察院右都御史赠太子少保谥忠介海公之墓

现代人不兴土葬，即便象征性地树块碑，文字怕也不会这么复杂。遥想万历年间，这该是一种不低的殡葬规格了。海公有幸！

碑下卧一石龟，前有香炉。这天正巧是海瑞474岁生日，故香火极盛。跪着磕头的人不少，有一些年轻人。我感到传统力量的伟大和不可征服。一个谁也没有见过的古人，一个只活在历史里的清官，和这些新潮青年在精神上有什么相通呢？颇耐人寻味。答案或许很单纯，因为海瑞"反对贪污，反对奢侈浪费，主张节俭，搏击豪强，卵翼穷民……被画像礼拜，讴歌传诵，死后送葬的百里不绝"，这话是吴晗说的，他是有名的历史学家，是评论海瑞的权威。他的话虽然不深奥，却讲到了点子上。后人信服海瑞，道理也正在这里。真理往往寓博大于单纯。

我是在"文革"中知道海瑞的，那是被蒙上一层阴影的海瑞，是遭人批判的海瑞，故不易产生感情。前些年，我在北京吉祥戏院看过一出海瑞戏，是《海瑞罢官》还是《海瑞上疏》，我已记不大清。后来出差去浙江省淳安县的千岛湖，海瑞在那里当过县令。我在龙山岛游了一回海瑞祠，留下的印象是两个字：辉煌。可我如今才知道这位大清官原来是海南省琼山县朱橘里村人。海瑞、海南岛，容易叫人产生联想。他死

后能被朝廷派员从南京护灵归葬故里，也是一种很理想的结局。

墓旁椰树覆荫，并竹。立石兽、翁仲若干。这同其他地方的神道两侧没有太多区别。回廊石碑皆海瑞手迹，同我在淳安县海瑞祠所见相类。海瑞的字和诗都很好。

墓外广场有一露天舞台，垂红色条幅。联语：

海瑞神光焕异彩琼岛生辉，
粤东正气喜长存滨涯有福。

滨涯村和朱橘里村是不是一回事，我没有详问，这似乎并不重要。海瑞精神是不以地域为限的。舞台旁池水粼粼，绿荷田田。台前玩耍的小孩说这几天连着演戏。路边贴着海南省琼剧院和通什市琼剧院的海报，剧目是大型现代琼剧《风流才子》、《太子与公主》和《路边店小姐》。跟海瑞有什么关系呢？说不清。不过，这倒引起我的一丝遗憾。来海南数日，竟无缘观看一出地方戏。那年去桂林，还偷闲听了好一会儿桂剧，且在文场的悠悠曲调里陶醉。歌似飞云，舞若莲花。好在海瑞墓四周的喇叭里飘出带古典韵味的音乐声，钟鼓以悦心，丝竹以怡情，显然是为了增加一点福寿气氛。琼剧是否此种歌调？我不好胡猜。小卖部陈设书画，走近一看，题材多为松梅鹤侣、黛玉弹琴之类，老了些。其间，也有海瑞手迹的拓片。左侧有座新建的海公祠，模样如小庙，据说是当地农民集资兴建的。车子开过去时，抓紧一望，进香的人极多，空气里弥漫着香烛味。海瑞使这座滨涯村热热闹闹。

又经琼台书院、五公祠，很近便，皆有人文传说。可惜匆忙中只观青墙内几角飞檐和门额巨匾，未得暇游赏。车驶入府城镇，景象繁华。海瑞一生多坎坷，死后能归了根，也算是一种圆满。

五人墓

  姑苏多水巷。其中一条，东发阊门，西抵虎丘，所谓七里山塘即此也。这日游河，从通贵桥离岸。船家摇长橹，让我们把枕水人家的高墙窄巷、门楼砖雕络绎看过，低声赞叹河岸建筑的美。也忘记细尝那滑嫩的船点，也忘记慢品那糯软的茶食，虽则炝虾、糟鹅、鲞松卷、熏青鱼、胭脂鸭、虾仁小春卷、蟹粉小烧卖、豆腐皮腰片、出骨虾卤鸡、杏露莲子羹的风味再好也没有。寻常席面，哪里比得过它？加上河道两旁的垂幡轻弄着春日的风，玉涵堂戏台或者山塘昆曲馆飞响着甜柔的腔曲，恍兮惚兮，犹如坐上漂荡的卷梢船，醉入一曲笙歌。诗意之浓，恰如《七里山塘词》

草野之士，心怀社稷。谈笑间，慷慨赴死。墓前低回，拂一片碧草，为英魂编织不凋的花环。

所唱："好是平波明似镜，吴娘临水照梳头"、"家家绮阁人人醉，面晕桃花映酒旗"。说是吴中的繁华旧影，差能得其仿佛。

　　畅心赏游，逢一处埠头上到岸面。石板铺成的街路，盈着古旧之气。临河一扇黑色拱门，忽然牵住我的目光。不是那轻盈的粉垣，不是那沉实的黛瓦，却是横额上"五人之墓"四字。笔画的力量压着我的心。木门黑得深，凝着恨似的。推开进院，立着石坊，刻在上面的字，怎奈年深代久，受着风雨的磨蚀，也会老，老得难辨。端详片时，"义风千古"这几字终究没能逃过我的眼，所旌显的精神亮影到底胜过悼念的情味。坊后是殿，殿中一尊碑，上面所勒，仍是"五人之墓"，榜书，刻得实，刻得重，尽显那劲健的笔力。镌上这几字，普通一石就透出风神，实在不俗，使人看了，震着心。或曰，书丹者是一个叫韩馨的人，八岁即能做擘窠大字，亦为复社的一员。我还在庭院的廊壁上读到一段碑文，曰："山塘七里间有丰碑矻立，大书五人之墓者为我高王父贞文公八龄手笔。"

落款为韩馨,应是韩馨之后。墓碑上的大字,廊壁间的诗文,恰可互应着来看。况且韩馨称"墓中杨念如是吾远祖",这其中定有一段因缘。那坊,这碑,都是古物,一身沧桑,不是平常之眼看得透的。后面是个院子,较浅,不像我昨夜在平江路近旁住过的北半园那么精致,不见假山、小桥与亭阁。老瘦的树木翳在砖石上的青苍的斑影,倒使我感到一种古远的清韵。张溥《五人墓碑记》"郡之贤士大夫请于当道,即除魏阉废祠之址以葬之",应该就是这里了。

墓很大,横于当院。这是一座合葬之冢,长方形,方砖垒砌,封土上早生了密密的草,叶片绿而柔,惹风吹拂,历久之情含在上面似的,就把人的脚步给牵住了。"颜佩韦、杨念如、马杰、沈扬、周文元,即今之傫然在墓者也",感其气节者"且立石于其墓之门,以旌其所为",这话亦在《五人墓碑记》里面。现今之墓,依旧是这个样子,足见生命之盛。青草里摇动一抹明艳的光,是历史尘埃中开放的花,英雄花。耿耿丹心

化为碧，长眠之士，在人间留下最后的颜色。

身入这样的院落，内心所感的，仍是墓场的荒旷。若当深宵雨夜，月色凄清地照下来，不消说庭中光景是怎样的冷寂，我的心上，也要飘过一层黝黯的影调。靠着后院墙，筑起一段廊子，粉白的壁上镶了碑，刻的诗文尽是咏赞五人义举的。冷漠的碑石，有感情的灵魂。看了片时，默记在心里的，是"奋乎百世"这一句。还有一些吟咏，也值得诵在口上。抄下数行："昔闻五人名，今过五人墓。五人墓上草青青，松桧凌寒鸦满树。"似不及张溥的"记"有名。张氏说五人之事，"亦以明死生之大，匹夫之有重于社稷也"，是把复社领袖的立场与观念融合在描述中，现实动机再明显不过。若此，才能朝最能引触社会情绪的敏感点落笔，才能让士大夫和平民的立场靠近。他赞佩这五位为东林党人而舍命的市民，"素不闻《诗》、《书》之训，激昂大义，蹈死不顾"，在阉党乱政之秋，迎着锦衣卫官校的剑锋，全无惧色，临刑的一刻，意气扬扬，谈笑以死。英雄气概，令"大阉亦逡巡畏义，非常之谋，难于猝发"。他是以改造社会的热情，温慰人间的悲苦者，唤起初萌的民主意识。张溥这篇充满现实内容的记，为市井之臣的抗争精神做了历史性的歌赞，表现了世界与古城中普通生命的直接联系，让人们认识到，城市平民可以无所畏忌地创造参与政治的方式，可以勇敢地变革封建帝国的古老秩序，影响并调整社会演进的节奏。这是一篇能够燃烧的文字。这姑苏，这山塘，哪里是"红尘中一二等富贵风流之地"？宁以义死，不苟幸生的凛凛风骨，和吴苑的游乐气调终是两样。五人之躯，沉沉于墓穴；五人之神，皦皦于青史。

伴在一旁的是葛贤墓。墓中人亦是一位英雄，生前迁居于斯，死后并葬于斯，厮守五义士而彰扬代有薪传的心志，足可感佩，当以专门的篇幅歌赞之。

《虎丘山塘图》刻绘于壁，五人之墓亦在上面。右上角配着的题画诗，是一首竹枝词："夕阳堤畔遍笙歌，灯影衣香七里多。见女争夸好颜色，小船来去疾如梭。"直把山塘之美道尽了。落款自署梁溪秦仪。临河街市像是在柔如流水的评弹腔曲和士子弦诵中醉去，灵岩天平的秀淡峰影，宛似在晴岚中含笑。春泛山塘的我们，恍若也入了画。

世异时移，五公邈矣。观今世，"凡四方之士，无有不过而拜且泣者"虽为数百年前情景，却也有年纪很轻的男女过而流连，一脚迈进门，步子就沉了，嘴上的笑也收住，神色肃然。明末的那场市民斗争，尽管成为城市史的重要部分，在今人这里，种种行为细节已无形象记忆，可是有葬骨的义士墓在，院墙之内的空气，呼吸起来就有一种特别的味道，心也便入了深邃之境。找寻历史的影子，也是找寻自己的位置。也许，他们出门会坐入名为"猫的天空之城"的概念书店，凝视窗前流水，在精致的纸卡上写写画画，寄一笺美好的祈盼给未来，像是做美妙浪漫游戏那样，只要脸上挂着阳光一般的笑意，或许也是先他们而去的无数英烈的所愿吧。

这一带大约当七里山塘的中间，推想"半塘"的得名即由此来。默望临水相依的河房，陈圆圆、董小宛之流的媚影芳踪还可寻访吗？由这里西去数步，便抵南社首次雅集的张国维祠。陈去病"南者，对北而言，寓不向满清之意"这句极富意气的话，仿佛绕响在耳边。若说我和南社还有一点因缘的话，是在副刊上为郑逸梅先生开过《名人与园林》专栏，编发这位南社老人的文章四十多篇，至今还记得，最后一篇是《南社雅集的几处园林》。这之后的数日，他就辞世了，说那篇文字是他的绝笔也是可以的。郑先生的文史小品在我这里绝非补白之用，而是视为至珍的，现在看，这感觉就更深。我在馆内看到他的旧照和书影，很亲切。

那个年代,莘莘诸君都是些意气风发的青年才俊。黄金般的年龄,花朵样的理想,这足以叫我有所感。窗外飘过一缕云,把想象带远,水天之际仿佛仍有南社文人的风骨在,连同那段光华熠熠的精神历史。这一带的河景,也像是萧疏了一些,静寞了一些,比那绿波流香、红袖飘影的雅韵,比那花晨中浅酌、月夕下低唱的逸致,比那青衿的温情、红粉的软调,真有它的不同,竟至在这水上烟一般逝去的灯船画舫、艳媛丽姬,一时更无心遥想。就说墓祠旁俗呼"葫芦庙"的普福禅寺,不必回味《红楼梦》里"葫芦僧判断葫芦案"的小说家言,便是推门看流水、抬眼望虎丘的光景,这座山塘街上的小庙,做一处暮年养静之所倒也不错。这世上,乐意在幽恬日子里,去过清静消闲一如六朝人的生活者,从未消绝。那个家住阊门外十里街仁清巷葫芦庙旁的乡宦甄士隐,"每日只以观花种竹、酌酒吟诗为乐"却也不足怪。花柳繁华地、温柔富贵乡,正好养出这等禀性恬淡的神仙一流人物。

黄公望墓

　　黄公望墓，在虞山之西，比他在常熟城子游巷的故宅可要清静多了。郊野之上，有春茶的碧叶，有油菜的黄花，假定大痴道人泉下有知，在幽冷的丘垄，便是不挥画笔尽情皴染，也能听鸟鸣，动情于啼音的婉转，也能听风语，动情于天地的清籁，人又在画里了，仿佛当年泛舟尚湖而观察晨夕下的水波影调，游走虞山而探赏晴晦时的峰峦光色，创出浅绛山水的画理。此番意境，素为我所歆慕，可惜这只在古人的世界。

　　白石墓坊在树影间立着，一年又一年，所阅览的春秋，所披覆的沧桑，到了丹青圣手那里，也仿佛画不尽似的。一条在泥土上垫了青石板的墓

道从山麓直伸过来，在访游者的脚前铺出一条连向昔年的路，也通往一个美术家的精神世界。

　　平常我们看黄公望的画作，比方那幅有名的《富春山居图》，只觉得简逸高旷，只觉得苍劲雄秀，实在还是充溢在画家灵魂深处的一种气韵让观者感动。黄公望是一个入道之人，出世的心境、超然的意态，替代了凡尘挣扎的峻急与冲荡，潇洒也是有的。所抱观念，大约影响着他的创作。我多年前入富春山，在筼筜泉边聆听溪流的歌唱，细观井水的澄影，并且浮想隐而不仕的大痴道人烹水煮茶、对月默啜的放浪样子。一间竹屋，晃着花木浓淡的影子，落着几只鸟，阳光下啄羽极悠闲，一切聊得山房草堂的意味而难掩度日的贫俭，在他又是无可挂怀的。纵目烟霭间杳远的洲渚，内心情绪明亮地流动，神意的疏野与清奇、逸迈与旷达化作点点的笔痕。师法造化的理趣，谁能道尽它的浅深？艺术之外，实在还是一种生活观的表达——李太白用诗歌，苏东坡用散文，黄公望则用他的画。

　　走尽墓道，便是那孤冢了。灰色的砖直竖着，圆圆的砌成一个圈，石缝间歪斜地抹上白色的灰沙，留着近年修复的痕迹。填盖的封土微微地隆起，已是春了，秋冬的枯叶还散乱地落在上面，一片一片地泛动暗黄的颜色，恋恋地似有所不舍。坟后长出几株杂树，黑黄的枝干微曲着朝天上钻去，一道阳光透下来，叶片绿得发亮。周围也有树，更加高大，而且疏疏密密地在头上交荫，盘绕如篆，远处的天空被遮去许多。这几株细瘦的树仍是特别的。我忽然将其想成画笔，握紧它们的那个人，偎着黏湿的泥土发痴呢。世上人静静待朽，墓中人却悄悄地生。

　　黄公望是个孤儿，过继给一个住在常熟的浙江永嘉人。生时未得父母之爱，死后却得嗣续之敬。我绕到墓的后面，有双碑，其中一块是清嘉庆二十二年其裔孙黄泰所立，刻"元高士黄一峰公之墓"几字。或曰，修墟落，建牌坊，都是黄公望的这位十六世孙操持的。他是谨守慎终追远之训的。不知谁人插了一串灿黄的花，很显精神，还祭了几炷香，余烬化在雨迹中。

何时落的雨呢？

设若去四近走走，能够寻访到黄氏族人也说不定。

一个守墓的老年女人坐在旁边，无话，也无表情，宛如一尊刻像。天上虽然挂着太阳，周围却是夜一般静。

画界评黄公望画作，有"峰峦浑厚，草木华滋"之论。瞧瞧四近的光景，便是不看大痴道人那些气韵沉著、风格高古的传世画迹，也会觉得，他能在虞山这处地方永远地安歇，朝朝暮暮，有一道葱翠的岩岭和满坡繁盛的花树相伴，亦可在画境里微笑了。

虞山峰影、尚湖烟波，在画幅里表达对于乡园的眷恋。更有遥远的富春江水，流过栖隐的生涯。一切都陷入宁静。冢上蔓草，落满凄清的雨声。

归葬故里，在熟悉的山中无声地忆想壮怀人生。家乡的明月，依旧照上海峡那边的浪波。

郑成功陵墓

一路山光海色，碧树红花，转眼到了石井镇。

这地方原是郑氏先祖累世居住过的。郑成功用兵尚武、力扼虎狼的禀赋，大约从其父郑芝龙那里来，可说善继世业。驱荷夷而收复台湾的壮举能够概括他生命的一切。受着南明隆武帝赐号的这位"国姓爷"的传说，几百年来写在纸上，所记事略我还在年少时就已知道，又放在影戏里演给人瞧，或者我以前也已经数过耳目。我对他的一点浅识便是这样来的，别无更古的根据。眼下一看，恰好成为理解他的翼助，所引起的感受就超越文字的作用而有了形象的力量。我还曾特意要把他拟想成一个传奇者，用自己的方式理解他的世界，虽则未免所见太浅。家乡人至今不忘永历帝给他的延平郡王的封号，仍然习惯这样尊称着他。纪念馆的那位女讲解员如一位教师，高一声低一声地指点实物、旧照和挂图，把郑成功的遗事讲来让我听。旧史上的种种，视之虽近，邈若山河。故乡的英豪惹她动情，也使几日前乘船渡近二担岛的我对于先驱再度了解的兴致自然添浓。

乡人无论身处远近，都还以圣王之尊仰拜他，并且解囊捐资，紧依纪念馆之西造起一座巍然的楼台。朱甍上尽是翔龙，好像飞在青空一样。"宽绰绰罗帏绣枕，郁巍巍画梁雕栋"，元曲的唱词又浮到脑中来了，或可拿去形容祠堂一流的盛美吧，在这里概所不论。此座建筑附会起来大约只能说与郑成功有关，意在显示郑氏家族在本地的一种声威又已经可以看见大略。这用匾上题的"威震天下"四字来形容恰当不过，在临着一片汪洋的鳌峰上，压得住气势。登上峰顶，望金门。海天浮着雾，视线穿不透一片混茫。下来，东侧的碑林我虽未进去看，一望也能够知道石上法书的不凡。

往北走了一程，水头镇外数里的地方横起低昂的峰岭。转入一条岔道，青葱的山色就迎面扑了满眼。建在这覆船山下的正是郑成功永眠处，转过几道弯，终于看见隐隐的一片在那里。这块地，相沿着讲是敲锣圈地占下的，虽则可能只是一段子虚文章。进门的地方，不知立了多少代的牌坊上，题着"郑成功陵墓"，此五字在这里，同我刚才在石井镇看过的一样，很能博得庄严敬慕的一瞥。从这个古坊的门下，直着走尽了一段松影泻绿的墓道，更把层级的石阶登罢，我才站在陵寝的前面。如我数年前所说过的话，天下之墓大处形制相仿。白石砌成的冢上，浅浅一层草也不知是何年的了。想到已无爱恨来扰的旧时人在土下安睡，草

海峡何深，风涛何急？踏浪击寇的雄风犹在。林麓摇荡，飞扬千万出征的桅帆。

　　色的淡黄愈添些凄冷意味。墓表上除去简单的名姓，并无特别的装饰。比起有石桥有花池有廊庑，也有几株森秀古榕的供佛的梵宇，埋骨的坟茔倒似乎居下了。在这里说佛，不怎么相宜总是确实的，又谈起卫国的英雄，比较地可以得到一种调和也颇困难。但如果算他是郑成功在天的护佑，可说是别种的想法。

　　今古人情，相去不远，大约千几百年前的先辈已经如今人这样的喜怒了。继起若吾侪的凭吊者，也能体会相近的心绪，况且这一刻松林又在风中舞起一片浓翠的深影。虽然老实说起来，我同他的年代隔得稍远，所引起的感想全系于家国一项上。执干戈以卫社稷，是后人所以要怀念他的地方。舍此，我并不知道他另外的消息，在他的钓游旧地却已经可以知晓。郑成功的灵柩从台南洲仔尾迁葬桑梓时，康熙帝撰联，有句曾这样说："四镇多贰心，两岛屯师，敢向东南争半壁；诸王无寸土，一隅抗志，方知海外有孤忠。"清灭明，关闭一道门，这一刻，忽又打开一扇窗，传入真实的声音。故此，我也能将对他的认知从理性移到感性这方面，加多一点体会，竟至把难考其真的逸闻归到史帙里去了。若论无泪不洒的深情，在我，并不比追悼亲近的人有何相差。时间虽把他带远了，年湮代久，无处相寻之苦却是不曾有的。在他无感而眠的地方，我既无叹息，也无悲哽，每想到他跨海击虏的境状，心底总不免盈荡一股豪雄之气。暂离液晶电脑而走入山水的我，又想着怎样叫这些古史上的光荣融于颇有时新意味的职场伦理。这话表示的仅是出于私见的道理，故一时不妨以为即是言志。此刻，连天的海涛在望中更惬心目。

"历史的价值是按照成绩折算的"这话，是闻一多讲给桐城诗人方玮德的。我记起了这一句，理由亦甚简单，全因郑成功率师收复宝岛的功业，在国史上获得一个煊赫的名节，更为中华争来在世界上的一个地位。他在这上面的作为，虽要远远地推源于数百年前，但他在民族史上的位置，是早已牢牢占稳了的。我从前对他的形神，几乎没留下一些印象，站到他的陵墓前，要说几句，所根据的倒是自小听来的传说，便运用种种手段在想象里塑他的形，在缅想中追怀故人。郑成功的样貌，在我过去所念的历史书里面好像未之有也。我只看过出自今人手的塑像，虽然也有人扮作他在影戏里演着，样子又不能尽同，我又不得不以这模糊的样子暂且满足了，不去让他的眉目都一一如画。要将其人的气宇形容出来，我的能力总不能达到那一步，所以也是徒叹。这倒像是也无妨，一个于国家有功的英雄，纵使不由我来说他，事迹绵续，不曾受着历史

的漠视而常在念中，便可深慰他的魂灵，亦在说明，这人的一生诚然已经可观了。可称颂的人物，写满中华几千年的壮史，我脱口能够举出他们的英名来。其功高，出于爱重，便是遵行春秋责备贤者的古训，在这里一句也说不出。前驱的生命诚然早已结束，延续的精神却影响离着历史很远的后人的生活，甚至往往和现实的状况联系起来了，并付着加倍的心力在他们栽植的枝干上再添新叶。

墓前的空气总是异样的。我听松，听风，听鸟，又像一个书写者那样，除去追史，忆人，怀故，只怕别无所能。心里沉沉的，就踱着步子返身而去。我走在线性的历史上，也永远走不出他的目光。

谒陵吊魂，我的形象记忆未免模糊，情绪记忆却是专挚的，虽则同郑氏隔着那段距离。

一腔英雄气在身，真不负我这一程的行走。

靖江王陵墓

以我久居漠野的北方人眼光看，雨中的桂林处处都是柔。静止的山水因有了这烟雨而朦胧美丽。

最记得明代的靖江王陵墓群。那么一大片坟，默立在网一样的斜雨里，萋草摇曳，在风中挨鞭抽一样地呻吟。昔日的王侯是怕这无情风雨打湿自己的坟头吗？天风飒飒，亮雨缕缕。湿了面颊也湿了心，如远空天籁，恰同怀古的心气相容，又悠远柔美若钟韵琴歌。便默默凝望，却实在觉不出这里的风水有什么特别的好。不过是那么一片绿，离桂林城区稍远些，赢得一分难得的安静。能把三百多座坟墓立在这样的地方，古人大约自有道理，这是我拿现代人的心思所揣摩不出来的。想必桂林市花掉不少钱，才重新将墓群中的庄简王墓修复，金碧辉煌，可以见出北京十三陵的影子。这样一来，庄简王墓也就成为这片靖江王陵墓群的精粹和代表。透过它，游人自然可以想象其他三百余座陵墓当年的气势。若不是自然力的侵蚀，若没有兵燹战乱，墓群仍通通存留着，那庄严雄伟的气势怕会惊倒无数游人，岂能徒剩一片凄清的苍山？

明代的森严统治在历史上是出了名的。这些封建主子死了以后，还要躺入高大的陵墓，继续在百姓眼前显威风，真不知该怎样享尽生前死后的富贵才好。其实，皇帝也是人，在离开人世前，灵魂照例也是很痛苦地受着熬煎。真龙天子的那一套胡话完全失去了神功，只能和凡人一样，带着一大堆不情愿在泥土里长眠。他们留给活人的，尽是一些感叹，

让人知道历史上曾经有过这样一个朝代，已是很久远的事情了。

怀古情绪的满足，要靠想象。可我站在这修复如新的庄简王墓前，却失去了本应有的历史感。那些彩绘藻饰毕竟是现代人敷设上去的，青墙红柱再不是古旧气概。

倒是附近的一座康僖王墓遗址，使我的觅古向往获得满足。这里的景象可以用"破败"、"坍圮"等等词汇来形容。盘龙柱孤独地立在蒿草中，图腾崇拜的古习是能够从灰白的龙体上领悟到的。一块无字碑在日光下闪射出一片白亮光芒。是帝王的功名？谁说得清。残碑断碣只散卧于潮湿的地面。一阵一阵山野的风在绿松间喧响，又朝漓江方向卷去。蓦然，一缕苍凉的古意我便感觉到了，很深邃。辛稼轩的那首《南乡子》有句云："千古兴亡多少事？悠悠。不尽长江滚滚流！"

这时，同行的小说家汪曾祺先生便由眼前景谈及四川的五代前蜀主王建墓，还有陕西的霍去病墓。以中国之古之大，这景象怕是极寻常的。举凡这种地方，历代帝王都空留一片荒冢，一片松柏，仿佛欲将灵魂的呻吟永世颤响在空气里，引来后人无尽的思绪，绵延千万春秋。

小憩时，从手中一份材料上知道，1943年3月，柳亚子先生欲作靖江王陵之游，临约忽因头痛而卧床，唯余戏剧家熊佛西、漫画家黄尧等往游。红花摇曳伴诸人漫步凭吊。佛西先生凝视残败的陵墓，颇生感怀，挂杖吟诵《桃花扇》中的曲句。野餐时，虽随带的卤菜不丰，还是把酒畅饮。日影偏西，兴尽方归。柳亚子为黄尧所作画题诗曰："靖江陵畔遗谟在，祝圣庵前暮霭斜。好是西南春意茁，尧山红遍杜鹃花。"这实在是一幅踏野觅古春游图。其情韵与那苍凉风景断不可分。虽是早春，却极有暮秋之感。从历史角度说，荒凉颓败能唤起美感，沉重的美感，悲壮的美感。这也恰是我对赏景的感悟。

离开康僖王墓，我仿佛告别一段历史，也庆幸其余那几百座陵墓没被一概披上"新装"。这倒不是嗜旧。以我走过的地方看，花去很多力量修复古建筑的事情实在算不得少，其中的意义和价值究竟有多大？以北京圆明园的修复而论，前阵子很热闹过一番。可这座在帝国主义的战火中痛苦消逝的皇苑，是无法恢复旧貌的。现在的西洋楼残址，至少还能使游人如读一部沉默的民族屈辱史，激发爱国主义情感。历史的价值，在于它的真实；古迹的价值，在于它能证明历史。人为地抹去岁月的刻痕，珍贵的旧貌便无望传诸后世。

"不是花中偏爱菊，此花开尽更无花。"元稹的这两句诗，值得我们记住。

阿斯塔那古墓

这处墓址的全名，应当叫阿斯塔那—哈拉和卓古墓（新疆的地名大多很长，不易记）。在两个村名的中间放上连接号，合二为一，推想自有道理。也就不好为图省力，开口只呼一半。

古墓不是一座，而是一群（五百余座）。在火焰山下，万亩之广，真是壮观。三千亩孔林都没有办法相比。在中原，少见这样大的墓葬。很多年前，我过雁门关，望见广武汉墓群，曾为之惊心。同是在塞外，贺兰山下的西夏王陵，其势也是大得不得了。王者，身逝，仍有"托体同山阿"之心，高造山陵，让人想到尼罗河边的金字塔。吐鲁番的这处古墓群不是这样。五百坟茔，无封土。我注意望了一会儿，只看到墓口堆放些砾石，很简单。祁连山下的魏晋壁画墓可与之仿佛。在戈壁滩上，想植松柏、建寝殿，就地理之势说，万难。语曰：地无私载。人死，身无尊卑，还要那么多讲究干吗？我这是常人之思，居高位的，大约不会这样想。

所看的两座墓，据说是唐代的。墓道不宽，一溜斜坡，完全敞向天空，故没有阴森感。这样好，会使人的心情比较放松。

墓室是个土洞，不高大，也无什么摆设。如果有陪葬的器用，推想已存入博物馆了。陈尸的是个泥台，样子有些像东北的土炕，也是空的。干尸不安在，大概又离乡巡展去了吧！我在旅顺和厦门看过展出的新疆古尸，应该自此地出。吐鲁番缺雨，风热地燥，死者之躯可以历久不腐。

海边的人见了，当然会大吃一惊！

墓壁绘画，大约为古时葬送之风。同邙山下的唐宋墓画相比，也是具体而微。我看到的这组，远龙骧凤辇的帝王气而多小民的人伦味道。就品式说，很像六扇屏。其中的两幅，绘金人、石人，用意都很明显，一个主张"无多言"，一个主张"无少言"，正好凑成观点相反的一对。这是讲处世立身的道理。画在墓室的壁上，家人来祭，如恭听先祖的点拨。这样的布置，仿佛仍在为死者做生时的打算。这是一座唐墓，墓主邈矣，更同今人不相关。可是眼观壁上画，因为所寄多为孔门的道理，年月虽远，在理解上并不很难，也就心有所感。金人主慎言，石人主放言，该赞成谁呢？我看，还是奉行中庸之德吧！

我忽然觉得，这片隐于大荒深处的古墓，同曲阜的孔林似乎有些精神上的因缘。

墓主应当是一位汉人。

阿斯塔那墓多有古物出土。我后来在一册相关的书中看到《伏羲女娲图》，绢本，绘制精美。形象是人首蛇躯。甘肃的天水据称是羲里娲乡。我曾游其地，多闻当地人大谈羲皇画卦、娲神炼石的传说，也屡观这对兄妹的彩绘泥塑，大体就是这个样子。

古墓群，静静的，只有秋风吹过沙碛时，才泛出一些响声。无惊扰，恰宜于灵魂的安憩。这又很带点天堂的境界了。

思，意念离形，远九泉之域而朝高天飞升。

昭君墓

到呼和浩特，要看昭君墓。《汉宫秋》第四折："叶落深宫雁叫时，梦回孤枕夜相思；虽然青冢人何在，还为蛾眉斩画师。"语极凄婉，伤情之深不在少陵野老《咏怀古迹》"一去紫台连朔漠，独留青冢向黄昏"之下。马致远从唐代敦煌《王昭君变文》和笔记小说取材，做的这出杂剧，偏于民间传说，和正史亦有距离。索贿作弊的画工毛延寿，在戏里成了汉朝中大夫，又是个在朝上一味谄谀、叛国败盟的奸邪逆贼，构陷昭君，恐是杜撰。

《汉宫秋》是一个爱情悲剧。述史重事，做戏重情。马致远这样写，究竟是一种什么心情，无从讲清，推想其创作心理应该是复杂的。他要给历史带上一点感情，可说是用戏剧家的方式写史，又能音容宛然。马致远的一支笔，真是妙矣哉。我妄猜，写过《长生殿》的清人洪升，大约也是看过《汉宫秋》的吧？汉元帝和明妃的离情，唐明皇和贵妃的别恨，让后人体味史上的宫廷苦境。

昭君墓一带，路畔的乡景虽无可看，名为前后"桃花"的村子，还是要叫人把"桃之夭夭，灼灼其华"的旧句想起来。在这灰黄的天色下，心里也便有了一抹明艳色彩。

汉人造墓，高其封土。人死，还要把威势留在世上。昭君墓也是这个样子，平野上看去，直上直下，如峰，像是把大青山的气势给压住了。关中五陵原上的汉元帝冢茔，终日为一条渭水环绕，岁岁年年，和昭君墓南北遥对。若照我那位本家用哀艳之词写出的悱恻戏文看，说是元帝刘奭和宫人王嫱隔空相望亦无妨。

翦伯赞在他的《内蒙访古》里这么写："其实这不是一个坟墓，而是一个古代的堡垒。在这个堡垒附近，还有一个古城遗址。"残墟我未能得观，读他的这几句话，对昭君墓是否为真，倒有些动摇起来。这里必要提及的另一位，是郑振铎。1934年之夏，在燕京大学任教的他和冰心诸人，离京而走平绥线，访查西北边况，《西行书简》便是沿途见闻的集成，郑氏把它发表在文学季刊社编辑的《水星》月刊上。说到昭君墓的真伪，亦有猜测："但此冢孤耸于平原上，势颇险峻，如果不是古代一个瞭望台，则也许是一个古墓。至于是否昭君之墓，则不可知了。他日也许能够发掘一次以定是非

的。"这个庞然的建筑之下，长睡着美丽的昭君吗？倒成了一个疑问。我的见识浅，对她又没有任何生命印象，故无从断定。想得确论，只有俟诸来日了。

昭君是在元帝时以良家子名分入掖庭为待诏的。待诏是一个官职，以才技之长而听候帝诏，平时应当是有闲的，秩从何等妃嫔称号似不要紧。王昭君能入后宫之室，大概不在文辞、经学、书画、医卜诸种术艺上过人，似应在那落雁之美。怎料得宠也难，"入宫数岁，不得见御，积悲怨，乃请掖庭令求行"（《后汉书·南匈奴传》），随那来朝和亲的呼韩邪单于，坐上毡车，别离长安。视线依依，潼关的雄姿、黄河的波光、雁门的楼影退远了，奔走一年，在漠北之地做起宁胡阏氏。昭君出塞，是负气而去，还是心志高远？寒暑数度迁转，身处异邦的她，低回于落叶迷径，看塞雁南翔，听虫豸哀鸣，更闻冷雨敲窗，纵使烛影摇红，那一种孤灯寒衾的伤情也还缠绕于心的深处，比那深锁汉家幽宫的滋味又当怎样呢？就不免拨弦唱乡愁。腔曲浸泪，凄清的梦里，南风送来阵阵雕梁燕语，一派锦树莺鸣，只叹思念汉主的昭君，也只在远乡愁听。菱花镜里妆，胭脂泪轻痕，总之是，这位从香溪潆绕的秭归走来的汉家女，容貌之艳与内心之寂足可引人想象，远非明妃和番的戏文那么理想化。

忆史，是把那书里的沧桑再吟味几番，还是从头细数？

曾经倒仆于田垄间的石虎石狮，默立在墓道的两侧，不失汉雕的雄武之风。两个碑亭分立东西，看那六角攒尖的样式，一柱一瓦也是含着虔心的。里面的碑石立了多少春秋，我倒说不准。"王昭君之墓"几字镌在西边的碑上，东边那一块，只瞧弯曲如蚓的笔画，说是蒙文当不会

出塞路何远，归乡途更长。遥忆汉家事，独伫对斜阳。

有什么错吧。郑振铎："墓前立碑七八座，最古者为道光十一年长白升演所书之'汉明妃冢'及他的碑阴的题诗。次有道光十三年长白、珠澜的碑；次有戊申年耆英的碑，此外皆民国时代的新碑。"能得观，心游于前朝，古意尚可增浓几分。怎奈时光的刀太狠，在岁月中一挥，就让旧物成空。惜哉，郑氏的这番话，只能去对昔日之景了。

  青冢的颜色，到了这个季节，没有那么绿。这也毫不奇怪，"秋尽江南草木凋"，塞外之地就不用说了。草枯，坡上几株矮松倒还绿着，略作点缀。郑氏留在文章里"即登冢上，仅有小路，沿山边而上宽仅容足，一边即为壁立数丈的空际"的话，现在看来，光景也变了一些。顺着冢边铺筑了白石阶径，立了铁栏杆，并不怎样险。在我，气喘也是没有的。移步之时，眼里映入栏边黑绿的树影，浮荡松桧之色。杂以蒿丛，尚在冷峭的空气中留一抹悦目的淡青。冢的顶端，地颇平敞，造了一座亭，亭中有碑，是一幅昭君图像，不知是哪一位的创作。凑近一点看，线条的柔细流畅，直把那衣纹的飘逸感送进观者的心，汉画像石的朴拙风格也在里面。

  此时天已向晚，斜低的太阳偎在青云里，带着一种惨伤的寒意，一点一点西沉下去，渐渐消尽倦怠的光缕。四近一片安静。残秋刚过，初冬乍至，这种季节的暮景，最添愁情，况且又有一轮将逝的斜阳挂上枯瘦的寒枝，淡红光晕下静睡的尽是漠漠林野。南边流过的大黑河，莫非就是古诗里的敕勒川吗？北面横着的大青山，在昏黄的天底下浮一抹淡痕。我似从历史的风中远听游牧的鲜卑人豪厉的歌唱了。

  下山的道上，经过一处佛龛，摆着少量祭品，香烬的燎迹一缕缕地残留在旧壁。郑氏所说的那座大仙祠是它吗？

天边飞云，似是贵妃的霓裳羽衣舞影；长空雁唳，犹为明妃的《五更哀怨曲》愁音。一个宫女，影响了历史。她在地下永眠，不死的心性和理想，孕化成巨大的生命体。栖神之域，是被古人的灵魂占据的世界，临其前，若只以一两句诗歌来吟赞，气势似嫌弱了些。还是回到汉家江山中去和她相逢吧，犹见明澈似水的眼神、秀媚若花的笑靥。照此看，独伫青冢的我，如上凌烟阁，看那画上的丹青。

辑三

古关

昨日楼墨
老建筑的文学追忆

燕山峰峦在渤海风涛上起舞。俯瞰万里烟云，阅尽沧桑的雄关，犹忆当年金戈铁马。

山海关

我十五岁那年，从永定门坐上火车，往北大荒去。过了大半日，忽然望见海，颇撩少年之心。不多时，车停山海关站。朝北看去，暮色里隐约浮着城楼的影子。再向东走，就出了关，倏地品到了离家的滋味。待到车轮又转，天色已转暗，孤耸的楼身模糊了，我的眼里忽然涌满泪水。一步跨出去，猛觉得这苍然的榆关化成一片沉沉的暗影，把身后的乡路也隔断了。窗外的夜色墨一样深，连秋风都像是凄紧了几分。

这是我对于山海关最初的记忆。此后我北出居庸关，西越嘉峪关，便是未读唐人出塞诗，那番征人的感慨又怎能少得了呢？

古关 山海关

　　十几年光阴荏苒地过去，我和爱人到秦皇岛小住。游过北戴河，又让游屐踏响山海关的城头。临镇东门，站在"天下第一关"的古匾下，雄关内外的胜景都入眼界。我是把冀辽两省的地面都跨着了。朝东走一程，侧耳去听，口音的异样最是无奈，还需揣摩方言里面的意思；而在那里，所见之人，皆极豪爽，大约又是昔年出关讨生活的齐鲁汉子带来的气性。辽蓟不同俗，此关似可当做文化上的要隘看待。精神越过高大的墙体，在古今漫游。关城的千户人家，市街上的稠密店铺，入眼的却是一片细密鳞瓦，如网。苍灰的颜色连向寥廓的海天。此时的我，实在是换了一种心情。行有余力，才把一点闲思遐想寄放于这座险固的名关上面。燕山渤海恰好从南北两边来为我的驰怀骋目布设天然的背景，仿

佛趁我复述历史细节时，刻意增加真实的现场感。马道上放置的铁炮，究竟是哪一代的旧物，我还真说不准。其实，只消明白它微微锈蚀的躯体覆满前朝烽烟就已足够。古堞雄峙，如今已修得利落得体，纵使不见荒丛、野草、昏鸦、寒烟，体验沧桑，这尊铁炮也有一顾的价值。

海山竞雄争胜，其势壮矣，竭天下之力相抗，断不可得。真如韩退之"有海无天地"一句所说。从前我觉历代诗文，语多夸张，临关一看，胸次也添一番气象。是我轻薄了前人。"非涉身其处，谁知其言之有味哉？"屠隆的见解恰合我此刻所思。

明太祖高筑城垣，置卫设戍，一座立在海山之间的雄关，成了京师东面的屏障，进出中原的门户也是它了。过往无数人物，千秋功罪似和此关牵连不断。年来月往，驰驱的甲胄连影子也无。"沧沫之躯倏然而灭，为兹海之云气久矣。夫身挟名而俱尽者何艰！"昔有骚人临海讲出此话，感慨发抒至足，晚来者更无须说。我之生人，早已不沾旧时代的风烟，却因怀古的心重，常在史海中流连，前尘也就宛然如画。现今真的站在披覆旧迹的古关上，凭高历览，接纳我的思情的是旷远的海天。低眉忆往，轻抚处，一雕栏、一柱础，都有故事。已无人对我说起，只靠自己细悟罢了。有时，也便真能面影依稀。历史的梦多半是残碎的，若论其间滋味，又是浓于绕在身边的日常生活的。所谓虚境胜过实境这话的玄奥，就此不难领解。

风景在我，是分作宜看和宜思两类的。宜看常在山水，画里活着自然；宜思常在古迹，史里活着人事。一则以触感动情，一则以悟道兴慨。山海关到了我这里，是偏向后一半的。若把话往深处说，我的兴趣多在烟霞泉石之间，游迹近岸芷汀兰而远古楼残碣。况且以中国历代佛道的盛行，庙观又总多见。每入内，眼扫千年不易的一统形制，情无所动。依文题，这里所涉当然限于名关。放宽范围，其给我的感觉都是一类。寄情山水，不废人文；登临胜迹，恰可把我这方面的弱处补足。

城堡墩台一片悄寂。北眺，目光是跟着长城雄峭的影子朝天边去了。南面的渤海之浪又引着我的脚步，抵近老龙头。筑垒的关基伸入海水，久受波浪的啮噬而不改岿然的姿态。澄海楼看去也有三丈高，带着"天开海岳"的气势筑在长城东尽之处。孤楼昂然迎向万里风云，千顷奔浪皆伏其下。廊柱的漆色虽已褪淡，威势却不减弱。假定找词语状之，只需一个雄字就已够了。纵览，大畅襟怀，未及怀古，先自添一段胸臆。望海观澜，水云乡的幻景和兴凯湖颇有一点近似。每见大海，都会像读到新风格的诗文，陌生而新鲜！海面的平阔又不带丝毫领受上的隔碍，宽畅心情几乎完全同渔家一样。碑上的所刻让我留心看着，并且不断地想着从史书上读来的旧事。明人《观海亭记》起首谓："愚尝读孟子观于海者难为水，知观海则天下之水皆不足为水矣。"真是一番好字句！郭沫若说"我们人类好像都有种骛远性"，时间上希求如岁月一样久长；空间上企盼神思飞越而无际涯。大海，正是寄放心灵的所在。依山襟海，我虽无古人壮概，体悟却自家独得——养吾浩然之气唯在沧溟，又似孟子"挟太山以超北海"这句话的变体了。照此看，高矗的关楼吞吐着气韵，静立的碑碣凝聚着气韵，连观海的人也用目光接纳着气韵。故呼山唤海，颇为自负。海市蜃楼大约只在蓬莱阁上可以幸览，非随处能遇。在山海关，浪里渔船的一景，却远近可见，无须做如梦的遥想。入诗文，也有浪漫之美。

溯往，在晚清一代人那里，从沧波中读出的已非秦皇的入海求仙，却是经国治世的文韬武略。魏源《筹海篇》、慕天颜《请开海禁疏》、曾国藩《拟选聪颖子弟出洋习艺疏》，一新朝野眼目，真是"所资在天下之大，百世之远，宁仅江南一隅足饷一时已哉"。临海而读，精神之翼远翔瀛寰。

扯了这样一通，该到住笔的时候了。只恨我游历不广，未将南北名关踏遍，取得为其立传的资格，只好铺纸罗列凌杂之思。

昨日楼台 老建筑的文学追忆

雄关耸峙。阳光洒下金色的雨，翠嶂之上，长城是一条鳞甲闪烁的飞龙，拱卫京畿，阻隔塞外的烽烟。

居庸关

居庸关，我在三十多年前即已到过。由西直门至青龙桥，来去全由火车载着，毋庸再借骆驼的缓足。京绥故道的风景留给我的印象，如今多已模糊，只记得行经关沟，窗外闪过一块带深痕的硬石，据称是穆桂英的点将台。再就是那座名为青龙桥的小站，像是近临八达岭隧道，很冷清。站旁立一尊青铜像。当时，我从母亲的话中始知詹天佑其名。我的外祖父是铁路工程师，母亲自小随他各处迁徙，对同铁路相关的人和事，不会感到陌生。很多年后，我去赣东北的婺源，才知道这位在中国铁路史上大可圈点的人物，原是这座偏译小县里的人，且和朱熹同乡（一说其籍为广东南海，与康有为共乡谊），那尊远埋于记忆深处的青铜像似在眼前又一闪。

忆往，初游居庸，我还曾迎着塞外的风，在城台上紧偎母亲照了相。奈何三十载，检旧物，这帧照片仍在，母亲却逝去很久了。

旅迹重蹈，我已不是昔日的少年。放眼荒旷的山上，遍摇着枯瘦的寒树，古长城随山势而舞，不改千年的面目。霜天早无过雁，初冬的清寒之气远深于晚秋。龚自珍尝谓："自入南口，木多文杏、柿、苹婆、棠梨，皆怒华。"他过关，满目春景。我迟来，盛时花木已随风雨而去，衰草疏林，挂枝的是连一片枯叶也难见了。

由眼前的所看而及怀旧的心绪，我的感慨一时像是有些，嘴边却无片语。李长吉的一句"天若有情天亦老"似早将悲愁抒尽，我还能有什么可以补足他的诗意呢？

临景而纪胜，是我数年养下的习惯。来居庸关，也是一样。沿山层上的戍楼、烽燧，就其险固说，足可一望而惊心。这大约是借了两旁山形的原故。冯沅君说这一带山"不是以明秀称胜，而是以雄壮见美"，此话可以代表我的看法。筑墙垒关，以御偏邦，这样史久的屏藩，天下怕也只存古长城一家。思绪撞在冷硬的砖壁，迸响的是金戈相搏的悲壮回声。当风之际，似应大有李太白"裂素写远意"之心。可惜我为动笔犯难，还是退一步，读古人的成句吧。高适是来过居庸关的，云："莫言关塞极，云雪尚漫漫。"殷璠说"高诗多胸臆语，兼有气骨"，纵马越关，应该吟出气吞河岳的诗。

居庸关内，可游处不少。又甫毕修复之工，"俨骖騑于上路，访风景于崇阿"，从立功德的角度出发，总该邀一位才近王勃的风华之人为作《居庸关新葺记》才圆满。或可进一步，勒记于碑，南北之人，四时

而来，犹能为美境所醉，是"爽籁发而清风生，纤歌凝而白云遏"。

以我历游关塞的经验看，居庸关和嘉峪关颇能近似。也有相异处。嘉峪关以大戈壁为根，纵目无遮拦，文昌阁、关帝庙、将军府、演戏楼各占其地，很平阔，很放得开。居庸关就不行，它的许多楼观完全建在山上，书馆、衙署、寺庙和高大的关阙，尽被无边山色掩着，一半云遮，一半烟霾，自具连天的傲气。

照着上面所谈，多种楼屋中，我最抱兴趣的是叠翠书馆。四合之院，为主的是聚乐堂，"习业儒生朝夕会讲"就在这里。守关城，假定能够临敌而诵览，其境总不会比招隐山中昭明太子的读书台差吧！可惜院门深锁，未得入其内。如果能趁闲留住几日，真是福气。仲夏之月最为相宜。《礼记·月令》："可以居高明，可以远眺望。"推窗，一山绿树迎人，真当得"叠翠"二字！

能够与这座书馆为配的，是卧在山根下的泮宫。原筑不存，荒草封死了旧迹。蔓草间孤余的石坊，似在残照里峙立一尊文化的碑碣，不肯坍圮。苍茫的山色铺成一幅深邃的衬景，又用岚烟缭绕着它。青衿入泮，坐读经史，在我看是最有意思的事情。思往游，我每遇学宫书院，身过棂星门，影映泮水池，就觉得那一处山水蓦地闪出独异的光彩。

文经谈罢，转而说武纬。此处和嘉峪关一样，也让汉寿亭侯居圣位。我没有入庙看，不看也能知道里面会塑一尊红脸关公像。追史，武庙的祀典稍亚于文庙，千百年下来，关圣帝君已经演化成护关的灵符，使人安享慈恩。我看，其间颇含天佑生民的愚气。

在居庸关落户的，以道教神为众。我在城隍庙里转了一会儿，端详这位护城之神的出巡和回銮图，皆为新绘。我不过把它当做古仙人悠然风姿的写状来看。

真武大帝也来就伴。我对此神早已粗知，因为曾二度在广东碣石的玄武山见其造像。此君是北方之神，照理，辞南海之浪而把牌位设在这里才对。

佛老多歧。洪武、永乐之朝，道教坐不上至尊的位子。居次席还能够撑住体面的排场，不得了。至少在居庸关，城隍和真武挤走了释迦，其势可说不弱。

登关远眺天寿山，明陵诸胜或可印证史部的旧录。

看过各处，转到云台近前。它其实是一座过街塔的基底。塔毁，约在以明代元之际。塔基未伤，竟至可以当做一件石雕作品欣赏。券洞的四大天王和众佛，刻艺至精，可以看到北魏佛雕的影子。

佛境不离经文咒语，在云台，多行。刻上去的文字不止一种。汉字以外，野利仁荣的西夏文、八思巴的新蒙文，悉有可观。我在甘肃武威的文庙，见过《重修护国寺感应塔碑》，西夏文，方形，细瞧笔画，费力不小却无一字能识。隔年，去贺兰山下的西夏王陵，默倚秋风斜阳苦寻开国君主李元昊旧迹，远路而来却无力读懂纪事颂功之文，深以为憾。这回在云台又见西夏文，依然毫无办法。

券洞可通方轨之车、并行之骑。铺石的路面尽为历代轮蹄踏出凌乱的辙痕，互有浅深。现今，此处已久绝驰越的车马，商旅道上，轸联毂接的热闹景象也只在昔年。入关求仕的学子，出塞充边的戍卒，身影邈矣。转念想，古关下，征夫来去、徭役往还的景况，却大可催人吟出千古的绝调。弹剑作歌，发为哀音，乐府古曲可举《饮马长城窟行》和《关山月》，比之吴地的《丁都护歌》，亦自悲切。

足供欣羡的是深居城下的住户，迈出矮门楼，闲靠黄泥墙就有山巅上奔越的古长城可睹；游关者，临半山亭，城堞与野岭兼览，且遥想驿

路扬尘的旧景，可算得其仿佛。仰而望，俯而思，难抑的心绪或可同古城的长影相随，飘往高天的远端。

　　孤城于野，望后的所感多是苍茫的情调。不很久前，我独伫夕暮时分的嘉峪关下，由河山兴废而想到似水流年，同此滋味。

古关 剑门关

苍茫蜀道，连向遥远的青天。月华如水，含愁的子规，啼出李白的凄清。绝崖间的古关，是一个历史的符号，镶嵌在悠久的岁月。

剑门关

　　秋风竟吹得如此萧瑟，将漫天云絮变作簇簇翩跹的雪浪。葱郁的绿柏摇撼着沉重的树冠，仿佛叙说一个披满历史烟尘的传说。远野好苍茫。

　　是蜀道，是蕴含无数神奇的古蜀道。

　　自然便要怀古，便要想象剑阁先民在这片土地上创造史前文化的灿烂图景，便要追溯蜀王五丁迎金牛、秦公剑门西入川的久远故事。心中也就叠映古人在崖壁上凌架栈道的史诗般雄浑图景。那长廊般蜿蜒的古栈道，在群山峻峭的褶皱中艰难地伸向大山深处，该是中华奋斗史上何等壮丽的篇章！

残破的青石板路一级一级朝前延伸，秋阳微黄的光芒给四野景物笼罩一层睡梦般的朦胧。巨柏的树冠在淡蓝天空结为蓬蓬连理之状。郁郁葱葱，使人愈加体味到幽邃的古意。忍不住回眸望来路，那灰白石板上的树影依依地晃动起来，极令人遥想安史战乱中，唐明皇夜雨闻铃的凄婉传说，忧忧郁郁叫人断肠。

古人形容蜀道的巨柏"霜皮黛色高参天，虬枝四茁盘云巅"，并称之为"翠云廊"。是的，何处能够见到如此壮观的绿柏的阵列，绿浪一般逶迤到那远山苍翠的尽头？游伴自豪地说，这蜀道旁的十万株巨柏，有三百里长程呢！相传为蜀汉车骑大将军张飞率兵所植。后人便得以享受这片先人的遗荫。

传说尽可以美丽地编织，为了情感的寄托，没有谁去推究存在的真实。走在古蜀道，你相信自己是在一部金色的编年史中徜徉。从那绿柏皴裂的躯体上，你能够读出岁月的年轮，可以凝神俯听石径裂隙间积存的军旅橐橐的步武声，且隐约嗅到那风中残留的征尘。空气里似乎仍回旋颜真卿《大唐中兴颂》昂奋的余音，觉苑寺沉宏的钟磬也仿佛响得激扬。精神之翼会从现实飞向苍茫的远古，唱大秦的壮阔，赞盛唐的瑰奇。

是情感诗化的翔舞，逾越世纪线严峻的规范。

一群穿红绿衣衫的川妹子从浓碧深处跃出玲珑倩影，歌声仿佛把空气都唱甜了，朦朦胧胧，只觉得飘过来蓬蓬青翠的花。

我手中的相机睁着亮眼，对准她们。其中一个极俊俏的，从竹篓拽出一把彩色的尼龙伞，搭在浑圆的肩头，轻轻一摇湿漉漉的秀发，宛若荡起一泓黑色的瀑流。她又将伞猛一旋，立即就有一团彩雾飘在她的背后。她的面庞变得朦胧了，只有一束星辉似的目光，一片月影般的微笑……

"再往前走，就是剑门关。"她细细的手臂朝高远秋空中起伏的剑山轻扬，且是一脸的骄傲。

红红绿绿的倩影远远地去了，像流淌的溪水。依依地，我用目光送那风中甜脆的歌声，直到这声音终于渐渐细去，消融在树荫漾动的绿流里。

我的心溅起一片浪花。

暮风如鼓，深峡似的剑门关森然、神奇。血红的夕阳在临风的古碑上镀出一派辉煌，使那"剑门关"三个遒劲大字闪出冷铁一般凝重的金红色。

是一尊历史的浮雕啊！

那曾雄壮巍峨的关楼到底残旧了，但当年这"天下雄关"的万千气概仍能想见。蜀汉炎兴元年，姜维扼守剑门关以拒魏国十万精锐之师；清世祖顺治六年，李自成部将大破剑门；1935年，红军攻克剑门关，北上抗日……雄关漫漫风云路，古关上的一轮夕阳，染红了锯齿样的城堞和摇动的军麾。烽烟滚滚，鼙鼓声声……啊，我的思绪像历史一样悠长。

我轻抚着古碑，仿佛从冰冷中感到了一丝温热。在这"蜀北之屏障，两川之咽喉"的雄关险隘，石匠们的一凿一錾，是否把凭借自然之势，以庇佑天府之国祥福的渴望也深镌在里面了？古碑岩石般峭立，任岁月的风尘从瘦硬的身躯沉重地掠过，刻下斑斑残迹；也任金戈铁马碰撞出血光，留下紫色的烙痕，它绝不肯颓圮，总以顽强的挺耸支撑起不朽的意志。它就是古蜀道的灵魂。人们从它裸露的创痕里，领受到沧桑中的永恒。

古碑后的石崖危耸云天，且在路面投下铁色阴影。嶙峋山石上藤蔓簇生，登峰的幽径掩映在野花的斑斓中。拾级而上，纵目远眺，低昂的

山岭和亮绿的清溪间，是块块锦缎般的稻田。屋舍散落，被袅袅的烟雾笼在一片朦胧中。一只山鹰在天空盘旋，滑过苍翠的峰巅，背衬辽阔的远野，刻下一道坚硬的曲线。

倏忽又有极遥远的歌唱声被晚风轻揉，雾似的飘在山野的翠影里。啊，一定是那群花雨般俏丽的川妹子吧？若不是一条清清嘉陵江的滋润，若没有剑门蜀道上透明的山风，她们是难有这甜脆的歌喉的。

她们在唱什么？唱古老蜀道上的千般美丽故事，还是唱万种神奇传说？总不是《长恨歌》那番幽怨苍凉的调子吧？那种离乱中的凄艳与军笳的悲咽，只会伴随昨日的风雨。今天的这一条蜀道，是连接川陕两省的纽带，它所负载的，该是曙光中驰骋的绚美憧憬。

晚霞里的蜀道雄关，闪熠一片灿烂光芒，那是历史在微笑。

古关 娄山关

川黔古道穿越大娄山，岁月一般漫长。伫立隘口，遥忆铁血鏖战。雄关前，烽烟消尽，闲看万朵浮云。

娄山关

去娄山关。车走川黔道上，一路看山。宋人谓"春山淡冶而如笑"，单从字面上体会，我未能得其神韵，因为我是北方人，近如燕赵，远如北大荒，到了春天，山色也还是灰黄的，了无诗意。只有南方之山，才会迎春而绿。这样绿的山，看上一眼，虽身不能游于濠梁之上，亦足可忘忧。

娄山多云雾，坡岗上散落的村寨、背竹篓缓行于道的农人，都变为隐隐约约，殊有滋味。

娄山关不像剑门关有一座势雄的城楼，它就是一个高大的山口。连

峰对峙，谷壑狭而深，设防据守，全借地理之势。"娄山关"三字刻在临崖的危石上，乱枝舞其前，野意尽足。下望，道路从关北沿山谷弯折过来，比之蜀道或者六盘山，毫不相差。辞书上所说"历岭九盘，始达其顶"是对的。到了这样的地方，我常常会想起李华的《吊古战场文》，"蓬断草枯，凛若霜晨"，"鸟无声兮山寂寂，夜正长兮风淅淅"，今人来写沙场之景，无逾唐时笔墨。此境宜于追史。仍是人马的厮杀。明代四川总督李化龙征讨播州（今遵义）土司杨应龙。兵自重庆来，攻破娄山关。杨氏退据海龙囤，苦战百日，不守，军败，历时近八百年的播州土司制度也就往矣哉。余生也晚，视惨烈的杀伐如远逝的云烟。却有替古人垂泪之瘾，推想旧史上的秦晋之战也大抵如此吧！娄关之险正可同崤函之固互比。为寻平播之役旧迹，我踏阶上到山顶，这里高过千米，杂石间摇着荒草。此时已是早春的午后，黔北的天气到了这种时候也还是湿冷的。空中飘着几缕灰白的云，雪松和竹子在风里低语。我默立多时，南北皆苍山之望，尽荡英雄气。临此，假定拟万重关山为画卷，说铺展于眼底的是惠崇的《溪山春晓图卷》似不合适，因为它太过秀润虚旷，我还是觉得六百里娄山有李唐《万壑松风图》的气韵。

　　越关北去，为桐梓，即唐夜郎县。李白因任永王李璘僚佐获罪，长流于此。这时的谪仙已经是五十八岁的人了。我没有读到他写娄山关的诗，以他彼时的心境，虽也"抚剑夜吟啸，雄心日千里"，终究是笑傲气敛，泪眼看古关，感伤自己的遭遇，不大可能再有《蜀道难》中隐士兼游侠式的豪情壮采了。或曰李白从未到过剑阁，出此赋体乐府，全凭奇幻的想象。如果移用，"连峰去天不盈尺，枯松倒挂倚绝壁"十余字，放在娄山关，差能得其仿佛。

　　遥看云山青霭、逸峰寒石，我有心效诗仙，抚膺坐长叹。

　　未闻云中嘹唳，天上大约已无飞雁的远影。

漫漫丝绸古道，岁月磨蚀着关隘的躯体，意志不肯倒下。远山是一柄长剑，指向寥廓蓝天。

阳关

阳关只活在古典诗歌里，这里已无风景。

王摩诘《阳关三叠》，劝酒送别，把背景选在阳关。这首诗咏得好，同江淹的"送君南浦，伤如之何"一样，都是忧郁的调子，常被一些后世人借过去用，诵之千古。东流之水与灞桥烟柳略同，聊可寄愁。旷远苍茫的沙野瀚漠，也不排斥感伤主义。

古阳关遗址可供一望的就剩下那座墩墩山烽燧了，汉代之筑。身披千年褶皱。天很蓝，澄澈而安详，几缕白云浮在那里不动。这座默倚砂岩的烽燧，在大背景下极有姿态，仿佛峭耸在漫漫沙海中的礁石。阳光

昨日楼堂 · 老建筑的文学追忆

下的沙浪充满涌动感，但烽燧的骨骼决不肯倒下。

此景最宜于夕阳暮色中凝望。

雉堞在流沙和洪水中废圮，旧日关城化在风烟深处，剩下的是茫茫古董滩。阿尔金山朦胧成一片虚淡的背影，衬在远远的地方。这处野滩，芜秽不治，和四周的戈壁简直没有什么不同，连版筑的断垣残墙也丝毫无存。商贾、僧侣、使臣之迹早被飞沙掩埋。清寒的月辉下，从戍楼谯橹上传来的凄凉的刁斗之声呢？还有王师西定时的铁马雄风呢？

大自然意味着孕育，也意味着毁灭。

城摧垣颓，河梁圮毁，屯戍的鼓角随风远逝。古董滩上只裸露散乱的前朝旧物，有人捡拾以为贵。城荒迹在，"直视千里外，唯见起黄埃"，真要效鲍参军抽琴命操，为芜城之歌了。我能猜想得出，那些把捡回的断箭锈矢放在书案上的人，笔下会是一种什么样的调子。

　　荒滩遥接塔克拉玛干大沙漠，千余年前的商旅驼铃就一直朝波斯方向响去。丝绸古道上的艰辛，在诗文中似乎被美妙的抒写冲淡了。

　　古阳关，就留下这么一尊碑碣式的烽燧，孤独地托举历史。

　　最好能背倚它酥润的躯体，独自向晚，梦萦沧桑。

辑四

古城

昨日楼堂 老建筑的文学追忆

岁月的脚步磨亮悠长的古街，石板路印满青色的云纹。登楼眺览，尘烟散尽，嘉陵江水流过无数春秋。

昭化

  向晚的清江河渡口，竟是沈从文所描画的那一幅《边城》风情。苍翠远山已浸在玫瑰色落霞中。横斜的小舟、悠闲的水牛、嬉戏的白鸭以及若干活泼洗衣女，皆成为一条长长大江的美丽点缀。弯月如金镰。

  一条连接两岸的铁绦，几只精巧的"木刮刮"，便载了我们的船轻轻盈盈渡到江的那面。

  又是一路的碧蓝江水，一路的银白沙洲，昭化古城也便临近。

  就在朦胧月光烛照下进入古城北门，就努力张望那狭长弯曲石板街道以及早早打烊的几处店铺。并无多少灯光明灭，一切皆神秘。

恬适梦中便幻出幅幅想象图画，均古朴若中世纪风情。就在这川北古城度过一难寐夜晚。

清早，嘉陵江上的轮船笛声传来，悠长而且沉浑，于宁静朝空拖一串轻颤余音。窗外石板路面同时也便有清脆足音格格格格正响得紧，大约属凌晨古城唯一嘹亮活泼声音。空中有浓重湿雾，灰白的，悠缓地飘。一线青青峰巅在淡蓝晨曦中愈显得葱翠，且细细飘起柔绵的曲线。

昭化原名葭萌，是建于公元前二九九年的一座古城。一座依傍蜀道的城，一座位于嘉陵江畔的城，自然成了极重要的水陆交通要冲。可以想见这里曩昔繁华热闹景象。1935年，修筑川陕公路，过往行旅不再依凭古老蜀道，这一小小城镇也才日渐萧条，同急遽变化的外界似乎深深隔绝。却是好事，古城淳朴风范便极浓地存续下来。

就怀了一缕思旧意绪，踱到登龙门。城门已是明代重修的，秦汉时的遗貌怕早就随岁月消逝到历史的尘烟里去了。

城墙已颓圮，只城门秃秃矗立。沿浅褐色不规整石阶，我们登上城门顶端。并无箭楼一类物事，高低横覆了些灰白石板。城景也便在望。

很静的石板街道稍呈弧形，尚是明清风格。两旁房舍也邻得紧密，屋檐下皆垂挂黄灿灿包谷，并有蓬蓬秸秆满堆在壁旁。院落中各有青白碾盘、莹绿翠竹，于袅袅炊烟中静默如朦胧图画。

那炊烟轻轻漫向城门以外的地方。那绿绿菜田，那黄黄小路，以及背着满盛翠碧苔秧竹篓的少年和那位挑着两簸箕红红萝卜的着蓝衫大嫂，均又组成写生摄影的绝好景致。

游伴指向南面几峰葱绿高山说，那是凤岭、笔架和牛头三座山。笔架山上原有一座清朝道光年间所建白塔，可惜毁于"文革"。牛头山上，远远一棵树影也望得清楚，独独挺拔于山脊，极有气势。《三国演义》

中所写的葭萌关便在那里。史籍言其"峰连玉垒,地接锦城,襟剑阁而带葭萌,距嘉陵而枕白水,诚天设之雄也",是与剑门关齐名的蜀道雄关。当年,张飞与马超便是在这山下挑灯夜战的。那在嘉陵江畔坦展着的,不就是所谓"战胜坝"吗?铁马金戈的鏖战场景只能在想象世界勾勒,映入眼目的,却是坝上的一片田园风光。

心中仍翻腾历史上无数过往故事,脚步却已迈至蜀汉大将军费祎墓前。墓碑后,翠竹正铺洒一派浓浓绿意,正同了嘉陵江层层澄碧波浪。据传,后蜀帝孟昶之妃花蕊夫人曾在这墓地附近的葭萌驿题写《采桑子》,以寄托去国怀乡的沉痛情怀。题词的驿址早已无存,但一曲"初离蜀道心将碎,离恨绵绵",牵动几多哀肠!

又是日暮。心中自然充满收获喜悦。便准备告别昭化,逆嘉陵江而上,去访武则天故乡——广元。

就来到嘉陵江和白龙江清浊二水交汇处的桔柏古渡。往昔岁月,这里也有过"白天千人拱手,晚上万盏明灯"的繁闹景况哩!同陆上的蜀道一样有自己的一段荣耀。唐明皇幸蜀在此转渡,有两条硕大鲤鱼护舟而行,人称"神鱼夹舟";唐僖宗逃难,在渡口隐约见到有仙人翩跹,人称"遇仙接驾"。昭化人在编织种种美丽神奇传说,寄托对乡土的深深挚爱。终于,我们泛舟在清澈江流中了。又是一幅"青山缭绕疑无路,忽见纤夫迎面来"的秀丽图画。

游伴忽然吟道:桔柏江声伴古城,牛头山色映嘉陵。

其时晚霞正将橘色影子印满蓝蓝天幕,且将昭化红红地照。小城依旧那么宁谧,静美如歌。

古城 长汀

澄碧的汀江，滋育闽西的山野。波光映亮岸边人家，古老的城下，流着历史的记忆。

长汀

长汀这地方，可以上追古闽族人生活的久远年代。汉时置县，唐代建州，明清设府，历史的绵长，更和客家的生存史不可分。况且汀州本是一个旧时的区域概念，可是，那些另走他乡的男女，仍惯以汀州人自居，且不改口中的汀州腔调。从历史中分得一点光荣，那种满足与自信也是可想的。

若找来一张地图看，武夷山自东北一路向西南斜下，成了闽西和赣东两省分壤处的一道屏障，并且长年俯视这座小城。山的那一边，便是瑞金。更有一条汀江，源出武夷山南麓宁化县木马山北坡，流经长汀、

武平、上杭、永定县境而入粤北大埔县三河坝与梅江交汇，广东省内也便奔涌那条冠上韩愈之名的韩江。

　　车进长汀，时已近午。"天下之水皆东，惟汀水独向南"是传在当地人口上的一句老话。我由外省而来，虽入了闽越之地，看看城下静静的江身，却不曾特别留意这水的流向。城边既有一条江水潺湲流淌，临江当然要有一道石墙来屏护万岭丛中这个小小山城。

　　我在一座石坊前站定，抬眼瞅瞅额上"古郡南门"四字。坊的那面是一条市声极稠的老街。街面多店幌。理发馆、根雕铺、画室、茶行……门板戳在一边，门户大敞，一眼看得尽它的里外。从一户店家过身，里边的人在聊天，不以过客为意。一家百年老饭店里，灶台冒着热气，厨师正在做的，是闽西八大干吧。连城地瓜干、武平猪胆干、明溪肉脯干、上杭萝卜干、永定菜干、清流笋干，不必说了，我喜啖长汀豆腐干。宁化老鼠干嘛，听了也要吓一跳，怎么吃呢？

　　拐出一座券门，身子一转，就上了据称是唐代大历四年砌筑的古城墙。眼底便横着绕城的汀江。水面宽约几十米，隔岸尽是店铺商家，跨水的江桥通到那边。水上泛出绿色影调，小小洄流也不皱起。一片明澈光色里，小城如玉。无风也无雾，亦不见渡船在江水中来去。抬眼看天，鸟也没有一只。四近皆极清透。桥影安静地映入水光。桥旁几团树冠，城外一片小山，也在江面染上鲜亮翠色。几步远的地方，造起一座五通楼，只看古式的样子，我也不好断定它的旧与新。倒是有多位退下来的老人，辛劳一生，忽然得闲，便聚在楼头消磨剩余光阴，打打牌，写写字，做画唱戏文，或者望山看水，不停说笑。身后近处那一片低矮老屋，那一排斑驳门墙，那一片黑色鳞瓦，永远充满温暖。这片颜色，这种声音，这派神情，叫我觉着亲近。眼前光景实在是小城极美丽极动人的一面。

古城 长汀

风景画中，有山还算不得什么；有水在画里，笔墨才能活起来。长汀是入画的，因为有汀江在。一切随江水流动，仿佛我们心底涌动的情感，长汀因之是诗。

额题"丽春"和"龙潭"的两座烽火台，均为新葺，有一些古意，有一些沧桑。还有几座城门、城楼待修。于今之时日见到古城昔年的状貌，也是可期的了。重整旧筑，如在补缀历史。

我行过古老的城墙，也行过古老的江流。

唐代建起的三元阁，占了城里极显眼位置，它的对面便是有名的汀州试院旧址。进去，虽在六月天，忽然觉出一丝清凉，哟，古树在遮阴！这至珍的两棵唐柏，树龄之高，恰和长汀的城史一样可叹。平旷的院子尽处，有大堂，有后厅，有厢房。明清之时，闽西八县的科考便在这里。

福建省苏维埃政府也曾设在这个院子里，入内，可以寻见中国革命史的印迹。没有声音，没有故人，一切只能在想象中还原。右手一个券门，一条狭窄过道的尽处，闪出一个偏院，两间旧屋，散着霉湿的味道。瞿秋白在这里囚居，也在这里写出《多余的话》。复杂的年代产生复杂的心境，产生这篇充满政治遗言色彩的自传，也产生独属于他的瞿氏风格的文字。推开那扇沉重的门，陈设极简单：一张床，铺着白色单子，身体衰惫的瞿秋白躺在上面，听夜半的江声在远处幽幽地响，已经预想到"永久的'伟大的'可爱的睡眠了"吗？一张桌，摆着油灯和砚台；还有几把椅。斯人已逝，犹觉空旷。我在瞿秋白坐过的木椅上坐下，双肘支在桌面。一切忽然安静了，我隐隐听见自己的心跳。这灵魂的微颤，这心弦的轻振！太阳的光芒一缕一缕地滑过墙檐上几根荒草，泻落在天井黝黑的地面，且漫过残旧青砖上浅浅的苔藓照进屋来，使墙上暗黄的木板泛出光亮。秋白也曾这样，平静而深邃的目光穿越竖着木条的窗棂，伸向高远的苍穹。他望见"总是皱着眉头的天"了吗？望见"惨淡的月亮"了吗？他诅咒"淫虐的雨，凄厉的风和肃杀的霜雪更番的来去，一点儿光明也没有"的世界，他渴盼雷电，他呼唤霹雳。在这间幽深院落里的囚室，我记起他在散文诗《一种云》中的吟咏。半庭阳光下，方窗是一块屏幕，叠映出堆积的湿云、清冷的月光。朗丽的晴日下，深碧的天光里，心中却弥漫着孤凄的情调。我好像听见地板上响起低回的脚步声，轻轻的，沉沉的。在死亡的魔影下书写，在文字间袒露心迹，做着冷静的生命沉思，那个清瘦的身影便在我的内心浮现，并且异常清晰起来。紧贴后墙的那条通道，透进一丝微光，黝黯、湿闷，瞿秋白就是从这里走向罗汉岭，走向人生尽期的。赴刑路那么短，又是那么长。穿着黑色对襟衫、白布短裤的他，用俄语唱着自己译配的《国际歌》，深情祝福"欣欣向荣的儿童"，瞩望"一切新的、斗争的、勇敢的都在前进。那么好的花朵、果子，那么清秀的山和水，那么雄伟的工厂和烟囱，月亮的光似乎也比从前更光明了"。他在自斟自啜着最后一杯酒时，口中朗吟着"人之公余，为小快乐，夜间安眠，为大快乐，辞世长逝，为真快乐"，风神凛然！一位实践"主义"的革命领袖，在内心获得了真正的胜利。郁郁林麓下，他略正衣履，在一个坟堆上盘足而坐，迎着冰冷的枪口，以闲静庄严的风姿向这个美丽的世界告别。罪恶的枪声吞噬了现实的一切，停止了一个英雄的思考，他的思想光热却炙烤着天地。

  瞿秋白以有限的生命长度，在历史中永久站立。松柏的翠影里，他的纪念碑被阳光照着，古城有了精神的高度。

  《多余的话》末处说："中国的豆腐也是很好吃的东西，世界第一。"瞿秋白尝过长汀的豆腐干吗？他深深眷恋所爱的人间。

南越王的神灵，庇佑着千年古城。仰奉的烟缕，缭绕出世代的虔敬。

佗城

  由赣南过粤东北去，途上有一条东江。这江水流近龙川县境，到了一个名叫佗城的古镇。镇南边小山上立着一座唐朝的正相塔。塔身如楼阁，人若登上去，正可把这个秦时筑起的方形老城中的一切看尽。古邑门、古街巷、古楼宅、古渡头……全在一江烟波里。屋檐前、宅窗后，普通人家还在闲话祖上随南越王赵佗屯戍岭南的遗事。前尘影事忆当年，做了龙川首任县令的赵佗，他的功业亦给后人的日子添了滋味。

  我在佗城印有旧游的展痕，距上一次离开这里，其间匆匆已过去五六载的光阴。又来，也如再游玄都观的刘禹锡，要以前度刘郎自称了。

佗城的改变，不减它的古韵。多年前的眉目，都还看得出来。唐朝建起的那座龙川学宫，经过这几年的修葺，堂皇之气足可一惊我的眼目。更把大成殿、明伦堂、尊经阁看过一番，不禁要将"层台耸翠、飞阁流丹"八字给它。前面一片空场，我初次来时，见着的满是积水的泥路和芜杂的青草。一抹黯淡的天光从湿云深处泻下，民国年间修成的影剧院脱落了墙皮，站成一幅苍灰的剪影，还有一头啃草的黄牛我也记得尤其清楚。那番景况到底过去了，影剧院的旧墙新粉过，日光底下白得耀眼。横额重饰，本镇新渡新塘村人萧殷题的"佗城影剧院"五字，光鲜如新拭。

百岁街一带，楼屋相依，店铺、祠堂都还留有一个旧日的样子。不满千家烟户的小镇，姓氏竟然过百还不止，大概尽是那几十万秦朝兵士带过来的。黄氏、刘氏、曾氏、蔡氏、张氏、叶氏、吴氏、李氏的宗祠，门墙高大而院落幽深，老者倚门聊家常。骑楼下，几个门店开市迎客，站柜台的多是青年男女。不必舍家西去广州，南下深圳，小镇亦有不差的生意。行至街的尽处，没有去前次游过且临河伫立片时的大东门古渡，就向右折入中山街了。北宋治平元年初建的南越王庙就在这一条街上。数度寒暑过去，我的鬓角添了霜丝，庙貌仍如故。山门前的几棵细叶桉，枝干也粗了一些。庙不大，二进，四面廊，长方形天井铺了青砖。正殿垂覆金色帘幔，供着的便是尊享奉祀的南越武帝。这庙的修造当然是因他而来。赵佗的姓名，大凡粗晓南越国兴衰的人，多是知道的，比起同在镇上敬祭的文昌君和城隍神，殊觉亲近。在世居龙川的百姓那里，日子到了，总要进到这座古庙，焚起几炷香，在烟缕烛影中默祷。前回我来，天不是这么朗晴，心里想着年轻的赵佗随主将任嚣率军平定百越的旧事，又默望瓦檐听了一阵雨，恍若眺见秦时明月。

清乾隆年间龙川知县胡一鸿撰写的重修南越王庙碑记，也嵌上了后殿右侧的砖壁，算是这座老庙代有修缮的一件证物。东边廊下，立着古人像，襟袖飘举，颇有风神。是苏辙、吴潜等十位贤人。这么一个小县，竟也来过苏辙，来过吴潜那样的大名人。吴潜，南宋开庆元年拜左丞相兼枢密使，因反对立度宗为皇太子，遭劾落职，黜徙循州，治所就是今日的佗城。吴潜曾在正相塔下的古寺寓居，俯眺东江之水，目随浪中桅帆，擅诗词的他，也会临风觞咏吧。他的作品，明人辑有《履斋选集》，我诵览不多。

赵佗凿而汲之的那口井，上次曾入我的一瞥，这回本想看也不看它一眼。过其旁，老井早从荒草中露出它的面目。井口立起一块石碑，上镌"越王井"大字。墙那边清朝光绪二年建造的考棚，也重修了一番，已非前些年的荒秽景象。那院落的深与廊庑的阔，在科场故址中又都是不常见的。一个做学问的人，一个认真的人，到了这样的地方，流连不去，便是费时多些也是值得的。我从至公堂、衡文堂里转出来，在题着"天开文运"四字的匾额下静思了一刻，又读读廊下关涉科考的简述，也算增广常识了。一块木牌上有两段语录说："科举制无疑是中国赠与西方最珍贵的知识礼物。"这是美国汉学家卜德的话；"科举制度为所有西方国家以考试录用人员的文官考试制度提供了一个遥远的榜样。"这是崔瑞德《剑桥中国隋唐史》里的话。西方人这样看我们的科试，颇涉深思。

在中山街的西端，还有一处好景，就是那历史上舟楫往来的西门古码头。汤汤东江流经故城南边，从北面流过来的一条护城河与它相衔。这一座宋代的码头修在西城门外、护城河的东岸，又靠了一座石桥，与河西那清波摇漾的鳌湖相连。我原明白货运的热闹和"万顷湖平长似镜，四时月好最宜秋"的佳景断是看不到的，怎奈怀古之心未灭，就要来到这城西一角的老码头寻故迹。越过数百年，看那河的两岸，铺砌红砂岩

条石的台阶、装载货物的梯形平台以及灰沙夯墙，还能略略看见一些旧痕。可惜谯门废毁，风味顿失一半。不然，夕天、晚景、斜晖、轻霞、澄波、暮阴，一幅绝美水墨。秦少游"雾失楼台，月迷津渡，桃源望断无寻处"词境，可堪领受。更有一棵垂荫的古榕长在路边高处，斧锯未能摧，干也不曾枯，数百年风雨被它阅尽。昔年，满枝叶子也曾和城门厮守有情吧。树下水边，两个小姑娘洗着衣服，叶影下，一河清涟更见幽绿，丝丝缕缕，映上她俩的脸，且带着天真笑纹，荡远了。

河之西，旧为宋时辟筑的鳌湖。湖上烟景之美可入一吟一咏。故而"平湖秋月"这个天下都知的好名，就从杭州移用到这里。宋元符二年，谪为化州别驾的苏辙，复迁循州，卜居此地。一个佐吏，晨昏与明暗波光晤对。山高水远，夜短梦长，低眉拈须之际，静听隐隐江声，默望苍苍烟霄，想到蜀国迢遥的乡路，内心的郁悒也是可揣的。对月独酌，杯中多是苦。

辙之学出于孟子，诗文饱蕴浩然之气。这既和他自谓"乃观百家之书，纵横颠倒，可喜可愕"有关，也和他累贬筠州、雷州、循州，最终被罢斥到许州，做起"颍滨遗老"的浮沉身世不可分。（在我看，宦海生涯，亦让他广行天下，以达四方，也是一种人生经验。）湖畔日月，文章上，他更能体味欧阳修的闲逸气调、韩愈的雄矫风骨；诗歌上，他更能领受王维之清丽，杜甫之奇横。少陵野老的"好义之心"，尤为服膺。湖边照影行，一个在新旧党争的政治旋涡中挣扎的官人，一个体恤民瘼的文人，哪里只知贪赏新风月？筑堰浚湖，以抗旱涝之灾，便是他的作为。那道绕水的土石路，也得了"苏堤"这个名字。他的策论、他的唱叹、他的德政，皆能发我悠悠之思。

眼扫四近，　湖早淤为一片田。粼粼波光化为平展碧畦，真也独具一味。脚前一条铺石的弯径就是苏堤吧,它如一线黄蛇逶迤地从田垄的中间伸过去,连向浮在云影里的远山。低处的那些瓜菜,那些稻谷在两旁摇着绿,如浪。翠色映着三五村舍人家,老少尽在这上面走。感觉最异的,是这古堤倒像剩在过往时光中的一道辙印,旋绕在小城的记忆里不肯消隐。后人踏堤来去,似乎循着苏辙的履迹而忧民生之多艰了。恋古之情割不断,也就无法和过去作别。当这些零碎念头未及从我心里离开的时候,一抬眼,有个壮实的农妇从篱笆棚架那边过来。她肩挑一副水筲,走到那棵老榕树前,身子一转,到坡下河边弯腰打水。

河水向南连着江。江水流下去,带不走古城旧事。

鳌湖烟波是一场旧梦。苏堤仍在时光中延伸。生命如诗,历史永远记住一个谪吏的唱叹。

块块青石板，铺出小镇的年轮。万山丛中的边城，创造出沈从文的艺术精灵。

凤凰

  凤凰城边的沱江，终年为湘西丛山的岚光轻笼。风过后，水浪声里，临岸人家推窗必能看见江上飘走一片雾。久对着此幅明秀图画，一种梦似的情绪每在心中隐隐浮起，精神常会变得清澈。

  在高山的屏蔽与长河的襟带下，小城弥散着自古相沿的安静空气。镇上的一切牵紧我的视线。我从泥堤河街旁过身，用眼睛记住每一条铺砌着岩板的曲巷，每一扇漆色剥落的门扉，每一方城额上漫漶的字迹，每一座桥身间弯折的裂隙。久传着无数美丽故事的边城，是一部墨香不散的书，岁月的风拂来，无论掀至它的随便哪一页，都会让我从褪色的纸面上窥见旧年的残痕。一个奔劳的旅人到了这里，心会很熨帖，很宁静。

沈从文的作品也静若秋水。离乱的生活到了他缓缓移动的笔下，被滤出一丝宁恬，一丝安详。在湘西山水里默送着平淡日子的乡间男女，皆无惊扰地活着。沈先生用了柔和的调子叙说这里的古今，宛似追忆一个美而多怨的梦。他寻求着精神的纯粹和情感的浪漫，笔下的细节却是真实的。

夕晖映红天边一片霞。我轻踏卧水的板桥，过到沱江北岸。此时，为写作而"观察"的癖习远我而逝。我的意识潜入一种无规则状态，散漫，恣纵，对风景没有刻意的拣选，一切皆可在我的视界中来去。苍郁的峰影沉到水里，洇成一团墨云，倏忽，潮润的山风吹皱了这幅静态的画。吊脚楼为入水的细木支撑，临流而显出朴素的意境。北面一座古旧城门，把雄峭的影像印在微茫的天际。狭长河街上喧扰的市声也仿佛渐弱。目光落在闪闪的清波上，如见着漾于苗民脸膛的悍勇，如听着湘女凄婉的爱歌，如在酬神的傩戏中醉数着板眼，如在火塘的红焰前放情地旋舞……小城存续着古老的习尚。曾经发生在沿江两岸的模糊的人和事，都在我的驰想中透明生动起来。在低调生活里渐显粗糙的心，似乎能够在乡居的安谧中得到一点感动。我依稀从亮绿的水光里望见众多温润淳厚的面容。忽然觉得，昔日的有些东西，是无法告别的。在这个物质主义至上的年代，呼吸着现实空气的我，竟极想将一颗心长留于古典世界。

我又披着满身月光，踱入一条幽邃的青石巷。尽头的一个院子，就是沈从文故居。厚重的门板闭严了，隔断伸向往昔的通道。白日里，我曾穿过它，在一个人的生命史中漫溯。我在年轻时即读沈从文。遥远湘西的旧影是从他的小说、散文里依稀看见的。我常常也像《边城》里翠翠凝神望水时那样，"梦中灵魂为一种美妙歌声浮起来了"。许多作家，

人格同作品是分裂的，互隔的；在沈先生那里，是交融的，相谐的。载道、言志、抒情、寄慨，血肉化成的字句，引我搭乘他的翅膀飞向另一世界，且将感情寄放到这个安静的地方。我是在读着他的灵魂。当我也开始把生命与创作结为一体的时候，便从沈先生那里知道，该怎样来使用我手中这支笔。我的文章，是受过沈从文的学生汪曾祺影响的。汪先生对自己的老师怀有很深的感情。这大概也是我要来凤凰的一个原因。柔水般的月色静落在老屋黝黯的墙角，院里的花枝也会随风弄影吧？已近秋了，悄寂凉夜中，无妨畅吸那飘散的疏香。

　　沱江粼粼的波流，送着载我的小舟行抵听涛山下来看沈从文墓。顺眼望去，松风竹影里那块铭字的五彩石，正可叫我赞咏它的意义。"照我思索，能理解'我'；照我思索，可认识'人'。"沈先生的手迹是可以响出声音的。这其实又是一副挽辞。沈先生到了晚年，心上大约是寂寞的。在这个世界，他盼着从别人心灵传来的温情。八十年代初，我工作的地方和沈家只隔一条街，可我怎么就从没叩响他的门呢？沈先生谢世后，我多次从那座楼下走过，抬眼朝高处的某扇窗子望望，叹口气。一种永久的悔。而今，无端地消磨了那样多时光的我，从北京来到这个万山深处的小小石头城中，默立在水湄的墓前，只能用楚声长诵一句"魂兮归来"。一切怅触，一切忧思，仿佛皆在这个瞬间为苍茫云水所消融。心灵的籽粒落入泥土，会茁长鲜碧的枝叶。一个走到生命终端的人，用了饱满的情感筑起的文学碑碣，让每一个善良的百姓觉得，这世上仍有他的呼吸在。沈先生悼胡也频时曾说："这个人假若死了，他的精神雄强处，比目下许多据说活着的人，还更像一个活人。"目光触着山间艳丽含情的红花，犹似见到他的微笑。在我个人看，和天下圣贤的陵墓比较，这坟垄的环境空气，这志石的新异别样，引我贴近一颗不死的文化灵魂；而这个一面为茂绿山林遮翳，一面紧临澄澈江流的墓园，也恰宜沈先生的精神永憩。无论晴雨，听着船上渡水人缥缈的橹歌，望着湘黔道上过路者的身影同沿河黑瓦白墙间浮起的一片烟，这深在幽僻角隅的灵魂，便会随了自由的风，于寥廓的天空远翔各处。那个已逝的生命恍若在阳光下复活。

沈从文说："美丽总是愁人的。" 默望水光映着的楼窗，细听檐下絮语的家常，我就浸入一种微带忧郁的感觉。曲折不尽的古街像我悠长的思绪。不是每处风景都有此番魅惑。在沈从文的凤凰，幽蓝的清夜里，星光，月辉，照着我低回的影子。

美丽总是愁人的，因为吊脚楼前的沱江，流着苗民的血。

昨日楼莹
老建筑的文学追忆

沅水汤汤，有凤来仪。静谧的山寺，低回着寂寞的少帅。清梵声里放眼，湘西山高水低。

沅陵

由吉首去沅陵，车子折往东北，武陵青山与湛碧峒河皆成为窗外的一幅图画。过泸溪，峒河始同沅水合流。江身既极明澈，水流亦不猛，乳白色雾气将一道多折山谷填满，水面如浮一片烟，把一切都轻笼在一种风软云柔的梦似的情调里。坐在车窗前心无旁虑只顾赶路的人，正好可以透过细雨淡雾欣赏依崖缓流的清江和竹林里的近水人家，亦不免为沿途山水的明秀赞叹。头尾尖翘且覆了乌篷的木船于江面的绿光里浮动起来，数只黑色鱼鹰贴水悠然起落。白亮的网丝湿湿地闪在沿岸山树的无尽翠影中，极像晶莹的雨花轻盈地飞闪。皮色黝黑如涂了一层深漆的水牛悠闲凫浪，上到滩边的数头，先要朝那片为晨露润出鲜气的坡草寻去。临水山峰不如何高大，绵延的气势却可同江水的浩荡光景相依。长长清流自随山麓流转，仿若尽将飘拂兰芷花叶的崖石上的无际翠色夺去。如果坐入一只尖细划子顺江漂移，听短棹拍打水面的清亮悦耳声音，且随波纹慢慢隐入远方雾中，心底必会涌出屈原久所歌吟的浪漫多情诗篇。在一个从干燥常旱的北方来的人看，定会惊异于此处风景的秀润，不知由哪里下笔才写得活这条日夜流香的沅江。

　　沅水奔至虎溪山麓与酉水汇流，沅陵县城即建在这个三面临水一面负山的地方。一个初来沅陵的人，从本县旅游局长夏湘军那里闻知这座小小山城原是秦黔中郡所和隋唐辰州治，惊叹之际，仿佛从遗墟残址间呼吸着古时的空气。战国、西汉墓葬多在滨水叠翠诸峰中，不免撩动探赜者追史的心。因是在曾产生画符捉鬼风俗的辰州旧地，虽则到了今天，无人肯以辰州符的灵迹自炫，"故神其说"，对于长年为山雨江雾所浸的湘西而言，仍像是去听一段赶尸传说，或者巫祝的颂唱。略有兴趣侧耳，心里实是不肯相信它的。欲往求长河流域多彩风俗与瑰奇神话，无妨走在水边的香草香花中间，怀揽一卷《楚辞》，逐水而歌，恍若朝着云中君、湘夫人的微笑迎去，亦宛如看到《搜神记》中那些升山入谷，"好五色衣服，裁制皆有尾形"的盘瓠蛮的先民。所听来的种种故事无不古艳魅心。

　　沅陵城西临着沅、酉二水汇流的一片山林中，便是辟建龙兴讲寺的地方。这是一座敕建的唐寺。走进殿阁的里面，借着斜斜照入的阳光一扫，并无泥塑的佛陀。袅袅的唱偈之音虽邈远不复听见，董其昌题在大雄宝殿的"眼前佛国"匾，却足可叫人目光一亮。楠木殿柱与勒纹础石之间嵌入的鼓状雕花木㮣、镂空石刻讲经莲花座、板墙上神态顽憨的《西游记》人物，皆可看出造寺工匠手腕的不凡。五溪山民在蛮悍不驯之外，

性格中实在还另有一面。

讲寺门前层层悄寂的石阶，印着唐宋明清诗叟的足痕。李白的身影是怎样的飘飘，黄庭坚的泼墨是怎样的淋淋，林则徐的咏唱是怎样的忧忧……

龙兴寺礼佛兼以讲经，门墙之内就带上一些书院气氛。寺后的高处，果然有一座虎溪书院。当地百姓乐于缓缓讲起王阳明身后的传说。阳明先生谪任贵州龙场驿丞，往来湘黔道上，多留行迹。修文即有龙冈书院。史载他自龙场谪归，过辰州，应沅陵儒子之邀，入龙兴寺讲授良知之学。三十载后，昔年受业之徒、辰州郡丞徐珊访尊师讲学遗址，建虎溪精舍，辟祠供像敬祀阳明。我对明儒理学或者专说姚江学派连浅知都无，但是站在虎溪山上看竹影下的阳明先生石像，还是渐有身入儒士之林的亲近感，几要肃立馆前听其诲了。书院唯余一排依山的北屋，阶前立着绕藤的木坊。由此处看过去，讲堂精舍的重檐叠脊在夕晖下显出它的庄严来，沅水上浮光闪动，静衬着清疏的山景。沈从文说："由北岸向南望，则河边小山间，竹园、树木、庙宇、高塔、民居，仿佛各个都位置在最适当处。山后较远处群峰罗列，如屏如障，烟云变幻，颜色积翠堆蓝。"恰是用逸笔抒写着眼底的如画光景。由这上面得到的清美印象又无妨从本县人趁酒兴随口唱出的《酉水号子》、《辰河高腔》里温习。寺下江面上，沅、酉合流，急湍如虎。湘人不畏险，龙舟竞渡常在这里。沅陵苗民《漫水神歌》："人家竞舟祭屈原，我划龙船祭盘瓠。"魂兮归来！五溪赛舟，似为龙船节之始。沅水沿岸，竹棚下多置龙船，细长如梭。我虽不逢竞渡之日，水手举桡激浪，飞凫驰骤其间，在一片雾气中歌呼直下的壮景聊可浮想。

车过沅水大桥。站到南岸的凤凰山上，朝北延眺，沅陵城"宛在水中央"了。偏西二十里的黔中故郡成了隐入水光的一片影子。沅水绕城，向东北折去，甩出一个很悠缓的长湾。水天微茫，四里路远近的江心浮着一座洲岛，传说水底有金鸭驮着洲上田园，无受淹之虞，故呼为河涨洲。耸在上面的那座镇鸭的白塔十分秀气，同香炉山上凤鸣塔、常安山上鹿鸣塔恰好连为一线，赞为奇观。江渚之北，有村名黄草尾，村中黄头桥四近长着野荞。有一个书生策马而过，见荞苗随风微摇，吟道："黄头桥，桥上荞，风吹荞动桥不动。"一位摆渡船工巧口接出下联："河涨洲，洲下舟，水流舟流洲不流。"此故事一旦为人听到，这个芳洲、这尊佛塔，简直就成了古画中的景致。

凤凰山上那座明朝万历年间的禅寺，是含着有凤来仪旧典的。深林中的殿宇并无奇处，甚或很简素。因有一山树木荫翳，极清寂。一栋吊脚的木楼据称是被幽囚的张学良住过的。屈身抑志于这山中的萧寺，心底的忧苦也只能寄于一晨钟一暮鼓了。寺前几棵森疏的黄连木，张少帅能学静修的老和尚于树下悠然弹琴吗？至难。

出沅陵，溯酉水西北行三十里，停车呼渡的码头名乌宿。大小酉山隔水互望，而大小酉溪各从永顺、古丈奔来，至此相汇。滩头歇泊多只乌篷划子，船工在舱内吸烟逗狗，甚得闲趣。有赤脚踩到水里捉鱼虾者，身子为湛绿波光所浸。峰峦遍植苍树修竹，村户多在翠荫里面。乌宿一带文风炽盛，出过数位秀才，正不辜负沿岸奇秀的山水。呼船渡到东岸，轻踏坡上浅草去登五百米高的小酉山。半山一片裸崖处，即遗咸阳儒生冒死深藏千卷书简的二酉洞。洞古，矮而宽。我探身进去，尽端又露黢黑洞口，不知其深。恍兮惚兮，我可同那位舍舟去钻秦人洞的武陵渔夫仿佛。清光绪湖南督学张亨嘉所题"古藏书处"四字镌在洞下的石碑上。睹而思之，犹能闻到一缕久不飘散的书香。我择一块扁石坐下，可沐高

天清风，可听石罅滴沥，可眺酉水西来，在山下折向沅陵。不亦快哉！

由乌宿沿酉水上行，到了永顺、古丈、沅陵三县分壤的凤滩。滩水的凶险也只在昔日。三十年前，凤滩水电站横水而立，峡谷中的酉水柔静如一平潭。若由凤溪口码头租一只去王村的快艇，两岸翠秀山景未及饱览，九十里水路怕已越尽。行船再无须背纤拉挽。我即走了这一段水程。上的却是一只尾巴喷出黑烟的机船。一叶舟，在这样的水上缓缓地移动。远离寂寞的方法是隔着木窗去看过眼坡岸上的茂绿竹树、危峭岩石，或是听着船工的笑谑与舷边的水浪。望得见沈从文所赞"白河（酉水）中山水木石最美丽清奇的码头"王村时，极想快步迈到岸上，坐入芙蓉镇的老店里，尝一碗凉滑的米豆腐。其时，水面闪射一片淡红的夕光，人如浮在梦里。

古城 芷江

龙津桥枕着湛碧的江流。船舷响起轻软的浪语，仿佛送出古老的吟哦：沅有芷兮澧有兰。

芷江

　　芷江既曾是统辖湘西多片地方的沅州府，旧日气派到了数百年后的今天，一抹残影也足可让往来湘黔道上者流连不去。明代石筑高墙的坍弛虽招来无尽叹息，城内的楼屋门巷、长街河桥以及择地而设的瓜蔬摊棚，照例充盈侗苗乡间诚朴淳直风气。

　　楚地向来为烟水浸着，缥缈的湘君、山鬼在游移的湿雾中浮升，如屈赋所歌咏，极易赢得无数湘人的微笑。榆树湾是怀化昔年用过的名字，由那里去芷江的公路，溯潕水西去，经称为古夜郎国的晃县而入贵州。潕水在黔东的施秉、镇远一带呼为潕阳河，流出，在湘人口上，叫法也

193

就发生一点变化。临岸的侗家花船憩隐在亮绿波光里，静如一片浮叶，且默守沿河水车碾房响出的低缓声音。往常拉船人的纤歌已不飘响在柔和的风中。云贵高原至此低斜，渐向湘桂丘陵与盆地过渡，故寓目之山也因之不高大，葱郁之貌固不失南方山本色。河滩山野，香花香草的盛季应该在甫逝的芳春。"沅有芷兮澧有兰"，行过此程的读书人，无不忆起《九歌》中可传的诗句，且对着风景曼声放吟。馥花馨草，已将长河边数千年的历史醉透。

有座受降坊，它的所在处，是芷江城外的七里桥，恰为潕水青碧的河身映衬。牌坊取沅州石，筑成血字形。旁附数栋黑色木质平房，为受降堂，仍是旧日的样子。抗战时，中国陆军第四方面军司令部即设于此，亦为湘西会战间日军攻略的目标。战后，接受日军投降的地点也选在这里。芷江人讲起五十几年前日本中国派遣军副参谋长今井武夫低头请降的往事，扬眉吐气！我走进这些屋里，还可看到一些当年的桌椅。几幅洽降的照片虽挂在壁上不动，却让人如闻远在岁月深处的遗响。县城东郊有座占地三百公顷的芷江机场，二战时期为远东盟军第二大机场，曾供中、美、苏、英空军的四百余架飞机起降。美军第十四航空队司令陈纳德在此上演一幕空战传奇故事。方圆极广的机场在今天已无从使用。阳光下一片离离青草，北面明山同南边潕水遥相映带，辽阔景象颇如塞外草原，且不缺少古楚山水的秀润。正可借过白乐天的一句旧诗来摹状：草缕茸茸雨剪齐。机场的尽端，残留着几个碾轧机坪的石滚，牵引的绳索和烈日下赤裸的臂膀也就在想象中浮闪。修建机场者必是中国普通军民，怀了民族的自尊与自信，以扛鼎之力向前拉动着历史的巨轮。"看试手，补天裂"，一腔英雄气。

侗人筑桥，为天下赞。横越潕水两岸的龙津桥，青瓦覆顶，亭阁悬水，本身类乎一座杉木造出的水上楼廊，耐得天落风雨。自明迄今，枕长河波涛足至四百年，确有它的可观处。桥面尽设绸缎庄、杂货铺、字画店、吃食摊，几为本城百姓日常生活圈子的中心。无怪往来小城东西的人总要停步来凑一份热闹。桥楼可供登眺。柳树坪的柳色很绿，桃花溪的柔静轻浅一缕，可以流入宋人的婉约词。滩头纤夫缓移着脚步，乌篷船沿潕水而去，一派清波送着两岸明翠的山峦，亦给予我美丽浪漫幻想。侗家临水造桥，芷江的这一座，拔乎其萃。河景更不平淡。披蓑戴笠的百姓，谈笑走桥上，送走一个个平凡中多含苦乐的日子。帝都的御河桥只供华盖辇毂行过，仿佛遥架在天上，永远不入蓬牖人家的梦境。

对水素有情分的沈从文，自凤凰到来，当上团防局的小师爷，常挎竹篮，装了印章从桥上过身，在肉案前收取铜板后，便与屠酤笑乐。闲嚼着竹篾穿起的油炸粑，望着潕水中远去的乌篷船同河岸的吊脚楼，思索人生的种种奥秘，且懂得社会的一些常识，即是由延长千里的一条大河开始的。

龙津桥别有一个好听的名字押花桥。水光桥影，鸟歌花舞，真叫人喜欢。

走出尽端的桥坊过到西岸，是朝天后宫去的青石岩板路了。此座祭祀妈祖的庙宇，由福建客民在二百五十年前修起，虽未及闽南湄洲岛上的那一座阔大，石坊浮雕的技艺却是至矣乎！采自山中的青石受于一雕一镂，便负载着中国数千年口耳相传的浪漫神话。耕读为本的训喻，渔樵唱和的安乐，均为人生与社会的理想图景。此种滋长于匹庶间的育人济世精神的伟大处，正在其深厚的平民意识。

错呈于门坊柱栏上的浮雕，美如画屏，龙鳞、鸟羽、枝叶、水浪、峰峦、人物，无不清朗，《洛阳桥》和《武汉三镇》两幅，真是神乎其技。

箬篷舟子穿浪，桥上城旗拂云，石匠雕的终究是牵情的乡思。后一件，黄鹤楼、归元寺殆可近真，显尽江夏自古的繁华。

戏台像是久不喧响丝竹的清音与优伶的腔曲了。供在后殿的林默娘若怀起舞踏歌之想，也终是天间的彩梦了。悄寂的院内，不闻清梵。数根燃而未尽的香炷在堂前的铜炉中盘升着灰烟，表露祝祭的虔心。出入江海的渔人，凌波蹈浪而望祀，全托庇于这位端丽的妈祖。过往的打鱼生涯在我的心间一闪，并且那片远逝的涛音又隐隐地响起。

沈从文在民国十年为本县警备队长段治贤所书六百字墓志铭碑，我却一眼也没有看到，这在游访的记忆中是要添上一点怅憾的。

五百里明山，一片夺目翠色在楚西的云雾里上浮。临着向北的窗子，随意抬眼，正可以望得见。

沈从文说的那座由明朝人建起的大佛寺，大约即在山中吧。殿堂坍圮，随之有人砸佛。高居莲座五百年的大佛顷刻就成泥土。而这尊大佛在过去，是远近四方善男信女多来仰拜的。沈先生所写《沅水上游几个县份》中记叙："殿中大佛耳朵可容八个人盘旋而上，佛顶可摆四桌酒席绰绰有余。好风雅的当地绅士，每逢重阳节便到佛头上登高，吃酒划拳，觉得十分有趣。"假定此佛不毁，找伴，四川乐山的大佛似有这份资格。我的想法，如此佛身，都过于高大，望者不免敬而畏之。

我逆潕水上行，由蟒塘溪电站近处的十万坪可以踏阶入山，那里的莲花庵、遇仙桥，是以"梵呗之声几与樵唱相乱"的境界动人的。路畔的古松、藤蔓、苔花、流泉则为佛山风景之常。我是从辟在半腰略偏西南的车路朝峰顶绕去的。山树不高而繁密，溪岭间会闪出几座吊脚楼，几块稻田。檐下人家就由绿无边际的大山环抱在幽静的一隅。

至山顶的瓦屋前歇足时，看到寺墟正在复建唐朝的真武琳宫，呼为明山观，形制仿贵州遵义的湘山寺。礼佛之外，又要崇道了。在它的西侧，是近年造起的观音殿。白杨木雕成的观自在菩萨，貌温婉而目光低垂。殿内是过于阴暗了。门外，白云如鳞片铺满一天。诸岭之上，松杉似浪，仿佛补陀落迦山的风光。

从山民口中知道，大佛寺待日在主峰右侧相去数里的南坡重修，大雄宝殿、方丈楼、僧房院、藏经楼、香积厨皆绘在蓝色图纸上，规模大过明代旧寺。

一位妇女打来满桶明山泉，入口微甜。僧人手植的明山云雾茶正可借此水来沏。

有史可溯的，是立在山门左右端的一对宋代石鼓，和接在前坡的灵官殿旁的两方石柱。秦汉人刻下的梅花篆字还留在上面。可珍的旧物就这样遗落在孤寂的荒寺中，年代的古今似乎已无可感叹。

越岭下山，看了几眼栽植在崖边的银杏苗，很细嫩，何年能长大呢？

离山入城。到处跑着一种挂布篷的三轮摩托车，呼为"慢慢游"。坐上，穿街过巷，领受古沅州安舒和乐的乡风，倒很近于去读陶靖节的田园诗。

昨日楼堂
老建筑的文学追忆

廊桥上、鼓楼下，侗家儿女奏响欢悦的芦笙。山风里，油茶飘香，米酒醉了古老的山寨。

通道

  车行湘西南，双眸尽为五溪的明秀山水所映。伏波将军的征袍之影虽逝矣，也叫我暂且没有勇气引他为本家。

  过会同、靖州，入通道县境。看了一下地图，湘黔桂分壤的地方正在这里。

  通道是侗乡，县城双江镇上的几条街不冷清。我转过，有在大城市体会不到的韵味。四周全是山，丹霞之山。一座座独耸着，互不依傍，阳光一照，颜色是红的。独岩聚为峰林，浮在云中一大片。望一眼，谁都会惊叹！岩峰皆很粗实，同天子山的尖峭细瘦大异。镇上人仰头看画。

游独岩公园。有一片水,很绿,近乎透明。走上伸入湖面的曲桥,可以站到双檐琉璃顶的亭子里去。环水是峭耸的岩峰,顶部秃裸而峰腰以下苍茂。绿水绕峰,形成幽深的峡湾,任游船随意隐现。这样的山水交到湘人手里,虽不免加上三分的人工,却显出治景的本领。筑一座凌水的花桥,造几间可供坐饮擂茶的木屋,于山间的清风中闲眺窗外波光,不缺少诗画之美。近比武陵源,也可具体而微。走了一段上独岩峰顶去的石径,一尊塑了大半的弥勒立在前面。那位满身泥水的老汉大概就是塑佛的侗族艺人了。不见稿本,佛的面目全在心里。这尊笑佛,斜翘着大脚丫子,很顽皮,同一般山门里只显示憨笑的相比,更富世俗气。

侗寨都会造起高大的鼓楼。玉头古寨的那几座颇出名。我们喝过拦门酒,踏着唢呐吹出的音调走进寨子。一场雨刚过,到处都是湿绿的。村民们从自家的吊脚楼里出来,朝鼓楼聚。吊脚楼有檐下的短廊,有眺景的方窗,又建在坡上,真有它的风味。鼓楼里外,片刻就全是人了,响着笑声。楼边是漾着波纹的稻田和鱼塘。

几位妇女唱侗歌。音朴,情真,能打动人。又有人端来一竹篮粽子让我们尝。粽子是刚蒸的,飘着黍子的香气。寨里人的脸上都浮着笑,很平和,很善良。这是叫人感动的表情。我在农村生活过,又回他们身边,能够找到熟悉的东西。

在皇都侗寨听笙歌。吹芦笙的多是老人,穿戴花色衣帽,腰间扎着彩带,全无暮气。笙歌似乎是不唱的,只是吹奏芦笙。侗族人好客,心意常常要借助芦笙表达。我对芦笙有一种特别的感觉,音色听来很柔和,就是吹起欢乐的曲子,也不闹,像流水似的从耳边过去。这些吹笙的老人也能跳几下,舞步比较简单,身子随着笙歌的节拍自然地晃动,转几个圈儿,脚下踏出响声。

侗族少女，着短袖斜襟蓝褂儿，纤腰秀颈，乌发高绾，插上几朵粉红的花，美得一个赛似一个。外边的人来了，正是她们显示青春活力的时候。在竹棚下的石槽旁打油茶时，她们唱歌；在桥头的合拢宴上敬糯米酒时，也唱；到了鼓楼前的篝火晚会上，更要唱。这些侗族少女走到哪里，哪里就有歌。

　　晚会上要跳"哆耶"。众人牵手围着篝火跳，有吹有唱，这是"踏歌"！人海里，笑得最甜的，就数这些侗寨的少女。

　　合拢宴是我见过的最有气派的大餐。数十米长的木案搬上风雨桥，摆满碗筷。我粗算一下，能供近百人吃喝。饭菜都很家常，腌鱼、酸菜、煮鸡蛋……还有米酒。吃合拢宴，喝长桌酒，要的就是这个场面。

　　寨中数百户，很悠闲。桃花源里人家。水稻插下去了，老少们就安坐于桥头檐下，望一田翠绿，想着入秋的收成。寨门题着孔圣人的话："里仁为美。"都说乾隆年间就写在上面了。

潇水汤汤，岁月从小城流过。银色的月岩，犹在飘响周敦颐的读书声。香远益清的莲花，净植在濂溪先生的心上。放眼两岸风物，还登寇公楼。

道县

周敦颐其人，大约是长于讲古，又对宋儒理学抱有兴趣者喜欢说起的。在湘南的道县城里，流着一条小河，河身细瘦，水亦不甚清澈，一看也就过去了。我后来听人家随口说出"濂溪"二字，不免心动。溪畔的周氏家居处，恐为一片幽草废园了吧？

今人钟叔河厌读周敦颐的《爱莲说》，认为"不仅将莲花牡丹硬比君子小人不伦不类，那种以教化者自居的神气也使我反感"。宋人的道学非我能悟，理、气之说也难有会心，一篇《爱莲说》出来，以莲花自况清贵孤高成了中国旧式文人的传统。水陆草木之花仿佛也能喻示天人

性命之理了。周氏之文，理胜于情，是他的所得亦是所失也。其风诲人于百代之后，枯附经义的道学气味还是常能从一些时文里嗅到的。

在清人题的"道州八景"里，濂溪光风、莲池霁月是借着周敦颐的名望而显。我没有赏到这样的胜状，似乎从字面上也可以领受风月之美。

城郊的楼田村在龙山、豸岭下，为周敦颐钓游旧地。据载，朱熹、徐霞客、何绍基都曾穿岩扉，越溪石，一路访来，默对虚堂，遥忆故人，只能叹而咏之。

南濒潇水的残垣上，一座寇公楼耸在那里。形制尚古，大概也还是历代增葺的建筑。宋真宗天禧四年，寇准贬为道州刺史，造楼登眺。他不是以诵诗为业的人，失意的愁绪却每在对望中景致的歌咏中消释了。一首《春日怀旧》似是楼头随兴的口占。"野水无人渡，孤舟竟日横。荒村生断霭，古寺语流莺"四句，意味不浅，纵令辞朝挂冠，也自可在骚坛闯荡。入楼，除去寇莱公绘像和嵌在壁上的几块清代、民国年间的石碑，别无长物。转到楼外，就放览着北流的潇水。长桥静浮于柔灿的波心，直通到南岸坡田。隔水近对的数点村舍人家前，长出一片茂绿的橘林，午后的阳光落上去，正同河面一样闪闪发亮。向南边天上飘云处凝眸，更遥遥地延绵着一排青苍的秀峦，这就是以舜帝湘妃哀史动人的九疑山。

楼下的一条青石老巷是叫做寇公街的，人车扰攘。走过近岈一旁的由本县明朝进士何朝宗建起的石牌楼，在叫卖菜肉的市声中出东门，就走上去清代书法大家何绍基故宅——东洲草堂的乡路了。临水的草树在冬日微寒的空气里疏落下去，于轻轻的风中摇着一片枯黄的影子。官道在一个斜坡前到了它的尽头，瘦瘦的土径朝东门村里弯去。村口几间北屋，檐前一片空坪。宅主是一位抱着小孩的年轻妇女，找出木凳叫我坐歇。

太阳当空照着，身上起了一阵微微的暖意。河水不跃浪花，风也柔得失去力量。在浓浓的乡趣里，最宜聊些家常，还可以闲看岸边杂草里的狗和鸡。苍梧之野、潇湘之浦，惯使易感的人生出诗意。我没有身临东洲居士的五亩之宅。垂杨修篁影里雕花的旧柱、刻纹的残础虽未见，亦不觉憾，——谁能看尽永州的风物？

富春江的碧流，滋养着黄公望的灵感。农家的古屋里，含蕴着山居的清幽。

富阳

浙西山水的清远，精妙多在富春江一带，并且桐君采药、子陵披裘的古逸事也尽如长流的碧水久不淡去颜色，故常能往来梦中。

我到富阳，先访过远承蔡伦遗风的华宝斋古籍书社，竟意外地获赠两册书：陈老莲绘图的《张深之正北西厢秘本》和钱锺书默存稿、杨绛季康录的《槐聚诗存》。宣纸、石印、线装，精雅而古朴，接到手，未细读，只轻抚绵软的用纸同丝缎的函套，就喜欢得了不得，若将其高插海王村的架上，索钱必不会低。

主人居处的雅致，可以从多方看，比方题识"同啄阶前苔绿"的那幅画，一丛风中竹，数只荫下鸡，不过是几下简单的笔墨，供人赏玩的情趣却正可同身入芝兰之室相仿佛。

富阳之竹的清芬要到城东北十里远的庙山坞筲箕泉那边安享。我在两三年前，曾坐入湘西桃花源的幽篁影里，追怀陶靖节悠然见南山的隐逸气骨，其时觉得能够伴他山中度日的，唯有漱泉声里的修竹。而当今，走入天目山余脉的这里，抬眼一扫上遮天光的筠海、就知道黄子久犹是陶翁那一派竹中高士，结庐在这样的地方住下，镇日流连于林影水光间，自观自静，樽俎蔬笋、藜杖芒鞋之外，是必不能短少的一叠纸、一砚墨，令人神思孤远，也会幽绝。

连片的湘妃、罗汉、凤尾诸种竹，净绿的光影恰巧极入这富春山水清秋的情调。纵使到了花落山枯、水瘦江寒的冬日，我像是还能够想见袍宽袖肥的大痴道人，携两三野谷青士，鬓丝飘影，掀髯而笑，以他的瘦骨轻躯癖耽富春长卷，所爱，不知是满纸烟霭岚翠，还是画外的真山水。苞竹浮荫，茂松散叶，放浪万山深处，邀晨送昏，歌啸而去，遥赴泉壑中，岁久，竟似无日不禅的菩萨，谁笑黄公一生之痴？

近旁旧筑的净因院，只剩一片废垣断瓦了吧。连钟杵相碰撞出的祷祝的残声也早被昔日的江风吹入古树乱竹里去了。倒有东坡居士的诗留下来，且供我在此一吟："轩前有竹百余竿，节节浑如玳瑁斑。雨过风消淡般若，琅玕声撼半空寒。"苏诗中的有些含佛老气，却不晦涩难通，如这一首，就颇流利。古时的那些心醉风月的林僧野客，距我们好像并不很远。

山坳谷坪，竹茂，杂树也多，曲折的磴道隐显在枫樟楠柏的阴影中间。这里还是宜于闲养翠鸟和彩蝶的世界。湿凉的雾气游丝般地浮漾在轻摇的枝叶与拍打的翅膀上，这哪里离得开筲箕泉的浸润呢？

朝山里走，望景，始觉李太白"绿竹入幽径，青萝拂行衣"真是一联好诗。弯路一端的杂草深处便掩着清亮亮的泉水了。我站在从林叶的疏隙处泻下的淡蓝色天光中，凝视被竹树染绿的山泉，虽是无人汲饮，它却还在渗出，聚成深深的一汪，朝四外漫溢，又沿着青坡下天然的沟坎银亮地流走。我真想凑近掬而口尝，它一定是含着翠岭苍峦的精气呢！

黄子久的茅舍留不到六百年后，旧址上立着的，却是守林人所居的双层小楼，依山建在那里。一扇木门紧闭，这样幽僻的深林，除去当家的主人，整日也不会再有谁来打门了。我慕贤的心重，即使不是黄子久栖身的那一座，能在故地转一圈，比之虽闻名却无缘前来的人，总是值得夸口的。手只稍稍一用力，门板就推开了，原本是轻掩着的。没有什么摆设，一铺竹床，几把镢头，墙角堆着一蓬毛竹柴。从窗子看出去，几根碗口粗细的竹子被剖为半圆，捆成长长的一道，通向高坡，引来的山泉淙淙响着，流进竹槽末端的大水缸。楼前开出小片的田，栽种几垄芥菜和辣椒。一株涉冬不凋的木莲树，在窗前覆一派绿荫。我觉得，这会儿应当有位山中老汉在樵歌声里担柴而归。我的想象又飞远，群峰涌来，翠盈轩窗，一洗黄子久胸襟矣，催他吹云泼墨，绘取江山。《富春山居图》我没有看过，可手边有他的一幅《九珠峰翠图》，山苍润而石凝黛，密耸乔松古柏，无论皴石点苔都能真切，也聊得其笔墨精神。

大痴道人之冢如果是在泉的一旁，倒真应该过眼一瞥的。常熟的虞山上，也有他的墓在，假定他是归葬乡土，那么这里的一座，疑是伪托。元四家中的这一位，虽未可上称江浙之间一尊仙游之神，却是在富春山水里久留的人物。

从竹影深处转出来，通身似已染上一层浓碧。又去登鹳山。

其山不甚高，了无依傍，全在借助富春江而增孤险之势。浙西山水，至此而佳。我一边对古人凭山水营造风景的功夫连声赞叹，又不能不认为这样玲珑的冈阜，也最宜于筑砌廊榭亭台，供人临江涛，眺风帆。在"坐断东南战未休"的孙仲谋看，家乡的这条富春江比之京口北固楼下的扬子江，孰该居上？

我放步于盘曲在山色与树影中的石阶上，竟走近一座临矶的江亭，因它独占了这一角闲处，使秃裸的礁岩变得颇不平淡，风景犹似李太白捉月升仙的采石矶。一尊石碑倚崖静立，所勒是"严子陵垂钓处"数字。仍是慕贤的心一动，我眼眸因之发亮。桐庐七里泷的那一处钓台同这里究竟有怎样的联系？顾不得细想。像严子陵那样的归隐山人，以富春江为耕钓之家，百尺垂竿随波而流转，哪会安于一地？况且富阳、桐庐本没有过远的间隔，往来其间，乐而垂钓，也是可能的。我此行未获沿江西去的机缘，无法详知富春山中的严陵濑风景，却能约略推想，总该都是江水之湄的钓亭吧！

古史中的严光先生，野水投竿，高台啸月，会如郁达夫所谓"干枯苍老得同丝瓜筋似的"模样吗？总之是吹影镂尘，不能确知。却很有些坐钓或者观钓的人，临危石，俯深流，投无饵之丝于江中，宛似仿姜尚父、严子陵故事。礁齿噬浪，涨落间泛响一阵阵水花的清音，嘴边轻哼些少板无眼的越调，若与驰波游鱼为嬉，样子竟很逍遥。苏东坡真是说得妙："江山风月，本无常主，闲者便是主人。"若是今夜得月，辉浸江天，诸君之影当入一片微茫。纵使未枕七里明月而醉眠，情味也已足至八九分。欲画出富春山水，这怕要算是不能省略的一笔。

东坡在其旁镌四字摩崖：登云钓月，似能应眼前之景。

半山平阔处，造起双层的楼屋，旧为郁氏别业。老松新竹相披离，号"松筠别墅"，恰好。上，如登百尺楼。门窗迎江敞开，正宜遥遥地

去赏看。隔江的风景半隐在乳白色的湿雾里，但江心浅黄的一线沙洲和含着无数近峰的远山，总如一痕水墨似的浓淡无定了。季节虽已在深秋的光景，却依然可以去想阳春里粼粼一江映带两岸花田禾野的美丽。舴艋舟静浮水上如一片叶，当然载不动女词人李清照的几缕心愁。此刻的江风柔得失去力量，往来的数点行船照例升着高帆，悠缓地滑动在澄澈的水光和青苍的云山间，柔橹的摇响、船娘的甜笑在开阔的江面飘散，仿佛会伴随绿意颇深的波纹荡得极远。人在船中，篷窗坐眺之美，怕也有金银难买的无限逸兴。将目光收近些，则可俯瞰富阳城里的街巷屋楼。鳞瓦低檐间的生活趣味，酽如杯中的香茗，是需要坐在星月下的矮竹凳或者飘幌的茶楼上细品的。江中亮着散乱的灯影，会一直闪到人的心里。夜深，倚枕的清梦也会浸上一层水影月华。如果有烟雨漫上来，无论晨夕，望去都是可以入画般的好。

  小楼颇有布置，柜中之书，多同郁曼陀、郁达夫相关。郁达夫的那幅像，意笔之绘，瘦骨长衫的漂泊样子，似能传他独异的风神。

  楼侧筑双烈亭，遥祭郁氏兄弟。松竹交掩，涌起一片凉翠。亭前的思人，比较徘徊待月桥头而温广寒之梦，更足以领略为千古所歌的江东子弟气节。我也仿佛能触着富阳道上无边好景的风骨。

古城 鸡鸣驿

塞外的风尘中，奔马的蹄烟，飞入漠野之上的邮驿古城。

鸡鸣驿

　　我到鸡鸣驿转了一趟。这是一座古式的邮驿城，在张家口怀来县西北。出居庸关，接连驶过北辛堡、土木乡、新保安即到。元明清三代，它是北京通往晋蒙这条驿道上的大站。上传京师，下达边障，要靠它。中国古代的路室、候馆、邮亭、递铺、站赤，都和驿传相关。我有一年去浙北，路过一个叫递铺的小镇，觉得名字是奇怪的。现在一想，那地方大概也曾置驿吧，只是旧址早无寻处。历史上的千余驿站，都毁弃了。残存的，在南方，是高邮湖畔的盂城驿；北边的，就数得着这座鸡鸣驿了。

　　中国邮驿，自周秦初兴至清末裁驿，也有几千年。我不治其学，却

209

能够推想，这段长史一定萦牵过很多人的感情。

鸡鸣驿是一座方正的老城。旧说垣高三丈五尺。我打量一下，也还是这个高矮。一些地方的墙砖坍落，露出里面的黄土和卵石。历史苍老了，这谯楼昂然的墙体还硬骨朝天。站在城外的一道拦水坝上望过去，一下子就看出它雄峭的姿态。

洋河的水影不见，城前荒着一片地。过去，往张家口外去的驼队大概是走过这里的。晴蓝的天色下，苍然的古垣、缓移的驼影，可供半日的写生，直让人把它错当嘉峪关下的风景来看。

城中一片瓦屋。城门只开在东西两面，正便于从驿途远驰而来的邮人出入。有几条直街。院舍很老了，住着人，极安静，大都是过去的作坊、店铺和驿馆吧。有数座庙，旧得看不出往昔的模样。泰山庙曾供碧霞元君。庙小，和泰山上的碧霞元君祠没有办法比，性质却是一样的。佛龛不存，这位天仙玉女的泥像也没有看到。清人作的壁画还在，占满东西两面墙，全是碧霞元君故事。阳光从窗隙透入，落在这些工笔画上。东壁题写"青龙关御史张钦送皇姑"的一幅，最为有名。皇姑即为碧霞元君；张钦据称史有其人，当过明正德年间的居庸关巡关御史。这个半虚半实的传说，是浪漫的。画色仍颇艳丽。城中财神庙、龙王庙的壁画，多神而少人，但是，用工笔画出秀细的眉目兼以粉、金晕染的技法却无不同。本地民间画匠大约曾向天津杨柳青木版年画取法。

财神庙北面的贺家大院，多进，在这座小小四方城中，算是很气派的建筑。过去，驿丞署设在这个院子里，选对了地方。贺家趁钱，从口外赶着大车过来，买下这片宅子。八国联军打进北京，慈禧太后和光绪皇帝西逃，在这里住过一宿，似乎给这个普通的院子、这座古驿城带来一点荣耀。前院一溜大瓦房，有人家。檐边长着一株枣树，枝头挂了红枣。

还种了几棵玉米，真有北方农家的风味。后门给堵死了，要钻入墙外的一条狭弄，才能过到二进院。山墙上刻着字，不知道为什么用泥糊住了。细认，是"鸿禧接福"，和西太后有关系吗？庙里供着那么多神，仍嫌不够，还要惦记这位死去近百年的老佛爷，可知神权和皇权在中国百姓心中的地位。

马号不响嘶鸣。无马，驿城的味道似要差些。路过观音庙，院子里倒是拴着一匹马，没有盛料的槽子，那马呆呆地站在荒草里，不免叫人遥想漫漫驰道上驿骑的尘影。墙角堆放几捆玉米秸，一片冷清。普度众生的观音菩萨，连像都无。这处驿址是该好好地修一下了。中国数千年通驿的历史，有这样一座城堡在，抵得书中多少文字！

驿城北傍鸡鸣山。城名的由来和这座山应当是有关系的。四面平阔，忽然耸出这座千米高的山，似无根据。过去，它在京师之野也算名山了。秋阳把赭黑的山体照得如浅绛山水画里的颜色。扇形的崖壁之上，岩层粗重的纹理刀刻般清晰。整座山都在白亮的阳光下灼烫起来。古驿城锯齿般的垛墙有这道山影来衬，那番大荒孤塞的豪纵诗意何愁不到呢？

下花园这名字的出现，可以追溯到辽圣宗的年代。萧太后畏热，在这一带筑上、中、下三个花园，祛暑之外，又能踞高以窥宋室。后遭金人兵火，花园无存，只留下这个地名。下花园如今是张家口的远辖区，我们即从这里绕上鸡鸣山。入山一看，层峦深处真就有一座太后亭，白石之筑，半圆的顶子颇如战盔，在苍森的山色中显出一点雄野的味道。高崖之上的观音殿飘响佛曲，诱着我轻踏坡径上到里面。满院金红的九月菊。我在额镌"安养"的院门前坐下，听曲看花，心里很静。百级达磨梯的尽头，是始建于北魏的永宁寺。工匠的斧凿之声响成一片，再造山堂岩殿风光。

坡上野花，黄黄白白，一些叶子还绿着。虽则临秋了，又是在渐凉的北方，一段草光花影也自有它的映目处。阳光透过浮游的雾气照下，山亮了。极顶的碧霞元君殿又在修缮，正有几位山民吆喝驮运石料的骡子朝那里去。骡子都颇健硕，走得轻捷有力，常要让我避闪到路旁。尽是细碎棱石的山径上，响着一串清脆的蹄音。

两崖相接的地方，架石桥，筑城台，呼为南天门。上到这里，我的呼吸有些紧起来。临崖吊起一口大钟，摆动木杵一撞，沉宏声音传出很远。南瞰鸡鸣驿城，隐在缥缈云雾间。村鸡的啼叫更似为眼前风景来做一点诠释，而远近数峰仿佛皆为增浓画意才自怀涿盆地长出。山下平野响过一阵悠长汽笛声，京包线上的火车把人从佛界拉回现实。此刻，长空若添几声秋雁的清唳，则青苍天色犹可遥寄一缕思情。山顶的王母庙、玉皇殿，都成了废墟，相依在碧霞元君殿的左右。荒草里几块断碑、几片瓦当，久印着前朝的残痕。

往下走时，身子染了一山秋黄。落在危峭崖边的，已是过午的斜阳。

坚实的砖瓦，拼接起悠久的城建史。深街曲巷，印满晋商往来的脚迹。

平遥

平遥是个大院子，参差万户人家。

乔家、渠家、王家这样的富商，高其闬闳，厚其墙垣，比起县城，也是具体而微。这些四近的老宅院把平遥围住了，一毫也不少屈于它。

中国的古城，留下的不多了。"城九门，周正如印。南头正阳、崇文、宣武三门，东头朝阳、东直二门，西头阜成、西直二门，北头德胜、安定二门"数语，状昔年京师格局。到了今日，九门已寥落得唯余一二，大多只空存城门的名字了。燕都往迹只可到《旧京遗事》一类古籍中去寻。

我对北京城门尚有记忆。穿过门洞，就踏着郊野的泥土和杂草了。

出城后，飘响在清朗空中的必是放情的欢笑。造反的风一吹，城门也受了斧钺。我读中学时，有一次上劳动课，就是拆西直门。城砖很沉，听说是明代的。砌得极牢，撬动颇费力气。很快，西直门被夷平。路面空了，也把帝京的历史送走。

平遥躲过了这一劫。

街巷的曲折，店铺的稠密，足够游人消磨大半个白天。叫卖的多是寻常应用之物，吃食中以牛肉为大宗。晋人越岭谷，远走塞外高原，自会把蒙古牧人的悍勇气概和啖肉风习带回河汾乡间。在街面闲逛，一片市声驱走内心的清净。城池深处，尽是"日中为市"的遗风。我素对货殖之道隔膜，在行肆铺户间转悠，眼扫日用零杂而毫无感觉。话虽如此，人已走到西大街路南的日升昌票号前。它在晋商发迹史上的名气不必我饶舌。《老残游记》便记下一笔，是："（老残）即到院前大街上找了一家汇票庄，叫个日升昌字号，汇了八百两寄回江南徐州老家里去。"钱庄银号里面的名堂，是我这个只识字句、拙于理财的人无从熟知的，明白这个小小院址是中国票号发祥地也就足够。光绪初年，以汇兑银钱称雄晋中盆地的平遥帮、祁县帮、太谷帮，或可与胡雪岩领军的南帮相颉颃，这样好的素材若交给高阳先生，大约又会做出一部言商的小说。

平遥所处的汾河流域，盛商贾之律，多市井之子，金融和商业风气的旺期，纽约的华尔街、曼哈顿怕是连影子都无。晋商的富庶又跟徽商可以相比，一同以鲜明的地域色彩名显天下。日升昌成了全城竟至三晋的命脉，从这座砖石楼院辐射出的，是铺满金银的驿路。在马蹄的欢响中，在车轮的驰音里，飞扬着憧憬，跃动着希望。清素的宅门不减它在中国金融史上的意义。我仿佛看见精瘦的账房先生翻弄灯下的厚簿。汇兑、存银、放银，劳碌催生的皱纹爬满苍老的额头。惹他放缓心情微微一笑的，是三弦与曲笛伴奏的平遥鼓书，是缭绕门庭的几段中路梆子，《西凉城》

和《宁武关》，味道各有浓淡。

　　百年过后，日升昌走到尽头。"汇通天下"的中国第一家票号何以衰落呢？是深望晋人解答的一道题。

　　门外长街短巷，热闹仍如往昔。茶庄、当铺、粮店、药店、烟店、绸店，四方辐辏，聚天下之货，上至绸缎，下至葱蒜，相当繁昌。生意人持守固有的商业秩序，依旧生活在昨天的影子里。逢节，古市楼下，高跷、龙灯、秧歌最能将心中的欢喜溢满全城。对于传统，他们无挥别之心而有惜留之意。呼吸着这样的空气，我步调闲缓，恍若行走在远去的世纪里，奔逝的时光也被拖慢。

　　商贸之道的根底全在做人。"慎言语，善为宝，乐天伦，仁者寿"成了财东的道义之要和处世之则，谨守恭行，其业不败。在"祥云集"的门匾下，题着一副对联："呼吸间烟云变化，坐谈处兰蕙芬芳。"寻常烟草店被这十几字一衬，意境至美。行商处贾的儒雅之气便透出八九分。小城人修德敬业，常安其居，日子过得很滋润。在物质的殷实之外，又叫人歆慕他们精神的富足。假定把城中商号的旧日店东放在现代社会，也会成为拥财千万的实业家吧？

　　古人深挖壕堑，高筑墙垣，遂成生活的区域、聚落的单元。百姓限定在这个棋盘式的方框内，经商贸利，积累家资，年来月往，"子孙修业而见之"，转瞬就是无数春秋。忆往，我旅途所过的荆州、开封莫不如是。巍巍之城，是为人而设的，离了市井的喧阗，城郭的生命也便失去，终致隳为一片废墟。"凝思寂听，心伤已摧"，感而怅叹，真要远效鲍参军悲赋芜城之歌。

　　谚曰："长袖善舞，多钱善贾。"这似乎正是我的短拙处。从平遥的街市间转出来，别无所能，只好搬弄上面一些字句到纸面。

　　出东门，尹吉甫的亡灵还在墓中低吟西周古谣吗？

囚拘的暗日里，一根柔细的蓍草，演绎万象机理。

安阳

2001年夏天，参加《甲骨文献集成》首发式的那个下午，我坐在郭沫若故居那棵银杏散出的清荫里，想着学者唐兰的话："卜辞研究，自雪堂（罗振玉）导夫先路，观堂（王国维）继以考史，彦堂（董作宾）取其时代，鼎堂（郭沫若）发其辞例，固已极一时之盛。"虽说自家站在甲骨学、殷商史的门墙之外，对于殷墟的名字还是不陌生的，也盼得机缘，身越冀之南，足踏豫之北，到安阳城西北洹河畔访寻商都残迹，遥忆盘庚迁殷旧事，更要看看古墟上的甲骨刻辞，见识一下汉字的根。

殷墟很大。实在说来，写它，愧我无可为力，因为我的文字捉不住它的魂。一是史太久，我难溯其源；二是术太专，我难入其门，硬下笔，未免要见讥于通人，故而虽身游其间，心其实是隔在外面的。至多是敷些文学色彩上去，比方宽展草坪上的那尊司母戊大方鼎，我还是头一次见（做学生时在课本上看的只是照片），暗绿的颜色显示着沉雄的气度，惯于独立想象的人，能够遥视充满生动感的历史场景。情动于中，就把它视作一种象征，静默地标刻着岁月的深度，并且给一个重要的时段——青铜年代定义。

　　王陵故址、祭祀坑迹的观瞻，在我犹如走进历史现场，只有朦胧的追怀。过眼的一龟甲、一拓片、一玉琮、一骨笄，让我识小而见大。在感觉上，和我昔年入川去成都看金沙残址，到广汉览三星堆故迹并无分别。

　　从仿殷大殿退出来，去看汤阴县城之北的羑里城。说是城，把殿庑亭台的前后大略一看，不如说是庙，文王庙。太史公《报任安书》宣抒忧愤，"盖文王拘而演周易"一句的典源，当是出在此处了。中国庙宇差不多全把一个形制用到底，在河之北看是这样，到了河之南，也没有看出改换的意思。似乎这个建筑定式，才是宗教仪则的最美表现。文王石像为城中之主，灰白的牌坊、乌黑的碑碣、暗红的仪门列其后，也算烘云托月了。山门两端的龙马和神龟，叫人把河洛源说在心里述要，温习伏羲得"河图"而演八卦、大禹得"洛书"而定九章的传说。西边一角僻静处，竹篱围起一片蓍草，白色花已落尽了，也还泛着绿，点缀不老的秋光。上古人以为蓍草神异，占筮测运便选了它，文王择蓍茎而演周易，正是这一路。演易台上造起一座尖顶的亭，把文王的坐像塑在里面。泥身僵着，目光里的一丝愁，显出一点活气儿。太史公尝以文王演易励人心志。或许是此时天阴欲雨，或许是此时四围静寂，我看着演易台上

昨日楼台·老建筑的文学追忆

故里百姓，长祭英魂。南宋故史，耸峙一尊坚硬的碑碣。

文王孤独的影子，反觉有一点沉郁。

宋岳忠武王庙，清穆空气和杭州栖霞岭下的岳坟倒是一样。乡人敬祀鹏举，修亭筑殿，招魂永归故园；塑像刻碑，感佩赤子之心。对于史有定评的英雄，游观之际，我的心境单纯而平静。树影下低回，南宋的风吹进旋绕的思绪。

还想去洹水北岸看袁林，却未能入其门阙。只好俟诸来日了。

北去邯郸，暮色里过临漳，铜雀台的影子在平阔的田野中一闪，就由曹魏故城而想到建安风云，又把曹子建的那篇小赋低诵一番："临漳川之长流兮，望众果之滋荣。仰春风之和穆兮，听百鸟之悲鸣。"瞬间，一切景物、一切思感，都被历史的雾吞湮，不留一点影子。沉吟之际，我不觉闭上了眼睛。

甲骨残片，遗存着未湮的刻痕。神秘的符码，诠释历史的长程，导引后人追溯文明的源头。

雄大的墙体，浮显严肃的表情，分隔空间，却无法拒绝精神的穿越。青史也是用血肉的砖石修砌的呀！

广府古城

　　邯郸永年县的广府古城值得一记。我在远处朝青色的墙身和巍峻的城头一望，就感到古。一问，不错。春秋的曲梁就是这儿。隋唐的夏王窦建德，把他的国都定在这座呼为洺州的城里。我小时看史果所著通俗历史小说《罗成》，记得一个叫做窦线娘的跟罗成相好，其父便是这位河北义军首领。眼下走到他扎根的地方，印象的刺激不免更深。当年大夏旌旗招展于万春宫上的壮景也仿佛得见，更想到他倡农桑、兴水利的一份功。

　　环城一片水，号为永年洼。云影、霞彩、日晖、月晕袅袅婷婷地浮在微波上，几度漾动，几度闪烁，岁月就滑过去了。芦苇、莲花、菖蒲深处，野雁带水飞，轻船载着歌乐，游鱼一般欢悦，心情随之抑扬。看来我的摹景笔墨，要分给翛然的鱼鸟了。

洼淀护城，白石长桥造其上，踏上去，有如出陋巷而入太庙，不禁行礼如仪，收拢散漫的心神在这一刻。此种滋味我在北京金水桥上就感到过的。

城有四门。东面是阳和门，我从这里进去。先是一个瓮城，不算小，甃以青色砖石，很齐整。拐过一道门，便看得见深深的街巷。门户颇稠。一户人家的壁上，抄着一首旧诗，题为《宿清晖书院荷亭》，记得这么几句："稻引千畦苇岸通，行来襟袖满荷风。曲梁城下香如海，初日楼边水近东。"犹似陶渊明的农事歌咏。做这诗的方观承，安徽桐城人，官至直隶总督。此人亦能文。乾隆二十年随清廷官员赴西北巡边，途过宣化府，应邀做《柳川书院碑记》，不逾书序碑传之属，重义（言有物）法（言有序），论教而能言必有中，文辞带些桐城派古文的雅洁之风，笔路直追方望溪。

城壁的残痕刻着时光经过的余迹。深一片、浅一片的城砖，被咬噬过一般，又像一堆乱骨堆叠着。它失去一切鲜亮的光泽，收紧苍老黧黑的身躯，躲在沉沉的暗影里。我抬手轻叩它，听到一丝低闷的回响。

登上城头，四面无遮拦。冀南天阔，豫北山河仿佛也能入目。"登兹楼以四望兮，聊暇日以销忧。览斯宇之所处兮，实显敞而寡愁。"我非登楼吟赋的王仲宣，可是身倚垛堞，仰对一天飞云，俯临半壕流水，幽意也似先贤。"人情同于怀土兮，岂穷达而异心？"遥距的光阴，真也隔不断什么。此种心境，我在鄂之南的江陵古城、湘之西的黄丝桥古城都经验过。大约此刻苍烟飘卷得愈加浓了，急了，觉得比起南方故城，北国城阙的光景更浑莽一些罢了，登楼人的心魄也更勇壮。

城头一群人习太极，招式缓而不急，稳而不乱，里面的讲究深了去啦！我曾经留心及此，佩服的一刻也有过想学的意思，终究还是知难而退了。邯郸在成语之乡外，又称武术之乡。晚清的杨露禅、武禹襄为两大拳派掌门，在华夏武林亦为翘楚。杨武二家都在广府镇上。杨家靠南关，后院临着一片水，择势很好。武家在迎春街路西，门前立着影壁，背面

镌《太极拳十三势说略》，院深屋大，假山花池颇有布置。武氏亲植的两棵石榴，树影摇风，自多雅意。他家柱子上的一副对联题得好：

  一等人忠臣孝子，
  两件事读书耕田。

淡中得味，一派耕读家风。
正房的一副联语，意蕴也不浅：

  立定脚跟竖起脊，
  拓开眼界放平心。

可当练功的要诀运用，也能当处世的准则领悟，语意是双关的。我在心里默诵着，想记住。太极拳术的虚实之法，我一点凭借也没有，要捉得它的点滴，几乎不是我的力量所及，而做人的道理是须谨记的。功夫在手脚上，还只是表层的一面，修炼深了，则应直抵内心。武林宗师的根底也一定在这上头。

古老的雉堞闪出童稚的脸，像灿艳的花。清澈的目光探问谜一样的历史。

古城 高昌故城

幽渺的遗音还在沙野的风中萦响。越千年，夯筑的城垣没被岁月压弯铁似的腰。思想穿过时光的屏障，回到汉魏晋唐。

高昌故城

汉唐旧垒，废为一片黄泥墙。

城体虽是土夯，千几百年下来，还能够残留大致的模样，不容易。可知它是相当结实的，不然，抗不住沙野的风。

可看的不多，只是那些风蚀的断壁。想找梁柱吗？没有。在阳关的古董摊，总还能捡些旧时的陶片，在这里，我转了半天，也没见到。

这处遗墟，搞历史的不可不来，因为要研究丝绸之路，就躲不开这里。像这样的故城，吐鲁番有两处，那一座在交河。

游城的方式很特别，坐上由维族人赶的驴车。这种车不大，能容

七八人。顶上支着彩色的篷布，为遮阳。吐鲁番的太阳很晒人。车的四边还特意悬了不少铃铛，走起来，发出清悦的动静，很好听。本地的驴，个头儿不大，却挺有劲，拉一车人，不显得费力。

导游把这种车呼为"驴的"。有意思！

胶轮一转，车朝城里去，荡起一团干燥的黄尘。

这是把我们往哪儿拉呢？

我不辨方向，因为四外全是颓壁，望去无多少异同。昔年的公卿百吏、黎氓庶人，在这片大漠上的绿洲，活得很滋润吧！那些高高矮矮的墙、深深浅浅的窟，当初都是干什么的呢？会是回鹘王的殿堂吗？或者是戊己校尉的官署？假定是，常人过此，是万难稳坐"驴的"而不施礼的。语曰："入公门，鞠躬如也。"现今，早不是古时，没有那些苛制了。

看了外城的佛寺，这是较大的一处旧迹。寺塔很方正，像是用土坯垒起的。纹脉如花。刻着一些佛龛。追史，西域诸国，久信佛教。舍《金刚经》而改诵《古兰经》是在什么时候呢？照茅盾先生的看法，伊斯兰教始在新疆发展而代替了从前的佛教，"当在元明之交"。我绕寺塔走了一圈儿，佛影难觅，龛中只留下风化的残痕。靠左手有一个院子，院墙砌成圆形，只有在天方之国才能见到这种样子的建筑吧！它是干什么用的呢？讲经堂还是僧房？说不准。墙上写了多行字。我不懂维文，故对句意无所知，只好妄猜，推想总会同佛法相关吧？

我曾在西藏的哲蚌寺观晒大佛之仪，在甘肃的拉卜楞寺听喇嘛诵经，又在这里看寺庙的残址，虽不出释迦的大千世界，可抬眼一望，就引起的感觉说，同在五台山看文殊菩萨的道场，不大一样。

在故城，佛寺只居其一部分，为主的应该是王宫官署、宅院作坊和街市。惜哉，已无法端详其形迹。忍见荒城旧苑，真是眼空无物。这想法像是重弹老调，却又是很多人都避不开的。

取经道上的三藏法师过此，高昌城正逢盛时。在《西游记》里能约略睹其热闹场景吗？乞援于小说家言，也算游观之余的补救吧！

汉时的月光，消隐于胡杨和沙柳的瘦枝。劫火熄尽，版筑的遗墟朽为泥质的群雕。

交河故城

　　近晚，去雅尔湖乡看交河故城。其时，天边霞色正红。

　　在新疆，这些旧时代留下的城，都是黄土之筑，交河的这一座并无例外。城的选址却不一般，很会借势。它建在两河相交处一片开阔的台地上，颇像由深壕断壑围拦的孤屿。汉将班超在这里据守，会很踏实。

　　至唐，此地是安西都护府的驻地。唐人的边塞诗里经常出现安西这个词，也就是从王维、岑参诗中可知的阳关之外的边地。雪裹胡沙，风卷塞尘，有悲凉之气。

　　交河城的结构是开放的，因为四周无围墙。在这样险的高塬上，用不着筑墙。我走到城边，朝下一望，崖底是一道很宽的河谷，犁出田，种了庄稼，风来，送过农人的喝牲之音。河谷间能有这样静美的田园小景，是我没有想到的。当地人呼之为雅尔乃孜沟。

交河故城很大，废壁残窟连出去一片。刚入城，我即感到有些转向。哪里是将军府？哪里是兵营？何处为豪族大户？何处为庶人清门？我看，一样。以版筑垛泥之法造屋，想分出尊卑，也难。昔日，这里也有街市坊巷，飘香的酒垆、挑幡的茶肆也尽长夜之饮吧！

城北的佛塔遗址还在，残基仍甚宏大，其上的古塔没有倒。旧日遍刻塔身的佛龛造像连影子也难见了，只剩下多半截泥柱子。查史，此塔已一千六百多年，可知它所经的风雨。魏晋年间的古物，纵使毁损不整，留到今天，也是宝贝。塔的四角，各有二十五座一组的方形小塔，惜已废。我细数了一遍塔基，恰好！

据称，这座佛塔是中国现存最早的金刚宝座塔。如果是真，北京的五塔寺可算找到老祖宗了。

稍远，靠南，有一残败的土院，曾是全城最大的寺庙。颓壁之内，可看的是塔柱、廊础。塔也不矮，独耸于夕照里，有古碑的意味。久视，恍似身入须弥之山，得睹释迦笑容。

高天吹风，孤城野寺真是太荒了。大片的砂塬上，连一片叶子也没有。临去，我又朝隐在暮色中的塔影回望几眼，幻想着能够听到晚祷的钟声，心里不免掠过一丝凄凉。这样的感觉，我在贺兰山下的西夏王陵前曾经有过。很奇怪，我还想到远在希腊的帕提农神庙。

移步于故城的深街曲巷，犹似做着汉唐断代史的阅鉴。

辑五

古窟

温婉的笑纹，浮出游牧民族的表情。勇武的鲜卑，把征服者的理想刻进坚硬的岩崖，憧憬永恒。

云冈石窟

　　武周山是一座佛山。最高处的云冈，刻了许多石头人，不，是石佛。造型好，年代久，自然珍贵。诸佛像最高的十多米，最矮的几厘米，比例悬殊，好像擘窠榜书与蝇头小楷的对比。至于这里雕了多少尊佛，大概没有人去依次数，数不过来。但一份材料上说，五万多尊，真猜不出是怎么数出来的。换了神仙家也会数花了眼。

　　景观绝对够得上大气象，比较起来，龙门石窟就显得灵秀了。北魏王朝迁都洛阳，把鼎盛时期的一腔豪气留在了大同。站在摩崖佛像前，你会感到人力的无穷尽。在高大于己身几倍、几十倍的神像面前，你不会觉得自己渺小，你浸身在先人用钎凿雕出的精神的光环中。郑振铎先生写云冈石窟，多征引录述，采工笔之法，我再来写云冈，可不必复踵此径了。落在这里的笔墨，当以写意为上。

从大同去云冈，有十里河一路相伴，可惜缺少水，无鳞波的意趣。大同另有一个名字——龙壁之乡。理由是城内曾有多块龙壁，壁上浮雕的龙取一、三、五、七、九，是帝王之数吗？腾泽之蛟、潜渊之龙，以水为家，想必大同曾多有河川。谢冰心想得很细，她说在山西多见镇水的铜牛。这是实话。我在善化寺侧院的五龙壁前就看到一尊乌黑的铜牛，原在御河畔，是明代旧物。总共有九头这样的铜牛（大同出铜。民间口语：五台山上拜佛，大同城内买铜），八头被冲走，唯余此头。御河水暴涨起来，也是相当厉害的。可惜这件遗物，也已残损，左角断去，腹腔亦被掏空，半扇排骨没了。因那牛的神情很憨实，便感觉样子颇惨。铜铸躯壳尚难以抵挡岁月，况血肉身骨！

从外表看去，武周山没有什么特别，却是一座圣山。什么道理？无解。但选中这里削山为壁，开凿出一片佛像世界，必有依凭（从纯自然角度讲，这里属砂石岩，石质松，易开凿）。用数万人苦干一个甲子，成为佛界大观，这在今天很难想象。风雨过去千年，云冈气势犹壮。当年从古凉州来的工匠和那位敕建佛窟的文成帝，其功可比筑长城吗？只是这一片佛像的作用仅限于精神，到了现在，又添上一些欣赏的意义。耗费恒巨，在我们普通人来看，是了不得的工程。在僧众那里则另有不同，从打禅修行到朝拜，神圣得无可比方。

佛像的姿态就不必再来说明，大多已褪去色彩，面目模糊，但都是善面，无丝毫怒气。观者的心情也会随着平和超然起来。那些佛像不单眉目雕得传神（这是一种不好用人类的表情来加以注释的面孔），且服

饰得吴带曹衣妙处。安适的面目和飘曳的衣纹，显出动静之变，结合得非常之好。这些石雕，初凿时皆为山岩本色，色彩是明清时敷上去的，用一种天然矿物质颜料，不易掉色。我看彩绘绝美者在第十二窟。窟顶一片紫红颜色，乳白的伎乐神翩然若飞，手持排箫、琵琶、觱篥、箜篌、笛、鼓诸乐器，奏巫风，鸣雅乐，恒舞于宫，酣歌于室，大约是胡人乐舞。抬起眼光，你会目炫于斑斓的色彩下，仿佛聆听天国缥缈的歌声，有一种宫殿般的华丽感。浮雕的不过是优伶人物，却较佛陀、菩萨、罗汉、力士更为亲近，有一种人间生活的情味，其美可比敦煌的飞天。

　　清代人施彩于佛像，带来益处，可另一种修饰法我却不大赞同——将佛像凿出许多小孔，嵌入木桩，拉上线绳，往来纵横，遂把泥巴糊上去。佛像的表面倒是光洁了，却难抵风化，一有脱落，尽呈鳞伤之象，更为难看。但我们不好把古人揪回眼前来埋怨，风化是岁月牙齿的啃啮。诸佛窟有的前造楼阁，黄绿琉璃顶，古铜色廊柱，山堂水殿的气派，可庇石佛；有的则前无遮拦，比方第十四窟，已失面目，洞中佛早随风雨去了。

　　最先在云冈落户的五尊佛像都在昙曜五窟。昙曜是高僧，他具大气魄，主持雕出的五尊佛个个形巨。有趣的是，这些佛像各自以北魏的道武、明元、太武、景穆、文成五世皇帝为本雕出来的。礼佛同拜天子相混合，也是一种创造。五位帝王的模样我们谁也未曾见，当然不好评说这五尊作品是人相还是佛貌。虽则坐立各有姿势，却一律饱满圆润，多为释迦像。最有代表性的是第二十窟的大佛，无深洞以藏，躯敞露于外，和前几尊一样，眼睛睁得很大，黑色眸子仿佛是专门镶上去的，颇溢神气，隆准挺秀，大耳肥厚且垂及肩头，背光的火焰纹和坐佛、飞天浮雕无比华美，不像通常看到的释迦佛，眼神总那么平和，圆融无碍，同洛阳龙门奉先寺的那尊卢舍那佛像比较，另具一番气象。大佛的右膝生出一蓬荒草，所踞莲花座已陷入泥土（谢冰心远在半世纪前就这样说），专家们正辟出方形地面，一层层使地的高度降下去，以露出莲花座和石阶，复现旧观。拿龙门来比，云冈虽无一条伊河粼粼流淌，少山水映带，但周围密植丁香、松、槐、榆。特别是丁香，花色白，味儿在风中极香地飘，颇有风景。

自此佛龛以降，为西部窟群，无大像可观，多为历代百姓自家雕凿，非官府敕造了，规模远不及前面诸窟，佛像矮小且面目多被风雨蚀去，不成形状。看来，较少有人过问，自然也没样儿了。有的小佛龛前写了"慈善堂"的字眼，俗气。我沿瘦窄的山径走了一截，路似乎已绝，步遂止在尽头。

六朝石刻下启唐宋造像之风。

大门口一株古杨树，有位做生意的妇女说它活了三百年。枝干已枯，绿叶仍茂，比起千几百年的石佛，便算不得怎样了。对面那座康熙年间的旧戏台早就落了厚厚一层灰土。给没有生命的佛像唱人间的戏听吗？正中悬一个大红颜色的"福"字，狂草。旁边那个卖金钥匙链的男人说："蛇盘兔，是福。"仔细端详这个笔画张扬的墨字，有点像。

回城的路上，在佛字湾旁的观音堂看了一会儿风景。这庙堂虽小，但依冈阜之势，颇有姿态，有些像我今年早春在昆明郊外看到的那座万福寺。

观音堂门口的石狮前晾着一双黑布鞋。

里面供着烟气中的观音，香火真旺。联语：

　　白莲台上现如来，
　　紫竹林中观自在。

这同我在云南洱海中的小普陀岛上抄下的一副对联意境仿佛：

　　座上莲花占得西湖三月景，
　　瓶中杨柳带来南海一枝春。

堂院悬古钟，立碑碣，衰草在香篆腾出的烟雾中摇。
　　迈出门槛，那双布鞋已经挪了晾晒的地方。

麦积山石窟

烟雨润湿忆想。佛山孤秀,生长葱茏的诗意。佛陀在摩崖上凝眸。寺窟的木鱼声消逝了,铁马为风演乐。

麦积山石窟

麦积山,如翠衣秀女,落户陇东关西之野,弃脂粉而醉烟霞,秦岭、渭河相环护,山水至此而绝。《广舆记》谓"秦地林泉之冠",名实颇能合一。人来,如入清凉界。

以山为根,结合久有的崖墓形制,镌凿窟龛,彩塑众佛,其外形,叫我看,在云冈、龙门和莫高三窟的高大之外,是要别添一种玲珑的。佛陀、菩萨、罗汉、天王、力士、飞天、供养人,亲聚一山,耐千秋风雨而共其冷暖。飞动于藻井的流云,飘散于壁上的彩花,满山岚光中轻飏的瑶草,随衣裙翩然而舞的锦帛长巾……壁画巧衬泥塑,实在是借着

235

雕刀和画笔的力量，传达造型与色彩的神韵，最终来诠释依旧斑斓的先朝遗梦。

是梦，我的兴趣也就全在怀着寻梦的心，专登高架于户牖般洞窟之间的飞桥云栈，依次去看人间之外的佛、现世之先的物。虽远，一时间却都集于眉睫之前，故也能亲近。

一路游下来，咀嚼，兴趣犹浓，留有印象者，举要说，先是七佛阁。不因这窟石檐列柱，广如殿堂；所塑佛、菩萨、天龙八部虽经历代妆銮，在我看也不如何新鲜，根本的，是它同文名甚大的北周作家庾信相关。我从文学史里知道他，在"上摩汉魏辞赋之垒，下启唐宋四六之涂"的骈赋之外，钱基博先生说"信以碑版之文擅名一代"，专门为秦州大都督李允信做的这一篇《秦州天水郡麦积崖佛龛铭并序》可见十之八九。其序是："麦积崖者，乃陇坻之名山，河西之灵岳。高峰寻云，深谷无量。方之鹫岛，迹遁三禅。譬彼鹤鸣，虚飞六甲。鸟道乍穷，羊肠或断。云如鹏翼，忽已垂天。树若桂华，翻能拂日。是以飞锡遥来，度杯远至。疏山凿洞，郁为净土。拜灯王于石室，乃假驭风。礼花首于山龛，方资控鹤。大都督李允信者，籍于宿植，深悟法门。乃于壁之南崖，梯云凿道，奉为亡父造七佛龛，似刻浮檀，如攻水玉。从容满月，照曜青莲。影现须弥，香闻忉利。如斯尘野，还开说法之堂；犹彼香山，更对安居之佛。昔者如来追福，有报恩之经；菩萨去家，有思亲之供。敢缘斯义，乃作铭曰……"郑振铎先生说"这几句话很空洞"，有道理，因为通篇的意思浮泛，读完仍是不得麦积山面貌。倒是序后的一段铭文还算精彩，谓："百仞崖横，千寻松直。荫兔假道，阳乌回翼。载葦疏山，穿龛架岭。纠纷星汉，回旋光景。壁累经文，龛重佛影。雕轮月殿，刻镜花堂。横镌石壁，暗凿山梁……"但总不如读《哀江南赋》"钓台移柳，非玉关之可望；华亭鹤唳，岂河桥之可闻……西瞻博望，北临玄圃，月榭风台，池平树古。倚弓于玉女窗扉，系马于凤凰楼柱"一段得意。同样是出于钱先生笔下的话：庾子山青年时代"渐染南朝数百年之靡，乃其流转入周，重以漂泊之感，调以北方清健之音，故中年以后之作，能湔洒宫体之绮艳，而特见苍凉"。所撰麦积崖佛龛铭并序，当值创作盛年，文章诗赋已由重藻采转为崇骨力，当得"老更成"和"动江关"之褒了。庾历仕梁（南朝）、西魏、北周（北朝），均显文才于庙堂之上。周武帝之延揽，其前的出入魏明帝左右，乃至随帝前来秦州，做出这篇铭并序。谈及麦积山诗文，不能躲开它。庾信的这方石刻应当同七佛阁相始终。冯国瑞先生在他的《天水麦积石窟介绍》一文里说"独没有庾信作的石刻在阁内"。庾铭之失如果成真，后人就只能到《庾子山集》中去找了，这是很遗憾的一件事。

崖阁前檐廊旧筑散花楼，因有薄肉塑伎乐天人舞其上，笙笛阮咸箜篌，如奏北朝横吹曲，且散落缤纷花雨，考为隋唐作品。这已经是充满人间的浪漫情调了。壁画在麦积山不及莫高窟多，可从廊顶见到一些，"尽七窟之长，分三大段，完全绘以佛经故事"（出李丁龙《麦积石窟艺术》），显现西魏和北周风格，或为所遗旧制。如今仰观这些精绘人物、殿阁、车马的藻井画，已不复完整。

万佛堂在西崖，规模是如何的大，可看五代人撰《玉堂闲话》："由西阁悬梯而上，其间千房万室，缘空蹑虚，登之者不敢回顾。将及绝顶，有万菩萨堂，凿石而成，广古今之大殿，其雕梁画栱，绣栋云楣，并就石而成。万躯菩萨，列于一堂。"《玉堂闲话》今已不易见，仅从《太平广记》中约略得其片影。万佛，是述佛躯之多，四壁影塑，高未盈尺，自北魏留到如今的，十不及一，大约是盗剥多于风化。唯墙角残余一片，

昔年满壁佛塑的灿烂却是可以凭此想象得来的。迎窟门而立的接引佛，唐塑宋修（一说宋塑明妆），形，丰腴端丽；神，温婉宁静，像是比照生活中的雍容妇人塑出的，总之是非常的生动。它尤其强调细部的处理，如那修长腴润的手指，微曲着，真有一种隐约的触觉感。我很赞同麦积山导游小姐的形容："如同盛开的兰花。"以此宝手，接引众生，此之谓也。这尊佛，少神秘感，多人情味，且明显地趋向于女性化，流溢娴雅柔媚之气。唐宋之塑，更接近于现世中人。眉目间的欣喜或忧怨，折射出微妙的心理状态。泥质的材料真像是变为轻软的丝帛，飘举于风中。流畅的衣褶下起伏着躯体柔润的曲线，似可透见鲜活的血肉。这里的接引佛和相依偎的那些眉目低垂、眼光向下、唇角充盈笑意的菩萨，特别能唤起我对晋祠里那些美丽宋塑的回忆。

　　堂内诸龛，多石刻造像，由大而小地各显姿态。这在麦积山的稠众佛像中并不普遍，故要别领一种风气，只是有些风化特甚，我们无缘再看。表情颇好的是那尊身在一旁的小沙弥，眉眼间含着纯稚的生趣，深陷的嘴角浮着一缕天真的笑意，已这样会心地笑了千数百年，就不免惹人独爱。王朝闻先生曾谓："如果说有名的龙门古阳洞佛像的外形还显得过于清癯，那么，麦积山'碑洞'右侧的小佛像具备了柔和、圆润、丰满的特色。以面部而论，虽然面型和眉眼都是修长的，基本上是北魏末期流行的风格，在一定的光线和角度上看，那种微笑的神气，显得婉美动人。这些佛或菩萨像，透露出过渡向隋、唐艺术风格的端绪。"小沙弥虽未成佛，但于众像之外更添别样精神，升入王先生所夸赞的这一类造像行列，也是可能的。由这种造像小品广推，述及一山众佛，是佛气淡而人情浓。虽然也还有环以佛身的背光、莲座、龛窟在，弥陀的定印、弥勒的交脚和须式也不可能除去，但这些佛像的仪则实在只限于外表的装点，是"人间性的真实感超过了宗教性的神秘感，民族的典型形象和神态，替代了印度宗教人物的形象和神态"（出史岩《麦积山石窟北朝雕塑的两大风格体系及其流布情况》）。这类风格特征承袭汉晋石刻艺术传统，至晚在北朝后期就已形成了。

万佛堂别称碑洞，是因为这里尚存西魏、北周造像碑，其中几块所雕贤劫千佛，细密如钉，也在充当万佛之数中相当的一部分。

古碑，完整者为数十八块，以第十号、第十一号和第十六号三尊最为名贵难得，分述其详，我图省力，也为更权威，还是旁引专门家的话。常任侠先生《甘肃麦积山石窟艺术》："第十号碑雕刻佛传故事，把释迦牟尼的生平，择要的用画面表现出来。从燃灯受记、乘象入胎、树下诞生，到九龙灌顶、剃度、降魔、说法和涅槃，共刻成八个画面，成为一套连续性的故事画。因为故事不同，处理的手法也不同，所占的面积也不同。画面匀称和谐，轻重疏密，毫不板滞。在乘象入胎这一画面上，象作奔跑的姿势，扬起长鼻，张开四足，表现出奔驰的迅速；而且象背座上飘起两条带子，不仅为了装饰上的美，也为了增加飞奔的动力。从这一匹象上，就可以看出我们一千五百年前的艺术家的巧妙技法，如何把静止的画面，变成为活的生动的景象。在佛涅槃的画面上，佛卧着，弟子在背后围绕着，个个表现出不同的情绪，有的悲怆，有的惊惋，有的祈祷，有的留恋。从这样的构图表现上，使人忽然想到，比这迟了一千多年的、达·芬奇的那张名作《最后的晚餐》，深刻的表现出复杂交织的情绪，真有异曲同工之妙。

"在第十一号碑上部，中座佛像，衣褶柔和。两侧有两组四个飞天，持花供养，身与膝部曲折相应，构成最美的线条。"

再及第十六号碑，以刘开渠先生的眼看，则是："我认为是北朝时

代最好的作品之一。在一个轻罗帐下，坐着三个菩萨；这不是神，是三个身着软缎长裙，露胸的妇女，在面对面的相互倾谈心事。她们动作雅致，身段秀丽，衣纹犹如春波微荡。帐外两上方，从龙嘴下挂的两串缨穗香囊，刻法简洁，圆润，如似新鲜的小萝卜，十分可爱。整个浮刻的高低是支配的如此之妙，不管光线从哪边照过来，都让人像面对着一朵清晨中的玫瑰花。"佛界故事虽远人身而存在于另外的一端，却极能撩惹观赏者做种种幸福和美妙的遐想，在惊奇的叹息中，感受着难以言喻的兴奋和冲动，与常、刘之说正合。

洞窟近二百，造像七千数，加之以六朝壁画、碑刻题记，我没能全看，却也能够得到相当的满足。这感觉，以我不很少的佛窟之游看，是在云冈、龙门和莫高三窟就曾经有过的。也止于情绪性的获得，佛门的学问大，不像常人三餐一睡那样简单。故我也就效陶翁渊明，走不求甚解之路。

四大石窟，显示着古典雕塑的魅力，又是各有作风。那么，麦积山的优长是什么呢？自问过后，还真从他人那里找来个结论。冯国瑞先生是天水人，对陇原文物可谓详熟，言："麦积山石窟所存在的历史意义，是相当重大，无疑地是起了东修云冈、龙门，西建莫高一定的示范作用和摹仿影响。"若再细论，则敦煌是造在沙漠里的历代壁画的大画馆，麦积山是耸于森林中的历代的一个大雕塑馆。至少，在我们的感觉里是可以如此说的。拉名家，刘开渠先生早就表示过相一致的看法。

或谓"有龛皆是佛，无壁不飞天"，却是多掩在洞窟崖阁深处了。抬眼可望的，是紧依峭岩的摩崖大佛，悲喜已不随眼前风雨变，气派态度，可同云冈的那几尊相比拟。俯瞰无边云物，真也是身在"青云之半"了。此时，最宜飘来一天烟雨，让那一脸含情的笑容愈显朦胧。依常理，岁月无情而逝者如斯，较之于佛，人之在世，更如轻尘栖弱草，但生不满百的我们总还是心怀希望，这希望含有对遗产的珍爱，像是也关乎个人之微，仍是上面说过的，近于寻梦，以免美好的种种断灭，就是，山石能够不朽，使得佛陀的微笑成为永远。

昨日楼台·老建筑的文学追忆

彩塑、飞天、壁画、佛绣……汉唐的风流。剪一朵天边的轻云,弹奏出缥缈的梵音。祁连山腹,荡响久远的回声。

莫高窟

敦煌的精髓在莫高窟。窟中的极品是塑像和壁画,几乎遍及近五百座石窟的甬道、龛内、四壁和窟顶,交光互影。从无际沙野中一步跨进来,至少可以抛掉瀚海的荒寂,走向艺林,在千年禅窟中欣赏古典。

莫高窟少雕像,这和龙门、云冈有所不同。因为它的岩层没有那么强的硬度,无法依崖壁施斧凿。它只能以塑像和壁画为一家之绝。古时,这里的石窟大于现今规模,多可上千。昔日的工匠们一钎一錾开出庞大的石窟寺群,塑像两千躯,彩绘四万多平方米,历前秦、北魏、隋、唐、五代、宋、元、明、清诸朝,与千年风雨相始终,给八百里祁连别添一种风景。

这风景也实在太浩大，看了一些，终不得要领。

莫高窟前密植了一长溜白杨，聊得烟柳之胜。外来人不好一眼望透枝叶后面纵横低昂的洞窟。窟前有河床，天旱，未闪波光，但河的名字还被人记着——大泉河。"前流长河，波映重阁"八字，是摹景之词。可以推知，这同晋北悬空寺下有一条浑河汤汤流去，气象略近。

选看了几个窟。无灯，只靠一个电棒在漆黑中晃动，在很淡的光束下端详那些塑像和壁画。第二百九十五窟还好，洞外之光从敞开的大门照进来，可略作观览。这是一座魏窟。按潘絜兹先生的说法："北魏塑像的特征是佛菩萨的体格都较高大。面相则额部宽广，鼻梁高隆通于额际，眉眼细长，颐部突出，唇很薄，发髻作波状或螺旋形，衣着则佛穿的是长袍，菩萨都袒露上身，衣的襞褶紧贴躯体，好像是穿着薄薄的绸质衣服，刚从水里出来似的。衣褶线条劲健有力，使人看了没有柔和之感，即使飘举的带子及下垂的衣角都是如此。总之无论从面相、体格、衣饰各方面看来，它都带有一些印度人的味道。"这和佛教初传，谨守原作造像仪型相关。我看这些魏塑，也觉得原始印痕过重。倒是依壁的影塑能传精神。所塑虽是菩萨，一颦一笑皆近人情。弯细的眉目，微翘的唇角，让人若观立体的蒙娜丽莎。如果这些是北魏作品，非后代补塑，那么它们应该是唐杨惠之"塑壁法"的先河。

壁上有墨字"二四二．P111 魏"，这是张大千先生的亲笔标注，他曾经在这里为窟寺编号。

魏塑至隋，渐入佳境，这是潘先生的看法。魏塑重"秀骨清像"，隋塑贵"雍容厚重"，手足肌体显出丰腴，衣褶线纹变得柔和，只是比例不当，头大身量小，难合尺寸。但隋塑已开彩绘之风，望之艳丽。唐

塑的辉煌，离不开它的奠基。

唐窟之数，占去了莫高窟的半壁江山，塑像六百七十躯。潘先生云："这个时代的佛像，面相温和、慈祥、庄严、镇定。大多盘膝端坐，手势作说法、思维或召唤的姿势。衣的襞褶流利如绘画的线描，但准确地透露出内部丰润的肉体，合于人体解剖科学但又不斤斤拘泥于此，显示了艺术家巨大的创造才能，特别在菩萨像的制作上，使我们惊叹。这些菩萨像，都如袒胸露臂的美丽的女性。她们身段秀美，气度娴雅。修长的眉眼，表现无限明澈、智慧、温柔而又不可亵渎。小小的嘴，唇角带着微笑，好像在亲切地倾听着人们的祈求。袒露的部分，都精微而妥帖地表现了肌肤的细腻润泽，好像里面有血液在流转，脉搏在跳动。衣裙都能表现丝绸的质感，薄薄地贴在身上，漾起的襞褶如微波荡漾，极富于音乐的节奏感。"这一段文字真是精彩的传神写照。唐代艺术家以无生命的泥土麻草创造出血肉丰满的菩萨塑像，不过是借佛的名义而塑造着人间少女的美丽形象，望之绝无隔膜感，从而将始于隋代的造像的世俗文化风格推向成熟。

罗汉和天王力士塑像，则大显阳刚之气，这同漠野风光相配。

所观唐塑，印象至今犹深者为三尊佛。其一是第九十六窟的弥勒，三十多米高，坐姿，是莫高窟中最大的佛像，伟丈夫也！因其形巨，在外面建九层楼以覆之，故这又是国内最大的室内坐佛。在技法上，它是先依山崖凿出形体，再行泥塑装銮，这是将石雕与泥塑糅合了。这座佛和楼，比之云冈的第五窟更有气象，须仰视，方可得见那双长而低垂的眼睛。从面目上看，这尊弥勒近于释迦。我有些纳闷，后来还是从潘先生的书里明白，在莫高窟的塑像、壁画中所见的弥勒，和阿弥陀是一样的，只是手势不同，不像后世习见的大肚皮喜笑颜开的那个样子。这尊弥勒佛历代多有增修，现在看到的为清代重绘。画在身上的仿佛一件青龙袍，很古怪，似在禅界添一抹道士气。

其二是第一百三十窟，天宝年间开凿。佛高二十六米，为莫高窟第二大室内坐佛。石胎泥塑，贵在衣纹简练流畅。藻井、龛顶、背光、莲座均极绚丽。齐眉目处壁上，绘飞天，两米之长，当算做飞天里的巨人了。翘耸的窟檐下，长杨轻曳，夹竹桃红，飘一缕浪漫。

其三是第一百四十八窟，这是盛唐之作，所塑却是一尊释迦涅槃像，十五米长，是这里最大的卧佛，且形体极秀气。身旁七十二弟子举哀，各显悲切之情。这还不足以传达悲恸，故又在壁上绘满《涅槃经变》壁画（唐代壁画以经变为主，这和北魏、西魏时代多以说法图与本生故事为主有所不同），色泽犹新。《西方净土变》和《东方药师变》也来相配，均是将经文故事变为壁上的图像了。据此，可观唐代大型经变图面貌。

壁画题材丰富，按照潘先生的归类，计经变、佛传和本生故事、尊像与荼罗、供养人像、藻井及边饰图案等五大类，且均属于水粉壁画（唯一施以水彩的，是一座元窟里的壁画）。潘先生是美术大家，他说，莫高窟壁画的制作程序是"先以厚约半寸的泥涂于壁面，泥中杂以锉碎之麦草和麻筋使之坚韧。然后再在泥壁上涂一层薄如蛋壳的石灰面。打磨光滑，画时先以赭红线打底，也有用淡墨线的。所用颜料大都是粉质的，不透明，层层涂绘，最后再用色或墨线描绘一次便完成了"。所遵依然是孔圣人"绘事后素"的主张。在粗糙坚硬的崖壁上，做精细的彩绘，其劳之勋，为同辈的士大夫画家所无从想象。

壁画极能耐久，贵在颜料。所用烟炱、高岭土、赭石、石青、石绿、朱砂、铅粉、靛青、栀黄、红花等十多种，其中石青、石绿、朱砂、赭石属矿石颜料，用于壁画，不畏沧桑。这里的许多作品，和我在云冈石

窟所见的藻井彩绘一样，红红绿绿，非常鲜艳。千余年前，它们大约就是这样。我对北魏、西魏的佛教壁画没抱多大兴趣，不外是本生故事和说法图。可欣赏的是第二百四十九窟藻井上的中国古神话图画，飞舞的线条，奔放的气韵，让人想到浪漫的楚文化，也想起飘逸的帛画和汉画像石，敦煌壁画与中原壁画，源流同也。我目之所及，竟与前年在洛阳古墓中见过的彩绘汉墓砖，风格大近。

鲁迅所说"佛画的灿烂"，概括得好，是对唐代宗教壁画的嘉许。

壁画中最富神采者，是飞天。我对敦煌飞天的印象可以溯及少年时代。我只醉心于它的造型，后来才知道它叫犍达婆，亦名香音神，是一种飞于空中的供养菩萨。职司是在佛说法时散花、奏乐，属天龙八部之一。这种伎乐之神，借助色彩和线条绘出翘舞之姿和飘曳的长带，就宛然天上了。飞天使"线"的艺术张力达到绝美的程度，它表现了"轮廓、质感、情绪和节奏"，在中古艺术史上，这样充满现代感的形象还颇为鲜见。

飞天是理想化的美神，壁画中的供养人则为十足的写实风格。他们捐资兴造窟寺。当然有资格让自家的形象挤进神佛世界。北魏时期的这类人物同塑像风格一致，"刻削为容仪"，很清瘦。到了唐代，壁上供养人则风貌大变，易"秀骨清像"为"秾丽丰肥"了，折射出唐人的审美好尚。潘先生云："所有供养人，大体仍作礼佛行进模样，但姿势变化较多。有的端着长柄香炉，有的举着花束。侍从人物男的则捧琴囊弓箭，女的则捧镜奁扇杖等。有些后面并有伎乐车马之属，比之前代要复杂多了。像侧除侍从人物外，一般皆有题名，有的并有发愿文。"用来作为典型的，是第一百三十窟的晋昌郡太守乐廷瓌一家供养像。男的"裹软脚幞头，着圆领蓝袍，腰带摺笏，手执香炉，气度雍容"，女的"面如满月，施有靥饰"，身着锦彩衣裳。一眼瞅去，即为富贵人家。画外的伎乐歌舞之盛，鲜衣美服之丽，不难想象。

辞莫高窟返敦煌市。沿途所见依旧大戈壁，望去似无边际。地下多汉魏古墓群，想必又别有乾坤。

晚，食甚欢。美在特色，谓之"敦煌宴"。比方沙州一景、飞燕古城、月牙春色、阳关活鱼、鸣山大枣、敦煌烤鸭诸味，不离此地风景。雪山驼掌为我头一次吃到。雪山用鸡蛋清制成，取祁连雪峰意境。驼掌却是真的。人谓"东北喜啖熊掌，西北乐食驼掌"。我在北大荒十载，未有机缘吃一回熊掌。想不到只在西北几日，便有驼掌口福。当然，味道现在已记不清了，唯不忘其名。

晨起，小城静极。出敦煌宾馆大门在树荫下朝街心走。沙州市场两旁的壁画，烧制得极光亮。左边一幅是《丝路商旅》，右边一幅是《大唐集贸》。画面十分热闹，可比《清明上河图》。千载之前，天山南北路与河西走廊之间，真是商贾辐辏，相望于道，货殖之风盛矣。

街上有叫卖者，摊着的是李广杏，为敦煌特产。李广杏个儿不大，青皮，尝一口，不酸，当地话"筋筋的"，谓之有咬劲。"筋筋的"三字，很好听。

又走近路口那尊飞天像，如一片乳白色的云浸在阳光里。碧叶间花似彩霞。

空气中含着浓浓的诗意。思绪如风，飘荡于古城上方的寥廓蓝天。

别敦煌而东去，望见宾馆一联：

关山跃马过，
明月照人归。

昨日楼堂 老建筑的文学追忆

戈壁滩上的风，吹不走洞窟中闪烁的佛光。冷铁般的祁连山，峰巅飞雪，太阳下泛出慈爱的微笑。

榆林窟

　　安西的出名，是因为风。岑参"轮台九月风夜吼，一川碎石大如斗"，移用在这里，不算夸张。路旁卖瓜的女人紧箍头巾，揣手站在昏黄的风沙里。瓜的名字不土，呼为"金皇后"；北京的叫法更洋，曰"伊丽莎白"。吃，其味无异，甜！

　　风的世界里能长出这样好的瓜，真是怪事。

　　戈壁滩无遮拦，就那么大模大样地仰在天底下，望去只是一片碎石头。少水，连耐旱的骆驼草也长不高。骆驼草给大戈壁带来一点绿意，这就不容易，干渴的旅人会从浅浅的绿意中看到希望。

248

蜃气不难遥望，隐约如眺雾中楼台。走近了，什么湖泊呀，水岸呀，全没有。大自然跟人开了一场玩笑。在这样"旱其乾矣"的旷野，人们向往的是水，清凌凌的水。

戈壁滩真叫大，车行多时，枯望中，总还是那样一种不变的景色。大戈壁让人想到的是一个字：空。

这是佛境。

奔南，车拐入山口。祁连山腹地是一片乱峰，全是秃的，毫无酥润感。往前，稍好些，可以瞧见路旁的绿草和骆驼。牧人很闲在，把自行车撂在道边，就仰歪在避风的斜坡下，眯眼晒太阳。我往年在北大荒放羊，也是这个样子，所以举目一望，感到很亲切。

风大，似要将一切卷去。飞沙走石四字，虽已被人用俗，可是在这里，还是躲不开。有什么办法呢，换旁的词，都不合适。

昏蒙的天色下，横着一道高塬，顶部很平。我在豫西伏牛山，见过这样的地貌，完全像是出自人工。近看，是一道深峡，有奔流的河水，有舞风的长杨。两侧的断崖上，横列着数十孔佛洞。

这就是榆林窟。

守窟的，是一位道长，也姓马，瘦脸，长须，目光很冷，背过身在院墙边钉窗户，没话。

他为什么会久守佛窟呢？不知道。

窟檐下，支着棋盘，残局。倚墙是一幅刚绘好的画，入画的是门外的风景。有位留长发的中年人坐在暖暖的阳光下，衣前印着"南开大学"四字。我推想他应该是一位专门来这里写生的画家。

这座临河面崖的小院，真叫一个静。居此，求养闲自适，恰好！在山外，要找这么一个去处，不容易了。

榆林窟不像莫高窟那样有排场，只因尚未举大力，兴土木。这也好，可以直睹不改样的旧貌。入窟看，印象是佛画比彩塑要好。理由简单，多数佛塑已非唐宋面目，添上大红大绿，一看就是清代的补塑。壁画则万幸，原貌大体未改。例，可举第二十五窟的，凡来榆林窟者，无不观。鲁迅"在唐，可取佛画的灿烂"，于此可证。

　　榆林诸窟，多不很高大，画幅不宽，用线用色就更讲究，少逸气，多工稳，笔迹圆细，吴道子早年画风存焉，似也糅入一些李思训的金碧之法。我在北壁的《弥勒经变》前端详了半天。美术家看画技，僧人观弥勒三会的场面，我呢，不懂画法禅理，只好揣摩神韵。还进一步，意在把画中佛陀、菩萨当常人看。打量其眉梢嘴角，各浮表情，似融入俗世的悲喜。莫高窟的一尊北魏禅定坐佛，细目低垂，薄唇微翘，深含一缕温婉的甜笑，很迷人。我看过多年，仍不能忘。榆林窟的这幅唐画，落在佛众面相上的笔意，大约由此脱胎。弥勒讲经说法，自有可赞的高论，我因身处迷海而未登觉岸，故同得道的佛陀难有会心。却不妨灵机一动，变虚幻的佛境为实在的现世，菩提树下听如是我闻也就有了可感的真情。这幅画，不以北魏流行的横卷式连环画绘法构图，也无榜题，却照例能够读出情节。耕织、嫁娶、弈棋、乐舞诸情状，推想画师当以瓜州昔时的生活图景入笔。弥勒之世，女人五百岁外嫁，这是非人间的，很荒唐。怎样表现呢？总不能把新媳妇画成赤松子那类又老又瘦的仙怪吧！果然，半掩红妆、盼入花烛之室的新嫁娘，被画得又白又胖，丰腴敢超杨玉环。好细腰的今人会惊问，这么肥实，嫁得出去吗？不必少见多怪，唐代，好的就是这个！凌霄殿前的伎乐天，舞影翩跹，唐代教坊乐舞即大致如此吧！就舞姿的婀娜看，跳的不像是胡旋舞，我猜应该是春莺啭。李群玉："南国有佳人，轻盈绿腰舞。"金冠高髻，臂钏手镯，伴以法曲燕乐，比之云中飞天，像是差不到哪儿去。

画是梦。浮想中，飘落一片细雨闲花。

西夏诸窟，以彩绘泥塑悦人，技艺远胜清代作品。有人在窟中临摹，是那位"南开"的毕业生。搭话，得知他姓张，本地人。他性子很稳，讲佛画，一字一句都有来历。他临摹的，是一尊水月观音，同我在普陀山见过的，大致不差。

这位老兄，让我想起张大千。

峡谷中的河水流得很急，皱起白亮的浪纹。风紧，长杨的碧叶低吟着秋歌。

过午，当院飘出炝锅之香，快开饭了。倚门默望，我忽然觉得，这很像自己当初插队的日子。只是我昔年相守的，是一大片湖水，无佛。

临去，抬眼一瞅，窟檐下的那盘残棋，还在矮桌上摆着。

想到陶渊明的一联诗：

　　户庭无尘杂，
　　虚室有余闲。

榆林古窟，清凉界。

宗教的光芒，在黝黯的石窟中闪烁。璎珞装饰的佛像，用深邃的眼眸，引导观者以追述的方式回到历史的远端。

柏孜克里克千佛洞

　　柏孜克里克千佛洞，取势同榆林窟相近，望去如一排土窑，未及炳灵、莫高危峻。

　　石窟临峡，吐鲁番人呼为木头沟。听听这名字，真叫简单！峡深，河水流出一路响声。两岸长着白杨，搭起一架架葡萄。叶片鲜碧如新拭，衬着火焰山，真是大红大绿！

　　造像已不存，至多留些背光的残痕，火焰宝珠纹依稀可识。这里地偏，少有人迹，为什么毁得这么厉害呢？看了让人很伤心。

　　石窟多不很深，光线亮，可以看清壁上彩绘，大都缺损不整，只得观一鳞一爪。既是佛画，入笔的总不离菩萨、僧伽和供养人。端详形貌，

古窟 柏孜克里千佛洞

深眼高鼻，与胡人略近。查史，这不奇怪。洞窟为回鹘人开凿，匠师下笔，多会有自家的影子。画带感情。我看那幅《王子举哀图》，眉目凝愁，亦多悲切，和《经变图》的安乐气自是不同。

佛教自高昌时代传入，在新疆史延千余年。伊斯兰教兴，释音衰微，想闻遗响，或说寻找一点点佛影，就躲不开柏孜克里克，就非得到火焰山的这条沟谷里来。

我素不拜佛，对古窟画痕却仍有兴趣。这不难得解。佛画，都有一点梦幻之美，我喜欢这种感受。在某种时刻，人需要同现实拉开距离，甚至寻求一些非世间的境界。

在美术馆里，大概无此体会。

昨日楼台 老建筑的文学追忆

宝顶山的翠竹，轻掩着卧佛安详的面影。心浸涅槃圣境，听那幽幽法曲、袅袅仙音。

大足石窟

大佛湾是安静的。

到了这里，我可以细看佛陀安详的面目，菩萨温和的表情，璎珞闪烁的繁花似的绚彩，飘衣透出的织锦般的光华，况且头上又是明蓝的天，四围又是茂绿的树，鸟鸣泉响，山林之乐也尽于此了。

临秋了，微风吹不散暑热。阳光炽亮。古人遍雕的佛像在这个山湾里保存得完完全全。向深处走，如入清凉界。溪谷中长出一片松竹。浓翠处，清泉粼粼，幽石磊磊，恰如在为林泉高致写意。凡佛境里所应有的景物，已近齐全。万躯佛身安顿于此，也算得其所归，恍若做起林下神仙，且将数百春秋度了过去。

拂衣入峦壑。眼扫龛窟，尽是佛菩萨的微笑，对于外面的一切仿佛不作理会。我喜欢这种缥缈的、非人间的空气，正不妨暂别世间的牵扰。

川民有开山造像的神工。西蜀凌云山的弥勒坐像，东巴宝顶山的释迦卧像，皆惊观者眼目。来看大足石刻的人，不为佛前问法，却能够感到释家的力量。

释迦涅槃圣迹图，占了一扇崖壁，成了大佛湾众像之主。释迦双目微合，很安详，远入一片幽静清澄的世界。涅槃，是佛家的至境。消忧无碍，虚无寂灭，把这样的情状表现出来，是困难的。南宋的石匠将其刻画得恰好。释迦只露出头和胸，躯干都隐在石头里。恋慕世尊的众弟子也仅浮出半身，腰腿以下全不刻出。省略得真叫大胆！汪曾祺说："雕刻这一组佛像的是一个气魄雄伟的匠师！他想必在这一壁岩石之前徘徊坐卧了好多个日夜！"这尊释迦刻像，压住了宝顶山的气势。

六道轮回图，我去年游青海塔尔寺时才注意到，画满一面墙。在大佛湾，雕于石岩上。里面的人和动物，皆含佛门教义，又是我难以明白的。这个被悍蛮的无常大鬼抱着的大轮子，或许是中国石窟群中的孤例。

千手观音像是浪漫的，和承德普宁寺、开封相国寺造出的多有不同。大足的观音，端坐在那里，千只手臂散在肩背后面，伸着，摆着，舞着，很舒展，很柔软，如一团灿亮的光焰，一片涌动的浪涛。大足的许多佛像强调的是静，这尊观音强调的是动，能够将人的想象带远。

十二圆觉，"骨体娴丽，面色称媚"，似翩翩落定的天女。衣带滑软地垂摆，柔腴的肌肤飘溢着潮润的体香，正透过薄薄的彩裳浮凸出来，仿佛可用手轻触。弯细的眉目微微闭拢，翘动的嘴角漾着浅浅的笑纹，恍若回味刚才的低语。一看宛似永远那么和善，那么美艳，隐隐地打动无数平凡的心灵。好像有柔风幽幽地吹来，有清波粼粼地皱起，幻美的

佛刻从心上幻出：崖湾野牧，耳边笑语飞出林外，撩起多少世间情味！佛在天上说：禅观修证是永世的功课。

感觉叫人久眠在彼岸的梦里。黝黯的深窟，壁刻流云、花树、楼台，旁衬莲台上妙丽的大士，复现着佛界的怡静。

　　这里是密宗道场。张中行说："中土的文化传统重格物、致知，也就是喜欢平实、明显，不惯于密。"乡僧赵智凤大约也是受过宋儒理学影响的，举大力营建时，在佛像之外，刻出众多各有悲喜的人物，哺儿、养鸡、牧牛、吹笛，与家常生活不可分，又多是温柔淑静的女性，唇下的笛音犹在风中飞绕，带着明艳的祈愿。巴渝乡间女子的形象镌入山中了，身量小于佛而神情的生动却又过之。世俗的信仰、伦理的观念，被这些连环之"画"表现得明白晓畅。宗教戒律隔不断通向日常生活的路。妇孺的哭笑、篱边的炊香，犹在空气中响着，飘着，飞出幽丽的深谷，绝少隐秘玄奥的气氛。

　　走近牧牛图，能从田夫牧子的顽憨神态上看出一种无声音的调笑，也更富常人之情。被借以附会禅理，似显勉强，亦可知西来佛教对于巴山之民的牵扯是如何的挥而不去。在这组雕刻面前，我更愿听人哼起古老的田歌。"巴女骑牛唱竹枝，藕丝菱叶傍江时"，该有多美！

　　心间蓦地浮起浪漫诗意。我便在这个小小山湾里看佛，一站许久。万千菩萨在缤纷的花雨中曼舒飘飘的广袖，做飞天之舞。

　　有表情的石头，有生命的山。

　　大足石刻，出自民间。那些工匠的名字，有些留在崖壁上。我叫得出的只有伏小六、伏小八。他们或许都是四近小乡村里的普通石匠而非沙门释子。这些伏氏人家的子弟早已死了，雕出的作品却活在中国的艺术史里。

　　假定巴渝留我，把北山和南山的摩崖造像看尽，对这石刻之乡必有新的领受，会在佛陀的微笑里进到梦似的境界中去。比起到焚香的庙里听僧伽念咒，实在美丽得多。

昨日楼台 老建筑的文学追忆

山是一座佛堂，菩萨屏息，聆听松柏间的风声。

响堂山石窟

北齐文宣帝高洋崇佛灭道，往来邺（城）晋（阳）道上，在政治中心和军事中心之间，填补他精神世界的，是佛。鲜卑族自大兴安岭起家，从游牧的北荒而南下。北魏开云冈、伊阙，刻佛陀。高洋本为汉人，却以鲜卑自居，南人筑寺、北人开窟，到了他身上，流风不绝。邺城四千大寺、八万僧尼，气象宏盛，魏时洛阳永宁寺，虽有千余僧房楼观，也要等而下之。仰望太行，高洋又看中冀南和村镇东南的鼓山。峰凝翠霭，林麓的碧色映着他的眼睛，清秀幽美的净土世界仿佛就在这里了，遂命凿窟、立寺、造像，以供驻跸时礼拜。鲜卑骑伍，暴戾残虐，勇健刚猛而性习野战，军麾西指，攻取北凉，铁骑东驰，殄灭北燕，大河之朔的五胡十六国乱局终归北魏一统。渤海高氏以鲜卑习俗立齐国，一面掠袭北境边塞旧族，征柔然、讨匈奴、伐突厥、破敕勒、攻契丹，一面和宇文泰的西魏、萧衍的梁国为敌，虽如此，苦击而多杀的凶野之气，暂时要被神的力量收束，在享受天堂的欢乐中，寻求心灵的安宁，并且保持对于佛陀的畏惮敬服，也实证了宗教在征服者内心的意义。魏国的倡佛（魏太武帝灭佛在此不论）是怎样的隆盛，北齐的势焰更是怎样的炽烈，也不必我再来记述。

　　游山的身影隐入岩扉石径、云林烟岫间，松柏覆着的峰岭已迎着我了，虽还望不到幽深洞室里的坐佛，我的目光却和它接上了。窟口一律向西开着，改变它的力量一直没有出现，这样的姿势保持了十几个世纪，圆满完成了信念的坚守。佛在洞中安身，树不敢长在这里，躲到一旁去了。四围山岭一片茂绿，只有这里的石崖又秃又硬，仿若佛陀无感的表情。

　　响堂山是释迦的宫殿，雄宏的结构展开巨大的诱惑。这横屹于冀南的岩崖深处，隐藏着一座安详的王国。信仰与虔诚合成的外力，劲实地击穿它坚硬的躯架，让石体在錾锋下渐渐显出菩萨慈悲的眉目。徒众的感觉里，佛的存在增加了山的海拔，太行也昂起高傲的头颅，如唱诵充荡勇壮之风的北歌。若拿它的豪健之气去比古邺曹魏故都的建安风骨，真叫我不知怎样去说，并且觉得我的一篇新文字要在这里出来，虽然未必写得就行。以人生、自然和历史为题材做文章，自认是我的短处，写差了，等于把别一种无聊添在看客心上，怕是比搁笔而叹还不如。

　　"昔年宝刹开初地，几处花龛在碧空。"唐人真是吟得好。现今，王气已残，梵呗也叫时间带远了，留下残旧的石窟依然于一片悄寂中顽强地固守着庄严的秩序。丛树的翠影被风摇舞，仿佛漫天飞落的花雨，

诱唤我进入它的内部，在一个陌生的国度徜徉。整座山在轰鸣。

石的纹理具有骨骼的硬度，支撑着庞大的崖体，而贴紧菩萨丰腴身子的衣纹，又柔软得可触。对于艺术的讲究，足供今人仿习，虽然艺术的力量始终服从于宗教的强势。千年之后，我所感叹者，是工匠未冷的指温。石刻、泥塑、彩画，繁丽的佛教艺术，皆导源于凉州。这些工匠，是从张掖流徙而来的吧。北凉故地，曾经有过宗教的繁华，崇宏雄大的绀坊，使祁连山下的苍茫大漠普照万丈佛光。他们跋涉的脚迹，遗落在敦煌的鸣沙山、天水的麦积山、永靖的积石山，遗落在大同的武周山、洛阳的龙门山。他们远离人们的视线，满怀虔诚地走进幽深的一隅，面对夕阳映照的峭崖、风沙狂卷的戈壁、流云穿度的林麓，击出清脆的錾声，莫高窟、榆林窟、炳灵寺、云冈窟、伊阙窟的石雕、泥塑、壁画诞生了。在冀南之地，响堂晚钟应和麦积烟雨同一壮概。劳动者只是完成一项工程、一件艺术品，唯愿把情怀在禅枝莲花、山花蕉叶和忍冬纹等刻饰上寄托。他们无意凭借佛躯延伸自己的生命，不像拜服于神佛脚下的统治者，礼佛的根由是为了自家江山得到佑护，或是寻求逃离精神的困境。窟龛犹如心中巨大的命符，或说佛像就是帝王的化身。云冈昙曜五窟诸佛，即以道武、明元、太武、景穆、文成五世魏帝为粉本。故此，征敛的财帛不用来建造大庇天下寒士的庐舍，而用以修筑供菩萨栖身的窟寺，靡费巨资而不吝，实在是替自己营构灵魂的憩所。菩萨的弯眉细目间藏不住人世的暖意。庞然的佛躯，到底还是财富的堆积、权力的物化。千年之后，没有谁知道芸芸工匠的下落。血肉之身存世的时间是短暂的，无生命的造像却能够长久。历史的记忆永留在崖刻、佛寺、宫观、楼台上面。

佛像的雕造最重形式感，石窟寺的空间为体量超大的佛身占据，不可亲近性使它保持着同现世的距离。被创造出来的一刻，就获得永恒的姿态，容貌更不会在年轻与苍老之间进行转换。佛相几乎一律，只在消瘦与丰满之间求些变化。至于手印的不同，怕只有细心的佛弟子才会注意到，才会从中领受无量的光明、神通与功德。大佛洞石坛上的释迦牟尼，神情如故，平和、温良，目光里没有尖锐、强硬，是一种躲过人间喧嚣的自在。洞口上方的明窗让阳光透射进来，给佛面添了些生动，在礼祭者看去，实在是颇庄严的。佛的衣饰不怕风化，纹线依然跳动，佛的冠服不怕残褪，色彩依然燃烧。在佛窟上面，古人表现了自己的审美观念和技术理性。中国佛教装饰艺术，最先在石窟运用，开端便在此期。农业文明主导的社会环境中，植物充当起人同自然之间的维系物，古人的咏花诗总是那么一往情深。花不只在纸上留香，还要在香界开放。你看，缠着廊檐的是莲，绕着柱础的是莲，裹着宝珠的是莲，覆着门楣的还是莲。飞动的图纹，仍然向今世传达着古老的信息。叶瓣柔软地贴着我们的心，幽淡的花香把我们沁得仿佛在梦里低回。呵，在鲜卑人的感觉中，佛就是圣洁、吉祥的莲花！被战马载着闯过烽火岁月的民族，又渴望在莲香中祈求国运的无忧。我的感叹也来了，占据思维世界的，是朝代的兴废史，充满视感的，是窟上花卉的纹饰。圆盘状的莲蓬，饱满、丰盈、结实；莲瓣向外放射着，太阳般温暖。花形的雍容华美，强化了宗教的神圣意味，使粗简的石窟也仿似雄丽的宫殿。莫说体大的建筑，连精巧的织锦、铜镜、瓷器，也被这种叫做宝相花的图案装饰得如同梦中的设计。

  岩窟里的空气一点也不波动，失去任何声响。为玄妙感占据的古洞，幽邃得像是无底。中心塔柱，三面坐着佛，静得仿佛熟眠。阳光照不亮眉眼，只能辨着模糊的轮廓。四壁的塔形列龛更显其幽，前壁的帝后礼佛图，我能够放情想象艺术的华美，曼妙的刻纹却一丝也辨不清，真是

枉对这工巧的浮雕。方柱的尽端靠近窟顶的地方，凿了一排小龛，中间无佛可供的一个，据传置放着执东魏之政十六年的神武帝高欢的遗骨。《武安县志》"东魏高澄虚葬其父高欢于漳水之西，潜凿鼓山石窟佛顶之旁为穴，纳其柩而塞之"一段，可证它的来历。这位鲜卑化的汉人，葬式也求异俗。东晋列国和南北朝的历史，在我原本就搅成总难辨清的一片，重述其详，目下却还未能。记起明人一联诗："遗德至今无可诵，樵苏犹自说高欢。"字句暗含深味。岂止肉身之人，古邺的高齐遗阙也早成灰，全无寻处。举头朝幽暗的洞龛望望，似乎看到了一抹历史的实影。

　　北魏匠师开凿武周山，变苍古的石崖为巨壮的佛身，尚无造像题记刻上去。到了龙门山，镂龛以外，铭记文字始镌于壁。古阳洞的《龙门二十品》为其代表。北齐也承刻经之风，响堂山南堂里外，端整的崖面，布满细密经文，北朝篆隶两体相杂的局面，在此可说见到了实物。主持刻写者是北齐骠骑大将军、尚书令、晋昌都郡开国公唐邕。细看北岩一方摩崖，入眼的《唐邕写经碑》，叙述鼓山开窟端由较详。《维摩诘经》、《弥勒成佛经》……皇皇释典，皆在笔画间。书写上，楷书兼以秦篆汉隶意味，放到书法史中看，颇富承古开新的意义，秀异超世当是无疑的。施蛰存曾有一节话说："很奇怪，一到北齐，书法就出现了变化。北齐字体与北魏大有不同，可以说是用魏隶的方笔来写楷书。但是还保存一些汉隶的分法。我以为北魏的书法是庄重古朴，北齐的书法则为妩媚秀逸。"这满壁的字，支撑着千古的佛山，在书法史上流芳。我心里没有碑版的学问，腕底也无书丹的技法，更不知勒石的手段，枯对这北碑的重宝，不胜愧汗。只能借古人之诗空寄一点感慨："碎璧冢文燃烛识，恍然百代笑谈中。""南北朝时期，佛学在中国思想界起了开拓的作用"，史学家这样评说。落着书写人姓名的法书，我虽不能含咀它的深味，至少也获得寻绎的满足，并且要在这文化遗产前起敬。

不只书法，从朝代的分期看去，审美观念的变化也在衣饰的纹样里。北魏佛，面瘦、颈长、肩宽，"秀骨清像"四字我们虽然听得多了，实际的所见却少得决不敢夸口。北齐造像，若说对前代有什么改变，则是趋向圆腴，减了几分枯味，添了几分活意。本尊佛前的二胁侍菩萨，已初显新异，守门的力士更不消说，纵使残损了头颅，亦不觉得僵死，身子微倾，腰部轻扭，柔顺的衣缕飘垂，圆润的断颈绕着一串精雕的璎珞，像一个世间人真的挨过来，似乎还溢着幽幽的体香，虽不及唐塑丰肥，细腰斜躯的模样却奠了隋唐造像之基，表现着审美取向上过渡的痕迹。印度犍陀罗风格影响着中国早期的造像艺术，佛服以"偏袒右肩式"或者"通肩式"为常见，后期则易作"冕服式"，朝着汉化的方向变去。早期的飞天，肥短粗实，后期把身形拉长，肩削，体修，衣带飘逸，不拘于真实人体而做着大胆的艺术变形。我朝释迦佛的背光看去，一尊飞天正在那里，带些残色，形象也模糊不清，造型和北凉人留在张掖金塔寺窟的肉雕飞天确有一些相像。伎乐神从西北翩翩飘临，在禅窟中做最后的舞蹈。建筑装饰史的演进过程，正由这种接续与更替构成。

北南二堂的究竟，草草看了大略。中堂"释迦洞"的里面似乎敞亮些。窟龛外凿三间四柱的前廊，门楣雕仿木构瓦顶，比起莫高窟佛阁的气派，具体而微。覆莲、大叶忍冬和火焰纹围饰着，把帷幕大龛里端坐的佛祖衬得无可形容了。

常乐寺的红墙里伸出八角九级的楼阁式砖塔，一遇灰白的雾，峭耸的姿影就朦胧了，也就愈加衬出它的遗墟旧基的古。山僧远去，佛坛早空，石台上的殿堂也无。断碑、残础、散木、荒草、寒烟、斜阳，牵留千载余情。目送飞鸿，口咏歌诗，可惜造庙的北齐故人听不到了，不禁怅叹。

辑六

古楼

昨日楼堂 老建筑的文学追忆

蛇山危矶，独耸崇楼。凝眸江上烟波，目光依恋着汉阳树、鹦鹉洲。也学逍遥的仙人，驾鹤远入悠悠白云。

黄鹤楼

在京广线上旅行，黄河、长江岸边沃衍的泽野是我望不够的风景。尤其每近武汉，蛇山上的黄鹤楼翼然而起，在车窗前一闪，目光便叫它牵去，只因楼身的上下曾落过我的游迹，登陟而见江山之美，也算把此楼的胜概领受尽了。

古人造楼，巧借山水，占去多少风光！形胜堪赏爱，楼的格局已无人计较。黄鹤楼是高大的，足可抑住蛇山气象。江面至此忽然开阔，气吞楚天的水势似在楼前知趣地收束，平缓流去。和它比较，岳阳楼、滕王阁体段自小，虽则在江南之地并负盛名。

黄鹤楼

在体大势雄的建筑面前，我感觉不到自己的存在。登过江楼的多半，游情还只浮在几首咏它的旧诗上面，印于心的，只剩了崇宏的影子，和在普通画片上看来的毫不相差，里面的细部却连一点记忆也无。我这样的访客真是枉对千载的名楼。

黄鹤矶头空余楼，纵目古郢旧地，感慨皆为楚骚道尽。在这落日楼头，又恰宜曼咏题满楼身的长联短对。南北之人过此，若听得吴弦楚调潇湘弄自白云深处悠悠飘响，"自教绕梁歌郢雪"，似要身御一江清风遥寻鹤梦了。

题咏来为楼阁添妆，是中国建筑独有的美处。若失去楹帖的映衬，这千古的江楼怕会"斜阳孤影叹伶仃"了吧，消损的恰是它的风神。

关于这座峻伟的名楼，翻阅神仙之传、述异之志，可以查出好几宗传说。乘鹤过此的王子安，驾鹤返憩楼头的费文伟，临楼飞升的吕洞宾，颇撩历代游者遐想。刻联以记，传续的是久远的文化信息。倚栏赏读，生不逢昔的我，是在同古代文明对话。

在我旧游的经历中，存有对费文伟的印象。在川北的昭化古城，看过他的墓。这位睡在泉下的蜀汉大将军，早就飘飘登仙。"涉清霄而升遐兮"，以明远的碧空做栖神之域，也算寻到灵魂的归托。

因有仙迹，黄鹤楼才显得异常宏丽，岿然山巅也。遍数沿江低昂楼阁，此筑最雄。迎面一望，和浮耸在云烟里的宫阙有何两样？这梦里的楼台！隔江的晴川阁，虽也飞甍昂宇，在黄鹤楼前又怎称巨观？暂把鹦鹉洲中祢衡的恨赋和这楼上崔颢的愁诗相论吧。此种感觉又连向华夏民族的文化记忆。

进了轩敞的厅堂，转过几折宽平的木梯，更走过多扇雕镂的花窗，上到足供眺远的高台。长天一览，荆吴闲美的风物凭栏可赏；况且天边

飘着几朵淡白的流云，晨雾又湿湿地浮在江面，同跨鹤巡天的逍遥差能近似。绘于堂中的群鹤，不傍池，不依岸，"八风舞遥翮，九野弄清音"，羽翼一振，志在万里江天。翘耸的层檐，是飞鹤翔起的翅膀啊！凭借如此理念支撑的木石之筑，可以读出音韵，可以品出风致，可以寄意，可以言志，声情自得，便是受着岁月的磨洗，也不坍为废墟。我是在登览诗歌的殿堂了。此番话，像是站在楼前喋喋发出的哲语吗？读过李白的《黄鹤楼送孟浩然之广陵》，这楼就如灞桥，如南浦，都是惜别之意了。黄鹤楼的意蕴要在微雨的清晨和日落的黄昏才体味得深。年纪尚轻的李白，凝视春江中渐远的飞帆，动了离情；船上的孟浩然，回望云水间的江楼，亦如看见依依不去的李白。留在诗史上的平仄，让我寻至时光之河的上游，望定那些远去的身影。

　　中国的楼阁，大约是专意于登眺的，又时时装点着风景，并且连它们自身也成了风景的一部分，若说还有其他的实用功能，我却想不出。危楼高阁、舞榭歌台将新奇的视角、颖异的感觉给了李白、崔颢这样的诗人，让他们寻到一番未曾领略的天地，更把激发的浪漫才情置入艺术灵境中。照此看，山隈水湄间筑起的木石之身，实在有着形而上的意味。能够体悟和运用它们的妙处，乃是一种文化自觉。此中滋味似乎尤为中国的旧式才子独享。

　　在历史编年里永世传存的，是黄鹤楼不朽的生命。看过它的人，精神直朝云端飞升。

古楼

岳阳楼

范仲淹的忧乐,凝定于楼内的木雕屏。震古烁今的名文,飞荡于洞庭湖的万顷烟波。

岳阳楼

中国的名楼总不免文人的批点。滕王阁附着王勃的序,黄鹤楼附着崔颢的诗,岳阳楼自然牵连范仲淹的记。若失去这些,真不知该是何等光景。

岳阳楼在古城西门上,隔着洞庭之水遥对君山。湖山之美固然算得潇湘的胜迹,遍寻海内又有几家?

自范仲淹一篇《岳阳楼记》出来,似无人能越他的尺寸。"先忧后乐"的思想对中国知识分子的影响是巨大的。至少是我,不只把岳阳楼当做一座古代建筑欣赏,却看成一种精神象征而宗仰了。

上到楼头，入目的尽是洞庭湖的烟波，"明湖映天光"，我是多么熟悉啊！此处又要说到我的打鱼生涯。我自小出没兴凯湖的风涛，过惯浮家泛宅的生活，却未曾从汤汤之水中悟出什么至深的道理。孔子的"逝者如斯夫，不舍昼夜"固毋庸说，范文正公的"先天下之忧而忧，后天下之乐而乐"也断非人人所能言，信受奉行，更难做到。今人不如古人的话就又要重提。

岳阳楼至迟在宋以前就很出名，所谓"前人之述备矣"。范仲淹应好友滕子京之托，为重修的岳阳楼做记。依不成文法，土木之工告竣，大约都要来做一篇文字，勒石以志，方觉圆满，这也成了中国建筑史上的通例。本为普通的应酬之章，到了范仲淹笔下，满纸波澜。绘景兼言志，中国散文史上便多了传诵千古的佳篇。自此，岳阳楼和这位范文正公分不开了。其实写这篇记的时候，范仲淹正贬居邓州，他一生没有来过岳阳也是可能的。笔落洞庭，不是写实，完全出于想象。他把洞庭风光艺术化了。范仲淹是吴县人，虽谪处苦旱的北方，到底还是江南人物，来写湖景应该是从容的。读到范记的人，总以为他是来过洞庭湖的，靠的还是笔墨功夫。

阴晴时分的湖山，使迁客骚人瞩景览物之情无定。"淫雨霏霏，连月不开"同"春和景明，波澜不惊"均是大笔皴染，景变情移，感觉真是"得无异乎"。范仲淹下笔不全在摹景抒情，更在议政，走的仍是载道的故辙。后人不计较他在庙堂江湖间的进退，只记住"先忧后乐"的道理。此言久不废，可称不朽。

檀木雕屏上的《岳阳楼记》前经常站着许多人，诵读兼观景，心得自会各有不同。联语亦多，我看了一些，都是何绍基题的，他把对岳阳楼的感情搬移到楹柱上去，给名楼添了意韵神气，同寻常戏墨者自是不同。何氏为湘南道州人。我前年游于苍梧之野，入道县东门村，看了他的家宅——东洲草堂。何绍基的书艺施于后世，村中能书者甚夥。在老屋前闲步，轻抚雕花板、青砖墙、旧柱础，不免怅叹。望着缓流的潇水，想到了岳阳楼。

　　岳阳楼和洞庭湖互为依傍。楼临波涌，是一座真正的"水楼"。船过洞庭，泊岸就可登览，比黄鹤楼、滕王阁都方便，三湖五渚仿佛由它统领。四根楠木金柱撑持的三层楼身好似给了倚栏望景者百丈的壮躯，恍若成了洞庭的主人。古今登楼之士皆应如此。岳阳楼使他们一抒胸襟，意致纵横而汪洋大度，品竹调丝，吹弹歌舞也是可能的。杜甫"戎马关山北，凭轩涕泗流"的哀吟，大约是个孤例。暮冬时节，老病孤舟的苦况能无悲戚？皆寄辞于瘁音了。所幸没有影响到身居谪位的范仲淹。

　　坐揽云涛，望断楚天。呵，楼庭风月消磨我大半的游程。巴陵胜状，远在范仲淹的浮想里，十面湖山却近映我的眼目。我闲时也写一点文章，自叹不是范文正公那样的雄才巨卿，如何做得出诗文来配这天下的名楼？纸上逾千言，只嫌我的笔墨太轻了些，终不抵范记三百字。若说我和他的灵魂各在古今的时空游荡，却因岳阳楼而拉近了距离。便不再空作徘徊，决计进到城里，去领受深街曲巷间的繁华，且听湖湘骚人词客一阕歌吟。

昨日楼台 老建筑的文学追忆

阅尽沧桑的古楼，几度追想南明旧事，鸟音是它幽幽的泣声。倚栏怅望江上，一抹斜阳。

披云楼

　　披云楼一名飞云楼，立风雨中近九百载。肇庆古貌，据此可以略作端详。那天先是从老城门前路过，我并不觉得眼生，想了想，它有些像桂林的古南门；再往远讲，朝鲜开城市中心的那座南大门和它也有一点相仿。古城墙是宋代修砌，主其事的端王，就是后来当了皇帝的赵佶。端州古郡易名为肇庆，也是自他而始。

　　墙体颜色取传统的深红，仿佛为宫墙所独享。剥落处露出青色的砖石，苍苔点点。城墙周长两千多米，完全不能同我想象中的庞大规模合拍。它太小巧，略具北京团城的意味。古端州的中心地盘皆囊其间矣。

披云楼

披云楼虽不及黄鹤楼有气象,却也得其仿佛。我登楼时,没什么人来游,古楼略显空旷,但也尽得一缕情绪。这情绪是从哪里得来的呢?从二楼的南明永历帝蜡像哉!这是在旧址上复制出的一段历史情节。朱由榔听说清兵将至,毫无办法,叫宫女弹起琵琶和古筝消愁。兵部侍郎、大学士瞿式耜进来禀报,说要坚守羚羊峡以抗清兵,死保肇庆。几个人物各有风神,永历帝朱由榔瘦长脸,眉目很清俊,像个白面书生,只是亡国在旦夕间,眼神流露着忧郁。塑像者对人物此时的心理把握得准确,且形诸于神色。瞿式耜显得深有韬略,容止具大将风。在年轻的永历帝面前,又带有长者的气度,说明他是定社稷于一身的人物。这都很符合原型的性格。这位瞿大人曾在桂林身立矢石中,率士卒战守达三月,人无叛志,亦曾面对攻城强敌而坐府帐豪饮达旦,绝无惧色,且在狱中赋绝命诗十余章而慷慨赴死。遗《瞿忠宣公全集》,其诗"旌心可对三江水,寄迹惟凭一叶船",言志之词也。他一生有亮节,多悲壮气,只是所拥其主,下场过于凄惨。言及永历帝被吴三桂绞杀于昆明,后人不免摇头。宫女的柔指弹不出江山。

旁书一联,情调较为相宜:

但将竹叶消春恨,
应共桃花说旧心。

从花窗望出去,是一家医院。朱由榔监国于肇庆,府署就设在这里。可惜他支撑不住这片残山剩水,唯有孤望西江之月。奈何?永历王朝,过于命短。

楼前的一截木棉树不知谁人手植。早已无花叶,枯死了。绿茂如云

的是榕树。又有海棠花，红艳若美人颊，很悦目。树之枯荣，在这里仿佛也能牵人情丝。城堞覆绿藤，缀满沧桑。铁炮两尊踞于垛口，锈色很重，摆在这里，似乎有所叙说。

我来时天气响晴，无乱云飞渡，故略失披云楼精神，但能领受一段南明亡国之痛，也就足够了。

古榕荫下，拼凑三两竹凳藤椅，对饮者极有滋味地埋头喝酒，再无什么纷扰来惊破酣浓的醉境。

古楼 浔阳楼

掩面的女子,还在舟头孤凄地伴月。且听指尖淌出的幽怨和弦上滑动的清愁,犹是前朝琵琶。一声醉笑,水泊英雄又在江边聚义。

浔阳楼

刺配江州的宋公明,自醉于杯盏,壁题反诗,浔阳楼自此大为出名,天下人始识江楼面目。

浔阳楼为新修,尽从宋式。楼倚大江,重檐翼之,九江城遂添上好游处。正脊下,"浔阳楼"三字大有风神。照《水浒传》上的说法,应该是苏东坡墨迹。这一块新额,不知易字否?我没有留心,但漆板金书,亦非俗笔。南昌"滕王阁"三字,像是从《晚香堂苏帖》里拓放出来的。盖苏老夫子在赣地的才望大过于人。

浔阳楼很气派,至少同宋江眼中的老楼难分上下。《水浒传》中有

一笔漂亮文字：

  雕檐映日，画栋飞云。碧阑干低接轩窗，翠帘幕高悬户牖。吹笙品笛，尽都是公子王孙，执盏擎壶，摆列着歌姬舞女。消磨醉眼，倚青天万迭云山；勾惹吟魂，翻瑞雪一江烟水。白苹渡口，时闻渔父鸣榔；红蓼滩头，每见钓翁击楫。楼畔绿槐啼野鸟，门前翠柳出花骢。

  我登楼头，倚栏所望，是风中长江，是形似七级浮屠的锁江楼，是飞架赣鄂的九江大桥。

  楼为三层，正中四字题得好：逝者如斯。虽未必新，但是放在江岸之楼，很贴切。我刚去过的闽北武夷山，九曲溪旁所立摩崖，也有这四字，朱熹笔也。似乎不单纯为了应景，也是脱胎于孔孟的一些儒生借古人语立自家之言。

  两壁瓷砖彩画，亦出诸景德镇艺人手。东，及时雨会神行太保；西，梁山泊好汉劫法场。场面大，刻画细，颇有可观。江州旧地，是要倚仗古典的。楹联则大有体现，如杜宣题撰的这一副：

  果有浔阳楼乎将宋江醉酒壁上题诗写得有声有色，
  如无水浒传者则梁山聚义替天行道就会无影无踪。

竖笔横墨，颇能通书和史。

  更上层楼，则见梁山泊众英雄瓷像，凑成一百零八之数，各有神态。这样多的人物像齐聚江楼，我还是第一次见到。顶层设红木桌椅，可堪品饮香茶兼眺窗外江山。对怀古心盛又好赏景的风雅人，真是稀有的享受。当年宋公明唤酒保索笔砚，朝白粉壁上醉题西江月词之先，也是这般贪看风景兼及美食的。原文是：

  少时，一托盘把上楼来，一樽蓝桥风月美酒，摆下菜蔬、时新果品、按酒，列几般肥羊、嫩鸡、酿鹅、精肉，尽使朱红盘碟。宋江看了，心中暗喜，自夸道："这般整齐肴馔，济楚器皿，端的是好个江州。我虽是犯罪远流到此，却也看了些真山真水。我那里虽有几座名山古迹，却无此等景致。"独自一个，一杯两盏，倚阑畅饮，不觉沉醉。

  行役道上的及时雨，尚能流连浔阳山水，发以唱叹，何况春风里的游冶人。只是我所见到的题楼诗词还不多，很有必要收集一下，编为一册。
  浔阳楼名在天下，除去水浒人物，相关的旁人也不妨容纳一些，比方名不在商山四皓之下的浔阳三隐。将隐者之一的陶渊明从东篱下的黄菊丛中拉来，于楼头临风闲饮，且让"匡庐郁黛扬子雄涛溢浦飞霞柴桑远照"奔来眼底，不也饶得意趣吗？
  檐下，几株枇杷的翠叶正舞于江风。

昨日楼基 老建筑的文学追忆

雕窗前，灯影摇红。睡榻上的李师师，在梦里牵记着失意的徽宗。汴京的香软艳迹，抹不去靖康之耻。

樊楼

　　这一晚，我浸在樊楼的灯火深处。雕花窗棂隐约地映着一抹微光，不知是宫灯里摇曳的朦胧烛影，还是碧天上飘闪的湿凉月光。御街的市声渐渐归于消寂，古汴京的夜沉静得如一汪水，再没有风的丝缕来皱碎这片温柔。

　　我的软枕上，叠印美丽的梦的花纹。

　　烟雾般的夜色掩不尽龙亭的辉煌。少林弟子收拢旗幡自回嵩山古寺。潘、杨二湖默默漾着水波，玉带桥是一道分界。舞曲的旋流从湖心岛漫向四周的幽暗。淡淡的馨香是从回廊深处袭来的。雀梅、碧桃、冬青、鱼尾葵、金盏菊不肯在晚空里寂寞。鸣春的百灵和啼血的杜鹃在竹笼里咀嚼着阳光下的故事，期盼跃上清晨的翠枝，迎着灿烂的曙色发出新的歌唱。赳赳斗鸡该在矮檐下啄理湿亮的翎翅，享受主人深情的爱抚吧？开封人疼这些宠物。捧食而饲，是怕泥土磨钝了斗鸡的利嘴；割股啖鸽，是显示湖海般的豪气。鲁智深便够这气魄，相国寺的垂杨柳至今还记得他的一声吼。古吹台里，师旷的琴音不绝。《大禹治河图》刻成了砖雕，从时间深处演绎到今天。包公祠的红墙碧瓦被湖水映得不染一丝尘，宛如这纯净的月光。铁塔狭长蹬道的极处，是一尊不知叫几辈游人抚得黑亮的小石佛，透过塔窗默望黄河多少年。散掷在铁栅前的硬币于星辉下发亮，一闪一闪撼动静如秋江的佛心了吗？繁塔上的莲花，饰着绚丽的色彩，仿佛在庇佑紧邻的门巷。浮屠也带有浓浓的人间情味呢！朱仙古镇已消逝了宋、金的厮杀，如今出名的是年画，无脂粉，少媚态。多想收集几幅古版作品，也学学鲁迅。

弦歌已远，东风吹梦到樊楼。那群姑娘，着黄绿绸衣，翠眉秀鬟，一路风姿地踏去，若柳丝春燕，同宋代宫娥彩女仿佛。夜更深，意阑珊，该在妆镜前卸粉黛，落金钗，蓬乱香发对灯花了吧？真叫人好似做一回赵宋皇帝。自然就想起善词曲、工歌唱、有殊色的李师师，就想起徽宗和她的一世风流、一世尴尬。樊楼的琴房、书斋和那鼎中的一炷香，还撩拨着少男少女的目光吗？一代侠义歌魁，当金人破汴时，竟吞簪而死，亦对生命做了升华。

依然默诵御酒楼竹筷上镌着的古人诗：

梁园歌舞足风流，
美酒如刀解断愁。

忆得少年多乐事，
　　夜深灯火上樊楼。

　　美酿久封，佳诗新吟；瓮畔香风，楼头春色。闲庭空阶箫声旧，轩窗宫花红。我隐约闻见眉寿酒、和旨酒的悠悠绵香了，人堪醉。最好有星月下的琴曲笙歌从花丛深处柔婉地飘来，伴我美丽的梦境。

雕刀和斧凿在木石上舞蹈。用另一种语言,讲述故事。

花戏楼

就我的旅行经验看,乡间城中多戏楼。昆明湖边德和园里的大戏楼,号为当时国内最大,谭鑫培、杨小楼曾登此台,给慈禧太后唱京剧。二位都有拿手戏,谭是《空城计》和《定军山》,杨是《挑滑车》与《长坂坡》。老佛爷爱听哪口儿呢?

那年我走晋北,不经意间会看见一座戏台立在村中,虽然简陋,却是桑干河畔好乡景。另一年,过赣北乐平,也有古戏台,人们尤喜浒崦、坑口的那两座。前年和金敬迈先生去粤北连州,到了引泰伯为吴氏始祖的丰阳古村。奉祀之日,村人要看戏。丰溪古庙对面,有一座戏台,不

知哪年建的，样子之老，似和飞檐触着的古榕经历了同样风雨。祭祖酬神的意味，让我想起湘西凤凰城里的朝阳宫。这座旧军阀的家祠里，经常演傩戏。从前我往里一坐，无戏可看，浮在脑子里的，是领兵的陈渠珍和竿军士卒的身姿，还有《芫野尘梦》的书影。

戏剧演出和宗教仪式相关联，不只是中国的光景。古希腊的演戏之所，便是环神坛而设。雅典卫城山坡下的半圆形剧场，还留着旧日痕迹。古罗马的民间戏剧也是一样。庞培主持修造的半圆形剧场，恺撒下令建的圆形剧场，都是罗马第一座。演戏之外，还办角斗和游艺表演。希腊、罗马的戏剧演出从广场走向固定舞台，在剧场建筑史上具有标志性意义。文艺复兴时期的意大利，有了装置精致的舞台、光彩耀目的布景，前幕、远景的应用，使舞台不再是一个宽空的平面，观众席也由半圆形改为马蹄形，更有多层楼座和包厢在威尼斯出现，新的结构形式使剧场建筑艺术发生了变革。

中世纪的西班牙，宗教戏剧向民间戏剧转化，巡演之风流行于广大乡村，戏剧演出的外在形式简单。直到露天的庭院剧场为后来的公共剧院代替，演剧的条件才有了改观。在十八世纪之前的德国，职业剧团因缺少剧院而只能辗转各地，宫廷剧院上演的却是法国、意大利和英国戏剧。幸赖席洛得尔经营汉堡剧院，歌德领导魏玛剧院的艺术努力，德国戏剧才产生了世界影响。

说到西欧的剧场艺术，我又忆起那年游英伦，眺览泰晤士河南岸的伦敦环球剧院，想到莎士比亚的戏剧活动，和在这个开放式舞台上演的第一部莎翁浪漫喜剧《维洛那二绅士》。这种美的感觉，伴我到莎士比亚的家乡斯特拉福小镇。

中国的戏楼，更不简单，神庙、宗祠、宫廷、私宅、府邸、会馆、商务的种种特色，都有了。今夏得缘去皖北。到了亳州城北关，青碧涡水流成一条长带，南岸的花戏楼，是山陕商人建的会馆。这些旅外的同乡，到了这里，也要把敬祀关公的乡习带过来，择址大关帝庙就不是无端。这座花戏楼，献演酬神之外，更为了聚乡情，药材、皮毛等生意自会得利，可说商务、宗教、娱乐三种功能，一个不差。"叙乡谊、通商情、敬关爷"这九字，把山陕商人在各大商埠购田产、造楼阁、建会馆的意图，讲得很准。大关帝庙建成二十年后，才在里面就势修了这座戏楼，时在康熙十五年；乾隆三十一年重葺。清人碑记中"藻采歌台"四字，即述其事。

　　花戏楼，这个称谓很能传雕绘之妙。工匠有很好的艺术观，用到建筑上，本身就是戏。整座戏楼，可说是一件完整的艺术作品。梁柱、额枋、垂檐、雀替、栏杆之上，雕饰戏文中人物，又以三国故事为多。梁枋、斗拱、天花、藻井、柱头上的彩绘，取材亦类近。山水、花鸟、楼阁、亭台、车马、人物，一出出好戏文，化在木雕上。满眼锦绣，极富丽。我早知道江南工匠手段的厉害，楼檐屋脊、门楣窗扇，不肯空着，总要使些浮雕、透雕、圆雕的技巧上去，故而木雕、砖雕、石雕、瓦塑、陶塑在苏浙皖一带就颇常见。我的记忆里，姑苏东洞庭山的雕花楼本很可观，现如今又添了这座花戏楼。雕镂藻绘之功，绝非等闲。

　　亳州是曹操故园。花戏楼上，工匠的一雕一刻，都有分寸，不把"白脸"奸雄的形貌压给阿瞒，没有贬曹气味。这是反了一点传统的。

　　舞台开上下场门，左右设附台，供演员化装、候场之用。雅典的半圆形剧场，为古代希腊戏剧演出的著名场所，换装室设在演出区的对面；有的演剧地，演员退场和场景更换也受限。花戏楼就不是这样，它的基本结构已经接近现代舞台。

　　明清之际，万里商路上，山陕生意人修建的会馆式戏楼，为数不少。

南阳社旗山陕会馆里的悬鉴楼，就是一座戏楼。这之外，北京前门外的平阳会馆、洛阳老城东关西街的潞泽会馆、开封龙亭东侧的山陕甘会馆、聊城东关古运河西岸的山陕会馆、四川自贡解放路的西秦会馆、内蒙古多伦的山西会馆、甘肃兰州城关区贡元巷的陕西会馆、甘肃张掖的山西会馆、苏州平江路张家巷的全晋会馆、上海的晋业会馆，都辟建戏楼，和花戏楼相比，同大而异小，可以等观。这些建筑经典，承载着舞台生命，是可珍的戏剧遗产，要研究中国剧场史，离不开它们。

台南的阳光，镀亮古楼飞耸的檐角。湿绿的草坪边，碑刻无声地讲述郑成功的历史功业。

赤嵌楼

到了台南市，赤嵌楼前的低回总是难得的。楼不是一座，是由文昌阁、海神庙合起来的，紧相依傍若一乳胞胎。看上去不及黄鹤楼、岳阳楼那么大，海南五公祠的样子似带着几分。虽如此，你也切莫轻估了它。你得细细打量它的上下，若少了这一眼，你心中的台湾图画自会缺去一角。

赤嵌楼上张挂的条幅画轴，叫人想到郑成功。荷兰人的旧筑，成了郑氏的承天府。精神寓意在里面，这样一看，楼台的象征性比起建筑价值来，自是差胜一筹。若只把它当做楼来看，那就太简单了。

郑成功归葬泉州南安老家。石井镇鳌峰山上的郑成功纪念馆和延平

郡王祠、水头镇外覆船山下他的陵墓，我去的时间还在五年前。郑氏早从课本里出来，到我心中占了位置，其程度的深不逊于史上任何一位英雄。情见乎辞，亦即是在另一篇文字里寄托过一点感想。现今便是不拿笔写他，心里也是极敬慕的。郑氏攻下台湾府城虽然远在康熙元年，其意志精神却是新的。他给我们多难的民族贡献了一种特别的东西。这一刻，隔海驰思，心能够听到天空的声音，清切而真实。悠长的回响，流畅地排列着历史的秩序。青软草坪边的碑碣、石像，在阳光下静静地讲述岁月。

　　花木的馨香被柔和的风送到心里。亮绿的叶片间飞闪着粉红的花色，柔媚的笑是含在点点嫩蕊中了，很觉得醉眼。游人的足音在楼上的木梯间轻轻地响，也破不了这里的静。

　　市之西有安平古堡，存在的意义和这里一样。我断非过城堡而不入，只是观览的感觉相同罢了。郑氏像就风神的端凝看，很显露出一种英气，和其旁的石碑真也看不出大的分别。肉身之人成为石质之像，是将可纪念人物定型化，在他后来之人，抬眼一看，可得形象化的认识，虽则觉得这其间的时光到底有些邈远了。庸碌者难够此格，弹指一生，仅如轻尘栖弱草了。偶像的崇慕随光阴之久而程度愈深，况且郑成功在民众的土里很有根基，这是从历史来的，受着此番殊遇，可以无愧矣。

　　平素我们在山巅水湄看古楼，目光落在重檐回廊之间，发思古之幽情最是寻常，甚而念天地之悠悠，同现实总像是隔着一层似的。在赤嵌楼，有些异样的是，心情还陷在实际生活里面。

　　流连古楼前，我如面对远逝的风云，亦追念过去的生命，与我所游的普通古迹没有什么不同。也就因为这样缘故，把此段游感用散文的形式记下来，素材又是很好的，仅得这刚够千字的小篇似说不过去。想多写而写不多，根本原是我的文字之力亦终有所限。或许我的感受恰是这么简单，所可说的大略只有这些罢了，却非适短而美的那种。料想某日情动于中，文思畅顺，把新的言语另凑做一篇长点的，倒也说不定，在自己更觉得有意义。总之是要尽力于这个预想，此为后话。

辑七

古台

观武士操演，赏美人乐舞。花苑妆阁，湖亭水榭，都付弦歌题咏。

丛台

丛台的出名，和赵武灵王相关。颜师古《汉书注》"连聚非一，故曰丛台，盖本六国时赵王故台也，在邯郸城中"，为冀南诸胜之冠。

从外形看，武灵丛台有些像北京的团城，略显高峻。称"台"，很准确；叫城或者宫，都不合适。

眼下的丛台油饰一新，尽显辉煌之色，已经看不出多少旧时痕迹了。台顶的那座据胜亭，是明嘉靖年间增建的，以壮御苑声色，并非赵都旧物。

依雉堞立碑，勒《丛台集序》，邯郸举人王琴堂笔也。始知丛台来历，为武灵王阅军旅、赏歌舞之地。上官仪"送影舞衫前，飘香歌扇里"，

古台披着战国风烟，讲述那个意气风发的典故——胡服骑射。

王世贞"台上奏伎邯郸姬，台下拔刃邯郸儿"，皆为吟咏的名句。车行酒，骑行炙，该是何等铺张的排场！可怜武灵王赵雍晚年饿死于乱兵之围，悲夫！荒台上那株老槐如残断的孤碣。蝉鸣古树，草蔓斜阳，空余冷雁长唳北飞，笛箫凉。秋风故垒蓬蒿，妆阁粉黛寒影，张弛"犹怜歌者声如燕，不是当年旧舞人"，是千古哀调。歌残舞歇，暮笳声咽，瘦尽前朝宫墙柳，悲风雨。

碧水绕丛台，映着青墙翠檐。水势不及紫禁城前那条护城河宽，却极平缓，静得不漾涟漪。夏秋夜，天上一弯银月闪在河水里，空潭泻春，古镜照神，幽人流水明月，是古今浪漫的情调。阅兵操演似乎不宜，若

于清曲中品赏舞袖罗绮春风，且咏且赋，他处鲜有其比。

　　临高台，邯山远映，滏水绕堤，好看赵都千般风景。最当凌长风而清樽狂啸酒歌。雁影烟痕，翠鬟红颜早凝为历史的皱纹。灵王丛台上斑驳的古碑，久阅沧桑，站成岁月的化石，空祀赵家楼台。

　　武灵事业留荒址，乐毅功名剩废祠。丛台之西有湖，水之榭曰望诸，乃因战国时燕将乐毅封号而名之。《战国策·燕策》："于是昭王为隗筑宫而师之。乐毅自魏往……于是遂以乐毅为上将军，与秦、楚、三晋合谋以伐齐。"大将军亦是千秋功名人物，终老于赵，这又很悲剧。墓冢据说就在邯郸县代召乡大乐家堡村北。另有乐毅舞剑房，也成一方风景。

　　丛台下有七贤祠，乃祀程婴、韩厥、公孙杵臼、廉颇、蔺相如、赵奢、李牧诸燕赵豪俊之所。

　　最后说到的榭和祠，我已经没有时间去看一番了，只站在远远的地方惆怅地望了几眼。

　　它们没有丛台那样高，毕竟不是帝王气象。

一座城台，负载历史的重量。山林传来声声鸟音，诠解着卧薪尝胆、生聚教训的含义。回望春秋，勾践在岁月的那端与今人隔空对话。

越王台

　　越王台，是一座大殿，古典式，高踞城门之上，把山势都给压住了。形貌能如昔年吗？出诸想象，得其仿佛，也是可能的。古越之乡，会有这样堂皇的建筑，是我没有想到的。万丈楼台实在不只以北地为家。勾践在"气象开豁，目极千里"的飞楼中坐朝，只会更添一身霸气。王思任"吾越乃报仇雪耻之国"句，传此精神。

　　台临投醪河。这有传说，像是同我在河西走廊看过的霍去病的酒泉略近。

　　越王台上好凭栏，南可望府直街，北能眺越王殿，尽隐在一天烟雨中。

越王殿，是新建，用材粗大，其状昂以耸，既从绍兴久祀勾践旧俗，又增府山气势。

长阶高入越王殿，少神道气象，左右却立华表、石狮，望中，真也像是一步而入王城。"宫女如花满春殿"也只在往昔，而今，虽无绕梁的鹧鸪低飞，眼前也颇空荡。勾践像，不求诸彩塑，却是壁上的线刻，我只记住了瘦，别的就很模糊。还有相伴的，是那两位曾尽心辅国的大夫。文种像，特点是胖；范蠡，则为常人之相（绍兴人应该感谢范少伯，他观天文，察地理，规造新城，包会稽山于内，始有这方天地），见识却在文种之上，吴灭，"愿乞骸骨，老于江湖"，乘扁舟出齐女门，涉三江，入五湖，像是随风远行，升仙而去。文种则受越王属镂之剑，自刭，入了地，实在是比后他几百载，痛发垓下之叹的楚霸王还要窝囊。君臣三人，两千年后共聚一壁，这是今人的摆布，古人也只有听任。小到身后的是非，大到社稷的兴亡，悠悠，哪里说得尽。

勾践自吴地回至浙江之后，造会稽城。《东周列国志》谓："勾践追欲复仇，乃苦身劳心，夜以继日。目倦欲合，则攻之以蓼；足寒欲缩，则渍之以水。冬常抱冰，夏还握火；累薪而卧，不用床褥。又悬胆于坐卧之所，饮食起居，必取而尝之。中夜潜泣，泣而复啸，会稽二字，不绝于口。"这同司马迁笔于《史记》的"越王勾践反国，乃苦身焦思，置胆于坐，坐卧即仰胆，饮食亦尝胆也"相一致。勾践，身为先禹苗裔，终能尽雪会稽之耻，也真有文身断发，披草莱而浮大泽的血性，太史公谓"盖有禹之遗烈焉"，这是春秋笔。

殿的一侧踱来一位老人，告我，勾践卧薪尝胆之地就在后面山坡上，已无可观。

雨紧，淅湿门上一副对联，读，感其开阔，是"八百里湖山知是何年图画，十万家灯火尽归此处楼台"。联语，凑好，不易；求上佳之境，更难。后来知道，这副联原是徐渭题撰，抄用时，上下联，各损近半。

独登楼台之先，我曾踏着湿滑的石阶，走进一山烟雨中。满眼碧绿的山色，一伞轻细的雨音，全是诗里的意境。入此山中，嘴边可哼唱村野小歌。顺路看了千年以上或只数百载的摩崖刻石，多残颓，出何人手？大半不知其名。又足踩黄泥小径，寻到文种墓。墓，以方石围成一个整圆，生杂枝，摇枯草，同我曾见的一些荒冢差不多。这里，可以不计平仄，远借隋人卢思道的一句诗，自己续五字为配，曰："夕风吟宰树，晨雨哭宿草。"聊能哀他的丧逝。

碑立四角石亭中，不高大。范蠡在安徽涡阳县的墓，我没有见过，同文种的这一座相比，会怎样呢？或曰："越王知种死，乃大喜，葬种于卧龙山，后人因名其山曰种山。葬一年，海水大发，穿山胁，冢忽崩裂，有人见子胥同文种前后逐浪而去。今钱塘江上，海潮叠叠，前为子胥，后乃文种也。"此虽小说家言，未敢全信，可我站在秋雨中文伯禽的几尺孤坟前，真就想起了滔天的浙江潮，心有所动，意欲逐水而歌。纵然下走无常，呼吸之间，犹能同先贤对语。

烟雨遮眼，难以望鉴湖之波。云梦景象，邈矣。退回到心，犹能体味身在山水间时常会想到的仁智观。迎头乱岩上镌四字："动静乐寿"，明代绍兴知府汤绍恩笔也，已在山中送走四百载风雨。闭目去想，所含的道理深，静观自得，似早将眼底沧桑看透，可见孔门真气象。

富春山的翠影，展开一道云似的屏风，七里泷上的帆樯在碧波间穿渡。钓矶之上，临流的严光手执长竿，襟袖飘飘，一派隐逸的风神。江湄塑起一尊永远的剪影。

严子陵钓台

  约在十几年前，我去叶浅予的甘雨小院，在那里看过他的《富春山居新图》，青绿山水，略近黄公望画意。吴均《与宋元思书》邀风景入尺牍，我曾读多遍。"自富阳至桐庐，一百许里，奇山异水，天下独绝"，写尽沿江气象，亦不妨在叶先生的画中找到落实的地方。君子求隐，反致成名。怎样"隐"呢？我看也简单。一是入山林。唐尧时，深居箕山的许由、巢父可算初开风气。往后，秦末汉初，避世商洛山（一说蓝田山）采芝的四皓，唐代走终南捷径的卢藏用、归太白山而染烟霞痼疾的田游岩，明朝那位躲在九里山，以梅花屋为宅的王冕，都可入此榜。一是临

严子陵钓台

水湄。处渭河（也作磻溪）而设钓的周太公望、悬丝饵鱼的梁任昉、筑台玉渊潭旁的金王郁，全算。严子陵呢？可说亦山亦水。

范晔《后汉书·逸民传》略叙其行状："严光字子陵，一名遵，会稽余姚人也。少有高名，与光武同游学。及光武即位，乃变名姓，隐身不见。帝思其贤，乃令以物色访之。后齐国上言：'有一男子，披羊裘钓泽中。'帝疑其光，乃备安车玄纁，遣使聘之，三反而后至，舍于北军。给床褥，太官朝夕进膳。"这几笔，草绘子陵风神，真叫悠闲！把他视为寒江孤舟上的披蓑钓翁，恰意耳。光武尚贤，想和这位老学友聊聊。"司徒侯霸与光素旧，遣使奉书。使人因谓光曰：'公闻先生至，区区欲即诣造，迫于典司，是以不获。愿因日暮，自屈语言。'光不答，乃投札与之，

口授曰：'君房足下：位至鼎足，甚善。怀仁辅义天下悦，阿谀顺旨要领绝。'霸得书，封奏之。帝笑曰：'狂奴故态也。'车驾即日幸其馆。光卧不起，帝即其卧所，抚光腹曰：'咄咄子陵，不可相助为理邪？'光又眠不应，良久，乃张目熟视，曰：'昔唐尧著德，巢父洗耳。士故有志，何至相迫乎！'帝曰：'子陵，我竟不能下汝邪？'于是升舆叹息而去。"严子陵有实才，何以全无城阙之恋？是为了免撄世祸、远害全身，还是厌恨马随鞭影的无聊奔趋？这里未加说明，不好妄猜。可知的是，他在确守自处的极则。往下，"复引光入，论道旧故，相对累日……因共偃卧，光以足加帝腹上。明日，太史奏：'客星犯御座甚急。'帝笑曰：'朕故人严子陵共卧耳。'除为谏议大夫，不屈，乃耕于富春山，后人名其钓处为'严陵濑'焉。"这样一个人，由史官记德，很不容易。此段旧史，即在今天，也还是有读头儿的。

　　严子陵很会为钓台择址，正在子陵峡。江面至此一片开阔，云雾来去，更使两岸山势多了一番雄峭的姿态。通常是把这一段水程呼为七里泷的，为富春江风景最胜处。岸北耸出两座披绿的山峰，很苍润，顶上都有筑了碑亭的盘石，颇似分坛而钓的样子。西台为谢翱哭祭文天祥处，东台即严子陵钓台。碑石上刻《严光传》全篇，舍此，似无旁物。苍崖俯水，形近李谪仙骑鲸捉月的牛渚山采石矶。

　　坐钓是很省事的。长竿在手，外添一块能够歇身的光石就足行了。这里距江面，少说也得三百米，何其危矣。或曰：渔矶之高，无过严子陵钓台。庄子的鄄城钓台、昭明太子的玉锐潭钓台，名虽大矣，却无法与之比高。我很犯疑，离水波这样远，怎么能钓鱼呢？《庄子·外物》："任公子为大钩巨缁，五十犗以为饵，蹲乎会稽，投竿东海，旦旦而钓，期年不得鱼。"神乎其技矣。钓丝何长？无从想象。假定这样的大钩粗索世间实有，会叫天下钓徒目瞪口呆。对此看得很透的是王思任："空钩意钓，何必鲂鲤。"真是片语解纷，垂丝入水，非为求鱼耳。八字诗，直指钓翁心思。任父是蹲在会稽山上钓鱼的，子陵则端坐富春山，他像是存心仿学这位古时善钓的高人。罗隐诗："世祖升遐夫子死，原陵不及钓台高。"汉光武帝和严子陵，隐化之后，一陵一台的高下总不难分出。诗很深刻，似乎也顺带点明，钓台高筑并非来于无端。范仲淹有句："世祖功臣三十六，云台争似钓台高。"洛阳云台广德殿，总该近于汉唐的麒麟阁和凌烟阁吧！盖希文诗同罗隐律绝用意相似。

严子陵长日孤守钓濑，眼底驰波跳沫，心与水为嬉，他耐得住寂寞吗？身浸溪光，泉声、涧声、竹声、松声、山禽声、幽壑声，天地清籁入耳，一竿烟雨，半榻琴书，同山居禅修像是所去不远了。闲钓的他，是在力效隐耕的东野丈人，观时以待，有意来和高卧龙床的同门生暗争短长，至少要在怡心适情上超出一段。对此，汉光武帝是遵之以道的，不违子陵志趣，这也算一点可取的地方。君臣相逢一世，何谓知心？这就是。

刘秀亦能文章。他的《与子陵书》，篇短而字句婉转，不见霸横之气。其言是："古大有为之君，必有不召之臣。朕何敢臣子陵哉！惟此鸿业，若涉春冰，譬之疮痏，须杖而行。若绮里不少高皇，奈何子陵少朕也！箕山颖水之风，非朕之所敢望。"王符曾《古文小品咀华》专有一节关于上文的赞词说："字字精悍，奇哉！曰'何敢'，恭敬得妙。曰'奈何'，埋怨得妙。曰'非所敢'，决绝得妙。搬运虚字，出神入化，不可思议。"或曰："两汉诏令，当以此为第一。"我读武帝《下州郡求贤诏》，喻藏机锋，同一气概。

严先生祠后面的山上，立着百方诗碑，真是"密若龙鳞"，勒历代咏严高士的留题。我读了一些。作者多是做过各种官的，属于出仕派，

为什么还会诗赞严子陵远遁的精神呢？宦途知止，顿悟就不难。贡师泰说："惭愧白头奔走客，题诗也到富春山。"这是甘苦之言，似也能够折映不少同命人的心态。

范仲淹《严先生祠堂记》是写钓台的名篇。我在祠内看到一块碑，刻着这篇记，岁久难辨。文尾四句不陌生，是"云山苍苍，江水泱泱。先生之风，山高水长"，很有境界。对于严子陵，他是颇仰慕的。洞庭湖畔有范仲淹的《岳阳楼记》，是他在政治失意时写下的。"居庙堂之高，则忧其民；处江湖之远，则忧其君"，这种人生态度是入世的，进取的。约隔千年，抱守独善之道的"汉皇故人"竟然会对志在兼济的范文正公产生至深的影响，是值得思考的。严先生之德，真可说"留鼎一丝"了。

江岸筑静庐山庄。碧水东去，缕缕流闪的光纹映上粉白的砖壁。入屋，临窗读过郁达夫《钓台的春昼》，把满纸才子情调的旧书合好，唯愿枕江声做一场崇古的清梦。或许得缘在幻境里和颔飘长髯的子陵钓叟诗酒笑晤。更邀三五栖逸野客，相乐于严滩的月下烟波，同其酣放。

仰观于天，俯察于地，华夏大地燃升文明的曙光。天宇运行，容载万象，日晷是一个伟大的坐标。

观星台

登封阳城，起于草莽、揭竿反秦的陈胜，是这里的一位英雄。人邈矣，先于他的一些旧物还在。周公测景台就是。唐万岁登封元年，阳城改叫告成。这个名字传为武则天起的。大周定鼎，事竣告成也。

周公测景的土圭早废，法号一行的唐人张遂是有名的天文学家，刻石立表，以志测景的姬旦。这座石表一直留到今天，在告成镇周公祠里。方台上立的表，是一块长条石，"周公测景台"五字写在上面。这是一个安静的院子。祠堂很朴素，几尊泥像，几块古碑，几棵老树，衬着这座石台。仰观象于天，一行、郭守敬成了周公的传人。

祠后一片平地，耸着郭守敬测晷的观星台。台身高大，像一座城楼。北壁斜下一道凹槽，一条青石砌成的石圭从槽口向南平伸。圭面的刻度很精细。这个大台子，其实是一件仪器。我们的祖先就是用它衡天量地的呀！我不懂天文历法，却知道这座观星台凝结着古人的科学精神和生活智慧。

台的两边都有踏道。我上到台顶。有一个日晷，刻着干支。早些年，我带学生去过北京的古观象台，感觉是一样的。朝南北眺览，仿佛魂返唐尧之世，身临箕山之下、颍水之阳，见着不衫不履的许由、巢父，畅吸着箕颍余芳。

周公选定豫中阳城测日影，观天象，总有道理。在他看，所谓天心地胆正在这里。

观星台边栽着花，一片粉艳。

郁孤台

　　看过苏东坡的八境台，走了一段赣州的古城墙。这中间，隔着雉堞的缺处，把赣水的江身望了几回，并且默诵了数句稼轩词，盈上胸中的一种气，似也配得上"豪放"二字了。

　　前边斜出一道峦冈，绿色的茂林中耸出楼阁的半角。瞅瞅身前身后江山的形势，我想那就是郁孤台当是无疑的了。还是问了一位提篮采摘古墙上细嫩草叶的本城女人，她朝一条弯下马道的阶径指了指。我便一拐，又上坡，穿进门户相夹的窄巷。瞥一眼门牌，这个地方叫田螺岭。

　　踏着一路高上去的层阶，目光就迎着移近的古台了，却不是它的正

身。我原来是从侧门进来的呀！虽是侧门，气象并不弱，只看那额题的"贺兰山"三字，就要想起西北漠野上向天而横的大山。为什么会把这个名字搬到赣州呢？不必细究，有风概奇恣的辛词在，能够互得气韵。

自唐迄今，筑台、造亭、建楼，这处胜迹数度兴废，形制推想也是多变，终不改"隆阜郁然，孤起平地数丈"的样子。登上这样的楼阁，放眼千里江山，人是会发出一点感慨的。唐代有个叫李勉的刺史，到了这里，目览山川而心居魏阙，改"郁孤"为"望阙"，今天，正面一道门上题的就是这两个字。辛稼轩应该也是到过此处的，他的《菩萨蛮》我熟记在心。此次入赣，非要来看这座郁孤台，一半的理由便在这阕词的上面。

刚才游过的八境台，高供一幅苏东坡画像；这里又有一个辛稼轩，还立起一尊仗剑而立的造像。只消略把宋代文学的成绩想一想，苏辛之词，不是并称于世的吗？钱基博称辛词"抚时感事，慨当以慷，其源出于苏轼，而异军突起。苏轼抗首高歌，以诗之歌行为词；弃疾则横放杰出，直以文之议论为词。苏轼之词，雄矫而臻浑成，其笔圆；弃疾之词，恣肆而为槎枒，其势横。词之弃疾学苏，犹诗之昌黎学杜也"。在这赣州的古城头上，八境、郁孤临江相守，盖筑台者用心深矣。

楼依旧台址而建。入我眼的这一座，应是清同治十年之筑，那天花、斗拱、雀替、梁枋上的彩饰却又极新，这当是今人的功劳。楼三层，踏木梯上去，倚栏看得尽四近的风物，更可把辛稼轩那阕《菩萨蛮》的意境来一番领略。读词题可知，时任江西提点刑狱的辛稼轩，是将词句写在江西造口墙壁上的。罗大经《鹤林玉露》："南渡之初，虏人追隆祐太后御舟至造口，不及而还。幼安由此起兴。"俯视滚滚江流而想到遭受金兵追杀的南宋难民的泪水，更有那无尽的远山，遮断北望故都的目光。词境何等沉痛，何等苍凉！"青山遮不住，毕竟东流去"，蓦然宕出一笔，逸怀浩气，直向江天；终又陷入"江晚正愁余，山深闻鹧鸪"的凄伤中。其用意也幽曲，其遣怀也深婉。"绸缪宛转之情，沉郁顿挫之笔"，当世登楼者之所无也。

现在的郁孤台，对于我，总觉得不是辛稼轩登临时的那种味道了。匆匆一瞥，不见赣江上的行帆，也不见汀洲中的兰芷，更不闻鹧鸪"行不得也哥哥"那一声啼，街巷人家和漫坡烟树，却可以看得见。尤其是那岭脊上的烟树，密得好，也绿得好，把那奇岩怪石的头角全给掩去了。你会感到，距这里不远的地方虽有那熙攘的尘市，因为树的关系，手抚画阁，步踏闲阶，也觉风中有一缕暗香轻轻浮起，自得一种芳菲。若能心倚斜阳，想那山麓深处送出的清幽箫声，更是不古而自古了。

还有一层，在这南方的六月天，杨梅刚下枝，枇杷也正上市。时节这样好，登楼的你，怕是会从风里嗅得一丝甜味呢！

临去，心间已有了一段文章。

一条江流，数点青山，古今多少惆怅。辛弃疾的长短句，塑造了一座精神的楼台。

辑八

古亭

昨日楼台 老建筑的文学追忆

王羲之的墨迹，飞入茂林修竹深处，幻作一道幽曲的阶径。轻轻踏入，心头扑一片兰渚山的清凉。

兰亭

在兰亭的竹风荷影里走，晋人的名士气韵虽已远，也能入心，易于惹我对旧物和古境着迷。

山中风景，颇近桃花源，也就宜邀竹林七贤歌啸或者陶翁耕锄。曾巩谓"方羲之之不可强以仕，而尝极东方，出沧海，以娱其意于山水之间"，是摹状性情之笔。魏晋文人的所好，一是服丹散，一是醉自然，旁的，难说。

右军祠廊下的碑刻，多以王羲之为宗，气象虽然难比长安城里的古碑之林，放在这里，可以使山阴道在人烟竹树、畦花河桥之外，别添一种深邃的美，犹胜新稻之香。兰渚、鉴湖一带，恍若可望长髯翁叟笔落山水，笑伴牧童清歌。河岸鳞瓦万家，同鲁迅《故乡》中"苍黄的天底下，远近横着几个萧索的荒村"的深冬景象，大不相近。

墨华亭独在池水之上，有人坐在那里摇扇，门外荷花送来一片碧影。亭上一联颇好，是"竹阴满地清于水，兰气当风静若人"，似能应景。

竹篱那边，一道清溪流淌翠峦下。水清，沙石可数。柳河东笔下的小石潭画意并非永州一地独有。也似曲水流觞，漂浮一段修禊故事吗？

古亭 兰亭

春日修禊，临溪流觞。雅集的歌笑在云间飘响，凝作碑亭里千年的法书。

听流水音，吟千家诗，意在寄远，虽带有游戏味道，其雅，却正同艺术的本质相合。它的出现，也只有在魏晋。

"鹅池"和"兰亭"碑都看了，已无纸上淋漓的墨气。在吴冠中先生看，写成的字刻成碑，往往面目全非。我也有同感。

《兰亭集序》碑，甚高大，是康熙临帖之笔，风神不似右军。一篇序，值得流连于前，多次念兼吟味（无法上比李世民、爱其翰墨，竟一同带入地下，永伴墓中尸骨）。袁宏道谓："晋人文字，如此者不可多得。"我赞同他的话。

在兰亭，所获是正始、太康那一般文人遗下的散逸风度，书法气象仿佛还不是最要紧。

《越绝书》记，此地旧为越王勾践种兰之地，来这里的人，恐怕不会想起他。

兰亭近旁，有王阳明墓。我曾经写过一篇《游墓》，记所看的古人之冢，当然是只看不吊。自以为还可以添续文。这位儒林丈人的葬地近在眼前，四百年后能来，虽是不期然，也算得了机缘，纵使未入其门庭，明白姚江学派之旨，总也该看一眼。竟未成，只好摇头短叹。

烟水亭

如一朵睡莲，娉娉地浮升于甘棠湖中。浸月的江水在远处摇荡，送来江州司马的吟哦。湿漉漉的目光中，闪过周郎点将的英姿。

烟水亭

洪迈《容斋随笔》有《亭榭立名》篇，云："立亭榭名最易蹈袭，既不可近俗，而务为奇涩，非是。"甘棠湖中的烟水亭，取名恰好，得意境哉。石桥曲折，延及水面，载游客入亭内。粉墙浮于碧波，若素衣佳人偎青莲。望长堤卧湖，翠痕一线。匡庐秀峰如云墨染高空，湖天常浸雨色，仿佛丹青溶于纸帛，真也是烟水如梦之美了。一亭一湖，犹浔阳之眉目。

庐山泉自深涧奔泻，下注为湖，甘棠始得峰谷灵气，亦仿佛专为年少有美才的周公瑾辟出一片操练水军的天地。临水筑阁，传为点将台。

壁有景德镇瓷砖画（我在白帝城也曾见过这样的作品，多绘三国故事），题"周瑜在柴桑"，形象颇合罗贯中所状周郎神貌："姿质风流，仪容秀丽。"同陈寿笔下"瑜长壮有姿貌"六字也能相符。瑜所执为剑为旗，像是未有"勇士用之颇壮观"的一柄逍遥羽扇。画中人和景，焯有波澜。在这里镌刻苏东坡的《念奴娇·赤壁怀古》，似为必要。

烟水亭形近一座湖上宫苑。檐楹廊柱，杂以名花美竹，望之有龙楼凤阁气象。肇基者应当是江州司马白居易，听歌女唱愁而泪湿青衫，琵琶曲随他的那首七言歌行而久响未绝。白居易谪降卧病江州三年，留下的，一是《琵琶行》，二是这座亭。亭，初以"别时茫茫江浸月"句而名浸月亭。易为"烟水亭"则是明代故实。昔周敦颐下庐山莲花峰来九江讲学，其子筑亭湖上，取"山头水色薄笼烟"之意赋亭以名。同浸月亭争胜乎？唐宋二亭俱废毁，明末在浸月亭旧址重建，亭成，却将烟水亭之名移此。明人取的是中庸之法，其实也可以不必大费斟酌，两个名字都能融合风景，无有高下。

烟水亭是浮在甘棠湖上的建筑小品，很玲珑，可入怀袖间。离热闹街市，闲行至此，正宜凭栏静读这一幅檐牙出墙的图画，以为极胜之景，诚心与风物会意处。亭榭巧借远山近水，互有掩映，其妙全在结构，得盆景雅趣，犹山人隐居之所。湖光的映衬仿若繁花后的碧叶，且最喜飞雨流云下的微茫烟水、缥缈江波，浓浓淡淡，当效柴桑之翁，聊寄一缕闲逸耳。

殿中悬一架编钟，推想风荷飘举的月皎之夜，必能一发清音，声响吴楚江天。能符汉代宫商否？风流的周郎，长于兵战，亦精音律，善闻弦歌而知雅意，是风采清越之人。《释常谈》："每有筵宴，所奏音乐小有误失，瑜必举目瞪视，时人曰：'曲有误，周郎顾。'"性之所好，大约也是近雅乐而远郑声。然瑜虽雅尚闻弦赏音，也只是谈笑间事，他更喜战帆飞大江。故白使君低叹："浔阳地僻无音乐，终岁不闻丝竹声。"照我的看法，无论汉唐或者周秦，有庐阜际天，有鄱阳涌地，渔唱菱歌、山谣村笛总该飘响于浔阳江畔，枫叶荻花、黄芦苦竹的摹状，像是过于萧瑟了。清爽之气从湖山来，以拂虚室闲堂，便有小蓬莱之观。烟水亭宜于碧柳画桥、风帘翠幕，有别于观沧海横流或听赤壁惊涛。

昨日楼台 老建筑的文学追忆

朗声醉吟，吕洞宾踏波而行，留下一亭逍遥的风神。

三醉亭

"宽心应是酒，遣兴莫过诗"这副对联，是我近日从一张报纸上读来的。当时便想到，若拿来形容岳阳的三醉亭，怕是最能领略出一番沧桑的。

三醉亭居岳阳楼之左。或许因了岳阳楼气势太壮伟，名声也太大，占尽了洞庭湖畔风光的缘故，常人便容易忽略这座亭子。其实，一讲到道祖吕洞宾，众人不会感到陌生。他的名字能从唐代流传到今天，可见绝不是朝暮人物。这亭子也值得人们流连一番，因为它是专为纪念吕洞宾才建的。

吕洞宾通常被称作诗酒神仙。他的诗名按说不怎么响亮。我只从书上读过他的这四句："朝游百粤暮苍梧，袖里青蛇胆气粗。三醉岳阳人不识，朗吟飞过洞庭湖。"诗含癫狂的野气而少文翰场上的博雅之风，这和他的身世有关。吕洞宾两次考进士，都未中，便断了古来读书为官的路。仕途枯寂如牢笼，倒是隐逸逍遥于大自然中可喜。交友清山秀水，邀伴日月星辰，形胜之处没有留下他的足迹的地方恐怕很少。尤其这岳阳，吕洞宾临洞庭，眺君山，三醉于此，"酒仙"的大名也就远远近近传扬开去，以至千载。他实在太飘逸，传说中便让他沾上了神气——得异人剑术，获长生不死之秘诀，百岁童颜，行走若飞，能朝发岳鄂，暮至苍梧，顷刻而数百里。无论是扶摇青天的大鹏，还是坐地日行的吕仙，都代表一派超然的道家风范。亭为二层，有吕洞宾坐像和绘像各一，游人真可放开眼底乾坤，吞尽胸中云梦，把酒吟诗了。

吕仙看来是很出世的，可这座亭子却依岳阳楼而建，颇有意思。重修"岳阳天下楼"的滕子京，是赞成"庆历新政"的改革者；写《岳阳楼记》的范仲淹亦是这类人物。所著名文，"忧乐天下"是明显的主题。他们在政治上是积极入世的，绝不像吕道人活得那么轻松恣纵。这就形成了一种境界上的差歧，也能够看出修楼筑亭者的复杂心态，亦反映了漂泊于宦海中的求仕者进退浮沉时的矛盾情绪，这是中国旧时知识分子的两重性格。闲云野鹤、晨风夜雨、柳岸眠琴、碧江钓月是他们向往的境界，享乐于内心，又不失清雅的人品。仲长统讲得很明白："名不长存，人生易灭；优游偃仰，可以自娱。"他们既慨叹人生无常，命如朝露，又并不真正排斥做官举大业，至多是一种表面的清高或情绪上的贬抑，故常在"身闲"和"心未闲"之间徘徊，不甘草野又崖岸自高，他生未卜此生休，这其实是很痛苦的。这两种情绪上升为理性，其代表便是中国

传统文化中的儒与道。抽象的哲学思想竟在洞庭湖畔以建筑形式寻求到了巧妙的对应，也显示出一种深刻。这里的楹联也常常把二者相互论及："湖景依然，谁为长醉吕仙，理乱不闻唯把酒；昔人往矣，安得忧时范相，疮痍满目一登楼。"很明显，撰联语者也在进行一种糅合，着意把复杂融于单纯，抹平灵魂上痛楚的褶皱。读过这类楹联，我们自然会在苦笑声中领略传统型中国知识分子的形貌。

"无声的诗"、"凝固的音乐"、"沉默的历史"，都是对建筑的譬喻，很有道理。特别是文物古迹，能够让人读出千百年的沧桑，观览才不是一般性的游目，而是具有了历史和文化的品格。

嗜旧也能生津。超脱和功名、独善其身与兼济天下，这种由封建社会形态铸造出的悲剧性格和矛盾的灵魂，只有在民主政治谐畅的和风中，才能够褪尽锈蚀，萌生绿色的新芽。

岳阳的古旧文物，让人在历史的甲骨中获得哲学的思考。这座三醉亭只醉过吕洞宾，好在游人清醒，自然不会以一双蒙眬醉眼去看世界。

古亭 仙梅亭

古梅凌波，浪音里，摇曳一缕孤寒。

仙梅亭

　　岳阳楼侧，一亭翼然，曰"仙梅亭"。飞檐流丹，琉璃溢翠，形如一株蓬勃古梅，自有几分娉婷可爱处。

　　近观之，中矗一石，黑且光滑，依稀有褶痕，显疏网状。上镌数行清秀小字，记录亭之脉络。大略意思：岳阳楼毁于明崇祯十一年。次年重建，掘土得方石一块，颜色如墨，中有纹凸起，宛若画家写意折枝古梅，亦有含霜茹雪的风致。以手抚之，则润滑如砥。守土者异之，目作"神物"，称之"仙梅"，筑亭覆其上，是为仙梅亭。

　　古人之意不在石，唯在梅，使之"介节犹存，孤芳永驻"，实在是

造亭的初衷。

后来，亭倾毁，仙梅石亦不知去向。迄清乾隆四十年，巴陵知县熊懋奖修亭，在民间发现仙梅石原品，已残损，遂摹刻一块嵌置亭壁，并作《仙梅亭记》赞之。即便赝物，也聊以慰人，贵在寒梅之狷介精神存于世界。

以后便引得风雅诗人纷纷题咏："海风吹石洞庭隈，疑自罗浮梦里来。顽性三生修得到，奇葩万古为谁开。独超霜雪花千树，合伴神仙酒一杯。顾我亭边犹带笑，楼中铁笛莫相催。"这是由梅论到云游洞庭水、醉饮于岳阳楼头的酒仙吕洞宾了。故此，我更喜读清代诗人花湛露《书仙梅亭》句"坚贞一片不可转，此是江南第一枝"，算是写绝了仙梅风骨。

今亭为近年按原形制落架重修，将乾隆年间摹刻之仙梅石竖立其中，又种植松、竹、梅，伴于亭侧。

梅是花中君，飘逸云梦之乡，享受一派好风光，真有道不尽的韵味。

沧浪之水，濯去宦海的挂碍。廊阁间，低回的身影向临流的渡桥缓移。高阜的小亭偎在清朗的月光下，风中盈漾真纯的歌笑。浮生可恋，一场无痕的春梦。

沧浪亭

我乐游沧浪风景，是因为读过沈复的《浮生六记》。那位在刺绣之外，颖慧能咏"秋侵人影瘦，霜染菊花肥"之句的陈芸，曾披中秋晚霞登亭，茗饮兼赏月下的幽雅清旷。一晃，二百多年过去，青衫红袖尽化烟成雾。慕古，思忆，直似醉入旧痕依稀的春梦。

已逢叶落的季节，沧浪亭的园径、阶石上随风铺了一层，闪着嫩黄的颜色。百年的朴树和榉树，叶脱而老干犹存精神。有一棵香樟，树身半偃着，斜向园外的碧池，鳞波贴紧枝叶缓缓散去。

沧浪亭的门前很清静，有山门之寂。跨水卧着一座石桥。我入园一

看，景色倒还真像《浮生六记》所写的那样："叠石成山，林木葱翠。亭在土山之巅。"额镌"沧浪亭"，是俞樾写的。绕阶临亭，在石凳坐下。亭周人迹稀。风吹枯叶，恰宜遥想沧浪韵事。沈复偕妻陈芸"携一毯设亭中，席地环坐。守者烹茶以进。少焉一轮明月，已上林梢，渐觉风生袖底，月到波心，俗虑尘怀，爽然顿释"。亭内"课书论古，品月评花"的逸兴，只稍想想，也会动心。去者日以疏，未如断弦的是故人情丝。由远逝的苏舜钦，至较近的沈陈，往来沧浪之亭，久浸世味的心都会添入一分清凉意，似可暂避许多怅惘与愁苦。来寻旧迹兼发幽情的，只坐于这风中的亭下，默忆古时游乐的佳冶，衣香鬓影就真如近浮眼前。会心微笑过后，又不免生出一缕目送芳尘的凄怨。锦瑟华年谁与度？就茫然如终老吴苑的贺铸，不知梦醒何乡了。亭心坐眺，苏舜钦所记的"草树郁然，崇阜广水"，或是沈复所见夕晖下的数里炊烟，皆为旧日风景。周望，纵览的目光总被丛楼隔断，品论云霞、联吟题咏的兴味似要差些。那就亲近亭边的杂花修竹和傍在山下且可以濯缨的沧浪之水吧。水面不广，只是一个潭，浮着几片半枯的叶子和开残的莲花。初冬的霖雨稍歇了，风却吹得愈加湿冷，更给这凝寒的水景别添一番凄清的韵致。陈芸所言驾一叶扁舟，往来亭下的悠闲之境，何处去寻呢？亭周植太湖峰石，不下五六块，借以点缀园中景观。临其间，也仿佛身在岩岭林峦了。石自取势。我走近一块，看一眼皱皱处所勒"瑞云"篆字，心一动，这就是有名的瑞云石吗？我轻抚着且发出微微的叹息，一时竟珍若怀中之璧了。寒山片石以花光树影为衬，真如玄云一朵，松石闲意当以阮嗣宗做的"芳树垂绿叶，清云自逶迤"一联诗来旁寄。

  北面游廊的西端，壁镌归有光的《沧浪亭记》。这篇记是应一位和尚之请而做的，似乎不如苏舜钦的那篇有名，也不及他的《项脊轩志》、《寒花葬志》悱恻动人。我看了几句,沿廊东折,每行数步,粉垣即闪出一扇花窗,凝目,天然画景入框矣。南人造园的巧妙真是无处不在。穿东北角的小门,迎面一片水。我在临池而筑的静吟亭里站了片时,读着墙上苏舜钦写的《沧浪亭记》,"前竹后水,水之阳又竹无穷极。澄川翠干,光影会合于轩户之间,尤与风月为相宜",真似临景的摹状。可望园外屋巷的是耸于西南角的看山楼。游过闻妙香室、明道堂,站到双层的楼头,抬眼看去,并不见山,只是一片乌瓦檐。老巷拐得很深,飘着几把印花的雨伞。垂帘的窗后飞出轻语,恰可来伴长巷里响过的清脆足音。由这一幅姑苏冬霖的图上再旁添几笔柳堤蓼渚和曲水长桥,赏玩的滋味同夜倚秦淮河岸南望长干人家的灯火,有何两样呢?

看山楼下为印心石屋,虔修的禅者会对这座宜于焚香的静室抱有兴趣。其南植数亩琅玕,飘闪一片翠光。碧叶在篱栅后摇着,如醉。假定设榻于月下的竹院,邀侣弦歌,煮泉清谈,闲中雅趣比之垂影沧浪毫不相差。绿筠稍北筑一座竹亭,秋夜未央时,月光入户,最宜三五文士雅集。若觉纸窗竹榻前的聚笑意味略浅,则可在雕栏旁摆一张笔砚都齐的条案,壁上再悬几副楹帖,以沧浪亭旧主苏舜钦的七言诗"秋色入林红黯淡,日光穿竹翠玲珑"嵌联,继而做长夜的觞咏,还不够好吗?浮想之际,那七位魏晋的贤士于竹影中放诞的形骸也仿佛印在这浸碧的堂中。放黜的公相,身退三舍而心近仙道,筑造园庐似乎也多在栖息上刻意以不思仕进。入了这样的私家宅邸,把四面的情形一看,亭榭泉石的中间,官户的吏势全消,似只剩得陶渊明的那一声林烟樵唱了。苏舜钦《沧浪亭记》:"予时榜小舟,幅巾以往,至则洒然忘其归。觞而浩歌,踞而仰啸,野老不至,鱼鸟共乐。"语中有真意哉。我常游云烟别馆或是山林精舍,非有与古为徒之嗜,只是觉得这些木石之筑,实在久泛着贬官文化的气味。

五百名贤祠中，刻循吏隐士众小像于壁上，盖图形立庙也。登榜者自春秋迄明清，有北宋的苏舜钦吗？我没有细瞅。入于图牒碑版的人物，皆会心仪"芳林列于轩庭，清流激于堂宇"的栖逸之境吧。一祠风流，俱往矣，只有旁栽的几株木樨飘香慰魂。别祠，我好像从登陟的凌烟阁下来，一步踏返人间。出园的时候，不禁朝土丘之上的那座古亭看了看。沈复、陈芸伉俪的昔游之乐仿若还萦系在亭心。丽人幽吟，寒士清咏，相偎的影子被浸月的沧浪之水映着，平日里兰室凤帏后的喧笑对酌，也宛然可想了。轻踩着花叶间的微径，或可出入他俩近在亭侧的芸窗绣户，无妨对闺房之乐和坎坷之愁也来一番体贴。"来时兔月照，去后凤楼空。"对景怀人兼想到那册尽倾鸾凤笃爱的《浮生六记》，辞园，就似动了离忧，不胜杨柳依依之感。欲寄情于平仄，惜我素无诗家的厚赐，才难及。幸而有宋人词可供远求，那就怅望风中亭影而默诵"小园香径，尚想桃花人面"的旧句吧。

古亭 燕喜亭

草树深翠，韩文公的笑影浮映在古碑上，传达着精神的怡乐。

燕喜亭

《诗经·鲁颂·閟宫》："鲁侯燕喜，令妻寿母。"韩愈给朋友王弘中在连州建的亭子取名，用了这个典。照着程俊英先生的译注，燕者，宴也。燕喜，要倒过来看，就是喜宴。把一个新建起来的亭子叫做燕喜，含着道贺的意思。王弘中和韩愈都是贬官，一个从吏部员外郎谪为连州司户参军，一个从监察御史谪为连州阳山县令。在粤北大山里，希求精神的宴乐而走向内心的宁静，自是一种境界。

中国游记，至唐，文体已臻成熟。其功当然要算在韩愈、柳宗元的头上。韩愈这篇《燕喜亭记》，不足五百字，是一篇祝颂性质的题记散文，

323

抒遣谪迁宦途的身世之慨。贬为县令，情固郁悒，"智以谋之，仁以居之"的心态，也有超逸的一面。他的这篇记，是对生活状态和心灵现实的侧写。

钱基博说韩愈文章"错偶用奇以复于古"。退之虽力学秦汉古文，八代之衰至此开了新局，而在他的散文里，却还带有六朝骈体文的影子。他写燕喜亭左右"斩茅而嘉树列，发石而清泉激"，就是在散句单行中植以骈俪。骈散互见，把山中景物表现得很美。韩愈的咏景诗其实也做得好。《晚春》："草树知春不久归，百般红紫斗芳菲。杨花榆荚无才思，惟解漫天作雪飞。"暮春之景竟撩得百花争妍作态，舞出满眼风光。也只有韩文公能于凋零常景中翻出此等繁丽诗境。"此寻常风景而刻画之使诡者也。"这句赞赏，照例为钱基博先生所发。可咏之景物，负载的还是可抒之情怀。尽心描摹，私心还在托物寄兴。竢德之丘、谦受之谷、振鹭之瀑、黄金之谷、秩秩之瀑、寒居之洞、君子之池、天泽之泉，都是观景而名之。"气载其辞，辞凝其气"，寓含深味焉。借景取譬，如诗教之比兴，根底还在颂美贤者之德，可供细意籀诵。

这是一个碑亭，《燕喜亭记》刻在上面，别无长物。有这篇记在，不觉其空。亭，重檐。我望着高翘的檐角，翼翅似的像要朝天飞，觉得中国古代建筑之美，真不能少了它。钱基博以为韩愈之文，长于论辩，抒意立言，波澜畅矣。《燕喜亭记》述游、摹景、状物、说理，迥别于齐梁绮艳、缛丽、浮滥风调，和这亭子的不凡形制，颇能相配。韩柳振起，古文之体得以立。在我看，亭中有碑记在，自添轩昂之气。

亭边，石刻、诗碑装点燕喜山，自唐迄清，历代雅士游憩之迹也。光绪年间的燕喜书院，只留了一块题壁，现在的连州中学延其徽绪。燕归堂、振鹭亭、卧龙亭、流杯亭环立四围。

时令虽在阳春，在我北方人看，岭南之地已有了夏的意思。热风吹动，崖石也仿佛出汗，湿漉漉的，泅出绿润的苔痕。草闲花幽，一片苍郁中闪出点点艳红。凝翠烟光里，多少先贤芳踪。今人载酒宴游，波泛羽觞，飞花落香，咏歌酬和之际，临燕喜亭而眺览巾峰山下海阳湖，恍兮惚兮，不知何日光景。若纵远眸，更有粤北的无边风月。我这番痴思，早就在清人卫金章的旧吟中了，其句是："渔歌牧唱浑相答，一任闲身倚槛听。"意境之雅，颇近山阴路上的兰亭修禊。

辑九

古阁

昨日楼台 老建筑的文学追忆

登临高筑的城堞，在翼起的楼阁前低回。凭栏驰想，心追湘江的涛声。

天心阁

初到长沙，钟叔河先生就建议我去天心阁看看，说原本那里有几副很精彩的楹联。他边吟边在一张纸上随手写出其中一副的上联。下联可惜已记不准了。他认为这一副可推为天心阁楹联中的上品。时下新撰的某些联语，在境界和气象上似乎均有所不及。看来，到天心阁重在赏它的楹联，江山形胜仿佛可以居其次。

待我从桃花源复回长沙，便抓紧去看天心阁。

阁居市区东南冈阜上。《重修天心阁记》中依山造阁"以振其势"四字，不光是据实之词，且很能传神。"天心"二字也不是俗笔。天帝之心，简直没有谁能够与之匹敌。花开得很盛，不是长沙的市花木芙蓉，却是红艳无比的茶花。我在云南多有所见，故别有感情。奇怪的是，茶花为十月花盟主，为何开得这样早？湘云楚水较滇岭异也。花木深处，露出八角亭檐，亭名"逸响"，联语：

绕亭绿树生新籁，

隔叶黄鹂共好音。

新籁，是耳熟的京胡弦响伴着的清唱。湘江畔的古城也时兴京都里边的戏文？歌鸟的鸣啭我没有听见，只醉心于戏迷的唱念，在感情上很能与之亲近。

楼阁多依水之湄，方使江河风景不显平淡。天心阁矗立湘江畔，极有气派，同我刚刚在沅江边看过的那座水府阁势在伯仲。阁三重，尽披楹联，总也在十几副上下，若新嫁娘着盛妆。凭我的感觉揣摩，旧联新补固然有，更多的是今人题撰。有一副很不错，是清代一位叫陈继训的进士撰的：

岂天下已安时，看烟火万家，敢忘却屈大夫九歌，贾太傅三策；

此城南最高处，更楼台百尺，好管领卅六湾风月，七二峰云岚。

不知是否钟先生所说的那一副。

临楼观，可以远眺望，正与岳麓山隔湘江而互为宾主。故"湘水南来，麓山西峙"联，题得恰好。不单与岳麓山，更同山中的岳麓书院东西遥望，便又有"朱张义理，屈贾词章"相映照。乾隆十年，巡抚杨锡绂因湘江

横隔，从长沙城内去岳麓书院应试者动辄为风涛所阻，甚为不便，于是改旧都司衙门为书院，即把天心阁辟为城南书院的一部分，且供奉魁星。这位杨巡抚，是个开明人物。虽然城南书院名声不及岳麓书院响亮，但荆楚学子不该忘记他的树人之功。

我在这里还看到叶圣陶、夏承焘、钱君匋几位老先生的题撰。记得叶老所题八字是"天高地迥，心旷神怡"，同夏老"潇湘古阁，秦汉名城"搭配。

游廊里有坐读者、品茗者。两三对弈者，埋首方格子送光阴。只是街声过于烦扰，失去一份幽静。环阁谯楼雉堞，古关城状貌依旧。整个看上去，略得北京团城之胜。阳光暖暖地照，照在绿荫下打太极舞剑棍的老人身上。鹅黄的迎春、红艳的茶花、粉嫩的紫薇和金灿的太阳花，衬着古典的楼阁，天然就是一幅诗意图。

临去，逸响亭里的戏迷们还在那里唱。生净往复，极有滋味。

回到住处，在电话里向钟先生提起陈进士的对联，钟先生说不是他印象中的那副。我有些遗憾。但从字面上瞧，略能得其仿佛。

古阁 滕王阁

王勃的那篇《记》，铸造了高阁的骨骼。赣水流千古，苍茫江渚，站起立体的唐朝。

滕王阁

  我见到的滕王阁，已非李元婴始造的那一座。汉唐旧筑，能够留至今天的，恐怕是稀如星凤了。只好不去闭目画梦。眼前这座举步便可以登览楚天风景的新阁，前临苍茫赣江，后倚南昌古城，至少要胜过遥接千载的浮想。

  阁为仿建，形制却尽力依照旧貌，不离唐阁大势。查根据，盖本于梁思成留下的一幅《重建南昌滕王阁计划草图》。梁先生是在建筑界享大名的人物，当然可以视作权威。这座新耸之阁，我看或许要比王勃为之做序的老阁有气象。

历史无法修补，建筑却可以再造。滕王阁自唐以降，多有修建，古今相加，二十九次。楼阁之筑，能让人如此器重，恐为少见。如果没有王子安的那篇纸上文章，它还会这样出名吗？恰如岳阳楼依仗范仲淹的那篇"记"，滕王阁同王勃的"序"是不能分开的。讲到古代的骈体文，照例无法躲开这篇名作。钱基博先生说，王杨卢骆四杰，"承江左之风流，会六朝之华采，属词绮错，可以代表初唐之体格，而勃为之冠"。韩愈错偶用奇以复于周秦之古，是要把骈俪之风逐出文场，他却独对王勃的这一篇四六文甚加激赏，且亲撰《新修滕王阁记》，云："愈既以未得造观为叹，窃喜载名其上，词列三王之次，有荣耀焉。"细说一步，还在王勃的"序"做得好。在他之后，有王绪做《滕王阁赋》，王仲舒做《滕王阁记》，均未见称引，以致失传，不难推想和王勃的《滕王阁序》自有高下。

　　滕王阁的特点是大，想必是增其旧制的缘故。大，好处不光在气派，还在于可以容纳较多的内容，颇有可观。唱主角的是书画楹帖，也上演古典戏文。常常登台的，不妨有待月西厢的崔莺莺，更多的，我想应该是游园惊梦的杜丽娘。玉茗堂主是临川人，来登滕王阁，甚近便。不单倚栏眺览，还把写的戏搬来演，且"自掐檀痕教小伶"，眉飞色舞地导演一番。不难推知，在那个年代，汤显祖的才望即已不算浅。《滕王阁轶传》载其事较详：明万历二十七年重阳节，逢新修滕王阁举行落成大典，江西巡抚王佐在阁上大排宴席，在宰相张位的建议下，恭请汤显祖赴宴，并由浙江海盐班王有信领班演出《牡丹亭》。幕自黄昏启，深夜方落。汤显祖有《滕王阁上看〈牡丹亭〉二首》记其盛。引其一：

韵若笙箫气若丝，牡丹魂梦去来时。
河移客散江波起，不解销魂不遣知。

汤显祖自识："一生四梦，得意处惟在牡丹。"孤赏若此，又以名阁为舞台，谁人能不将心中喜悦化为纸上诗呢？真也饶得曲终奏雅的妙境。名士登高，以诗文相酬唱，已为寻常的风雅；在阁上演戏，大概史不多见，滕王阁算是首倡吧。这也是借了久有的歌舞之风的光。唐朝尚乐舞，朝廷设大乐署、鼓吹署、教坊、梨园，习百戏，享燕雅之乐，歌珠舞翠，或为一时风气。滕王李元婴从政未有作为，艺文之事却能精通，"工书画，妙音律，喜蝴蝶，选芳渚游，乘青雀舸，极亭榭歌舞之盛"（明·陈文烛《重修滕王阁记》），且为游冶乐憩和歌扇舞衣之赏而筑滕王阁。阁成，遂纳由河西之地传入中原而广及江东的柘枝舞、胡旋舞、胡腾舞、伊州大曲于其上，良宵旨酒，翠幕红筵，番乐胡舞，纵横腾踏，极尽宴赏之欢。杜牧有诗咏其事：

滕阁中春绮席开，柘枝蛮鼓殷晴雷。

垂楼万幕青云合，破浪千帆阵马来。

这个传统迄今未断。我在阁的最高层看到一座戏台，节目单上写着赣剧、越剧、采茶戏、黄梅戏选段和钟磬古乐《春江花月夜》、江南丝竹《采茶舞曲》，也有舞蹈，是《仿唐舞》、《化蝶》、《踏青》诸种。可惜来不逢时，只瞧纸上名目，未闻管弦之声，空望槛外江自流。后来读到一首清人做的《竹枝词》，可以遐想云廊高阁之上耳聆丝竹之喧的境界了：

滕王阁下木兰舟，远笛声声渡水流。

喜和洋琴歌一曲，弋阳腔调豁新愁。

滕王好才艺，这座古阁似也染上几分风流气，不像岳阳楼，曾和兵战之事相关。

阁峙赣江，王勃"滕王高阁临江渚"是写实之笔，至今也未变。千里赣江气势很大，浩浩汤汤。阁以檐脊耸，以江天衬，取凌虚翚飞之势，便觉峻峭无穷。这同黄鹤楼之于长江、岳阳楼之于洞庭湖，大体仿佛。

岳阳楼里布置一扇清人张照所书《岳阳楼记》石雕屏，这是点题的一景，不能缺少。滕王阁也是一样，正厅那幅铜刻《滕王阁序》，是从《晚香堂苏帖》中拓出放大的苏轼墨迹。东坡居士到过滕王阁吗？无考，所书王"序"却绝不会假。历史上手书这篇名序者尚有赵孟頫、董其昌、文徵明、康熙帝、翁方纲之流，现在独选豪放的苏书，很合适，萧散风神同"襟三江而带五湖，控蛮荆而引瓯越"的高阁气派颇能相融。极处的"滕王阁"三个镀金大字，亦为东坡手笔，气势尽足，放在飞薨雕闹、朱门画戟之上，能压得住。

王安石也来过滕王阁，他是临川人，算是汤显祖的前辈同乡，过访南昌，应当不会困难。王安石看到过苏东坡的手书吗？他俩政见不相合，能在远庙堂之事的古阁里使心情平和一些吗？正、野史均未必详叙。可以知道的是，王安石对韩文公的《新修滕王阁记》很看重，所吟"愁来径上滕王阁，覆取文公一片碑"句，至少能够推知已为归隐之人的他，心情不好，随手从石碑上拓下韩"记"，也算可以同前朝知己相对语了。韩愈是没到过滕王阁的，几次机会，偏偏错过去，兴许是无缘。然愈却在袁州任上写下一篇"记"，紧步王"序"之踵，成骈散竞爽、古今争胜之势。这倒很像范仲淹未到岳阳楼却在邓州做出那篇"记"。盖韩、范非同代才子，经历却有凑巧。韩愈是八大家的领军人物，为一座阁做记，滕王阁有幸矣。昔王勃做序，虽未陷入红妆美女、青骢少年的情调，却毕竟年轻。钱基博先生称："勃作文初不精思，先磨墨数升，则酣饮，引被覆而卧；及寤援笔成篇，不易一字，时人谓勃为腹稿。"他在滕王阁上做序，不知是何情态。少年意气的才俊，落在滕王阁自身的笔墨并不多，而偏好摹风景，抒胸襟，词采纷华，独存狂傲之气。韩愈承公命做记时，已是五十出头的人了，笔下较王"序"平实得多，在翰藻，也在意旨。这似乎要回到孔夫子质和文、野与史的讨论上去了。韩"记"较王"序"至少从形式上看，是"由骈俪相偶之词，易为长短相生之体"；内容上则多述自己数次欲游滕王阁而未成之事。由"愈少时，则闻江南多临观之美，而滕王阁独为第一，有瑰伟绝特之称"一句，可知他对名阁向往之甚，亦让旁人生出江山万里的遐想：螺江烟柳，鹤汀云树，青萍红蓼，孤鹜蛱蝶；耳闻野水蒹葭采菱歌声，目送宿草迷堤凫雁鱼鸟；怀长洲旧馆，忆帝子仙人，情绕梅岭南浦，梦断彭蠡衡阳；当举彭泽之樽，援临川之笔，效流连当阳故城的王仲宣，悲吟《登楼赋》，或学苏子由，云阁旷览，一醉沧江之月。所近者，楚天赣水的浩荡雄风；所远者，亭台楼榭的小家春色。

我很欣赏清人尚镕的这几句诗："天下好山水，必有楼台收。山水与楼台，又须文字留。"所谓"楼观非有文字称记者不为久，文字非出于雄才巨卿者不为著"。遥想阁前纷陈千年足痕车迹，题咏撰述必不会少。盘鄂渚的黄鹤楼、据巴丘的岳阳楼也多是一样。同滕王阁相关的序、记、诗、词、赋、联，大都是名流宿儒、硕彦豪士记修葺之事或志游观之乐的赋得体，不出王"序"韩"记"境界。可以做"胜赏"之观的，我以为唐人韦悫的一段文字颇堪玩味："春之日则花景斗新，香气袭人，凭高送归，极目荡神；夏之日则鹦舌变哢，叶荫如练，纨扇罢摇，绮窗堪梦；秋之日则露白山青，当轩展屏，凉风远来，沉醉易醒；冬之日则檐外雪满，

幄中香暖，耐举樽罍，好听歌管。"四时景物，犹翩然入画幅耳。

　　江西古为文华之地，代有俊秀辈出。滕王阁里有一幅壁画长卷，题《人杰图》，所绘皆赣地名人。中间不少是熟其名而疏其貌，为我第一次看到，颇能同想象相合。人物凡八十位，不能悉记，只好据自己的立场，从偏于文的角度择录拔萃者，凑出十一人，依齿尊排序：陶渊明、晏殊、曾巩、黄庭坚、曾几、洪迈、周必大、杨万里、姜夔、文天祥、汤显祖，文理二学不分家的朱熹、陆九渊也不能少。我来南昌之前，曾去过赣东北铅山县的鹅湖书院，对这两位先贤深有印象。画师是在为"序"中"人杰地灵"四字做注，以同古阁之势互为映带；对于初访江右之地的我而言，概览过后，深知八州之人的不凡。对阁，我近于无感慨。做文，有王"序"在先，好话都已被他说尽，想新翻杨柳枝，也难。但至少，滕王阁使中国的古典文学多了一篇足供传世的作品。凝伫楼头，默对半江之夕阳、千里之明月，心绪亦逍遥吴楚湖山外。"五云窗户瞰沧浪，犹带唐人翰墨香。"文山先生诗，似在摹状我怀古的心情。

神迹缥缈,灵草只在梦里摇曳。秦皇汉武的霸业,化作一缕云烟。登临楼阁,海天壮阔,还看人间蓬莱。

蓬莱阁

蓬莱阁得海天之胜,是借了丹崖山的形势。天是那么高,海是那么阔,什么楼阁建在上面,气象也不会差。

蓬莱阁大概就是用来临高远眺的,眺览沧海。

站在阁上,目光迎着的长岛,小山似的从海波里浮出它的影。很多年前,我往岛上去,船正好走在辽东半岛和胶州半岛相接的地方,一边的水显得清,一边的水显得浊,渤海与黄海正在这里分界。望舷边的澄波漾,听风中的鸥鸟叫,觉得有一条"线"在,虽然瞧不见,却是在心里的。遥想旧时代,寻仙访药的秦皇汉武,思绪也曾经跟着浪花飘吧。

蓬莱阁满是道教的风神。仙家恋山，山林之气成了精神的一部分。丹崖山虽然不很深，却不矮，从这里朝海上望，不见边。山在虚无缥缈间，是蓬莱、方丈、瀛洲三座仙山，住着神人。《山海经》多述远古奇闻，今世听来也极浪漫。就颇涉遐想，就愿学那史上的徐福，做一回入海的方士，飞离尘世，去凡人莫能及处。云卷、雾浮、烟飘的海景，仿佛也真能造出如此的境界给神意悠远的闲游人。若再记起苏东坡"东方云海空复空，群仙出没空明中。荡摇浮世生万象，岂有贝阙藏珠宫"这几句诗，极尽逍遥，不是神仙而似神仙了。

蓬莱阁满是营造的妙谛。这是一个建筑群。如果在峭岩上盖一座孤阁，也成，只恨太单薄了，压不住山势，也镇不住海。有公输之巧的匠人，开崖凿岩，筑起三清殿、吕祖殿、苏公祠、澄碧轩、普照楼、卧碑亭、天后宫、龙王宫、弥陀寺、观澜亭……祠庙、殿堂、楼台、亭坊，百屋漫布一山，构成蓬莱阁的大观。这是北宋嘉祐年间的事。明清续其功。满山的楼阁，低昂有态，矮的衬着高的，小的衬着大的，无尊卑，无贵贱，谁也离不了谁。这是理想的结构，缺了谁，就打乱了内在的秩序，就不是完美的蓬莱阁了。层叠的甍宇、轩敞的殿堂，在林丛间藏着，露着；挺着腰身的，掩着面容的，一眼看过去，真也摸不透它们的浅深，这意味就更是仙家的了。建造这样的楼阁，要有道家的想象。苏东坡的意态近乎道，旷达诗文比那仙家传说更能撩人。东坡年谱载："（元丰八年）八月十七日得旨除知登州，十月十五日到登州，二十日以礼部员外郎召还朝。"可知东坡在登州任上时日极短。他的《海市》诗前有小序，曰"予到官五日而去"。日短，留下的文味却长。上面的《海市》诗外，他的《蓬莱阁记所见》是一则小品，同样风味："登州蓬莱阁上，望海如镜面，与天相际。忽有如黑豆数点者，郡人云：'海舶至矣！'不一炊久，已至阁下。"文字极简,韵味却丰。观海而咏景,烟树、琼楼、洲渚连成的海市蜃楼幻影,恰是他所得意的一幅画。苏公祠曾印坡仙履迹吗?只消做片时的浮想,海月朗照之际,漫踱于亭、殿、廊、墙之间,默观楹联、碑文、石表、断碣、题刻,神舒意畅。

横在蓬莱阁檐下的那块匾,是铁保题的,力沉气雄。梅庵初学馆阁体,后宗颜真卿,转师多家而终成自家风貌。东坡行、楷,笔意丰腴而有劲骨,姿媚而能朴茂。坡仙论书,尝云:"自言其中有至乐,适意无异逍遥游。"所谓"神逸",是其意之所向。匾额能传建筑之神,蓬莱阁上的这块匾,若是换了东坡的笔墨之迹,大概就是另一个蓬莱阁了。

阁中置八仙彩像,那各异的神态,完全出诸匠人想象,颇能传神,竟至浮想众仙凌波踏浪的风姿。我凝视片时,感受着中国古代神话的烂漫。

辑十

古矶

昨日楼堂 老建筑的文学追忆

太白楼上，云一般逍遥的诗仙，带着漫游的风神，笑对江天风月，纵意浩歌。

采石矶

太白楼是一大片崇阁。从匾额上看，除去太白楼之谓，尚名青莲祠、谪仙楼、李白祠、太白堂，叫法很多。联语更仆难数。历来纪念古人的方法，多在高高的山上建造亭阁楼台，再请几位通晓翰墨的风雅儒生题一些楹联诗文上去。非此，似乎另寻不到什么更深刻的表达法了。何况又遇上风流的诗仙，折腾得后代们不知该怎样办才可将寸心表尽（我前些年去过距此不远的歙县，练江南岸也有一座太白楼，虽不及这里的规模，但古雅之风同）。

太白楼名分不浅，几个很大的玻璃柜摆满历代翻刻辑注的李白诗文集，亦有庄子、孟子、荀子、楚辞、抱朴子、周礼精华、经史百家、周宫精义诸种。陈列的一尊石香炉最有来历。它取五彩石琢磨，被日光一照，可焕异光。这尊石香炉被当做镇山的宝物供奉，非僧人挚友不得见。风雨岁月，几番得失，现如今，它静置于此，我们是可随意瞧个够了。我隔着玻璃的遮拦望进去，真能够细将五色辨别。女娲炼造的补天石，是这种样子吗？

"采石"二字，便从这里得来。

李白黄杨木雕像，风骨萧散，得其神理。曲折回环的楼廊那边，桂花、棕榈、玉兰、天竺、翠竹浓荫艳彩，灿若云霞，是大好境界。

风月江天贮一楼，可喜。

过行吟桥、翠螺轩，便是广济寺，南梁时就在江南有声名，大约在"四百八十寺"中也能排在前列。现正维修，一位穿灰色长衫的老僧在二楼的廊栏上直磕簸箕里的土。寺前一口井，名赤乌，方才看到的那块琢香炉的五彩石就是开凿这口井时掘得的。都说井可通江，距离并不远，此说似可信。几年前，我在皖南铜陵市看到过一口井，称"天井"，且"能通东海"。口气真不算小，这大约是玄而失矩的说法了。

经怀谢亭，直上山腰李白衣冠冢。青石围砌一个半圆。里面真的有衣冠吗？若按当地的传说，李白在这里醉酒跳江捉月淹死，渔人打捞起他的衣冠埋下，在人听来，并没有什么美妙。一具浮尸在江心打转，简直是够惨的了。不过，依翠螺之荫造一座冢，衣冠的有无似乎倒居其次。冢上黄土乱生几缕枯草，且摇曳两株细瘦的野树（树之名，连问了几位当地人，皆说不上来），人们能在想象里看到青衫长髯的醉太白也就算得好意境了。"采石江边李白坟，绕田无限草连云。可怜荒冢穷泉骨，曾有惊天动地文。但是诗人多薄命，就中沦落不过君。渚萍溪藻犹堪荐，

大雅遗风已不闻。"这是白居易留在采石矶的诗。那会儿他还年轻，也没觉得李白的死法有什么浪漫。他是把衣冠冢和埋着骸骨的李白墓都合并在这一处地方了。

很有名气的捉月台就在江边，古铜色，同浊黄的江水几可浑茫。

崖畔斜逸乱石灌木。江风吹得很紧，俯下身看，浪花拍打着礁岩，泛出寂寞的感觉。捉月台距江面要有几十米高矮。我很奇怪，李白是怎么跳下去的呢？他穿着那样宽博的衣服，至少在半空就会被枫、榆、樟诸树丛密的枝条挂住。

捉月台上镌了不少题刻，许多已经模糊，不易辨识。只笔势甚壮的"联璧"勒痕深极。从字面看，同李白跳江没有什么联系。这是明代的一位地方官方豪干的事情。他嫌捉月台不雅，遂写了"联璧"两字叫工匠刻在石上。看来，对李白跳江的举动，早有人摇头（我疑心，如果是传说，也是后人从怀沙沉汨罗的屈子那里附会过来的）。多数人不免要朝美丽处想象。梅尧臣就吟得很美："采石月下逢谪仙，夜披锦袍坐钓船。醉中爱月江底悬，以手弄月身翻然。不应暴落饥蛟涎，便当骑鲸上青天。"在他看来，李太白简直可比跨鹤的仙人了。

联璧台上坐着两位彩衣姑娘，临风而望长江，轻语着女儿间的话，柔发飘起遐想的云。

她们知道李白吗？

采石矶的妙处不全在古迹，近处一尊金色大鹏塑像，双翼丰阔如扇，几欲乘长风扶摇直上江天，远遁于浩淼。细识，竟是李白眉目。

这是一件新增的作品，得李白浪漫风神。

芦荻摇风，飘起淡烟般的雾色，真堪花满渚，酒盈瓯，万顷波中得自由的觞咏。沿翠螺山麓，青碧一线，疏林远树浮在江岸，恰如色墨的

跳江捉月的李白，骑鲸上青天。浪冲危矶，崖痕如淋漓诗行，品题逍遥的谪仙。

渲染。另有多座亭阁，同太白楼一样，檐顶覆以北方宫殿常见的金色琉璃瓦，略显皇家气象。这是一种融合。

徽派砖雕是绝活儿。环太白楼的一排粉壁照例精雕花草图案，且题了富贵寿考、洁身清心诸多点睛的话，均是竹、兰、菊、牡丹等等有性格、含寄托的花卉。

墙尽头为小卖部。主人见我问得勤，且往小本子上不闲笔地记，遂送我一册《采石矶》读。我谢她道："写出文章来，先要念你的好处。"她抿嘴一乐。

又朝山顶望过去。三台阁高踞翠螺之巅，古势特足。

矶，从石，突出水边的岩石之谓也。《辞海》释义若此。我们的祖上真是仔细。一般人是不大留心这些细目的。可一落到文字上面，竟能翻出这些名堂，也算本事。

昨日楼堂 老建筑的文学追忆

万古江流，激荡赤色的峭矶。月色涛声里，听东坡酒后一曲词赋，歌赞江山如画。

东坡赤壁

我游黄州赤壁，意不在破曹的周公瑾，而在豪咏词赋的苏东坡。

近千年，这一处风光殆为坡仙独享。

渡船行过的江面，可借一句"楚水清若空，遥将碧海通"的唐诗摹状。凌波不多时，即在北岸的黄冈渡口下船。沿江堤向西北直驶数里，越古汉川门就可以到了。

山实则不高，土石皆闪红褐色，不废"赤壁"之名。石矶适叫澄碧的长江映着，自饶与他处的不同。苏词"江山如画"四字下得准。西晋至唐，代有建筑。"利用山水画为粉本，参以诗词的情调"来构景，花树映楼，

古矶 东坡赤壁

波流衬亭,以迎目的气象而言,宛似建在山上的园林。宋之后,楼台之名又多附丽东坡艺文,而同三国战事渐远。

苏轼谓"黄州风物可乐,供家之物亦易致。所居江上,俯临断岸;几席之下,即是风涛掀天",道出平素生活的情状。山水润心,乌台诗案的郁抑或许早为江上清风吹远。垦坡田,筑雪堂,与渔樵杂处,毓成他传世的诗文。我望掩于山木中的酹江亭、坡仙亭、问鹤亭,想到临皋馆、雪堂旧迹,一山亭阁仿佛尽由东坡诗意出。而陈季常之岐亭、张梦得之快哉亭乃至月下的承天寺、闻客弹雷氏琴的定惠院,犹留有坡仙不去的影子。他或是"醉卧小板阁上",或是"遂置酒竹阴下",半仙半隐的疏放态度全无冠盖气而愈近陶渊明。身虽遭贬心却不为所伤,无显

朽貌悴容。他在当日的心境是"若有所思而无所思"，确乎近于道家。我看黄州一带风景，也最宜于东坡的优游。《书秦太虚题名记》是他的一篇很有名的小品，其句"所居去江无十步，独与儿子迈棹小舟至赤壁。西望武昌山谷，乔木苍然，云涛际天"，可同前后《赤壁赋》互为参看。

临皋江亭下望，江流徐缓，不见昔年惊涛裂岸气势。流形无常是也。黄州人呼其为矶窝湖，淡磨明镜，是据实而言的。七月既望，苏轼舟游于赤壁之下，"举酒属客，诵'明月'之诗，歌'窈窕'之章"，水面应该也是这样平静的。到了十月之望，携酒与鱼，复游赤壁，则江流有声，风起水涌，冬之长江始显出冷峭颜色。忆想秋之江景，可谓"曾日月之几何，而江山不可复识矣"。然则仍无力同"卷起千堆雪"的壮景比较。《赤壁赋》与"大江东去"之词，境界异也。亦酒亦梦的散体赋寄意风月，仙气尽足而激越声调不闻；《念奴娇》却实在是借题发挥，忧退思进的用心皆在这上面。怀古之词多可恣情肆志，以纵横之笔抒高旷之气，不必过实。

黄州的梅竹，向来是美冠鄂东的，却恰好又可以借过来譬清高的东坡。他的雅处，下视百代少人能及，而可体味居士字句真滋味者，为数亦不会很多。坡仙亭存他的手迹石刻，有"作个闲人，背一张琴、一壶酒、一溪云"之句，纵是仙翁的自画像又能过此么？旁附"东坡老梅"刻绘，枯瘦之姿不似当年，"多情好与风流伴"的光景也只可在含愁的残梦中追忆，而劲健的虬枝依然是东坡的风骨。再看睡仙亭中那张苏轼曾卧的石床，枕涛入梦的闲逸，要叫我想到富春江边的严陵濑。临江设钓的趣味未必不及月波中的绕壁之游吧。

东坡能书。清人《景苏园帖》石刻嵌碑阁内，以《黄州寒食帖》最为有名。起首一句"自我来黄州，已过三寒食"，我仍记得。去岁入蜀，过眉山，在三苏祠观碑，虽斯人已邈而仿佛见之。来黄州兼思及旧游的惠州、儋州，都有坡仙的履迹在，就感到亲切，宋之烟云也似飘拂于眉睫之前。

默吟着苏轼的词章，登栖霞之楼，观二赋之堂，处处可感的是不灭的文墨气。"不是当年两篇赋，为何赤壁在黄州"，是清人的慨叹。无须考质赤壁鏖战的所在，一支凌云健笔可抵得周郎十万兵。

我入挹爽楼尝了东坡饼，此道吃食很像油炸的馓子。透过雕窗望赤崖下的江水，始知杜牧"两竿落日溪桥上，半缕轻烟柳影中"的诗境之美。东坡居此四载，远庙堂而近江湖，虽于世事未能忘情，到底是遥隔一层了。

先于苏轼贬来黄州者为王元之，他的《黄冈竹楼记》为我所久诵。居楼中，"直鼓琴，琴调虚畅；宜咏诗，诗韵清绝；宜围棋，子声丁丁然；宜投壶，矢声铮铮然"，陶然而忘机；而"公退之暇，披鹤氅，戴华阳巾，手执《周易》一卷，焚香默坐，清遣世虑。江山之外，第见风帆沙鸟、烟云竹树而已。待其酒力醒，茶烟歇，送夕阳，迎素月，亦谪居之胜概也"，又断非人间意耳。此乐为八十年后的东坡所效也。王氏竹楼今废，伫赤壁山放眼东南，一片绿筠中为月波楼影。

游东坡赤壁，直似重温一遍他那些豪纵的词赋。长安道上的失意，反使世间多得一位雕龙的文宗。赤矶上的楼台为之不空。略事盘桓而从容行过，如见放旷的坡仙高巾野服，吟风，咏月，留下千年醉笑。

千堆雪浪，拍击沉黯的故垒。江月多情，酹一樽清酒，遥忆雄俊的周郎。

周郎赤壁

　　蒲圻，照着字面去看，大约言其曲岸多蒲。罗贯中《三国演义》上写的诸葛祭风、周瑜纵火故事，若由当地人说起，应当放在这个地方。

　　赤壁是一座伸到长江中的石矶。即言"赤壁"，石色总该是偏红的，一望，果然。嘉木覆绿。站在临水的丛礁上看去，铁似的壁间镌之以榜书，正是传为周郎剑刻的"赤壁"二字。说它是长江第一摩崖，当得其名。延眺于翼江亭，阳光掩在云的深处，断续的微雨斜飘下来。江身平远旷朗，浸在灰白的春雾中，仿佛看不出流荡的气势。北岸一片烟，一片树，隐约的屋影点缀田野风景。昔年曹军安扎水寨的乌林正在此处。逝者如斯，艨艟蔽江、号带映水的气象皆往矣。旧景虽渺，对于好发思古之幽情者，却广有驰想的余地，故而眼底风物最宜低回流连，不是匆匆一览所可领略。

关云长所言"乌林之役"，即指赤壁鏖兵。火逐风飞的大战过后，天下遂叫魏蜀吴三分了。罗贯中的这几回书，写得大起大落，极有波澜。豪纵之气中又可见出婉丽之致。孔明所诵曹子建《铜雀台赋》，真是奇笔，以文经旁衬武略是也。"揽二乔于东南兮，乐朝夕之与共。俯皇都之宏丽兮，瞰云霞之浮动。"文采华茂，和他辞寄清婉的《洛神赋》同美。加上曹孟德于船头横槊所咏的《短歌行》，慷慨悲凉的建安风骨尽可领受。而一篇《大雾垂江赋》，则是铜琶铁板，非旷怀不能出此激越之词。这样的笔墨，也最宜用在赤壁一带寥朗的江景。依我所见，三国争汉鼎的旧事反不及上引的辞赋和乐府有意味。

南屏山与赤壁矶邻接，略具延袤之势。《三国演义》"孔明辞别出帐，与鲁肃上马，来南屏山相度地势，令军士取东南方赤土筑坛"，有些诡诞。诸葛亮在朱幡皂纛中缓步登坛，跣足散发，仰天暗祝，很像一位玄师。周瑜所称"夺天地造化之法、鬼神不测之术"，非为夸张。拜风台还立在山上，如一座塔。幽暗的烛光映着诸葛亮塑像。或曰"眉似远山，眼若流星"，极尽赞美。守坛的是一位年老女人，戴黑色道冠，默立檐下。镇日呼吸着山中的清气，江上风涛在她心里大约也静若一潭无皱的池水吧。

台侧刻着一些碑文，皆今昔吊赤壁古战场之作。

偏东稍显一点峭拔的是金鸾山，"赤壁古风"四字书之坊上。此

为庞统隐遁潜居处。"虽无玄豹姿,终隐南山雾"一联诗似可摹状。凤雏庵,粉垣乌顶,自存几分清凉气。《三国演义》说"山岩畔有草屋数椽",大体如是,凤雏先生披满天星露,挂剑灯前而诵孙、吴兵书,意态萧爽。庵前一株千年银杏树,飘一片云似的绿荫。攀树的紫藤朝高处缠去,本地人呼为连环藤,庞统见此藤遂向曹操巧授连环计。这当然只是传说。读《三国演义》,庞统密谓鲁肃曰:"欲破曹兵,须用火攻;但大江面上,一船着火,余船四散;除非献连环计,教他钉作一处,然后功可成也。"这个"钉"字用得实在好。孔明借风,庞统献计,襄阳的卧龙凤雏,合演了一幕传奇。庞统身故于落凤坡,寿三十六岁,恰和巴丘终命的周瑜一样,短命而逝。童谚云:"风送雨,雨随风。"凤死而龙悲。诸葛亮掩面哭曰:"哀哉!痛哉!"是动了真情的。

踏过架于池沼上的曲桥,看了庞统井。这是一口老井。虽则旧水可汲,故人之面却邈不可映了。

我在凤雏庵抄下一副联语,是:

造物多忌才,龙凤岂容归一室;
先生如不死,江山未必许三分。

字句凄怆。纵使凤雏未夭,三国天下究竟怎样,谁也难料。读联,我不免替古人发着微微的叹息。

数日后,我过襄樊,游访古隆中。竹树葱郁,荷叶鲜碧,耸出的亭楼低昂有致,是一座古典的庭园。卧龙先生抱膝长啸之地,气派较凤雏庵为上。而静偎着赤壁战址的这座孤宅，于山林中殆有萧寺的清寂。庞士元得其所宜哉。

傍崖而坐，缕缕江风吹来如波的往事。怀古，心就有所动，几欲飞棹凌涛而去，远追千载之上的烽烟。"赤壁矶头落照，肥水桥边衰草，渺渺唤人愁。"借宋人词抒一己临江空忆的怅惋，也是不错的。

辑十一

古宅

昨日楼堂——老建筑的文学追忆

流连老宅,遥想书圣挥毫,飞出一池墨香。

王羲之故居

　　王羲之故居有一片池水,临沂城内的宅院,这样的清景大概少见。我在襄阳看过习家池,水势不小,投饵抛丝,成了钓鱼台。王羲之屋前的一汪水,不是这样,它是练字时洗砚用的。墨水池头日几临,和建在绍兴兰亭的墨华池意境仿佛。池边立数峰太湖石。列植的是柳树。临冬,树身枯瘦,园景因之疏旷萧寥。金柳拂水,很轻柔。如果换成郁茂的苍松,风味就不同了。还应该栽些花木,兰亭的右军祠即有和泉石相伴的竹荷。临沂靠北,天冷了,花凋草枯,无从赏看。

　　傍池筑亭造桥,晋墨斋、砚碑亭给波光一映,从哪里望去都是入眼的,远效兰渚山下的水边春禊也能得其雅韵。羲之论书,有"字贵平正安稳"的话,是求得一种闲雅从容的境界。这片屋轩叫人隐隐地领悟王书清妍劲媚的体势。绕池一走,也算得了一番熏习,仿若听弦赏音,心是静的。

羲之真迹无存。如果不是唐太宗请人钩摹,《兰亭帖》、《快雪时晴帖》,我哪里看得到?梁武帝论羲之书法,写了八个字:"龙跳天门,虎卧凤阙。"这是需要"养气"的。眼前这一池水,升腾着浩然之气吗?我蹲下身,水面静得不皱一丝清漪,正像一幅可供落墨的素笺。这寂寂的古池哟,千年前的洗砚人连影都不留。池中偏要建起一座留香亭,来存那早逝的墨魂。看着在清波中弄影的白鹅,我似触到书圣微温的心。而韩昌黎的一联诗恰可来应眼前这景:"羲之俗书趁姿媚,数纸尚可博白鹅。"粼粼的水波在冬日的阳光下闪亮,我宛如溯至中国书法史的上游,体味两晋书家浪漫的性灵和超卓的才情,又悠然远想。"从山阴道上行,如在镜中游"这话,是王羲之的名言,我恍如随他"营山水弋钓之娱",听樵语牧唱,徜徉自肆,何等欣畅!风景是一股清流,潺潺灌注人的心灵。这片园池,在临沂人那里是叫做"大墨汪"的。书史上常以"妍美流便"四字来赞羲之新体,此番笔意是由这"大墨汪"洇润着的呢。

后人宗尚羲之,习其书迹刻本。临池碑廊,尽展墨华,将心中吟咏寄诸正行草隶。格熟功深,众体皆有可观,笔势犹存晋人书品古淡风姿,正仿佛四方书家在池畔酬唱宴集。是艺术情感的浓聚啊!当今之世,学书者莫不尊仰羲之,视其为书史上一座峻直的逸峰。细看碑上腾舞的字痕,如见一片虔心。羲之回首书苑景象,也当朗声而笑了。羲之曾当过右军将军,后负气称病辞官,隐迹戴山。昔世少了一个官人,历史却多了一位书圣。曾巩在那篇传世的《墨池记》里说"羲之之书晚乃善",固然和他"不可强以仕,而尝极东方,出沧海,以娱其意于山水之间"

的经历相关，又印证着"盖亦以精力自致者，非天成也"的道理；而"用笔在心，心正则笔正"一句，足可为训。羲之清峻的骨格才是书艺的根底。话又落回曾巩的文章，云："夫人之有一能，而使后人尚之如此，况仁人庄士之遗风余思，被于来世者何如哉！"默望右军故迹，吊古怀人，且领受其笔髓透出的风流气骨，我直如捧赏羲之的真迹影本，寻其笔踪，在波磔的妙迹和飞舞的墨花中，见到书圣的深心。毫芒印于纸上的微细牵丝，是他的一缕心痕，又宛似感性的小溪，静静地汇入书艺的川流。

　　北面一间大屋，是琅琊书院，清乾隆年间创设，授孔孟程朱之业，非王氏家馆，亦无关羲之痛痒。杜荀鹤："窗竹影摇书案上，野泉声入砚池中。"在这等清雅处，诗意真是不请自来。前面是一片平地，立碑，刻"晒书台"三字。草草看过，无心详问它的典故，只觉得意味不及墨池笔冢深浓。日后知道，羲之爱书，常将家存的汉简置此晾晒，故名。

　　书圣大概崇佛，曾舍宅为寺，普照寺。他在绍兴戢山的庐庑也舍为戒珠寺。语曰：北国普照，南国戒珠，皆羲之故里。庭户成了青莲宇。昔年的寺貌颇壮观，我只游了一角。

　　临沂旧为琅琊郡治，素以孝义名天下。据传，那位以卧冰求鲤的懿行而入《二十四孝图》的王祥，即为羲之曾祖。出城奔走东北五十多里，入孝友村，能遇王氏后人。

清癯的面容，显示内心的孤傲。遭劾系狱，自刭的血光飞闪，映着殉道的铁志。

李贽故居

　　天妃宫斜对一条窄街，李贽家门髹漆悬灯。一城风景，尽叫这普通老宅牵去。

　　我不是闯进山水，来充大自然的俦侣。一步迈入他的屋院，就是做了心灵的访客，倒不管门内是何朝代的主人了。

　　我不想罗列对于李贽学问的所感，我没有花工夫在他的文章上面；我没能品透他的笔墨里的滋味，我只怕错说了什么。可我偏知道李贽的名字，在年纪还轻尚怀抱负的时候。前次抵泉州，在上世纪九十年代末，便已听说李贽的故家在城之南，匆匆却无暇来看，心间就存了憾。这憾，

359

现在想起，因隔着世纪的门限，似觉得远了，却未断灭。此次进到他的庭院，一种适意的空气让我呼吸着，心便如归，也说不清缘由是在哪里。或许是绕屋梁而飘的书香特别能动我心吧。

泉州坊巷间，一多唐宋庙宇，二多名宿旧庐。今人刻石立碑，安置在乡贤曾居的宅院前，表示追远之心。门面的粉饰却颇寻常，不抵塔寺的修葺之隆。或许这样更有家常气，更易接近本真的心。且说李家，因了灰墙瓦屋的清素，几簇花草栽植在天井里，就格外显得明艳了。花间的李贽像，看一眼，如见他的面。貌瘦而目光如刃，深藏文章。形之外，雕刻家是尽力传其神了。斯人远矣，我又未能亲睹关于他的绣像绘本，却觉得，李贽应该是这个样子。

神，应由性格来。学界论李贽，在分解他的双重文化人格时，既把"狂怪、狷介、异端"六字给他，又不废"宽和、顺适、弘阔"的一面。中庸似乎又最难臻。性情隐于内，显于外，剥除随附性的东西而求至纯的表达，极费斟酌。关于狂，李贽自道："狂者不蹈故袭，不践往迹，见识高矣。所谓如凤凰翔于千仞之上，谁能当之？而不信凡鸟之平常与己均同于物类。"李贽"无争"的一面，则由旁人述出："己不能酒而喜酒人；己不能诗而喜诗人；己不能文而喜文人……"儒家的所谓"仁"，便如此吧。《论语》所载"躬自厚而薄责于人，则远怨矣"一句，是他的做人之则。

唉，我资履既浅，不敢望温陵居士之万一，怎么像是做起月旦评呢？在李贽像前是要抱愧的。便随远近游人踱到屋里。我着眼的是天下文人用以看家的书。《焚书》、《续焚书》、《藏书》、《续藏书》数种，一生学问俱在此中留着痕迹。寻来的我，如聆庭训，又领受他的血性。

明代文章，我殊喜公安、竟陵二派。三袁得李贽风气，乃至晚明散文，文道宗脉本是一路。袁中道《李温陵传》赞李贽"才太高，气太豪，不能埋照溷俗，卒就囹圄"，是从胸襟流出的言语。真相交于文墨与心胆！李贽不负这等褒崇，多以痛快之论惊世骇俗。他以赤子之心对读书识义理，全不把六经、《语》、《孟》、程朱理学放在眼里；他以"顺其性而不拂其能"对诗文创作，全不由封建的"条教之繁"来"强而齐之"。一段言辞我忍不住要引在这里："故性格清彻者音调自然宣畅，性格舒缓者音调自然舒缓，旷达者自然浩荡，雄迈者自然壮烈，沉郁者自然悲酸，古怪者自然奇绝。有是格，便有是调，皆情性自然之谓也。"驰骋之气又上接豪放的东坡。"胸中绝无俗气，下笔不作寻常语，不步人脚跟耳"恰是他佩服苏轼的地方。他极赞《西厢》、《拜月》，而评点《水浒》，明清二代，唯看他和金人瑞！遑论脂砚斋的批点《红楼梦》。"开后人无限眼界，无限文心"，何其畅快！以至为中国的文学批评辟了蹊径。千年道统由他一朝反叛，"后学如狂。不但儒教溃防，释学绳检，亦多所清弃"，被诬为淫僧异道，并无可怪。"挟数万之资，经风涛之险"，航海经商的先世使他添了几分才，几分识，几分胆。思想的土壤上，初萌了民主的根芽，不认为"日入商贾之肆，时充贪墨之囊"于官私有什么不好。他"颠倒千万世之是非"，鄙弃"高屐大履，长袖阔带"的道学家，切近世学者膏肓，中其痼疾，不很容纳于当世，终获"敢倡乱道，惑世诬民"的罪名，下了牢狱，自断其颈而去。李贽对以儒家经籍为基源的封建传统的反叛，"陵谷沧桑之变"一语何足以尽之！

我从前在课堂上读文学史中有关李贽的章节，平淡无所感。现在一经特别的留意，似已微微触着他的脉搏，他的心跳，仿佛在纸上听着他的呼吸了。一点浅知，让我这样缓缓地论古，这样悠悠地说史，我如同在做着一篇文论了。对李贽其人，追想起来终觉渺远，亦不知着了多少

边际。怕是在先哲门前献着拙技了。赶紧转到屋后，在墙角檐下寻一方幽静，做片时的默想。收拢心思却还办不到。浅水一泓，贴着粉壁，看不出流动，只凝着一片薄薄的绿，任我一人低回。老宅尽是晚明性灵小品的闲适气度。烟霞风致、泉石意趣，又在痴思间含入波纹中，并且在深处闪漾。摹境，大约只有也尊仰李贽的汤显祖所咏"袅晴丝吹来闲庭院，摇漾春如线"一句好用。

看李贽的煮字生涯，一支笔多在论辩间出入，又常以"清远闲旷哉一老子"自命，自笑自歌。偶作小诗，风调亦清丽。《独坐》一首正不妨在宅后的水边轻声吟咏，情与境恰能相宜吧。其句是："有客开青眼，无人问落花。暖风熏细草，凉月照晴沙。客夕翻疑梦，朋来不忆家。琴书犹未整，独坐送残霞。"负墙而立的我，若怀愁，或可品出一缕孤冷气。他的弃世的悲情，也尽够我做数度的领略。

李鸿章故居

　　合肥出过李鸿章，他的故居在淮河路上。一个旧人物，品题月旦，或许还是有意义的，虽然他属于过去的时代。写着"李府"二字的红色灯笼给大门添了威势，路人不免要朝青色砖墙里面张望。一望，就让过厅屏风上方题着"钧衡笃祜"御笔的匾额给镇住了。字是光绪皇帝给这位晚清军政重臣祝寿时亲写的，自具力量，有它在，这个宅院就成了一街之主。"李府半片街"是一句传在口上的话，极言它的排场。几进院落，几重楼阁，气象虽还未散尽，只叹人远逝，屋也冷了。

　　历史上的李鸿章我所知的只是一个登临春帆楼在《马关条约》上画

押的人，并不深知其余，也就无由妄论。郑振铎"用了很大的努力与耐心"编辑的《晚清文选》里有李鸿章的《派员携带幼童出洋并应办事宜疏》、《选派闽厂生徒出洋习艺并酌议章程疏》、《续选派闽厂生徒出洋疏》和《津沪电线办有成效请招商接办推广疏》四篇。对于他所处的那个时代，这些文章"还是对症之药"。里面有这样的话："窃臣等拟选聪颖子弟，前赴泰西各国肄习技艺，以培人材……不分满汉子弟，择其质地端谨，文理优长，一律送往……伏查挑选幼童出洋肄业，固属中华创始之举，抑亦古来未有之事。"他所赏识者中，容闳我是知道的，在钟叔河编定的《走向世界丛书》里，即有他的名字在。那一代学人，不畏道里辽远，涉历风涛而广通海外，该是何等场面！我不谙史，无力核其事，只得从图志一类旧籍中推想了。

"鸿图大展，文章经国"这八字，能够为李鸿章的取名释义。入清，"世所称天下文章在桐城者也"，皖地读书人的骨子里多带桐城气味，文章的雅洁而致枯淡的风调之外，遵守法式的不苟态度无疑影响了性情。从耕读世家出来的李鸿章，自小谨从方苞、刘大櫆、姚鼐之学，义理、考据、辞章功夫的浅深我无从断定，却实在统楺了国学的大部。有孔孟程朱的儒学做根底，务实的精神当是入心的。受着桐城派道统与文统的熏习，恭顺师效，笃守其说的态度自不待言。主政后，能够首擎洋务自强之帜，思想的根基也在这里。他在同治三年四月致总理衙门的函里这样说："鸿章窃以为天下事穷则变，变则通……中国欲自强，莫如觅制器之器，师其法而不必尽用其人。欲觅制器之器与制器之人，则或专设一科取士，士终身悬以为富贵功名之鹄，则业可成，艺可精，而才亦可集。"西风东渐，社会统治层的态度关乎事业成败。李鸿章身任直隶总督兼北洋通商大臣之职，为朝廷代言，主导洋务，自有一般士大夫所难及的地方。

古宅 李鸿章故居

院廊静谧。主人的遗痕,融入晚清风云。

兴军工、办民企,是他的劳绩。江南制造总局、金陵制造局、天津机器制造局、轮船招商局、开平矿务局、上海机器织布局……给中国近代工业打了底。电报也经他引入,天津建成电报总局,古老的驿递制度始废。倡举以创新局,在中国人走向世界的路途上,李鸿章的作为是应该肯定的。

钟叔河的《近代中国人怎样看西方》里有如下的话:"十九世纪的中国人向西方学习,要学的首先是坚船利炮,然后是声光化电,然后是富国强兵,最后才认识'要救国,只有维新'的道理,接触到社会政治改革的问题。"作为天朝上国权臣的李鸿章,仅止于洋务,说到变法,长于守衡的儒家文化不能提供颠覆旧的精神秩序的革新精神,受教于孔孟之学的士大夫,只有变身为具有进步观念的近代知识分子,如康有为、梁启超诸公,方可承此使命。受日本明治维新震撼的黄遵宪,更成了反

对封建帝制，追求民主共和的先驱。

　　桐城末流的张裕钊、黎庶昌、吴汝纶和以政论之笔发改良之议的薛福成，皆出曾国藩门下，清朝派往西方国家的第一位常驻使臣郭嵩焘，也被曾氏以桐城人物论列。他们都是在那个变法图强时代中活跃的人物。曾氏殁，桐城派在政治上归向李鸿章。自东徂西，对海外进行直接观察，"亦自不能不对新的世界留下印象并在思想上发生影响"。专于自守的意识开始瓦解，禁锢一隅的灵魂开始解放，远出重洋的他们，成为动摇几千年专制根基的力量。诸君的旧照，也挂在李府中。端详片时，这些原本在我的记忆中只具有符号意义的人物，因近睹须眉而添了血肉，并且隐隐觉知宫廷中各派势力的较量。新政与旧制，关乎利益集团的进退存废，无大学问者，难以出入帝阙。李鸿章处身其间，每一舍取须以政治智慧来做支撑，而他也不能免除一个历史人物必当担载的争议。

　　总闻着一种老屋特有的气味，不知来自旧式家具还是檐边的花木。我本和这些活在史传中的人物睽隔得那样远，却在这里和他们相遇。我感到了历史的存在。我被一种凝重的空气包围。那个年代的动荡感不存，满院只剩了幽。余晖从雕花的门扇窗棂滑过，照在身上，满眼也尽是点点的金斑。无感的木石之筑诱我联想，回到属于那些向西方寻求真理，走向近代化的前驱的时代。彼时，他们心灵的门窗一定也朗畅地向着世界洞开，吸纳着变革维新的空气，让精神遥接着远东和泰西。

　　建筑的意义来于对历史有影响的人。晚清风云，绕着这座老宅，绕着一个故人的命运，展陈亦得史览之便。厅前廊下，一花影、一叶荫，也能牵情。我成了历史的阅读者。我也想对过去做出忠实的转述，可我知道那一簇轻闪的花翎承受着岁月之重，却不敢随意着笔了。我只有怅望，视线尽头，是故主远行的背影。

翁同龢故居

翁同龢的家宅，西边就是横在常熟市之南的虞山。仲雍墓和言偃墓便在那墓道尽头的高处。

说到墓，我要先来插入几句话。不是给商逸民虞仲，或者"南方夫子"子游来添什么笔墨，而是翁同龢同他父亲翁心存的永眠之地我也先去凭吊了一番，把游屐之痕印上去。过了额题"翁氏新阡"的青石墓坊，看见翁氏墓地被山麓的一片林子围着，有几棵是百年枫香，浓浓的树荫遮下来，大有幽邃之致。匠人以玻璃钢为材质，为翁同龢造像，立在墓之西。更有一组群雕，翁氏的生平梗概为其内容。在我，翁同龢这名字，

还是知道的，细述他的作为，却办不到。我把这些人物像大略看看，读读牌子上的文句，所获虽只算粗知浅识，也可说把他的一生功业放在心上了。清宫戏中，常能见到这位做过内阁学士，刑部、户部右侍郎，都察院左都御史，刑部、工部、户部尚书，协办大学士，并且两入军机处，兼总理各国事务衙门大臣的历史人物的身影。奏请罢修圆明园，尤其是因支持戊戌变法，被慈禧开缺回籍，继遭革职，固属帝党与后党的宫廷之斗，与百姓生活有距离；而平反杨乃武和小白菜冤案，最为世人熟知，一般是从戏里看来的。

  端详塑像，翁同龢是一个长髯老者，眉目间凝着愁。我读他的眼神，就想，这是那个时代为官者的常见表情吗？回到常熟，栖居于虞山瓶隐庐，执竿低回于林麓田野之间，抑或泛舟湖上，听船歌，观渔火。虽然自署松禅老人，且号瓶庐居士，终归难消胸中不平之气，心仍牵挂幽囚瀛台的光绪帝，抑郁七载而病故。在封建王朝山一般的威势面前，翁氏也会无奈，也会怅望山上离离秋草，而想到己身，并且生出细草一样的无助感吧？明秀的山水，黯淡的心境。

  翁家巷口，立着一尊状元坊。咸丰六年，年轻的翁同龢考中状元，官授翰林院修撰，仕途亦由此开始。这一面且不说，只说他在政余，尽力研经，苦心读史，兼擅吟诗、填词、著文，书画也有大成（山居的日子里，常为乡邻题送春联）。翁宅里有他的题联："野坐不知三径晚，月来时共一尊清。"笔画含清雅之韵。真如主考官所赞，他是"当今不可多得之士"。继其父翁心存之后，做了同治、光绪两朝帝师，足见学问好。"状元"的文章，在翁家后院做足了。那里辟设常熟状元历史陈列馆，木坊额刻解元、会元、状元的字样。在这里，科举考试虽成往迹，仍被视作荣耀。常熟人，真有你的！

  翁氏故居，只是一座旧式官绅宅院，颇清朴，也颇紧凑。整而不散是它的好处，没有江南私家园林中那种水岸花苑的开旷光景。轿厅、彩衣堂、后堂楼、双桂轩形成一道居中的轴线，西边是中厅、思永堂、书楼、柏古轩，东边是玉兰轩、知止斋。我绕院一走，觉得大体平衡的格局，使这七进之院透出官宦人家的规谨之风。我更喜欢呼吸那种书香世家的清雅空气。

翁相府第中，最可一说的当然是彩衣堂。这间五百年正屋，本是一座明代居宅，屡易主人。翁心存购得后，专意用来孝养母亲。我入内，看看匾上"彩衣堂"三个字，推想这大概也是翁心存的意思，用的是二十四孝里"老莱子彩衣娱亲"这个典。翁家执迎宾之礼，或者操办婚庆寿宴，会选在这座厅堂。

知止斋是翁家藏书之所，双层。翁心存给自己的书楼取了这个名字，出处在《老子》"知足不辱，知止不殆，可以久长"这几句话里。"福禄贵知足，位高贵知止"是翁心存的人生心得，今天看，意义也是有的。他的几个儿子承传家风。不说翁同书、翁同爵，只说翁同龢，他在北京做官四十多年，常去琉璃厂淘书，所购宋元珍籍孤本、善本，曾是知止斋里的藏品。斋内布设案几、桌椅、条屏，扫一眼，犹有清韵入心。对面的玉兰轩大致如此，似有一缕幽香飘出。在这个小院里，月下品茶、酌酒、吟诗、听曲，再合适也没有。就想起翁同龢的两副题联。一是"绵世泽莫如为善，振家声还是读书"；一是"文章真处性情见，谈笑深时风雨来"。都写在翁姓宗祠里面。他是教诲后人，一心诵读。此地出文章家，并且有志从政，或许多从苦读开始。

我这回是旧地重游。前一次，宅院正在修葺，没有什么印象。心下是常念及的。此回算是所愿得偿。又想到，我曾经写过合肥城里的李鸿章旧居。翁同龢与他有隙。清梁溪坐观老人编述《四朝野记》卷上云："李文忠之督畿辅也，凡有造船购械之举，政府必多方阻挠，或再四请，仅十准一二，动辄以帑绌为言……按其实，则政府龃龉之者，非他人，即翁同龢也。同龢本不慊于文忠，因乃兄同书抚皖时，纵苗沛霖仇杀寿州孙家泰全家，同书督师近在咫尺，熟视无睹，乃为人参劾，上命查办。文忠时为

编修，实与有力焉，然亦公事公办，并非私见也。同书由是革职遭戍，同治改元，始遇赦归而卒。然同龢因此恨文忠矣。"这桩公案，我不知其定论如何，只好暂信这番记载了。翁氏还算是有硬骨的。清李伯元《南亭笔记》述翁同龢语忤西太后的轶事。翁氏敢辩驳恭忠亲王的诘责，并让其照着这番话回奏老佛爷的究诘。这和受西太后宠眷的李莲英惯于逢迎的媚态，到底不同。都是晚清的风云人物。我只写木石之宅，人事是不大关涉的。日月循行，俱往矣。况且功罪非我所能说清，就此住笔。

彩衣堂内，娱亲的笑乐消隐了。作别清廷的阋斗，在静谧的空气中，凝视虞山的松林，与古时的名贤对话。

珍存的静物,留着指上的余温。变法的雄心,化成历史的遗响。看汇泉湾接纳壮阔的海涛,心在天游。

康有为故居

　　康有为是大人物,择其宅也必不一般。这好像同孔圣人"食无求饱,居无求安"矛盾。其实,康有为在青岛只住了四年光景,选中的这座小楼不过是德国人的旧提督署,未必有什么不得了。康有为看中它,大约只因临海之胜。"望海绿波,仅距百步",同实境仿佛。刘海粟《南海康公墓志铭》:"公生南海,归之黄海。"刘老先生是康有为的大弟子,这八字铭将其身世沧桑做了概括。康有为对大海多有感情。这所旧居在青岛小鱼山下,离汇泉湾不远,山海风景,从楼头均可饫览。

　　踩过一段石子路,我先在福山支路五号门口张望院中的三层浅黄色

小楼。"康有为故居"五字匾，为刘海粟亲题。字，绿色。康有为说青岛"青山绿水，碧海蓝天"，均在蓝绿之间，匾取绿色，恰好。我来早了，一位看门老人晨起未久，只破例叫我过眼，亦算得一面之缘。

屋面不大，我孤零一人，脚底踏得瘦窄的楼梯极响。康有为"屋虽卑小，而园甚大"，是写实之语。满室橱柜，书画卷册，是前朝旧物。渺茫的是主人的音容。我隐约觉得，这里有些同我少年时代去过的北京徐悲鸿故居仿佛。徐先生亦是康有为的弟子，他于1926年归国后，在上海愚园路游存庐康有为的寓所里为老师亲绘了一幅画像，挂在康家的客厅里许久。这幅画像现在置于展厅玻璃柜里的那册《南海康先生书法》中：康有为鬓发斑白，着毛蓝色长袍，临案执笔，颇得形神。师生情谊，凝于油彩，又可作为一段佳话流传。

墙壁上另悬一幅肖像油画，同样是康有为老年之容。这幅画像是比照相片摹下来的，大约极合尺寸。遥想旧日主人于小楼中送走岁月，隐约增浓了这里的家宅意味。

徐悲鸿所绘康有为像，是让老师执一管笔在手的，这实有依凭。康有为的书法好，足供标格。我父亲就曾说自己的墨笔字略有几分习康有为。前些年我在四川省黔江县买得薄薄一册《书学格言》，对康有为《广艺舟双楫》多有引录，与包世臣《艺舟双楫》并为双玉。故居展室里陈列他的书艺和书论。康有为一重北碑，二喜擘窠。青岛名胜多存他的诗文刻石，留在崂山摩崖、天柱峰魏碑处的题刻，尤可见他的诗格字风，神采俱现。汪曾祺先生曾对我慨叹，说眼下能写摩崖大字的书家不多了。看来，这绝不是砚池旁的临帖之学所能济的。康有为言临书："作书宜从何始？宜从大字始。"能书大字者，岂在形质？全在性情。面对河山，激荡胸怀魂魄，而化为崖壁上雄视沧桑的榜书笔画，遥传万代风流。

康有为是变法人物，故居展出的文物源自史实，当然不能离开百日维新。从公车上书到戊戌政变的近代风云，康有为是效两千年前的公孙鞅的。不过，他的眼界要开阔得多，阅历要丰富得多。展厅一幅篆字牌，是吴民先敬录曾祖父吴昌硕给康有为刻制的一枚印章，数十字把康有为后半生做了概括："维新百日，出亡十六年，三周大地，游遍四洲，经三十一国，行六十万里。"行路遥远，著述亦宏富，代表作《大同书》的手稿影印本即陈列于故居内。

这所宅院曾有"天游园"之名。康有为这样来叫，且自署"天游化人"。宅与人皆得"天游"二字，梦想"驰骋于九天之上，徜徉于寥廓之间"，视千秋如一瞬，山岳为一丘。这是自励亦是自慰。

楼主终归是化去了，唯木石之宅依旧。永远不老的，是蓝幽幽的大海。

昨日楼台 老建筑的文学追忆

窗前曾闪过故人吟哦的身影，维新的思绪还像荷塘上的涟漪一样绵长吗？唱一曲客家山歌吧，变法先驱在历史中微笑。

黄遵宪故居

从前我在钟叔河先生家里得过一本薄册子，写的是黄遵宪和他的日本研究。文章印满几页纸，分量很是不轻。后来，钟先生纂辑的《走向世界丛书》收入黄氏的《日本杂事诗广注》（钟先生辑注校点）。在这之先，郑振铎先生编的《晚清文选》也放进了黄氏的《日本国志叙》。

戊戌之年，光绪皇帝从翁同龢那里得到黄遵宪的《日本国志》，遂"将变法之意，布告天下"。百日维新失败，光绪皇帝幽囚瀛台，黄遵宪遭开缺，放归故乡广东嘉应州，躲在"人境庐"里写起了诗。他的志向原本在政治、外交和教育上面，如他的自咏："穷途竟何世，馀事作诗人。"钟先生说：:"从这以后,他却只能够做诗人了。从五十岁到五十八岁,他在'人境庐'里写下了几百首诗。"有一点凄凉,有一点无奈。历朝的改革者,以个人的悲剧性结局赢取社会的进步,得到历史的尊敬。在周作人那里,态度也颇为近似。知堂这么写着："黄公度是我所尊重的一个人。但是我佩服他的见识与思想,而文学尚在其次,所以在著作里我看重《日本杂事诗》与《日本国志》,其次乃是《人境庐诗草》。"文章家对他只眼相看,亦下笔有情焉。

嘉应州就是今天的梅州。我得缘来到黄遵宪故乡,照理应该先看额题"荣禄第"和"恩元第"那两个相连的深院,"人境庐"不过是偏在东侧的一座窄院,只因它是黄氏的书斋。有书香招诱,我的兴趣自然也就在这里了。

院子不大,格局像是也颇随意。如果是黄氏自己设计营建的,真是妙构!从"人境庐"这个斋名看,他的散淡性情,他的悠然意态,是从陶渊明那里得来的。

开着多扇门,叫一个本不算大的庐宅,在初访者的感觉里幽邃起来。五步楼、七字廊、十步阁、卧虹榭、无壁楼、藏书阁,依次移上我的面前来。更有那棵黄氏亲植的夜合花,那双株临门的月桂,与息亭、假山、鱼池、草圃相映带,幽幽香气益使小院的恬适足至十分。极想一口吸尽花间的清芬。

书屋内放了一些桌椅床橱,让人在旧物上寻迹。门柱上还有几副黄氏的题联,和院门那副"结庐在人境,步屧随春风"一样,意在言志,味深而趣遐。卧虹榭的这副是："万象函归方丈室,四围环列自家山。"息亭的这副是："有三分水四分竹添七分明月,从五步楼十步阁望百步长江。"真有他的胸襟!《人境庐诗草》大约也只有在这样清幽的园舍

中才编订得出。我真乐意在无壁楼头推窗痴坐它半日，俯视一带粉垣下柔漪细泛的荷塘，还有更远处闪烁着明亮阳光的那条周溪。

转进荣禄第的大门，屋宇自是堂皇了一些，执一定的仪礼才能迈入似的，那种自在之气没有了。在我看，这哪里是家，是一座庙！人住在这样的地方，会感到压抑，心情必也沉重。百年前的黄遵宪以此为居所，会保持灵魂的弹性吗？从他的作为看，深刻的思想力与浪漫的诗情，倒是一样不少。支撑这些的，是强大的内心。

窗棂的影子印在生着青苔的地面上，砖石裂出几道缝，几棵细草钻出来，扑进顺着瓦檐泻下的日光中，又仿佛谛听黄氏吟诵的客家民谣与山歌，如醉。

二进是在勤堂，已空，匾额却依旧悬得高。从侧门过去，是一个天井，迎着的又是一间厅，正中供着一块匾，题"派充出使钦差大臣"；还有两行小字，上款"光绪二十四年奉"；下款"臣黄遵宪恭承"。髹红书金的木板，映得满室古色斑斓。早年的外交生涯，开启了他的眼界。光绪二年，清朝政府选派第一批使臣出国，他随公使何如璋出任驻日本使馆参赞（四年中完成《日本杂事诗》）；日后数年，又履任驻美国旧金山总领事、驻英国参赞、驻新加坡总领事。游东西洋数载，他尝自谓："岁星十二遍周天，绕尽地球行半环。"特别在变法这件事情上，黄氏受西方世界的影响甚巨。《日本国志》便把明治维新的经验介绍到中国来。笔上的功夫之外，必要有倡扬民主共和的政治情怀不可。如他所言："既东居二年，稍稍习其文，读其书，与其士大夫交游。遂发凡起例，创为《日本国志》一书，朝夕编辑。"（《日本国志叙》）他的学识和文采应该都是一流的，更有那新鲜的思想，在古老帝国发出了异声。他可说是中国最后一代士大夫，也是自东徂西的第一代人。

古宅 黄遵宪故居

东边为恩元第,与荣禄第门径相通。几个院子里多展列之物,直述黄氏功业。康有为、梁启超在上海的强学会被慈禧封禁,他和梁启超、汪康年在上海创办倡变法维新之旨的《时务报》影印件,《人境庐诗草》、《人境庐杂诗》、《人境庐散曲》、《己亥续怀人诗》、《小时不识月赋》诸种旧籍,在这里我也看到了。对于这位近代文学上开创诗界革命新局的改良派诗人,因是在他的故家,我的感觉更是不同。黄氏固然不甘以诗人自命,可是,有他这番创作成绩的,古来很多吗?文学史上说他的

诗"反映了新世界的奇异风物以及新的思想文化，开辟了诗歌史上从来未有的广阔的领域"。《己亥杂诗》咏道："我是东西南北人，平生自是风波民；百年过半洲游四，留得家园五十春。"这四句也题刻在恩元第的壁上。读他的诗，会想到史：一个人的生命史，一个国家的发展史。这又和知堂的见解合拍："我看人境庐诗还是以人为重，有时觉得里边可以窥见作者的人与时代，也颇欣然，并不怎么注重在诗句的用典与炼字上……"

黄遵宪旧家，风雅之气已不淡。黄氏诗云："千秋鉴借吾妻镜，四壁图悬人境庐。"（《日本国志书成志感》）若再求好，不妨把这一联题上他的书屋。

正午的日影落在莲叶上，几朵粉红的花摇在水面，更显艳美。回眸再望一眼人境庐高翘的檐角，我的心实在还留在那里，倒真有点像是月上东山，听着客家民间俗歌，和蛰居的黄遵宪在十步阁上纵论晚清风云。

曾朴故居

"进门一个影壁，绕影壁而东，朝北三间倒厅，沿倒厅廊下一直进去，一个秋叶式的洞门。洞门里面，方方一个小院落。庭前一架紫藤，绿叶森森，满院种着木芙蓉，红艳娇酣，正是开花时候。三间静室，垂着湘帘，悄无人声。"我做一回文抄公，从旧小说《孽海花》第十九回抄下这一节文字。抄，是因为我今年春上到常熟古城西南隅，遇着一座旧式庭园，知道曾孟朴故居便是这里。最初映入眼睛里的光景，和小说中的这几笔大致不差。往迎面一块刻着"虚廓邨居"四字的青色照壁投去一瞥，我也不细琢磨这是翁同龢的手笔，就径朝右手那边去。一道曲廊，连着数

间老屋，转过一面粉壁，又是一汪水，池岸尽是花，朱朱粉粉，像是临水甜笑。明漪间也漾着浅浅绿影，是斜下来的垂柳的柔丝。桃柳之色已叫人心悦神爽，更有红梅、丹枫和丛植的青竹伴在前后。那株数百年红豆树我没有留意，想必瞅一眼，也会惹相思的吧。就记起，横在大门上的那块匾，题着"虚廓园"，这三个楷体字是吴大澂写的，却不是他最拿手的篆书。在我的感觉里，进了这园子，空而大之味不浓，幽而深之趣倒是不淡。

庭院旧为明万历年间监察御史钱岱的"小辋川"，桥亭、池轩、水榭、廊台，更有飞香的花树、堆叠的湖石，尽心虚拟出一派山林之气，深寄求隐的意味，颇有王摩诘蓝田别业的影子在。扫一眼，心上就仿佛印着终南山的翠影。以景入文，就有了曾氏小说里的那些楼台摹绘。清同光年间，直隶州知州赵烈文侨寓海虞，购得西边一半，榜其门曰"静圃"，俗呼赵园；曾朴的父亲、刑部郎中曾之撰中年辞官返乡，购得东边一半，榜其门曰"虚廓"，俗呼曾园。曾、赵两家把小辋川一分为二，且在基址上施以营建之功，凿池构庐，植花艺卉，造出那一派胜绝的园景。退归故里的曾之撰，也学悠然见南山的陶靖节和辋川闲居的王摩诘，吃斋奉佛、焚香禅诵或者可以不必，独坐而啸吟、雅集而觞咏却是可想的。归耕课读庐、寿尔康室、娱晖草堂、梅花山房、涵虚天境、柳堤双桥、清风明月阁、琼玉楼、邀月轩、揽月亭、不倚亭、超然榭、啸台、盘矶……一园建筑，山林野望的意蕴足至十分，又仿佛皆从五柳先生那里得名。

踱至一段曲廊的尽头，就是归耕课读庐。这是一座主厅，堂匾悬在高处，仍是吴大澂的字，小篆。立着的木屏有一面墙那样大，《兰亭集序》刻其上，书者汪鸣銮。汪氏，传《孽海花》里那个墨裁高手唐卿，有此公的影子。北临池塘，粼粼波涟从厅后的长窗映进来，满室摇着光，饶具水木清华之致。厅前多树，香樟、古槐、银杏、山茶、白皮松，杂成一片。修篁掩花台，忽然耸出一峰太湖石，似比林木更为挺直，镌曾之撰所记、曾朴所书的数行铭文，是："余营虚廓园，依虞山为胜，未尝有意致奇石，乃落成而是石适至，非所谓运自然之妙有者耶，即书'妙有'二字题其颠。石高丈许，绉、瘦、透三者咸备。"这番笔墨，是在给自家园林点题。

寿尔康室是一个内厅，我没有什么印象。侧厅则是娱晖草堂，匾额、抱柱、堂屏、条案、扶手椅、瓷器、铜鼎，静静地摆在那儿，若调素琴，弹古调，就更清雅。更可想起老莱子彩衣娱亲、孟东野寸草春晖的旧典。

《真美善》杂志停办后，曾朴回到这座宅邸，消磨暮年的光阴。这位二代园主，流连于花木之间，游憩于山水之中，以林泉自娱而终其天年，做谴责小说时的心气日减而归于恬淡。在文言文，他的成就，依我看，一是小说编辑与创作——创办小说林书社，开始《孽海花》的创作，是1904年的事；创办《小说林》月刊，是1907年的事；到了1927年，又和长子曾虚白在沪上开设真美善书店，创办《真美善》杂志。晚清四大谴责小说中，以他的《孽海花》成就最高。这一册书，反映了他对于社会现实的理解，之所以胜过《官场现形记》与《二十年目睹之怪现状》，自有一定的原因存在。阿英的《晚清小说史》里有很明白的见解，云："《孽海花》所以然能得到这样热烈欢迎，原因主要在思想性。此书所表现的思想，其进步是超越了当时一切被目为第一流的作家而上的，即李伯元、吴趼人亦不得不屈居其下。"除去对创作成绩的称赞，更有对人格的激赏，云："《孽海花》不比当时秘密发行的文学作品，是公开发卖的。在清室的淫威之下，作如此

描写，作者之思想胆识，也就可见了。这些，在《官场现形记》、《二十年目睹之怪现状》里，何尝能够得到？"对一部谴责之作抱这样深的感叹，也就不难理解，阿英曾为北京宝文堂书店本《孽海花》做叙引，是有一番寄寓的。二是文学译介——自1927年起，翻译雨果、莫里哀、左拉、大仲马的戏剧作品和文艺评论，撰写法国文学评论、作家传记十七种，中国读者能够了解法国文学，有他的功劳。曾朴纪念馆里的陈列，可说显其文学活动的要略。展橱内有胡适题签的《曾孟朴先生纪念特刊》。我细瞧的是《真美善》创刊号影印件。那目录上面列着曾朴的新体小说《鲁男子》序幕、章回小说《孽海花》第二十一回，署着"病夫"和"东亚病夫"的笔名，还有一篇《编者的一点小意见》，同所谓卷首语颇相类近。显示近代文学创作气象的四大小说杂志《新小说》（梁启超主编）、《绣像小说》（李伯元主编）、《月月小说》（吴趼人、周桂笙主编）、《小说林》（黄摩西主编），在这里我也看到了。叫我感动的，是郁达夫对他的回忆，那是发表在《越风》第一期上的《记曾孟朴先生》文尾的一节话："不过现在虽和先生的灵榇远隔千里，我只教闭上眼睛，一想起先生，先生的柔和的风貌，还很鲜明地印在我的眼帘之上。中国新旧文学交替时代这一道大桥梁，中国二十世纪所产生的诸新文学家中的这一位最大的先驱者，我想他的形象，将长留在后世的文学爱好者的脑里，和在生前见过他的我的脑里一样。"郁氏的这番话，是在1935年说的，在我今日的感觉里，就凭他们曾有面晤之雅这一项看，就极让我羡慕，只恨余生也晚，少了这一段因缘。在这文章里，郁氏更回忆着交往的细节，殊觉音容宛然："我们有时躺着，有时坐起，一面谈，一面也抽烟，吃水果，喝酽茶。从法国浪漫主义各作家谈起，谈到了《孽海花》的本事，谈到老先生少年时候的放浪的经历，谈到了陈季同将军，谈到了钱蒙叟与杨爱（按：即钱谦益与柳如是）的身世以及虞山的红豆树，更谈到了中国人生活习惯和个人的享乐的程度与限界。先生的那一种常熟口音的普通话，那一种流水似的语调，那一种对于无论哪一件事的丰富的知识与判断，真教人听一辈子也不会听厌。"郁氏的文字间简直能飞出谈笑声音，落在我心里。

至于《孽海花》，可说的不少。文学史上讲，作品以状元金雯青和名妓傅彩云的故事为脉络，描画清末社会生活的百态。微而观之，在勾画贪腐的官僚、作态的名士上面，笔墨颇有力量，实在是比艳赏趣味更有价值的地方。在曾朴的意思里，亦是如此："想借用主人公做全书的线索，尽量容纳近三十年来的历史，避去正面，专把些有趣的琐闻逸事，来烘托出大事的背景，格局比较的廓大。"而在鲁迅看，"书于洪（按：洪钧，即金雯青原型）傅特多恶谑，并写当时达官名士模样，亦极淋漓，而时复张大其词，如凡谴责小说通病；惟结构工巧，文采斐然，则其所长也。"我手边存郑逸梅《逸梅杂札》，里面《赛金花不谙英语》一篇说到娇容秀姿的赛金花，这样写着："吴江名士金鹤望取其艳迹，撰《孽海花》说部，未竟，而虞山曾孟朴续成之，于是一代红颜，益复昭彰耳目。"小说里的傅彩云，所影射者，赛金花是也。事有凑巧，我在游过曾园的次日，就到了苏州，在平江路近处一个称作北半园的宾舍住下来。那河旁窄窄的街巷自然是逛过了。后来找出郑逸梅赠我的那册《清娱漫笔》，读到《赛金花生在吴门萧家巷》一篇，那上面这样说她："那哄动一时的赛金花，在前清同治三年，诞生于萧家巷。那萧家巷是相当长的，东尽头为平江路，西尽头是临顿路。赛金花生在一个靠抬轿子为生活的穷人家，屋子卑陋，现在早已倾圮改建，是靠平江路那一头的，但指不出确定的门面了……赛在吴门做娼妓，榜名'富彩云'，《孽海花》小说

把'富'字改为'傅'字,那洪文卿状元纳她为妾,也在吴门。"还无妨参看陈从周《洪钧所书匾额》里的话,说是与郑先生的文字互为表里也是可以的,曰:"洪钧(字文卿)宅在苏州悬桥巷,其藏妾赛氏处额曰:'香琐花铃'。"这些引述,固然都是写在小说之外的字句,对研究曾氏和他的创作或许有些用处也说不定。我在苏州日短,闲走平江路,也只是看河、看桥、看水边人家,就算身至七里山塘,还想走进阊门之南的专诸巷,去寻顾二娘的制砚旧迹,偏把赛金花给漏过。想续下文,

故人远去,旧日私家园林,只剩了一片清幽。风声中飘响柳亚子的联语:"大笔果淋漓,野史一编传孽海,老成又凋,文宗千古仰虞山。"

不知期于何年了。

建筑是人类生活的产物，它保存着思想和知识，后人得以在里面回到过去的日子，看到生命历史的图景。聊可慰情的是，走了一回曾氏故宅，在我，可说虚而往，实而归，丰富了行走的记忆。

风，柔和地来了，吹皱一池绿水。这个园子的好，就是把我此次想往游而未能游的冒辟疆的水绘园拉来，亦略可比拟。也无论暮雨，也无论夜月，只消在波光树影间低回，便无妨领受一段曾孟朴晚年心情，是静，是清，是空。

午后的阳光照下来，入眼的皆为画影，心中也便暗暗地浮上一阵清凉。不倚亭中，几个负暄的翁叟柔声曼调地闲话，颇有老乡绅的气度，嘴上挂的，尽是虞山下的古今。

昨日楼榭 老建筑的文学追忆

一缕山外的风，吹动老宅墙头的细草。知识的阳光照亮一个学人幼年的心，精神飞向皖南以外的世界。

胡适故居

我算不上平素不写文字的人，绩溪归来，文章却还没动笔去写过一字。实则已在心里有了大致的意思。

胡适的家在山里。皖南的山长得好，绿得深，到了这一带，势虽不雄，峰头却依得紧，依得密，分不出一点断处，显出一种结实的样子。此地已偏处绩溪县的西北。一过鸡公关，车子就盘山绕起来，翠岭的颜色是在画里见过的，始觉凡有画山手段的，大约是把这样的山景看熟的，心头笔端，总叫绿意浸着。

越到岭北，横起一座大会山，在它的下面，墙色粉白、屋檐青黛的房子散了一片，便是胡适住过的上庄村。徽派建筑总有一种特色，这是我早就知道的。到了三四月间，油菜花映满了天，艳黄的花色衬着这样的农舍，谁家丹青比得过它？现下却是七月的天气，花色退去了，忍看画意减了几分，幸而江南山水好，村边绕着清亮的浅溪，坡上飞着泉，田里稻浪也还摇着绿，我，一个北方人，这光景可说消受得不浅。

我近来写的东西，和五四新文化运动沾上一点边际，不消说胡适这个人物是绕不开的。因了这一层关系，来看他的故家，旧人虽不可见，空屋的低回，也算一种有意味的经验。

上庄村里住着的大姓人家，应数胡氏了。适之路不很深的地方，胡开文的祖屋在焉。此人的名气，我也是从前在北京琉璃厂的徽墨店里知道的，前日又在休宁县盐铺村的状元湖边望过佛山上他的墓茔，在这里偶见其人旧家，感慨当然有那么一些。我的来意不在此而在彼，只把老宅看了片时，就朝多弯的小巷深处走。

温源宁说胡适"和蔼可亲"，梁实秋说得更活些："永远是一副笑容可掬的样子。"说的都是神情。他的相貌，我有一点得自书上图片的记忆，那最多是表浅的印象。在故居前迎着我们的，是胡适的侄孙胡育凯。他的名片印了一行小字：适之叔公取名。一看他的脸，实在带着几分像，面清瘦，瞧人的时候，镜片后面透出的目光是和善的，很像他的叔公胡适之，也和我想象里的胡适大致不差。这样眼神的人，心应该是沉静的，不易为外界所扰。真如本乡老辈人说"像个先生样子"。

胡宅"略施雕刻以存其朴素"。故人散去，屋院安静了，少了纷扰，也少了温馨。这是胡适感知过的世界，生命的记忆从这里开始。老屋是他人生的根。历史通常保持沉睡的姿态，探询者的目光唤醒它的生命。但是，观察的有限性阻碍了它的完整复活。其实，灵魂永远是醒着的。

进入时间的深层，生命史便会呈现它的全部生动。在精神的连接中，生存和死亡的转换、时间与空间的过度，变得自然而从容。身入留着名人生活遗痕的故居，更像抵临一个文化仪式的现场。

家什杂物放置屋里各个角落，凡家庭生活所需之物，无一不全。年深代异，它们的存在，并非用来装饰家族的荣誉，更像在接受我们注视的一刻显示历史的重量。可以感到生命温度的，是胡适父母的绘像，一旁配了字。胡适的那篇《我的母亲》，语言很稀而情感很浓："我在我母亲的教训之下住了九年，受了她的极大极深的影响。我十四岁（其实只有十二岁零两三个月）便离开她了，在这广漠的人海里独自混了二十多年，没有一个人管束过我。如果我学得了一丝一毫的好脾气，如果我学得了一点点待人接物的和气，如果我能宽恕人，体谅人，——我都得感谢我的慈母。"他从人之子这一方面，流露出天性之爱。若论中国上好的亲情文章，选家多要看中这一篇。就上边所引的话看来，胡适拿笔写着的时候，浸在自己的性情中，心里一定是温暖的。"最胜之文"的赞词给不给它，尚不好说，在我，至少是要想到归有光做《项脊轩志》上面去。

仿佛是胡适在给丁文江做传时说过的，"我们这个新时代的徐霞客"是一个"能建立学术的大人物"。反求诸己，把"能建立学术"这话移用在胡适自家身上，我也能够赞同。成熟于乾嘉时期的徽派朴学，在治学上以"经世致用"为目的，以"求真求是"为精神，以"严谨科学"为态度，这个传统也就在胡适的学风上表现了出来，实证的作风也很显然，是其在求知方法上一贯的遵守。即以记游文字而论，他的那篇《庐山游记》，写得就很平实有据，基本不抒情，竟至可以裁度他的内凝而持重的治学风格。书房墙上挂着他写的条幅：努力做徽骆驼。"徽骆驼"，和"绩溪牛"对应得恰好，耐劳、肯干、能忍受、不畏苦，是徽州人坚持的人生精神。

胡适年少时走到皖南山外。出家庭而入学庭，先做了上海滩的时新少年，又靠官费留美七年，在杜威门下得了哲学博士的荣衔。他留恋家乡的社会生态，倾力学殖，徽州文化的根还扎在心上。只说平民化，他做《文学改良刍议》，放在《新青年》上发表，力倡具有建设性意义的"八事"，里面的"不用典"、"不避俗语俗字"两条，便是一些通文墨又专于自守的人，也会觉得亲切，虽则此论一出，未免破了自家法度。新文化运动的发生，胡适实与有力。

"在对中国现代文化的构制做出启蒙意义的安排上，身为五四觉醒者的胡适，从反叛旧有文化秩序的立场出发，鲜明地昭示了文化改造的精神自觉，以语言建设的实绩促成了中国文化的现代性转折"这几句话，是我忽然想起的，把偏于理知的字句插在这里，未免在文气上转得稍硬，好在意义上的联系还是有的，不计较可也。

从适之路绕出去，复经胡开文老宅。村子是这样的小，人物的名气是这样的大，无怪人们要把赞语落在"文豪墨圣"这四字上。

湖畔诗人汪静之的故家在近处的余村。山水的明秀，可以寻得《蕙的风》幽美意境。

离上庄村不远，路旁筑墓，埋着曹诚英。墓表是旺川村委会题刻的。墓上有这位出自美国康奈尔大学的中国第一代女农学家的相片。俞汝庸在一篇回忆文章里说曹诚英"眉清目秀，端庄贤淑，气质典雅"，是对的，看相貌仿佛觉出这位江南才女温婉的性情。和远去的生命连在一起的旧事，我无深知。不知者无以言。那就照引俞氏文章里的话："据说曹姑姑死后，嘱咐葬在绩溪旺川的公路旁。这是一条通过胡适故居所在

的上庄村的必经之路——她是还寄望于在路边与胡适生死相逢吗？斯人已逝，只留下一段持续半个世纪的似断非断的恋情，引人长长叹息。"

感旧怀人，自是古文章写法。

永久的依托被曹诚英带进精神的坟穴。

回到绩溪城，尝一品锅，类于北方火锅，有五味调和之妙。昔年，千里之外的胡适常以这道乡味款客，聊寄故园之思也。至于臭鳜鱼、毛豆腐这两道徽州的名肴，在胡适的口味里有多少分量，就不好妄猜了。

一院墨香。纵逸的行草抒发内心的清狂。一丝隐衷含入写意的花鸟。摇动的竹影间,浮出青藤道士自在的风神。

青藤书屋

徐渭旧居,长巷内普通一宅。低矮平屋,院子不及朱耷的青云谱深阔,似无规矩,散漫尽如纵情放性的房主自家,颇能同金冬心在扬州的故宅相接近。后换诸暨陈老莲来住,像是也未改门宅模样。

人去(葬在绍兴姜婆山,自为的墓志铭,我虽未读到,却能够推知,以他的性情,文字应浸血泪。遥想逢月明之夜,坟边宿草间的秋虫,会随风低吟着它),昔日的往来谈笑都空如一梦,竟至连影子也飞远。静室萧斋,唯留字画,别显他的音容。张岱谓"青藤诸画,离奇超脱,苍劲中姿媚跃出,与其书法奇崛略同",直指精神。花鸟画之外,《听瀑图》、

《稻蟹图》、《对弈图》这三幅，笔墨一任狂放，我也喜欢。

檐前窗后，栽植颇茂，且插太湖石多峰。池边金桂、石榴、芭蕉，杂以数杆翠竹，绿色不光映水，而且出墙，似闹秋意。攀墙青藤，盘曲若虬龙，虽是后人补栽，以意为之，犹具古貌，应该同徐渭手植的那一株相仿佛。花期已过，一藤碧色实只在摇于其上的绿叶。我看到砖壁的一端刻"漱藤阿"三字。《诗经·小雅·隰桑》："隰桑有阿，其叶有难。"

程俊英释："阿"通"婀",状枝叶的柔美。漱藤阿,像是还会同水有些关系。站在跟前想了一会儿,不得甚解。或谓此藤本为女贞,如果是,哪怕到了"秋尽江南草木凋"的时候,它也还应该是绿的,如松竹梅。温不增华虽未必,寒不改叶却理当是据实,所谓"晚翠",即此,足以喻主人的真气概。李太白"一条藤径绿,万点雪峰晴",仿佛为它而歌。

满院葱翠,同画纸上的花树相映衬,书屋为之生香。况老屋窗下昂此一藤,领众卉精神,故人邈矣,它似独为小院之主。深荫之下,想起汪曾祺先生的一联诗:一庭春雨,满架秋风。可不是吗,此刻恰宜于泛览柜中的《四声猿》、《南词叙录》,虽书色已经发黄,也能犹见青藤道士印于纸页间的汗迹甚或泪痕,还能遥想其化为叶瓣仍飘余香的残花。看后,坐在清凉兼响鸟音的竹下,闭目听一折戏,且尝茶饭。

书屋旧主撰联:"几间东倒西歪屋,一个南腔北调人。"这是以平常之语写不平常襟抱,平实、易懂,又能意远,独标他的颓放态度。联,刻诸板,用笔古拙,似含美刺之心。同来的人,对徐青藤即使无深知,也全都夸好。

昨日楼台 老建筑的文学追忆

旧日空气弥散在幽暗的屋内,木椅桌凳保持昨天的姿势。那个少年才俊的身影呢?耳边犹听书声琅琅。

三味书屋

知堂老人说:"三味书屋是鲁迅小时候读书的地方。"其址在百草园近东不远的对过。鲁迅"出门向东,不上半里,走过一道石桥,便是我的先生的家了",全是记实。我从百草园出来,往三味书屋去,心想周氏兄弟书上的这些话,很亲切。

门临河水,浮几片碎叶,石桥平架在上面,不取什么特别的式样,这些大约都未变。门色依然乌黑,院内也容不下许多人。周知堂引他人的话说:"三味书屋是坐东朝西的一排,中间三间打通,是镜吾先生的书馆,南首一间用圆洞门隔开,便是两三个读《大学》《中庸》的小学生的所在。"这同鲁迅笔下的文字，像是稍有异同。我只记得，房子的开间不很大，正中是一块书着"三味书屋"的匾，白板墨字。其下正如鲁迅所记，是一幅画，"画着一只很肥大的梅花鹿伏在古树下"。画前长案的右端，立一个黑边镜框，照片已经泛黄，瘦面长须，推想应该就是"本城中极方正，质朴，博学的"寿镜吾了。方桌上摆着镇纸、石砚和几册书。寿老先生手抄的唐诗也在一处吗？门虽敞着，却隔一排木栏，想看，凑不到近前去，毫无办法。靠北，是鲁迅用过的桌椅，仍然照旧时的样子摆好。前人遗影不可见，就求诸浮想，一屋师生似翩翩从远方回来，各安其座，琅琅诵书声也仿佛能够听到。

当院架上，放一块扁砖，色黑而细滑，是寿镜吾让学生手蘸清水练习书法用的。鲁迅在他的早年，曾于其上试过吗？《朝花夕拾》里好像未见记载，他大约只顾用荆川纸描《荡寇志》和《西游记》的绣像了，竟也厚至一大本。

便于少年们溜出去闲耍的，固然要算可"在地上或桂花树上寻蝉蜕"的后园。直到离开绍兴，我如何费力想，也对这片小天地没有印象，或许早已被隔到门墙之外了吗？不可知。花坛上的那株老腊梅，当然也就更不记得了。

不记得，却无妨想象旧日里折枝少年们课闲时的欢乐。学堂中放开喉咙读书的咿咿呀呀，冲着空头牌位跪拜孔夫子，都同活泼无羁的童心相隔阂，朝户外的闹处探头张望，始知在小城中，书屋原只是寻常的一角。

可看的有限，而供人想的，似乎不很少，仿佛还能够望见鲁迅生命的那一端。这样，下笔涂抹，即便未获如意文章，也可以少抱怨甚至无憾。

屋后的园子，储存苍老的记忆。泥墙边的树影间，飞出叫天子脆亮的鸣声，唤回童年的欢趣。

百草园

周家屋后的这片园子，得花篱之胜，像是也久已为无数读书人熟知。鲁迅年少的时候，野草间的无限趣味，尤能撩动种种浪漫遐想，放飞欢乐的心，奔星似的闪耀着，飘入一天斑斓的云锦深处。鲁迅日后一些偏于抒情的文字，应该得其浸润。像这一段："我仿佛记得曾坐小船经过山阴道，两岸边的乌桕，新禾，野花，鸡，狗，丛树和枯树，茅屋，塔，伽蓝，农夫和村妇，村女，晒着的衣裳，和尚，蓑笠，天，云，竹……都倒影在澄碧的小河中，随着每一打桨，各各夹带了闪烁的日光，并水里的萍藻游鱼，一同荡漾。"（《好的故事》）在我看，笔写山阴道，美丽能过此境者，似乎不多。

我也只是抬眼望，纸笔记像是可以不必，这有理由，是鲁迅早将这里无穷尽的情趣写过了，虽是七十年前的旧文字，今日读，犹能如新。

菜畦还绿着，细看，是已经长出模样的辣椒、茄子和在矮架上爬蔓儿的豆角儿。紫红的桑椹我未见，但确乎站在了高大的皂荚树下，绿荫柔水似的溶成一片，仿佛将我的周身浸了进去。拾起一颗青果般的皂荚，指尖轻触沁出的汁，非常之黏。

短短的一带泥墙还在，半遮着的蔓草，厚而且杂。低唱的油蛉、弹琴的蟋蟀，这一刻不知道藏到哪儿去了。过深的草大约是被芟剪了，伏在泥土上的一层，巧手绣出似的，正如映阶苔色一般可爱。长妈妈口讲的赤练蛇，蔽不住身，钻远了，少年的想象中，自此再也浮不出墙头上那张美女的脸，隐去前难以捉摸的一笑，或许只有在惊心的梦中才会闪出来。

圆月形的门旁，刻了上下联，以一道粉墙来衬，很惹眼，是"仰视桑椹熟，俯听蟋蟀鸣"，谁人撰于何时？未知其详，只是感觉它还能应园中之景。这就颇好。也可以改吟另一联，来于《陋室铭》："苔痕上阶绿，草色入帘青。"

门后一屋，卖孔乙己茴香豆、咸亨腐乳、霉干菜之类特产若干种，兼售书。长柜后面，是两位上年纪的人，话音轻细，待客温和，推想心肠当如菩萨。这使我想到头戴黑色毡帽，颤巍巍地用竹吊子从酒坛中舀出黄酒的店堂老伙计。我选了一册《绍兴古迹笔谭》，递钱，还不忘请老者在扉页戳一枚章。来了，又能带走点什么，心里才像有些抓挠儿。

高墙间的过道，多弯折，似深含故事。移目可见各屋里的摆设，

昨日楼台
老建筑的文学追忆

指上香烟,飘起一缕文思,缭绕于远去的年代。

皆隐在幽暗的光线下，犹是昔年器具。睹物，思人，就不能不动情。又想到河水尽东逝，总之是皆往矣。人已去，堂中旧物虽还依然，也似成空。

　　临街之门，漆色深黑，越城中人惯呼大户宅邸为台门。心想兼眼望，也真如目对禅佛爷毫无表情的脸，便很怀想水月观音眉眼间含着的那缕温情。夹在她柔指间的那枝细长绿柳，湿亮地一闪，顷刻就化成满园花草。直窜向云霄里去的，我想，应该是轻捷的叫天子吧！翅底所带的花香，即使是在夕暮的老墙下闻，也能唤起一缕晨光之思。

栖遁在幽僻的乡野，让山水把忧愤的心包裹。后世之人，在画里追觅明朝遗民的灵魂。

青云谱

观青云谱，要怀闲情去。

青云谱是朱耷的家。为什么就叫青云谱了呢？这名字很古怪，同朱耷别号"八大山人"一样不甚可解。"青云"多义，喻官高爵显，也喻归隐闲居，是兼及进退的词。八大山人显然是意在后者，这同陶靖节的柴桑田园、王摩诘的辋川别业，是相近的。乐于放逸，笃好林薮，中国的旧式文人，不少都走了这条路。

青云谱在南昌城郊外，天然乡居风景。梅湖绕院墙而过，鸭鹅嬉其上。粉墙如带，映于水中，能与湖光互为映媚，别无颜色，这也恰好合于僧道本性。朱耷是南昌人，就近找了这座东晋之筑，卜居度岁，表明的是亡国遗民的避世态度。

夕暮下的宅院很静，廊厢幽邃，几重进出，难知其浅深。当时逢细雨落，自檐角滴沥于苍苔地上，一轻语、一足音，隔槛可闻。光线转暗，轩屋中悬古字画，墨色自显浓淡，皆朱耷平生得意笔也。崖上鹰视之戾，云端鹏舞之狂，风里竹柳之劲，草间走兽之疾，均在非虚非实中，淋漓有孤傲气。逸笔草草，似不经意，唯求大致之状、纵恣之神。托形色于花鸟，根底全在一腔郁闷。眼前情境，又若"百忧如草雨中生"了。疏放的朱耷，独坐幽斋，枯听风声过耳，会孤守卧榻前一盏寒灯，醉望冷月将逝吗？

推门可通别院。有万历年古井在焉，旁立一碑，镌以说明。望井下，已无活水，纯粹古董耳。东为朱耷之墓，坟头蓬生积年的荒草，荫以老树，成拱矣。鸟鸣枝头两三声，颇感苍凉。端详其上木牌，知已为四百年树也，远高于朱耷之寿。八大山人生前是见过这株树的。横斜的枝干，也入过他的画中吗？邻墓稍小，隐于乱枝丛杂处，碑勒之名"牛石慧"，朱耷胞弟也，一生同其兄仿佛。手足久眠于乡野道观，宿草秋风，黄叶空阶，画魂当在追思棠棣之华的明艳吧！

曲廊临荷塘，逶迤如画中素练。水边有长椅，雅呼"美人靠"，正好坐望远近园畦、田舍农家。八大山人曾否？廊壁多碑刻，依旧朱耷笔墨，饶折枝花卉、鸟兽之形，神貌古怪，刻于石上，益显疏瘦有骨力，类碑碣风格。然耷之书法也可观，近王献之。壁上镌一首题花诗，骨格自现：

翠裙依水翳飘摇，
光艳随波岂在描。

隐居道院，八大山人在诗书画里怀恋逝去的朱明江山。挥洒笔墨，是另一种抗争性的言说。隐晦的题诗、冷寂的山水，寄寓亡国的创痛。那枝幽涩的古梅，摇起孤独的意志。

  妒煞几班红粉态，

  凌风无故发清娇。

读之也觉清新可喜，仿佛是蘸着山水之色写出的。

  院内植花艺卉之事颇盛，似将《广群芳谱》变幻苑圃中。花树红红绿绿一片，淡香悠远。枝叶间闪出一亭檐、一断碑、一青石，添点缀之趣。八大山人憩居此种天地，也是别有乾坤。五亩之宅可得千里之境，故绝池中物而不负青云人之名。

  朱耷石像掩于花影间，躯瘦，貌古，布衣之相。出身虽非等闲人家，然大明宗社陷落他人手，刚刚十八岁的他，只能为僧为道深遁泉石，以纸笔遣壶中日月，终老于郊野旧屋。生，并不如意，身后之名却足可"内欣欣而自美兮"。谁也没有指望这一副骨架能去支撑朱家江山，而中国画史却多了一位称意才。

  像前摇曳一枝花，甚美艳。问其名，本地人不能答。惜不谙花事，无以知其详。

  院门前，古桥枕湖，静影沉碧。此景宜眺粉莲花。村人团坐聚谈，桌上豆饭鲜蔬香茶，怡然飘桃源古风。论及八大山人，仍慕其贤。

  此地名定山桥村，祖辈或为朱耷乡邻。

赣南辽远的郊野上，耸起一座坚实的城堡。比城堡更加坚实的，是客家永固的信念。

关西新围

　　赣南多村围。龙南县关西乡有个新围，这是清嘉庆三年开建、道光七年始成的一座客家围楼。长方形，异于闽西的圆状土楼。

　　赣南人造围院，四面墙不用粘土夯筑，却用青砖垒砌。墙身靠下的一截，多取石灰砂浆、卵石和黄泥搅拌，这种呼为"三合土"的材料，有时还要混配一些稻草、碎石、竹片与木屑进去，用于版筑，十分结实。关西新围这么干了吗？行色匆匆，我没有留意。倒是记住了三层高的角堡各踞围墙四端，投石打枪，蛮悍盗匪不敢上前。这样坚硬牢靠的外墙，把里面的宅院人家护得极严实。真是一个"围子"！

新围开了两个大门，一东一西。或曰：东门进轿，西门入马。我们既不坐轿，也不骑马，下车，径直奔东门。石门起拱，门匾上"关西新围"四字，阳刻。两边配门对。细瞅，这门不开在高墙的中间，却靠向偏北的一端，实在是破了建筑的平衡感。不过，门近角堡，互为照应，自有防御上的道理。朝围子里走，一折，还有一个朝北开的石拱门。站在这里回过头，眼光正落在北墙那一道黑色的檐头上。这围墙的尺寸，南北高过东西。檐口的砌筑也讲究，叠涩之法用得尤其好。以青砖层层堆叠向外挑出，构成一个跨空的斜面，很美。想想修这个围子费时三十年，工艺当然求精。

若从高处看下去，整个围子的平面结构大略呈"国"字形。一座三进六开的祠堂踞于中轴线上，当为一院之主。宽廊大开间，颇明敞，九幢十八厅的宫廷建筑格局用在了民居上。檐柱粗大，底端石础有刻饰，正和厅门两侧的石狮、门框上八卦圆柱形石雕或者偏院及厢房镂嵌的麒麟凤凰一样美。厅檐宽大，四面围来，剩下一片四方蓝空，正可看见阳光下那檐角飞翘的马头墙。铺在地上的，是平滑的水磨石方砖，厅堂仿若闪出幽幽的光。天井的地面也极平整匀净，薄薄地覆一层淡绿的苔藓，长方形的四边挖了排水沟槽，正和我在闽粤一带的所见毫不相差。从这里向左右延扩的诸多厅堂、屋院之间，连以游廊、甬道、门坊、屏墙。这不是隔，而是通；不是分，而是合；不是空间的切割，而是情感的融聚。生命的血液在宗族的肌体里涌流。时间之河中，无论是风，无论是雨，心中恪守的宗亲文化没有断裂，如何修复，就成为一个失去意义的话题。在这样的地方崇奉祖先，家族荣誉永舍的神圣感便长久保留于族人心中。此刻，太阳从天上照下来，庄穆的祖祠，飞耀一缕神性的光芒。

从一块木、一片石上发现文化价值，方能显示游观的本质意义。

我是站在东南角堡上，透过窗孔端详整座建筑内部格局的。窗孔亦经简单花纹装饰，不露戕斗之气。屋舍的坡顶上，角巷的门坊上，层层屋瓦，闪漾鳞波，弹跃的光斑显示着自然的节奏与律动。阳面的明灿与阴面的沉黯，特别有一种色调的反差。再看那三层的墙体，最上一层砌之以砖，中下两层则夯之以土，淡淡的青、浅浅的黄，色彩对比虽不那么分明，不同到底也还是有的。目光再远去，就飞向飘绿的稻田和明亮的溪流了。院子里有一副楹帖："碧水环绕泽长流福延千载，清风徐来春不老田赋四时。"像是给这农事光景写意。西北望，大庾岭把一抹青色影子印在明蓝空中。赣南的六月天，人间好画！

从角堡折木梯下到二层。这靠南的一排，外廊悬挑，一溜十九间，却用来做钱库、轿房和食物储室。我在走马道上漫踱，木板在脚下发出吱吱的轻响。这里处势较高，一眼望得尽围子的大略。手抚一根根漆色剥落的垂柱，暗忖，此时此境，仰天看云、拍栏度曲都是无妨的，料可一快倦旅者心神。

出西门，去看小花洲。这是宅主专给远从姑苏而来的爱妾造的一个花园。断垣后面一片水，凝在那里不摇漾一丝波，稀薄的绿藻遮在上面。水中杂树偃仰，岸边花草蓬乱。这就是那个"一品池"吗？昔年，池中有岛，有桥，有假山，有石塔，皆废，恰和那园子里曾有的亭台阁榭一样。想要温习旧梦，只有回到时间尽头了。这样思量着，虽在艳阳朗照的午后，映上眼底的绿却是幽幽的，渐渐地更接近于黑，很沉很重的感觉就落在心里。粉垣颓，芳径残，韶光逝，人立小苑深庭，忆念往日游憩笑乐，徒叹良辰美景奈何天之余，也只能唱唱"则为你如花美眷，似水流年"了。若待墙头爬上夜的影，鸟啼人静，这临水的光景只怕更凄迷。近处

如鳞的檐瓦，荡起岁月的褶皱。书声、笑声、歌唱声，湮入时间的涡流。

古宅 关西新围

还有梅花书院，诵读声却极邈远了。围内人家看戏的台子仍在，空的。推想那弋阳腔的弦歌也是久不闻了吧。我过去常在诗文中品赏建筑韵致，这一刻，则在建筑里领受诗文意境。

　　造围屋者，为本地富绅徐名钧，在兄弟中行四，俗呼徐老四，靠伐木放筏发家。多金而盖屋，乃致富之人的通则。晋商、徽商的作风是天下都知道的。赣南徐氏，并无例外。巧得很，龙南县的旅游局长恰是徐家后人。在广东和平县与江西定南县连壤的地方刚见过面，就带我们来瞧他的这处祖宅。

一汪荷塘，映着几圈围屋、数排横房。祖堂的烛光里，升起家族的荣耀。

留余堂

梅县围龙屋，布势上尽其巧妙。张资平的留余堂，可说是这种传统民居的一个好例。

过到梅江北岸，路边一个牌坊，"留余堂"这宅名题在坊额，还把此堂上厅的一副联语配上坊柱："孝友一家庶可承忠厚绵延之泽，蒸尝百世其毋忘艰难缔造之勤。"读联，可以推知张氏家风。正是枇杷上市的时节，几个村妇蹲在一边叫卖，篮子里一片黄。

坊后一条坡径，我们顺着它折向左边。看得见那排白色院墙和黑色瓦檐了。与四近平常人家同样，前面一个水塘，弯得像月，把那连成一

排的正门墙壁立面和横屋山墙立面映在波光里，更有后面那一道高出方形院子的围屋坡顶，以及平敞的晒禾坪。隔水看去，大有入画之美，就觉得这个"围"字用得真是准。靠前的水塘，半圆形；靠后的围屋，也是这个形状。两瓣一合，再圆也没有，且把中间的方形院子包在里面。被战乱逼离乡土，流宕转徙，艰困于途的客家人，地上难觅栖身的田园，便时常仰望寥廓的穹隆。将万山丛中的家宅造成浑圆形状，也就像住在天上了。

直着望过去，这圆环中间还有一条中轴在。既然多为"一进三厅两厢房"的格局，那么，进了院门，下厅、中厅和上厅，也便排布在南北一条直线上。如果不惮烦，再把分列东西两厢的横屋收进来，摊成平面图，我像在瞧八卦！

居中的院门设前廊，颇深阔，卷棚式廊顶。匾题"经魁"二字，红底金书。两侧墙上是"珠联璧合"、"凤翥鸾翔"的喜联，透着吉庆。下厅的门楣也有一块匾，题的是"文魁"。这样题镌，不免要想到魁元擢桂之荣上去。目光叫那高悬的匾额朝上引，立时想起皇家宫苑里的彩绘天棚与漆金藻井。眼前没有这些。裸出的椽檩梁枋上面，也不见什么装饰，倒也朴质。后面一个天井，下午的阳光照着它。中厅好像没设隔扇门窗，挺开敞。正中一扇宽展的屏风门，不是岭南人家喜欢的黑底描金的那种，涂着枣红色，有凝重气。堂匾横其上。讲究些的客家，要在中厅设太师壁，摆上神龛牌位。张家有这番排场吗？记不住了。倒是西边一个偏弄的天井旁，摆龛供着观世音。我一个外来人，哪能瞧得那么细？心系祖源的张家人，或许会把祭祀的长案和八仙桌摆在北面的上厅也是可能的。生者和逝者共处同一空间，精神世界里永有一座祖堂。东墙上一溜照片，多为张家故人。张资平的那张下面有一行字：二十世孙秉声（资平）公。旁附其人事略，在这里可以不备述。我近年写《中国现代风景散文史》，在有的章节里提到他，故而对此人东渡日本留学，又和郭沫若、郁达夫、成仿吾成立创造社那一段旧事，聊有兴趣。张氏的小说我读过的实在没有几篇，虽则他创作的《冲积期化石》据称是中国现代文学史上的第一部长篇小说。日后得暇，《她怅望着祖国的天野》、《爱之焦点》、《不平衡的偶力》、《双曲线与渐近线》、《白滨的灯塔》、《梅岭之春》、《残灰里的星光》、《爱力圈外》、《青春》、《结婚的爱》、《红雾》、《爱之涡流》、《群星乱飞》、《恋爱错综》、《时代与爱的歧路》、《爱的交流》这许多小说，我或许会找来一读的。固然张氏的有些作品，言情；可是《天孙之女》、《无灵魂的人们》、《红海棠》等篇，据说又是抗日小说。抗战之时，张氏曾供伪职，从此背了附逆的名声，人也就倒了。在国家和民族的艰危之秋，忘记大义，输了节操，遭诘亦无可自辩。除去这一层，在他，笔下总还有功夫吧。历史太沉重，就要深思。既然人和文难于一刀两断，就学张中行论周作人，那态度是，谈人，也谈文。可是让我来说张资平，就要犯难，此人离我真是太远了。

有个老人从横屋出来。天热，体胖的他只穿件背心。一问，是张资平的侄子。老人讲的，多是叔叔的旧事和留余堂的古今。其实，说到张资平，他也是没有见过的。前尘如梦，哪怕听来一鳞爪、一片影，也是可珍的。中厅西侧的一个小院，有幢双层老屋，镂花的铁门生了锈，关着，左右是带棂的方窗。上面一层，黑旧木门挂了锁，两边像是石窗，雕着菱形或方形的格子，差不多闭着，只有靠西的这扇露出一道缝。老人讲，张资平年少时，就在这里读书。临窗对朝夕，楼头曾有生命的温热。我前后瞧瞧，粉墙上晃动明洁的日影，前面一个月状的鱼池，并无锦鳞之影，绿藻却覆满水面。横在池后的条石上，垂下一些散乱的枝叶，倒把

精镂花纹的南墙遮去一半。小院满是清幽空气，张资平熟诵的一副联语，原在他父亲的书房里，颇能应眼前之景，是"灯火夜深书有味，墨花晨润字生香"，题在门边，恰好。

照着围龙屋的一般样子，上厅的后墙外应当是一个半环形院落，微微隆起，铺了卵石，望去如"龟背"，长寿的意思也含在上面了。这个扇形土包，又略似女人饱满的腹部，得来"化胎"的俗称亦不足怪，衍育嗣续的深愿寄寓其间。正中按金、水、土、火、木之序摆了五块石，"土"居中，客家人的感情紧连大地。据说这五块方石，便是那龙神伯公的神灵。除夕这天，族人要在祠堂敬祀祖公，也要在龙神伯公的神位前焚香烧纸，以祈庇佑。本县丙村镇的仁厚温公祠就是如此，化胎上生着浅浅的草，更有两株苏铁在上面一长就是四百多年。阳光下，羽状叶片闪着绿。朝朝暮暮，这片绿映入北邻的围屋，那黑色的檐瓦，那白色的屋壁，展延成一个美妙的半圆形，且浸入一片鲜碧。留余堂也会这样吗？我转到后院略略一瞥，屋陋物杂，不禁有萧疏之感，比起温公祠，声色略减几分。

这座堂宇近年也经修葺。大门西墙上嵌着《重修祖堂碑记》和《祖屋墙壁重修碑记》，可证。那块《重修禾坪楣官工程落成碑记》值得一读。大意是，这座初建于清道光丁亥年间的祖堂，出了不少人物，照着《诗·大雅·绵》所吟的祝颂之辞，也算瓜瓞延绵了，真也不负岭南山水钟灵毓秀之德。上面这么写着：梅州剑英图书馆至今还收藏张氏族人在科场上所作《留余堂试草》、其翰公诸人的《咏花书屋赋》等文集。清光绪年间，工部右侍郎广东学政臣汪鸣銮为《留余堂试草》作序，赞曰："粤之文，以嘉应为最，而张氏尤为嘉应之名族也。"汪鸣銮，我在哪儿见过他的字呢？想了一会儿，对了，在常熟的曾朴故居！刻在归耕课读庐里的《兰亭集序》便是他的手笔。一室翰墨，满庭书香，留余堂的门风，真是盛矣哉！

　　门坪前立着七根石柱，上有镌痕，标示堂中曾出过七位举人，可说是家史的荣耀。纪其功，旌其德，意在嗣徽。柱影映入池水，自显一种风流。所谓"楣官"或者"楣杆"便是它吧。

　　那老人不肯回屋，说起家事，话不断，一直送客到门口。留余堂今日之主，大约就是此人吧。他叫张梅祥。

　　回到路边，几个女人还在坊门前。枇杷没卖完，篮子里留着甜。

太守诗文，传诵千古。一片浓情，西湖如醉。

会老堂

  欧阳修旧迹，我寻过扬州蜀冈上的平山堂，滁州琅琊山中的醉翁亭。这次得缘到古称颍州的阜阳，游于西湖之滨，一脚迈进欧阳修和老友赵概宴聚的会老堂。更多人的游情所向，在那粼粼的湖上，像是注意不到它，游湖，也就过而不入。

  欧阳修晚号六一居士，尝曰："吾《集古录》一千卷，藏书一万卷，有琴一张，有棋一局，而当置酒一壶，吾一人老于其间，是谓六一。"欧阳修中年知颍州，复归老于颍州，在西湖边营筑六一堂，像是把人生趣味融进去了。会老堂是六一堂的西堂，永叔自榜其名。

自欧阳修与赵概颍州相会后，西湖畔的会老堂便为历代文士看重，虽是一幢老旧的瓦屋，过颍者必以到此低回片时为快。风雅也留在颍州人心里，说起这件事，悠悠声调不古而自古。故迹遗韵，在我看，访寻这样的所在，追怀先贤的心情和风度，比游赏流水斜阳、暮烟疏雨时分的湖景还有意思。

石桥横过湖面，已非欧阳修知颍时所名"宜远"、"飞盖"、"望佳"桥，样子却应差不多，钱塘六桥的风味也略得几分。数只木船悠然滑行，仿佛在湖上点景。湖水流得不急，舷边微微的波声，让水面不再入睡一般地凝着，却有意叫船上人做一回恬静的梦。林苑盈岸，含烟带雾，翠影深处颤响夏蝉低细的鸣音，来添一缕灵妙的乐感。鳞波之上，清光闪漾。古老的影迹，在阔远深广的湖天，浮映如莹澈的飞花。浮想撩惹思绪，直把那古雅的旧韵当做新调萦响在自家心头了。

许是被这里的风物所诱，本在扬州任上的欧阳修，自请移守颍州。《知颍诗》以平直之笔写景寄情，亦含中年意气。"菡萏香清画舸浮，使君宁复忆扬州。都将二十四桥月，换得西湖十顷秋"（《西湖戏作示同游者》），神暇、意畅、味远，瘦西湖烟水和眼底碧波，令他喜慕而不厌，仿佛看见与仕途相伴的山水，体悟到那份无语的深情。晚年的《思颍诗》则显露沉郁情调，不胜其慨："行当买田清颍上，与子相伴把锄犁。"（《寄圣俞》）叹惋世路而生栖遁之想。《归颍诗》同为暮年之作，满是退隐后的放逸情态："谁如颍水闲居士，十顷西湖一钓竿。"（《寄韩子华并序》）欧阳修与赵概曾同在史馆供职，张甥案发，欧阳修贬滁州，赵概亦因直言而出知苏州。原本"踪迹素疏"的二人，遂相友善，且约定致仕后互往来。赵概重然诺，从南京（今河南商丘）来见欧阳修，盘桓颍州逾月。聚后之散，让不能忘情的欧阳修愈觉惆怅。说到内心的凄寂，

还看他的诗，曰："积雨荒庭遍绿苔，西堂潇洒为谁开？爱酒少师花落去，弹琴道士月明来。"（《叔平少师去后，会老堂独坐偶成》）我恍若见着独坐堂内、枯望窗外的六一居士的孤清之态。这虽是千几百年前事，读诗，亦能体贴古人心境。欧阳修本与赵概约定，翌年赴南京回访，结伴游憩，然未及践诺便遽归道山。西湖为之失去颜色。时光真是个冷酷的家伙，不管是谁，也不管是多么深情地恋世，都要催他朝坟墓里去，送他到永失人间温暖的地方。

会老堂传为欧阳修"情好款密"的讲学之友、知州吕公著专为熙宁五年的这次"颍州之会"而建。堂貌甚朴，门对湖山。开间明三暗五，梁上檐下，亦少繁丽的雕镂。更有那青青的砖壁、黑黑的屋瓦、暗红色的木门与窗扇，益添家常气。因为屋子老，总觉幽暗些，气氛却古雅，幽暗得好。堂内当然不缺布置，极简单，却不感伧俗。一尊乾隆年间的石刻像和其前的牌位，算是对欧阳文忠公执敬祀之礼了。有一些碑拓，宋人题的欧阳修像赞。苏轼的《颍州西湖月夜泛舟诗》残碣拓片亦存。东坡居士在元祐六年知颍，为时半载，主政之功足令百姓不忘。赵孟頫绘苏轼像也在壁上，和欧阳修像一起，俨然显出双璧之美。所题"欧苏遗爱"四字，含蕴深味。两位太守，福泽颍州，可念的不只是诗文。拓片虽冷，我宛似看到他俩脸上波动的笑晕。朝霞晚云、淡霭微岚的西湖清景，依旧供其吟咏。

欧阳修把诗情给了这座烟波中的老屋。"公能不远来千里，我病犹堪醻一钟"（《会老堂》），聊遣欢晤兴会。"金马玉堂三学士，清风明月两闲人"（《会老堂致语》），尽显逍遥神意。满院香风，他，拂一拂襟袖，坐在那里向阳。水光迷茫，画桥烟柳平添山林逸趣。隐隐地，又生出瘦西湖边，竹西歌吹的闲情，抑或是琅琊山间，林壑酣饮的怡乐。

醉翁动人心魄者，最是这般旷而逸的风神。清清湖水，载着他的生命。

钱基博说欧阳修"生平于物无所嗜，独好收蓄古文图书"。会老堂尽为书香所浸矣。堂前左右种丹桂、银桂，散逸幽淡的清馨。院墙外，西湖烟光、堤岸柳色，早入文章太守吟咏。

欧阳修永远留在他的世界里，却在我的感受中复活。

还要加说几句。七十多年前，郑州花园口大堤溃决，黄河水冲荡豫东皖北，淤平颍州西湖，景观殆毁。今之西湖，盖重疏浚，恐怕多半改变了样子，却并不减淡游兴。晴明的湖光又回到颍州，能够得其仿佛，足矣。况且这里距城不过远，当做余闲里休憩的去处，很合适。同在这一样的世间，似和浮嚣的逐利之场离得远些。满岸的丛兰芷草，在柔漪中浮闪苍翠，映着湖滨诸胜，也映着心，把人带回清静的时日。

一个接一个的晨昏，日光、月影、星辉扑到水面上来，足以润饰这西湖的娇容了。乱鬓似的青草摇颤在弯折的岸上，一片绿影子连向十顷芰荷，接得紧，接得密。碧柳千条万丝，荡起柔情缕缕。明澈的湖面更如仙娥的美目，含情流盼。清悦的啼啭从柳枝的浓影里送出来，向开旷的天野去。水浪在风中曼舞，一声声的欸乃不肯在桨声人语间消歇。

静静地，我听那湖上的清歌。这是醉翁的西湖，也是我的。

陋室

　　古来写居所的文字，让我不忘者，一是刘禹锡的《陋室铭》，一是归有光的《项脊轩志》。刘氏一手好古文，韩愈引其为伦辈；归氏以载道古文写家庭琐屑之事，读后匪不流涕。二人所作，内容虽有别，却都有至情在。

　　刘禹锡的陋室，在临池小山上。草木浓盛，一山都是绿的。白色院墙开着花窗，几片美人蕉的叶子垂在那里，掩不住院子里面的光景。墙檐和屋顶上的青瓦间，摇着翠嫩的草，像是招引飞鸟的影子。"苔痕上阶绿，草色入帘青"，完全是写实。

院门前的树荫下，歇着几个干活儿的，抽烟，说笑。陋室还在修，差不多了。门额当然要有"陋室"这两个字，是臧克家老人题的，很清秀。臧老的家在北京赵堂子胡同，离我的单位很近。独门独院，房前长着一棵海棠。臧老喜欢这个四合院。多年前我和彭龄去看望他，坐入北屋谈笑，水仙的翠影往心里闪。近些年，院子给连根拆了，就地盖大楼。臧老也已仙逝，那份诗情、那份清净，没了。

季羡林先生曾做《痛悼克家》，里面有一节文字云：

> 就连那不足七八平米的小客厅，也透露出一些诗人的气质。一进门，就碰到逼人的墨色。三面壁上挂着许多名人的墨迹，郭沫若、冰心、王统照、沈从文等人的都有。这就证明，这客厅真有点像唐代刘禹锡的"陋室"，"谈笑有鸿儒，往来无白丁"，这两句有名的话，也确实能透露出客室男女主人做人的风范。

上面的话，是臧小平昨日传给我的，这天，是臧老百岁有五生日。在臧老看，"朋友是我生命中的大半个天"。他和季老相识六十余年，深感"意志契合，如足如手"，季老谓之"生死之交"。臧小平说，从1975年开始，"只要羡林叔叔抽得出时间，每年春节初一或初二到我家来拜年，就成了一条'不成文法'……这一天，也成了他心中的节日"。臧老亦有感慨："羡林不来不是春。"龙井茶香，糖果留甘，赵堂子院中的晤聚，每想起来，总是心有余温。

刘禹锡，臧克家；陋室，海棠小院……默读题额，我好像悟到古今诗人的精神联系。

看建筑，必先观其气。陋室砖瓦之所载，文人情怀也。这是着眼于

大处的话。阶前檐后的一垒一砌，带出风格面貌，暗寓形而上的力量。

陋室新修，已不陋。三幢九间，室分主偏，覆了大屋顶，翼角高翘，尽求其古。刘禹锡搬来的时候，是个什么样子？无从知道。不是华屋却是一定的。重筑陋室，以意为之，小肖旧庐形制。约略观之，犹睹唐构。

和县人给这位刘刺史塑的仿青铜像居正厅。长衫博袖，脸有些瘦，很清癯的样子。一个刺史，权位不算低，面容不带骄矜之气而挂忧苦之色。贬官就一定这样吗？永贞革新不成，刘禹锡亦谪迁连州。我去年入粤北

山居岁月，风声水声如丝弦。心自闲，独坐月下唱竹枝。

丛山中，泛舟湟川，还从船家口里听到他的传说。望着汤汤流水，感叹宦途多舛，浮沉难料。

室内摆了一床、一榻、一凳。"调素琴，阅金经"仿佛恰要这般清简的家景。一抹青山、一泓碧流映带左右，况且"无丝竹之乱耳，无案牍之劳形"，心神自会闲逸。孟子："我善养吾浩然之气。"刘氏，一个贬官，大概是靠着一股气撑着。浅薄之人、风尘之徒，读不懂他的心。

小院，麻条石铺地。栽了一些花树，阳光照在上面，极鲜翠。东边是碑亭，有碑，题着刘刺史咏陋室的那八十一字，已非柳公权之笔，乃换做今人仿书。

环陋室为仙山、龙池，从"山不在高，有仙则名；水不在深，有龙则灵"取义，当属无疑。

刘氏写陋室，实为寄情志。内心少狂欲，无论之何方，皆适得其所。孔子尝曰："君子居之，何陋之有？"

离去，门前那几个干活儿的，回家吃饭了。他们在遗墟上把旧构复建得这样好，显出一种清素朴茂、能在简单里装点出古雅韵味来的妙技，当以民间艺人视之。正殿脊檩上，留下妙手的题名才对。

昨日楼基 老建筑的文学追忆

华祖庵

  亳州之野多草药，华佗出焉。卜神农氏衣冠冢而居，愈显这位乡人的从医志向，当引黄帝、岐伯掀髯一笑。

  华佗生年不可知，魏武帝手起刀落，定了他的卒年。建安、延康风云，亦可遥想。逢乱战世局而专意植草药、医病患，能有这番作为，后人敬其为祖，且傍故居造起庙祠而做千古的拜祀，足见一片心。

  华佗故居在一条不宽的街里。院门也不大，摆了一对石狮子，可见这不是普通的门宅。券门之上题的是"华祖庵"。呼为庵，历代女僧在这里当家之故也。庵是唐宋年间盖的，想看华佗栖身的屋子，只能叹一声：

东汉之筑邈矣！想得远些，木石若此，更不消说汉献帝的肉身了，灰飞烟灭。

若论庙祠之多，华夏当可冠天下。国人素有慎终追远的美德，造庙宇以敬祀，是先贤能享的至高尊荣。被奉为神医的华佗，也是一样。院子很静。迎门的自然是庙。供像、香器等应有之物，摆齐了。大约是入庙太多，我看得不细，没有太深的印象。

看元化草堂，可以捉住一点老房子的影。九脊式的大屋顶，饯兽仰对天空。不能不叹服古代工匠的建筑语言，若论沉雄之气，便是现代的摩天洋楼，也抵不过这歇山顶。里面的华佗像，不高大，不知是谁给披了彩色的绸子。脸极瘦，眉头蹙得很紧，凝着愁。望一眼，内心实在还是敬仰的。在百姓看，一个活在旧时代的医药学家，到今天也没有朽去。麻沸散、五禽戏的价值还在，更有以仁心、医技疗救众疾之举，抱柱对儿那句"一代医宗功侔良相"的话，配得上他。

草堂的东西厢房便是益寿轩和存珍斋，连廊绕于左右。华佗诊脉疗疾、炮制药剂，便在这里面。益寿轩后有一个碑园，翰墨流香，传扬千秋的咏赞。

后院是个大园子，古药园。池塘、曲桥、亭台、水榭、诗壁，热热闹闹，比起鲁迅的百草园，气派多了。广陵吴普、彭城樊阿随华佗习医术的课徒馆还在，古为今用，成了养生馆。后临一片水，洗药池是也。浮着几片碧莲，药圃里密植的草药，影子映在上面。我过去在兴凯湖，岸畔水湄的草药多能认得，离土回城日久，再入药圃，观本草，又变得不能辨识了。好在有木牌上的说明帮忙，可以看而不怕。亳菊、亳芍、亳桑皮、亳花粉是四大地产药材，入了《中华药典》；曼陀罗、射干、桔梗、白术、麦冬、丹参、紫苑、知母，多有栽植，我算是开了眼。虽不读《聊斋》，

昨日楼台

老建筑的文学追忆

古药园的垂柳下,碧漪流香。华佗轻捋长髯,飘落一片杏林春雨。

也仿佛看见花仙草怪的妍姿巧笑，满园都是春。风里轻摇的不只是一片绿叶子。亳州的中药材市场，全国有名，溯源，真要向始开人工种植药材的华祖三鞠躬。

临池耸起一排楼宇，是华佗中医药文化博物馆，真是洋洋大观。二楼的五禽戏台颇有看头儿。无奈日已西斜，我只能匆匆一瞥。

带着一身草药香出门，在自怡亭中小憩，读读亭柱上的联语，饶有闲云野鹤、流水瑶琴之趣，也算喜沐一回杏林的春雨。

宅府幽深，炫示财富的符号。

卢宅

寻常木石，交到卢宅主人手里，断不肯随意堆砌，必会择取一处山水都好的地方，循着认定的宗法礼俗规制，布置一片堂皇宅院。虽处乡野，也敢放胆在连片村坊中把紫禁城的样子照搬过来，仿佛自为朝廷，以求永固自家江山。

卢氏素为望族。追史，根子还在助武王伐纣的姜尚那里。淄博有姜太公祠。我去年春日入祠看过他的衣冠冢。衍至卢氏，其间多少沧桑！足可来写一部传世的长史。

卢宅为明构，盛时，栋宇广约五百亩。园林、书院、义塾、蒙馆、寺庙、道观无不有，家境的丰炽惹人三叹。入卢宅，我像是做了一回刘姥姥，东看西看，难辨大观园的路径。少所知，只好多所问。虽如此，备记其详，大概是困难的。那就不做考述而专讲我的游感。

仍存昔日气象的，是肃雍堂。这是一座方正的宅院。"肃，肃敬也，礼之所以立也；雍，雍和也，乐之所以生也。"堂名真是大有讲究。知堂老人说，堂名"当初原有标榜家世，附托风雅的意思"，在这里，"肃雍"二字，何所取义呢？照我看，是整个卢宅的核心精神——封建礼宪，它主宰着建筑的形制，也主宰着宅主的灵魂。浅说，祖训族规在上，历世都要承袭有序的家风；深说，是信守修齐治平的儒学正道。

晏室聚处，敦睦终日，大约是宅主的理想生活；而卢家是出过官的，造屋，就不甘以几道疏篱、数间瓦舍了结，去过陶渊明式的田园日子。就算门对苍秀空翠的笔架山，又怎能找到悠然之气呢？肃雍堂主自守道德的框范，谨遵僵板的建筑格制，表现的是士大夫的精神传统和审美理念，浮显着仕族文化的表情与气度。

肃雍堂的厚重瓦顶，看去颇像一顶大官帽，而九进五间的格局，皆依内心尺度构建，似乎恭恪之气全消而尽显狂傲的态度，平凡绅宅是要等而下之了。说它有皇宫的影子也并非无端。看这片丰屋高堂的气象，把"静深华敞，清禁之内"八字给它，也当得起。

自古卢氏，广誉施于身。史有先述，曰："文章报国价重王杨，榮载传家名高李郑。"李郑是谁，我不知道；王杨，应该是诗史上的王勃、杨炯吧。初唐四杰中的卢照邻，更追远，隋朝诗人卢思道，都可算是卢宅主人的旧辈。赵宋的江山一乱，北人多南迁，过江入浙。金华成了南宋的陪都，一下子热闹起来。兰溪的诸葛村就是这样出现的。东阳的卢宅，同其仿佛吗？我还没有弄明白。总而言之，卢氏由范阳（涿州）南渡，

傍清清雅溪，临苍苍岘峰，重筑门堂，选对了地方。自此，卢氏的根系开始汲取异乡土壤中的养分。这是一次转折性的契机，南北文化观念的冲撞与融合，使得守常的家族内部产生了震撼和变异，也带来开新的生机，亦证明这次历史性南迁的意义。

　　卢氏在范阳的宅景是什么样子，没法知道了。汉魏隋唐的第室留不到今天。却可以推想，北人造屋，总以雄深阔大为胜。到了百工之乡的东阳，雄深阔大的风格还在，又添上雕琢的手段。陈从周说"浙中匠师由来著矣！"明清之际的吴地香山帮和徽派工匠亦多从东阳木雕取法。苏州洞庭山上的雕花楼，即有巨幅木雕《太湖山水》，乃东阳雕工之作也，而映目的青瓦白墙又不免让我想起皖南赣北的民居。卢宅的厅堂、廊柱一律素色，比起描金敷彩的华绮，别显一种沉穆朴素的作风，远非一味浓艳之庑可比。漫踱之时，只消让目光落在栱檩梁枋、牛腿雀替和格扇门窗上，细雕精镂的花草、虫鱼、仙圣、人物，真是神乎其技。卢屋的用材虽偏于硕大，这些雕刻却独显一番细腻。在一座堂内，格扇上的一幅武将浮雕让我过目不忘，雕得很细，仿佛戏台上的长靠武生，眉目尽传精神。假定这是雕品中的"微"，说到"巨"，我所见，以放在惇裕堂中的"九狮绣球"印象最深。在千年古樟上雕出一群顽憨的狮身，东阳雕艺，至此而极。

　　卢宅以前堂后寝为结构。树德中堂、世雍后堂是族人祭天、祀祖、聚议的地方。挂像、垂幔、香炉、烛台、花瓶，各有设列，逢节序、祭日，定要清香供奉。照着浙中乡俗，糕饼、荔枝、菱角、荸荠、银杏、香榧诸味，当会摆满一桌。茶呢，应以东白春芽为上吧。我素对焚香设祭之事陌生，看着这样森然的深堂，我只想着四个字：慎终追远。

　　后面一带幽房邃室，成了内眷们的天地。阳光透过细密的窗格落在隐于暗影里的旧物上，仿佛驱走了积年的尘垢。东阳的花橱、花床，远近有名。俗谚曰："一世做人，半世在床。"花床尤肯费工。床榻和花板极尽雕事，山水风景、楼台亭阁、树石花卉、龙凤麒麟、海水江崖、才子佳人，无不有。在传统规范的建筑景观中，东阳艺人融进了浪漫的想象。

院落隙处，植花艺卉，芳园出焉。几点桂花，几株枫香，多南方草木，我不能尽识。秋已深了，风中犹有一段清芬。山溪塘、院桥巷，皆掩在这十丈香尘里了，亦恍若遥见临水红霞、平冈艳雪的繁丽。衣香鬓影艳如花，池苑含春，只怕"良辰美景奈何天，赏心乐事谁家院"的歌调也会飘响于这深杳的卢氏老宅。园林和厅堂同是"淳则浑厚而无浇漓之风，朴则浑素而无华靡之习"。旧谓"雅溪十咏"、"蔗园八景"，虽不能皆见，只看字面，清幽之境直似浮映眼前。卢氏家门的隐逸之风，在一个个平淡安静的日子里传续。

卢宅的抱柱，不密题联语，却在廊下阶前抄录一些古诗上去，皆为卢姓子弟所吟出。真不枉科宦世家的盛名。明清两朝，雅溪卢氏宅门出过进士、举人、贡生，经荐举恩封，由学林而入宦途者过百。所撰经史、天文、地理、堪舆、医药著作，刊行逾百种。肃雍堂捷报门楹联说卢氏"衣冠奕叶范阳第，诗礼千秋涿郡宗"，这十几个字是下得很贴切的。传说中湛若水、文徵明、董其昌、刘墉亲为卢宅作谱序、撰像赞、题匾额、写对联，就无妨信为真。这几位又不辞远，亲登卢宅，在岘峰书院雅集酬唱，颇得趣味。卢格乃族人翘楚，官至江西道监察御史，因母病谢官返乡，建荷亭书院，钻进了四部的故纸，受王（守仁）湛（若水）之学的影响当属可能。讲到宋明理学人物，不能落下他。所撰《肃雍堂记》我没有读过，自述家宅，应该写进内心的实感吧。明人文章，"至琐细，

至无关紧要,然自少失母之儿读之,匪不流涕矣",要属归有光的《项脊轩志》。归氏的百年老屋"室仅方丈,可容一人居",又"尘泥渗漉,雨泽下注,每移案,顾视无可置者",同肃雍堂的深阔自不能比方。文章气象固然大异,我妄猜,"三五之夜,明月半墙,桂影斑驳,风移影动,珊珊可爱"的雅境总相近似吧。卢格的《荷亭辨论》我只看到影印的一页,以斑窥豹,还是感到了学问的力量。他的《西湖》诗,清新可咏,是:"十里湖光绿染衣,满船灯火夜忘归。凭谁寄语林和靖,近岁梅花学雪飞。"我刚游过钱塘湖上的孤山,那天下了雨,烟霏遮映湖景,也魅惑了心,仿佛有感思却不能寄一字。这下好了,我在卢宅找到了知音。这位明代的"理学名臣"早已代我抒一家之情,也算补了一桩私愿。由卢格而推及从这书香宦门之家走出的子弟,饱沐师诚学箴,当是内修清德而外展风仪,"立身敦雅,可以范人"。沿古制,卢家多在长衢夹巷设坊,旌表勋望,是将人所共仰的"三不朽"建筑化了。

肃雍堂悬过"三联六挂宝盖索络大堂灯"。卢宅文物保护管理所的陈更新所长说,此灯可与荣国府的那一盏竞美。不逢节庆,我无缘见到古宅的彩穗宫灯,却不免浮想赏灯、听曲、联句、猜谜之乐,且让一颗心醉入摇红的灯影。

沉重的木石，构设起一个官绅的世界。幽闭的深宅，飞荡世家的遗风。

尚书第

尚书第是福建泰宁城关镇福堂巷里的一组明代院落。宅主叫李春烨。

巷口坊门上，正面题着"尚书巷"，背面题着"绣衣坊"，后三字，不知和尚书第有多深的关系。

在中国历史上，擢升为天启朝兵部尚书的李春烨，虽是皇朝重臣，却算不上一个有重要影响的人物。《明史》没有给他立传。《福建通志》、《邵武府志》和《泰宁县志》也是一样。

他这个尚书，赶上了魏忠贤擅政，和阉党的关系就难说清，又只当了一年。真如烟云过眼。

对李春烨这个人，不必做或忠或奸的月旦评，只消看看在城里造起的这处大宅子，高其门，厚其墙，氓庶过此，无不侧目，位高而多金总是一定的。

我从北门进来，这是一座仪仗厅，朝南伸出一条直道，连向尽处的石雕牌楼。中间筑起几道石门，也有讲究，不是"礼门"就是"义路"，一个额镌"曳履星辰"，一个额镌"依光日月"，擘窠书，敷金，笔势沉雄，寓意深焉。日月星，"三光"是也。按庄子所说："上法圆天，以顺三光，下法方地，以顺四时，中和民意，以安四乡。"读匾，我不免由日月星而想到君臣民。这样的匾额还有多块，悬在院子各处，"柱国少保"、"清朝师柱"等等，都是。目对榜书，我的兴趣不在敕封的荣耀上，而如看古人写碑，领受那种不凡的笔力。

直道之西，五个院门一溜排开，皆面东。正房坐北朝南，本是我们北方四合院的格局，这种记忆深印我心。尚书第却不是这样，偏要来个坐西朝东，让我忽然失去方位感。真叫别扭！后来一问，是因为堪舆的原因。观屋后之山，看巷前之河，风水先生自有他的眼光。

虽为乡间民居，也有官阀气派。李春烨用营造语言寄寓庙堂之心，这也直接影响了他对家宅的要求，故而造屋力求规正、崇宏。在限定空间中，五幢主院、八栋辅房次序相衔，屏隔院落的封火山墙亦是徽地的那种。多个院子又为三厅九幢的形制，联络成片，使这个建筑群整而不散，所谓"九宫格式布局"即此。这组建筑，屋身沉厚，承重构架特大，用料亦精。柱、梁、檩、枋、椽多选耐久的杉木，门扇、门楣、门框、门槛则多使抗磨的苦珠木。厅堂、天井、回廊、甬道，皆铺厚石板。在里面一转，隆耸的古垣遮隐了云中透下的天光，又逢着灰暗的晚空飘落细细的斜雨，身在本不明亮与通畅的屋内，心就愈发沉了。我像是回到朱明王朝。今世之人走不出历史的暗影，也是一种苦。

我在这位李尚书住的二号院前留心看。"四世一品"门匾，自显李氏荣耀。那图案繁复、线条流畅的石雕，亦给沉重的木石添了轻灵感。四个雕花门簪亦极惹眼，门楼经此装饰，不但高峻而且精美。门侧的一对石鼓大至十分，底座上几道花卉刻纹，受了时光的磨蚀，浮凸感消减了几分，眉目依稀。由此想到中国建筑极讲装饰艺术。在撑拱、牛腿、梁枋、雀替等受力或非受力构件上，都能领略工匠精湛的刀法。明代的简洁素雅，清代的复杂繁丽，皆有可观。泰宁的漆金木雕尤其好。人物类，能见须眉、观神态；花鸟类，犹闻馨香、听啼啭。在大尺度的营构中，不可少了细节的点缀。兴味尤在建筑小品上的我，忽然读到厅堂里的一副联语，是"观鱼梦蝶如庄叟，放鹤寻鸥类陆翁"，恰可拟状此间心境。

进到这个称为主宅的三进之院，幽深阔大。屋顶出檐，屋角起翘，垂覆一片阴影，如一朵沉重的云，彰示着建筑与苍天的关系。瞧那森然的大屋顶，也不管歇山、悬山和硬山，也不管单檐与重檐，更不管卷棚与攒尖，建造制式和形象里涵容的礼教等级观念，家族之人无可挣脱。直立撑托梁架的金柱、中柱和檐柱，底端铺以卵石，一米见方，或用刻石垫牢柱础，以承荷载。各柱下面，压放条石，强固墙基。木石之筑，抵得千百年风雨。方形天井和厢房前的敞廊间，摆置石缸、花台，放了一些盆栽，另有一些物件我也叫不出名字。总之是感到静，感到雅。门扇和窗饰也极精巧，一花枝、一叶瓣，世俗生活的情趣，浓浓淡淡地浸含在上面。一片安静中，我在一个窗口站住，盼佳人忽然推开窗扇，明眸一闪。材质之坚、工艺之妙外，我欣赏着意境之美。

语曰："里仁为美。择不处仁，焉得知？"谨遵圣言的李尚书，大概懂得这个道理，楹帖、匾题、字画多寓用意。"立修齐志，读圣贤书"、"大

业惟修德，明伦在读书"、"百炼方成铁汉，三缄须学金人"，极力显扬"红杏尚书府，青莲学士家"的风范。更有李春烨晋爵少保兼太子太师并返籍奉母之时，明熹宗让大学士张瑞图代书的"孝恪"之匾，极合崇礼守仪的家风。我跨入三号院，一间屋里摇闪微黄的灯光，照着李春烨的母亲邹氏和家人的蜡像，里面就挂着这块髹漆绿字匾。材料上说，县令曾为李春烨造了一尊恩荣坊，旌表孝亲之诚。这坊在哪里呢？我没见到。

　　五号院靠南，人迹更稀。或曰这里是李春烨之母和女佣住的地方。有一个后花园，荒秽不治，像是一座废园。废园小憩也有情调，比起研究"皆有法式"的营建技术，别具趣味。草长得疯而野，倒把陌上风景收进来了。这时天已向晚，暮色沉下来，廊庑前后连足音也一点点稀了。莲池里水纹轻皱，蔓草乱花间响起夏虫的微吟，还有一两只彩蝶在斜晖里低舞，圆形的石料桌凳旁，栽植数根瘦竹。雨意已经不浓，空气仍是湿凉的。况且久无人来，阴气像是很重。心就微微一惊而想到《聊斋》。眼前会倏地闪出花妖狐仙的魅影吗？还有那水音一般清润亮脆的笑声。若待月影移来，映上老墙旧塘，从这芜杂的园子离开，也能美而多梦吧。

　　南墙根斜立多块碑刻。"明赐进士光禄大夫勋柱国少保兼太子太师协理京营戎政兵部尚书二白李公暨元配累诰封一品夫人江氏合葬墓志铭"在焉，上勒细密楷体字极清秀，应是一件很有价值的文物。方才泛舟金湖时，我曾朝隔岸的坡冈望过去，明崇祯十六年建起的李春烨之墓掩在翠树深处。民国世乱，被盗。这位李尚书，归乡而希求永安，也难。墓周的华表、望柱、石亭诸物存其一二吗？不知者无以言。

　　尚书第北门旁，有一个台子，可演梅林戏。广行天下的李氏族人，听了山歌俗唱般的腔曲，会说：这是乡音！

楼檐的青瓦，迎着第一缕天光飘舞流畅的环线。精神的图腾太阳般升起，美妙的憧憬在子孙的心灵上闪耀。

承启楼

　　客家入山，不畏途远。古时从中原那边越江淮，入赣而迁闽复徙粤，一路相伴的也是这山，也是这水。那些跋涉的身影追寻着美好的生活理想，流云对着他们微笑，峰岭也低下高昂的头颅。我们循迹而来，尤其觉得那迂曲的山路总也行不到它的尽头。龙岩一带山，真叫深呀！

　　投暮而抵永定县高头乡高北村时，偏西的太阳快要临着折向东南的岭脊了，浅红色的夕照方射到承启楼檐头的黑瓦上。楼前颇敞阔，丛山之中还有这样一片平展的空场。席棚之下，三五老人弹琴、拉弦、吹笛，神情安闲。他们脸色黧黑，细密皱纹间藏着的故事，要到飘响的乐音里去听。

一座圆形的楼堡正用它土黄的颜色染着薄暮的蓝空，明艳的霞彩飞在天边，又轻轻罩上远近峰峦，一切色调、一切光影被调和得极柔和美丽。

　　土楼的外径很大，围成一个大圈子，极严实。壁以土夯，檐以瓦铺，墙基则用大卵石垒筑，山洪卷来可以不怕。门上檐下开了两层方形的窗子，一圈下来，总也有数十孔吧，很像长在土筑楼墙上的眼睛。匪盗来侵，打枪投石正从这里。土楼的御敌功能，亦和天下城堡无殊。黄泥墙总带古意，长年有人的欢笑，就没有颓为仅供凭吊的废址。

　　南门横额上题着"承启楼"这样三个字。配着一副联，是："承前祖德勤和俭，启后孙谋读与耕。"楼名的得来，用意都在里面了。看那楼身，闪出一片大地的色彩，乡民内心也如泥土一般深沉。离乡南迁的客家人，把黄河的颜色带到了这里，也把耕读传家的世风带到了这里。

　　我的这个感觉，在跨进楼院的那一刻，似更强烈了一些。我犹如走进一座城。环形排列的屋舍、环形伸展的通道，都在圆状的平面上展开。绵长的时间线在这个特定空间绕成一个巨大的圆，仿佛无始，也仿佛无终。你若喜思索，你若爱想象，顺沿那幽深的通廊进入历史的回忆也是可以的。本院多江氏人家，祖堂设在圆心的位置，应该是一个祭祀的地方。门额的"笔花庐"，是林森的字。梁枋下悬几块乾隆年间的牌匾，漆底金书，文辞不出"世德书香"、"兄弟选魁"之类。堂中摆一张木桌，花盆里的蜡烛还剩半截，够点一会儿。靠后墙是一个佛龛，不大，左右垂幔，当中一尊观世音。门外过道里，有个精瘦老汉坐在矮竹椅上摇扇、抽烟，睡眼匕斜。听说我从山外来，脸上浮笑，夸说这尊菩萨极有灵验。为求庇佑而拜祖，整个楼院里，这间烛影摇红的小小屋子，安顿着数百男女的心。这四道环形相套的楼屋，就从祖堂朝外扩衍，一层层高上去，连向浩阔的天。这涟漪般的建筑哟，这魅惑心灵的宗教！

　　穿过一道偏门，我的脚边静卧两只眯着细眼的小花猫，摸摸它们又短又软的皮毛，惊也不惊一下，柔顺得可以。二环的楼屋还只是低低的一层，二十多间房。三环增至双层，三十多间房，形制也便阔大了不少。四环是最外的一道，高到四层，屋子多至六七十间，每间一律由下往上布设厨房、谷仓、卧室，供一家居住，与今日"单元"有点相仿佛。诸房屋同一尺度，长幼、尊卑、高低、贵贱的礼数也是没有的，又不失强烈的秩序感。可知这民宅的出名，一半自然是因为楼身的圆，与造型的特异及鲜见，一半也在邻里间敦睦亲厚的乡风。

晚炊的香味已经叫我嗅到了，心头就添了家常气。若从清康熙四十八年始建算起，穿山越水的流民，总归把家的温暖留在了这里。他们在一声声夯造号子里，创造着朴素的民居形式，诠解着"客而家焉"的意义。土木垒筑的物质外壳里，跳荡着一个伟大民系的灵魂。

我从外环东边的阶梯口折上去，倚着顶层的围栏俯视。柳永所吟"烟柳画桥，风帘翠幕，参差十万人家"的光景虽还不及，只看那回环的鳞瓦，只听那入云的弦音，也让我粗知了这座合院式住宅的大略。比起方正的结构，这圆状的严谨与精整，更暗含一种仪式感。默伫于院心的那方半圆形天井，仰观穹碧，俯察坤舆，或许也更来得合适。平展的楼檐荡出一个美丽的圆弧，中间镶嵌一片天。意兴摇荡，精神的旋翼直向天心。目光垂下，抬梁式屋顶的前后，细密地铺设青瓦，缓缓形成斜面，所谓"两坡水"便是它吧。瓦垄如闪漾的鳞片，如放射的波纹，土楼的梁架形式，真有它的美感。连延的竖门方窗，排布得极匀极美，气象也颇俨然。这种营建结构，消除了空间上的距离感。族亲之间的情感纽带，犹似窗前的回廊一样悠长，便是在山水都异的他乡，也还存续。前人读《论语·里仁》，这么做疏："仁者之所居处，谓之里仁。凡人之择居，居于仁者之里，是为美也。"世居此楼的村民，脸上浮闪和平乐业神情，几欲回到羲皇以上时代去种茶植稻。城垣一般高而且厚的楼壁，阻隔了多少尘嚣，护佑里面的人舒享日月。它的那种朴素的土黄，在阳光下格外有一种暖意，这是叫人感动的颜色。一生的安静，带来诗与梦。我若租它一间，

昨日楼台 老建筑的文学追忆

山中清居的滋味会是何样呢？

客家人以强韧的生存力筑造起雄实的建筑体。不但浑圆墙身的线条简括、流畅，充满张力，那片纯粹的灿黄更是最美的肤色。我轻轻触叩粗厚的土壁，一种硬度迅速从指尖导入我的全部神经。一阵风来，墙的那边忽然飞响快乐的谈笑。一扇扇敞开的门窗，一张张欢愉的面庞！我分明又感到血脉的弹性，指下便格外柔软了。聚族而居的楼宅，延嗣着子孙，也凝聚着情感。太阳底下看它，一个巨大的生命光环明亮而轻盈，像要飞到天上去，并且在云中飘展一面农耕文明的古老旗帜。

福建最好的几座土楼，多在永定一带。当晚在看了近旁那座民国年间修起的振成楼过后，一路慢品着它妙融中西的新式风味，又上下盘曲地南行到了下洋镇，且听说初溪村里的善庆、福庆、集庆、广庆和余庆这五座圆楼。

聚族而居，流徙的客家人，在闽西丛山，筑造起自己的理想国。

蔡氏家宅

闽南建筑留给我的印象，是在它的屋脊上。两端燕尾似的要飞到天上去，很夸张，很恣肆，势沉的平宅添了远翔的健翅。记起旧书里用过的"飞甍"一词，所感到的，正是一种浪漫之气。

南安官桥，是泉州西南数里的一个老镇，在建筑上倾尽心力的蔡氏古民居也就在这里。虽靠了一个"古"字，东西却还是近世的。

中国历史上的建筑，是分成皇家与民间两种的。帝王的殿堂在雄丽之外又要点缀泉石，以求城市山林之致。乡民的宅院，实用便好，装饰虽也有些，一眼望去总还是清素的。人到皖南，不免夸赞那里的房舍好。

白墙黑檐和风景一配，很入画。只是高厚的墙身把天上的光线挡在外面，厅堂幽暗潮湿，住起来，到不见得舒服。照我看，徽派村屋的美，是叫明秀的山水衬出来的。闽南人造屋，用的是绣花的心。砖、石、木都赋了灵性，窗棂栏杆、门楣隔扇，也雕花镂叶，也刻人绘神，用色却比徽帮大胆。蔡氏宅屋，四面墙都是红的！鳞片般密布的黑筒瓦顶也压不住它。只有皇宫和梵刹才敢用这样的颜色。色彩在注视中一点点显示出风格的单纯，掩去细部的繁饰——那些带着南亚风格的神兽和中国仕女与梅花配在一处，又有鱼尾狮磁粘泥塑、各色拼花在红墙上弄姿，并且歇山屋顶的葱头形山花、读书楼的蓝釉式栏杆、山墙门廊的水浪奇石、柱础地袱的梵界连珠，又有我在北方所未曾领略的好——刻意的东西藏而若无了。秦宫汉苑原本是浑朴的。我还记得从前在长安城里听来的"淡扫娥眉"这句形容。彼时的木石之筑早湮，我对于古建的印象，是从汴梁金碧的龙亭上来，虽是清代的复建，却也依照宋人法式吧。又从北京紫禁城巍峻的楼殿看出明朝皇宫的气象。中国官式建筑上的极简主义，自宋以降，让位于繁丽的时尚。秦汉之制一变，创新自此改变了传统。我的趣味却还在秦砖汉瓦间。表面的阔大雄丽只有对视觉的瞬间刺激，难抵对心灵的长久感动。省净是一种境界，我恋醉于它，如一首精致的元人小令，刚上口，便化入心。

　　庄重的红色在深蓝的大海边，看不出时间经过的痕迹，却格外有震撼的力量在。海天苍莽，能够胜出的，是闲定的气度。我是把这座老宅拟人了。始觉迎面的风，从晚清吹来。那正是海禁初开，容闳、林鍼、斌椿、张德彝、王韬一般人物迈脚走世界的年代！我无妨学着强于论理、弱于抒情的新散文家的腔调，在这里也矫情一句——这满墙的火红，点燃我的眼睛，又焚化灵魂。

此前的一日，我去洛阳桥，在它的近处，过蔡襄祠。蔡君谟曾任泉州郡守。不同代的人，姓都落到"蔡"这个字上，我也就把蔡资深和他连在一处去想了。或非全无根据。蔡室有联，曰："汉中郎桐琴遗业，宋学士荔谱传芳。"世泽流徽，蔡宅之人是将东汉蔡邕、北宋蔡襄引为远祖了。"熹平石经"、《谢赐御书诗表》书迹于此虽未得见识，然资深老宅却实在存下几幅好书法，门额、廊柱、隔扇上都有布置。斜光入朱户，照着秀整的字迹。我读了一些，故主用心也大可揣摩。汉唐宋三朝的家训各有一些，不离忠恕亲睦、修齐治平的道理。笔墨仍是滋润的。在一间屋里，有碑仆地，是方正的楷书："坡老失之浓，米老失之放，君谟留墨妙，北宋应推第一家。"这是一副对子的下联，上联应是："独行不愧影，独寝不愧衾，道学溯渊源，西山相传唯十字。"却没有看见碑。字近朴拙温淳的颜体，同蔡君谟大约一路。这样一想，就更觉得过蔡襄祠而不入的可惜。祠中《万安桥记》碑，又少一人来赏。风流不能过眼，其憾何日可补呢？

中国的实业家，致富，必要在桑梓之地造屋，用钱财垒砌物质的基石。还乡，才有颜面。把财产的根深扎入土，在归宿中寻求永久的依托，实是表现着对于田野的依赖和情感的扭结。此种风气，经了徽商、晋商的导扬，遍及南北田亩。房舍超出了居住的意义，而有了炫耀财富的性质。雕凿的技艺皆用来装饰家族的荣誉。晋中多座城堡似的大院，高门厚垣，以封闭的姿态，阻断一切通往外界的鲜活的声息。府院深深，幽憩着一个个自足的灵魂。迟暮的主人，也无奔行莽野的精力，也无出洋蹈海的勇毅，只得收拢心情，衰老的目光扫视着青壁上细腻的刻绘，廊柱间繁复的装饰，池塘边红绿的花草，在珠翠的殿堂里，他专意欣赏用血汗浇灌的财帛之花。聊以慰情的，是身心可感的富贵气。记忆向昨天延伸，

思想的音符在时间的谱线上弹跃。岁月的风拂过枯筋似的叶脉，挤榨最后一点可怜的水分，叶子的边缘火燎般地蜷曲，枯皱，幻感中，仿佛看到构成自己肉身的渐渐干瘪的细胞。生命的花枝萎黄了，不禁一声叹息。楼台亭榭，表现的不是智性的灵光，反像从高傲的眼神中散射出的富贵气。抽取了精神的木石之筑，成了生命终结处一个无奈的句号，虽然他期待涌浪一样的人生跌宕再次出现，把衰弱的浮躯带向命运的高潮。

闽南语中，是把房屋叫做"厝"的。厝这个字，北方人不常用。蔡氏老宅，一大片厝，很密集，中间辟设防火通道。一块块青色条石规则地铺开，区隔出厝之间的界限，无形中剪裁着宅院的格局，形成同空间的对应关系，又是对建筑理念和审美品质富有意味的陈述。通道很像胡同的样子，两侧的硬山卷棚屋顶相接，地面平整而结实，山墙的垂线与它和谐地相交。这种通道，当地人呼为"石埕"。表面又极平滑，细密的接缝中，好像也钻不出一蓬摇曳的小草。

中国建筑的封闭和格局的严整，叫我总有身入宗祠的感觉。受着专制主义的统属，无论皇宫还是民居，皆是一片大小四合院，切割着空间，排列出礼法秩序。设譬取喻，《风俗通》上所记女娲抟土作人便是好例。耳目五官、手足四肢的摆放早由天定，无可移易。蔡氏宅门，各个以"华堂甲第，秀阁金屏"傲世的封闭单元，既承沐宗祧的福泽，也无力逾越伦常的墙。蔡资深，是被朝廷诰封为"资政大夫"的，攀得上一个"官"字，筑屋，仿佛应赴科试的士子，陷在八股的套路里，谨守绳墨，那是一定的。德棣厝、德梯厝、德典厝、德恩厝、世用厝、世双厝、世祐厝、彩楼厝……依制排开，低声念出这些字眼，像是列叙尊亲长幼的名位，"莆阳世胄"的应有气象尽足。虽是虚灵的，形而上的，带来的感受却多沉重，少轻盈，累世的精神储积简直低压到心上来。倒是蔡资深自己的住屋——

蔡浅厝，筑于靠南的一排，宅中而图大似非他所望。在蔡氏宅院，书轩、妆阁、经堂，也有镂月裁云的小品，把空间调和出一番韵味。气息虽是古典的，却有欧洲中世纪封建古堡里所无的神韵。在蔡浅厝，我目越小拱门而看敞厅的隔屏贴金木雕，而看花楣玉槛、秀阁华轩，姿媚有余，恍若身入大观园，不自主地吟起"夕阳芳草本无恨，才子佳人自多愁"的旧句。更有一道隔墙，开出圆形的窗子，玲珑的石柱上镌着竹叶、藤花、鸟兽，真是到了无所不精的地步。窗子是一件陈列的静物，却无声地接纳了流光中闪逝的画面，颇可引我专意欣赏。稍退几步，凝眸暂对，如见飞香的歌扇，如见粉艳的舞衣，歌笑的士女，迈过砖阶，顺着短廊绕到后园的刺桐树影下了，恍兮惚兮，我同其剪烛临风，西窗闲话，无法觉知彼此的遥远。"镂玉梳斜云鬓腻，缕金衣透雪肌香。"婉约的词境。栖鹤游凤、琪草瑶花、云纹霞缕也在静态中焕出灵彩。我稳着心神，不厌百回读似的细览，犹若清暇时分赏阅着长篇的美文了，似听到长长的清咦，似嗅到淡淡的芳菲，似望到闪闪的光焰。无名的匠师在平和的情绪下缓缓凿刻出动人的形和神，一片慧心送抵这座海边的庄园，工艺的细美，大概应为太湖畔的雕花楼主人所慕了。诗化的意味穿过回廊天井，蔓衍到庭院的边角。空气是十分的恬静，只瓦檐下溢香的素馨，轻轻打着颤，渴盼破云的日光随风照来呢。昔日的书阁里，琅琅然的吟诵声仿佛又起了一阵繁响，醉读经史子集的浓酣，笼紧青衿的心。画屏轩牖、锦阁珠帘之间，飘过金钗的湿香，响过绣履的轻音，颇涉遐想，翩然如入芙蓉之池、芝兰之室，应是《牡丹亭》里的光景："净无瑕，明窗新绛纱。丹青小画，又把一副肝肠挂。"凝视窗棂，直似看见尺幅里的云鬟，墨迹还未干呢。目光遥触，入心的则又是一联诗："海天秋月云端挂，烟空翠影遥山抹。"无奈香魂早逐着逝波去了。粉冷妆销，旧园不如昨，

昨日楼台 老建筑的文学追忆

家业兴旺,凝聚成门宅上的精雕细镂。一声轻缓的足音,踏破深院的宁谧。

何必风神俊雅的柳梦梅，随便一个软媚公子，踏径来时，佳冶婉美，徒成空忆，荒圃让他隐隐领略了凄迷，幽苑让他微微含味了哀婉，冠裳之影被无心的风吹远，于此处低眉缠绵，也只能怅望斜阳；而其时我已陷在梦里了。

思绪是离枝的花，飞落深深宅舍。

家有荣业，绍其弓冶。蔡氏苗裔，坐拥世传的家产，是依偎于先祖的母体上。绵历岁时，一代代恭守训诫，持身严正，不改旧家风，以期不辱郡望。繁艳的群芳给冰冷的石头带来生命，在另一个超感觉的空间里永远开放，嫩蕊含露，散发着一种轻淡的凝愁的意绪，依然叫人想起闽南潮湿的雨季。目光一层一层穿向花叶丛密处，仿佛从无色中看出鲜碧的光影。心是散浮着气息的，若有灵犀，那缕清芬可以隐隐嗅到。脱离肉体的灵魂，只有借助硬石才能够不死。美丽的刻花是远代的祖先留在石上的碑文。芸芸子孙，犹若听到他从云间传来的笑声。死亡其实是别样新生的开始。蔡资深耗尽心血，给宅眷留下一大片庑舍，平静而安详地走了。生命之旅在远离后人感知的地方起程，他创筑精神的天堂。

辑十二

古园

昨日楼莹 老建筑的文学追忆

亭阁、画廊、小桥。池中浸泪的波纹，载不动陆唐凄婉的吟唱。

沈园

沈氏园，已非旧观。柳色下的竹篱茅舍却仿佛昔日模样，得柴扉小叩之境。池上笼烟，似不散的轻愁。秋雨如丝，湿一片红荷绿萍。翠竹泉石间，闪出临水的亭身桥影。若在秋凉的静夜，望池上之月，怕又要遥想陆唐旧事，也是"红泪清歌，便成轻别"。别，陆唐总还是有幸得遇。在这一刻的举止，推想也会不违世家子弟和名门闺秀的纲常。"以荫补登仕郎"的陆放翁，竟至还会有诗意，心寄改适赵姓的唐表妹。"执手相看泪眼，竟无语凝咽"之后，目送芳尘去，渐渐消失在花影或是烟雨的深处，也是一种境，情虽哀婉甚至于悲，谱入《钗头凤》，就成千年古调，也似为沈家之园别做津梁。孤鹤轩联，竟是无限凄凉意："宫墙柳，一片柔情付与东风飞白絮；六曲栏，几多绮思频抛细雨送黄昏。"自有脱胎。

葫芦池静绿，无惊鸿之影，唯数只白鸭凫水，波纹轻漾，似摇醒水下的旧梦。碧池浮几片闲叶，吹一缕风，又皱几层清漪，颇有流水落花之意。只是此情太过于伤，还应该重现歌笑。比方幻想着，虽然已隔千年音尘，但有情人朱颜未老，浪漫如在春日里。男，书剑风流意凌云；女，"小钗横戴一枝芳"，穿花踏草而来，其旁，是"带香游女偎伴笑，争窈窕，竞折团荷遮晚照"。这是思情过深，转而期于梦中的聚笑，虽聊可慰情，总是太缥缈，难以久长。梦逝，则又不免"想佳人花下，对明月春风。恨应同"，愁苦或许更深。

凭槛，双眉是敛久于舒。沈氏之园柔柳出墙，易叫人低唱"柳丝长，咫尺情，牵惹水声幽，仿佛人呜咽"之词。纵使风吹雨，《花间集》中飘落的昨日叶瓣也不会碾为红泥，仿佛都会飞上枝头，化为一片缤纷。其下，必也有愿寻鸳梦的男女，相挽于绿荫，足印萋萋芳草，爱而流连。

昆明湖的波影，浮漾成灰墙上的朦胧图案，宛如佛香阁的烟篆一样萦绕。

介寿堂

  我在介寿堂住过一晚。它实际是一个院落，偎在万寿山下，推门可望昆明湖。我原先从长廊上走过多次，却从没留心过它。

  同去的是京城几位画家。我先站在院门口独自端详了几眼，青藤绕架，紫薇吐红，半遮半掩着漆红木门，饶有画意，似将院外的风景隔远了。得闹中取静之美的宅堂，如今已不大容易找到。

  "介寿堂"三字匾悬在正堂之额（颐和园里有些堂轩的名字不写在门外，让略识路径的人找起来也感觉费力），漆板金书。介，在这里读如"丐"，求也。《诗经》上说的"为此春酒，以介眉寿"，就是这个意思。主人则别有解释，且本诸西太后的圣意。院中长着一棵柏树，直溜溜的躯干在根部忽然劈为两杈，真是毫无道理。这样一株怪柏，不知怎么会被西太后那双老眼瞧出个"介"字来，一张嘴，赋堂名"介寿"。这也算是"御赐"，不可更改。细加推想，松柏之寿久矣，老佛爷出言，似乎也藏有几分巧妙。这棵古柏已活了二百年，老干皴皱如披龙鳞，但长势还颇顽健，挺绿的一片云冠撑上天，犹存生气，看样子，且活着呢。谁人手植，已经没有办法知道了。默立堂前的它仿佛是一尊刻满诠释的碑石。

院景经营得较为得体，甚至可以说有意境。地面砌了方正的灰砖，也留出地方栽植花草。映阶的青青草色看上去很柔。堂的左右各种了木瓜，枝叶间已坠绿色果实，长圆，但不能食之，纯供观赏。这种南国之木，在北方不易生长，而在介寿堂却一派葱茏。与木瓜相依的是箬竹（这名字我也是头一回听到），低矮的一丛，虽矮，却不失精神，也纷披弄碧，摇为窗前影。后院尚有海棠两株，经过修剪，枝条绝不疯长，颇有模样。同实生实长的花草松竹谐趣的，是绘于粉墙雕窗之上的古梅、香兰，红绿交映，以色彩胜。

草木之荣得诸自然披泽。主人说此处风水好，有龙之气（在遵化，当地人也指着清东陵背依的昌瑞山，说同样的话），举身旁的实例，这里的几拨服务员，所生皆为男孩儿。当真，还是意在渲染？一听也就过去了，谁也没有深问。

院子的东南角有一眼井，圆口，水极清亮，静碧如一轮银月。推断水自玉泉山来。颐和园内多有水井，但不少早已干涸，封之，唯有这一口水旺若初。据说久喝这水能益寿，寿之几何先不必管，我舀了一小杯，饮之很软，不冰嗓子。这样好的水，大约宜于烹煮香茗。

昨日楼堂 老建筑的文学追忆

铺首飞出炫目的金光，如意门锁住一个深红色的梦。绿云般飘过的，是长廊柔软的影子。

  院分两进，皆正堂两厢结构，由回廊连接前后两大块。厅堂的布置，原先是什么样子，现在估计也没有大变。桌椅背靠中堂，质料自然是极有讲究的红木，且嵌饰大理石面上去，图案天然，自成图画，所题"寒林晚霭"、"寒谷烟岚"一类文字，多冷峭气。这使我想起滇西大理城中摆满街头的各色石玩。我疑心这里琴桌条案椅背上的装饰石画，悉出

自苍山洱海一带。此室宜悬旧字画，宜陈古瓷瓶，宜置笔墨砚，宜焚芝兰之香，雅意才足，足到十分，才适于调养性情，于品饮盖碗茶时效竹林闲叟坐而论古。我最看好那幅《铁骊图》，工笔马，配以松荫下的牧者，风格摹宋人笔意，绘于绢帛上，精心做旧，挂在古典韵味的厅堂里，很合适。窗外一庭碧色，自是新绿来映衬古香。

室内依原样摆放了几把沙发，用时兴的眼光看，它们的样子已经很古旧了，却没有脱榫走形，坐上去还感觉很牢靠。虽不如何柔软，弹性似乎也差，但是制作却决不马虎，精镂花纹，坐垫靠背上的黄色绸缎，都用金线绣出好些个"寿"字。凿进去的小钉，皆为镏金。这在当初和现代，都应被视为珍品，珍在附于其上的那一点古雅。

依我来看，介寿堂的妙处不在瘖寐，却在独享夜园之静，古典的静。多少年，我对于颐和园的所得尽为白日里的闹热，夜之风景这次还是头一遭领略。我们踏着晃动的树影沿湖岸走，走得很随便，很舒心，脑子里什么也不去想，单纯得如同没有了内容，只顾在明暗的夜色中望，长望若醉。这一晚的月亮很圆，月边飘几缕云，略含美人之羞。月下的湖面，浮闪波光，十七孔桥和龙王庙淡去了，仿佛遥远的岛屿。玉泉山的塔影早在暮色中远逝，化在苍茫里。佛香阁如一尊古佛，于浓墨般的林影间静憩。知春亭在水的微光里尚依稀显轮廓，风中柳轻曳，望之隐约一片。万木之中，独烟柳绝胜，我似乎体验到了一点意境。

我们一直遛到后山，才披着月光朝回转。其实，我是极想再去走夜之西堤的。睡意尚无，又在院中的月色下久伫，感受着湖风的清凉。圆月朝碧天深处升去，高悬湖空。古松浸在星月洒下的水一般的柔波里，松针隐隐发亮。连理之枝，浓可交荫，自然又大有联想。眼前景色可比苏东坡之于承天寺夜游之境，但我却写不出他那种精美的文字。他说"江山风月，本无常主，闲者便是主人"，人景自亲。迁谪飘零，难得他还有这样好的心境。

那几位画家同我一样不倦，在厅堂内相聚笑，介寿堂为之不夜。无端地觉得，这样皎好的月夜，应该有如歌的丝弦相伴。

黎明之风中的鸟鸣从山的深绿处传来，类于布谷之音。至户外闲眺。

湖水在晨光里皱起微痕，流一片浅碧。撑船人执一根细长竹篙轻弄清漪，自远而近，拖一湾淡淡鳞波。遛早的翁叟从长林那边踏雾而来，抻腿甩臂，舒松筋骨，活泼着不老的心。福海（昆明湖的别称）映着寿山之绿，绿得无法望穿，却掩不尽楼脊阁檐的一片金琉璃。从这翠碧深处倏忽就会送来吊嗓者清亮的声响，音拖得很长，不伴以丝竹弦板也能风流。山水清音协宫商律吕，口中腔曲便这样一代代在票友间传唱。斯人唱歌兼唱情，精神也就如山之寿。

风景里的书香，飘溢于水木清华。

清华园

过了中关村，未名塔就看得见了，青灰的影子披着湖光从燕园深处闪出来，在城市的天底下显出特别的样子，叫我想到"晴岚，乱峰似玉兔。看一片白云锁翠岩"的旧曲上去了。宗璞有一篇散文写到未名湖的风景，是留给燕园的好笔墨。这里斜对着的，就是清华大学。立在丁字路口的石坊似的校门，冲着圆明园，街上的车可以往里开，有一点随便。进出的人里，有学生，也有来逛景的。清华成了一个大公园。

秋深，清华园的水塘里，碧荷残了，水面上，鲜活的气息已透不出一丝半缕。坡上的亭子在晨光中显出它的孤峭影子，少了茂绿丛树映衬的它，像是受了冷落，只有对着空阔的苍天叹息了。虽然荷塘此时无花，只留一片挂着半枯黄叶的细茎在那里无处可去，而在初披着柳影池波的我这里，心上浮着的感觉还是新鲜的。

听课的地方是一幢小楼，临着近春园遗址。近春园过去的繁盛早被英法联军劫掳的兵火焚尽（碑上数行记往的文字间尚留着模糊的史影），秃秃地剩下环着一汪水的土阜，像一个岛。白石拱桥的一端伸过去，可以踱到上面，一脚把沉眠的历史踏醒。桥边的芦苇黄了，尖梢染白，却还抬起头，不甘生命的衰朽。芦叶在水面漂了一层，竹丛却还留着一些绿意，半黄的是垂在岸边的眠柳。栽了一些树：山楂、紫荆、油松、玉兰、鹅掌楸。许是岛上散遗的刻着花纹的残额断础把心压得太重，铭证般地嵌入灵魂，屈辱的火又要在溯想中复燃起来，就要请来树和花，让自然的红翠给受过难的旧园添些生气。

目光闲缓地放出去，收揽着暮秋衰颓的光景。临漪榭的木栏上坐了几个享闲的老人，神情被一池静水映得愈显柔和了。题着"荷塘月色"横匾的那座小小亭子上，也有两三歇息的人，眼睛里的光落在从水面伸出的挂着白絮的芦苇上，和那片闪闪的金色融在一处了。转眼看，假山前平铺的一片浅草，绿色倒还养眼呢，略略感着些园林气味。

看风景的还有吴晗。这位清华学人是以雕像的面目静伫在近春园的绿丛中的。双臂抱在胸前，仿佛在讲史。吴浦星是吴晗先生的妹妹，我调到旅游报社时，她刚从领导的任上退位。我端详石像片时，想从容貌上看出他们兄妹一点相像的地方。

从这里往东去，又遇着一片塘，"水木清华"这个晋人传下的成语留在临波筑起的平屋的匾上。两侧柱上题着殷兆镛"槛外山光历春夏秋冬万千变幻都非凡境，窗中云影任东南西北去来澹荡洵是仙居"的联语。

青瓦檐的后面，刺桂、侧柏、西府海棠、君迁子的柔韧枝条正探出工字厅后院灰色的砖墙，静静地弯垂在天底下，和池畔的杂树一起，将薄荫遮在水上。春日里，慕"清华园之菊"盛名的朱自清，曾经一天三四趟地到堂前花下徘徊，他有一节字句说："我爱繁花老干的杏，临风婀娜的小红桃，贴梗累累如珠的紫荆；但最恋恋的是西府海棠。海棠的花繁得好，也淡得好；艳极了，却没有一丝荡意。疏疏的高干子，英气隐隐逼人。可惜没有趁月色看过。"水光浮上深黄浅绿的叶片，让我感到宁帖。我是寻到了清华园的根吗？把校园建在风景里，世间能有几家？这大约也是我要对清华偏一分心的理由。不消说它的学问，只这满坡的竹树、绕岸的芦苇、旧式的亭阁，就全是东方的，古典的。学子诵读于此，受教之益暂不去说，心神先已醉了。

朱自清石像在岸边，风神宛然。先生坐眺一池着了寒的秋水，四时之景的变化不改他安静的容颜。朱先生《细雨》："东风里，掠过我脸边，星呀星的细雨，是春天的绒毛呢。"宗璞说未名湖"比清华的荷花池大多了。要不然怎么一个叫池，一个叫湖呢"。可是这水面不广的池，是和朱先生的《荷塘月色》连着的呀，篇中有"浓浓的颜色、清清的音响"在，谁又能把它的幽韵看浅了呢？清华人的心上，终年不离荷似的。到了春暖的日子，岸畔柳色鲜翠，绵绵的雨丝从枝叶间落了满池，也拂上他的颊，如见先生在风里舒心地笑着。一个江南人，进了这北国的天地，情也水似的柔。自清亭是为他而建的，斜斜地在池水的东面对着他。有个女学生坐在亭前一块平石上埋头看书，又抬眼朝漾动的微波凝视。小月河（一个在岸柳下遛狗的男人说，就叫校河）西岸。有一溜灰砖平屋。那一晚，夜月皎好，朱先生许是从这里踱步出来，走过雕着简单线纹的白石河栏，肩头满披着银霜般的月光到塘畔沐起清凉荷风的吧。我又怎能说得准？

清华园

池塘睡去了，清漪是碧荷漾出的笑纹。林间的幽径上，朱自清踏月归来。

有一回，我从荷园餐厅出来，转悠到被"奠居"之主吴宓称作"藤影荷声之馆"的古月堂前。门闭着，更显出小院的幽静。后来知道梁启超、朱自清也在这里住过。《荷塘月色》盈动的静美之气，似乎只有在这种宁谧的地方才能捉到纸面上。

自清亭北面的坡头，孪生似的立着闻亭。还消说吗，它是因闻一多而在的。亭内悬钟无声，待发的颤音像哽在喉头的诗。青铜的钟身，刻上去的不外"皇图永固，帝道遐昌"一类祝颂的言辞。没有稽古癖的我，也要追它的源头，细看，是明嘉靖三十六年的钟！顺着石阶下到坡底，就到了闻先生的像前。朱自清像用汉白玉雕成，质感的细润仿佛应对着他清丽的文风。闻先生的这一尊，却是在一块赭石色的花岗岩落下錾凿

的，况且刻痕的粗狂，直似从汉魏石雕那里来，和闻先生沉毅的性格融和到一处了。《清华周刊》上印着的闻先生的那些诗，勃勃的意气镌在他的目光里。我记牢了写在他笔下的"你可听见枝头颂春的梅花雀？朋友们，请你也揩干眼泪，和我高歌"这几句。

曾有梁思成在的清华园，建筑小品的好，还用我赘言吗？

遵课时的安排，我每近月末才来清华听课。待到又进了它的门，塘里的荷残得更深了，枯枯的一片，最后一丝生气也叫寒意收去。不待咏出伤荷的句子，"蒹葭苍苍"的古诗已摧愁了心。初冬落下的碎叶，黄透了。未及挂雪的寒枝瑟缩在冷空里。可我以为，此季恰逢着故都最有意味的时节。只观物候，经了春的蓬勃、夏的热烈，一切都归于消歇了，也愈能体会不加外饰的真。旧京滋味怕只有到了这个时候才见深浓。课余，我又越过石桥，到荷塘去，就像迎着干燥的秋风独自往清冷的胡同深处走。堤径泻落树丛花花的碎斑，我踩着一大片影子走。冬至刚临了两日，塘里的冰冻实了几分。正午的太阳照下，反出光来。濒池的平台上，一块竖石上刻着"观荷台"，阳光移到这三个字上，诱着人非要在凳上坐歇。这石台不比子陵钓台高峭，浮想起朱自清先师临水的风姿，一样感受。

那桐，做过体仁阁大学士，他在宣统年间题额的二校门，是一座白石牌坊，成了校中的名景。后面衬着大礼堂前一片平阔的草坪，到了冬天，绿意也不肯消尽。望着草色，人会感到年轻。

园内多刻石，有些是校友捐赠的。"清华学堂"前的白石上所镌"自强不息，厚德载物"八字，是上世纪初叶梁启超在这里演讲时从《周易》中引述的。古训一经维新故人重提，清华的校训便是它了。西南联大纪念碑勒下的是这几行字："西山苍苍，南国荡荡，联合隽彦，大学泱泱。"

气魄是大的。我生年也晚,没有赶上那个时候。去昆明,曾从西南联大旧址过身,便是在抗战的日子,八年间,这里还培养出学子三千。我生逢"文革",无校可进,无书可读,至少对个人,可谓兹事体大,遑论国家。到了容颜衰皱的老年,抱憾的心仍在。可惜一切都晚了。在无法移易的个人史面前,只能一叹,再叹,三叹。

凝眸荷塘,我想起昆明的翠湖。

进了几次清华园,心上是漾着一片碧漪了。诸先师皆远远行去,只留下淡淡的背影。我只有谨遵前哲教诲,"见人嘉言善行,则敬慕而纪录之"。梅贻琦曰:"大学者非有大楼之谓也,乃有大师之谓也。"这位清华校长的话,讲过去一个甲子了。

一日,我又回清华听课。仍是午饭后,闲踱到大操场西侧,小阜缓起,其前苍柏蒙茏,暗绿树影里有碑立焉。近睹刻字,不免一惊,却是"海宁王静安先生纪念碑"。立即就肃然了。抄录碑阴铭文:

海宁王先生自沉后二年,清华研究院同人咸怀思不能自已,其弟子受先生之陶冶煦育者有年,尤思有以永其念,佥曰宜铭之贞珉以昭示于无竟,因以刻石之辞命寅恪,数辞不获已,谨举先生之志事,以普告天下后世。其词曰:

士之读书治学,盖将以脱心志于俗谛之桎梏,真理因得以发扬。思想而不自由,毋宁死耳。斯古今仁圣所同殉之精义,夫岂庸鄙之敢望。先生以一死见其独立自由之意志,非所论于一人之恩怨,一姓之兴亡。呜呼,树兹石于讲舍,系哀思而不忘。表哲人之奇节,诉真宰之茫茫。来世不可知者也,先生之著述或有时而不章,先生

之学说或有时而可商。惟此独立之精神，自由之思想，历千万祀与天壤而同久，共三光而永光。

  义宁陈寅恪撰文　　闽县林志钧书丹　　鄞县马衡篆额

  新会梁思成拟式　　武进刘南策监工　　北平李桂藻刻石

  中华民国十八年六月三日二周年忌日　　国立清华大学研究院师生敬立

  陈氏碑文，与先师同一骨格。我记起他在庐山花木深处的墓，黄永玉亲书在碑上的，还是那十个字："独立之精神，自由之思想。"

碧柳轻拂清涟，空气里充盈江南的温润。从时光深处畅吸一缕花香。

香花墩

　　合肥是让水绕着的。香花墩四面全是水。在浮庄的茶室里推开窗子，莲塘的波光就亮亮地闪过来，盈了满眼，不待吟咏的句子跃上心头，江南风味已领受得不浅了。

　　昨日的雨，洗亮了河沿的草树。荷叶密密地铺了临岸的一角，南朝诗人"莲香隔浦渡，荷叶满江鲜"一联，正好给了它。花还没有透出消息，娉婷的样子只待性急的人去想呢，湿香里嫣红的艳影，也要迟些给他们看。不怕，日光暖暖，月华凉凉，菡萏的盈盈一笑是迟早的事，色彩逃不走，先驻进心里了。"棹动芙蓉落，船移白鹭飞"，梁简文帝《采莲曲》所

歌的诗境，还愁看不到吗？江南的气息蕴积在绿色肢体的每一个细小部分——叶脉和根须，使它们收敛生长的激情，受了催眠一样枕水熟睡，在梦里放任地展开绚丽的想象。窃愿得着几个黄昏，在柳荫翳蔽的河岸放步走。余晖散落一层碎金似的光斑，乱鳞般地随波跳闪，柳丝在水面画着软软的痕。淡红的日影下，河上凫鹥的翎羽、蒲底游鱼的薄鳍，逗着暮色中的清趣，直叫我把斜长的影子映入亮波里去，并且让对面蜀山的黛影接纳我的凝望。此刻光景，同在杭州西子湖上的闲游倒有些相像。

还要说到浮庄，一是它的清，清莹的水光给他添媚；二是它的静，静谧的空气为它增幽，仿佛在旧家荒圃上新造的梦巢，又如飘在水上的一片云，会叫不安分的风诱走。满河浮着香。温飞卿的《花间集》里有两句词说："一夜西风送雨来，粉痕零落愁红浅。"我现在引它在这里，正是把一番古来的诗意给了这条河。微柔的风下，有这座小筑在，值得悠悠做起移居河上的酣梦了。

包河初给我的印象，写在纸上，便是这样的几句。到底轻浅了些，只能以"如烟"来形容它的不着斤两，怕是连包公的袍袖也挂不上一丝。

人生的价值，要以历史来做衡估的参照。包公是担载着道义重量的符号，在史程的演进中，一则以法，一则以德，均未失去统治力。对于形而上的一切，时间见证了淬炼的过程。到了现今，他的言与行，在广泛的观念认定中，仍然具有民间存在的基础。喻其为河墩上不肯凋残的春草夏花，也是合适的。

戏曲小说让包公的生命在百姓中延续。他任过端州知州、开封知府，两地也造起楼台，将这位清官释奠如神。端州的那一处，完全照着庙宇的法式营造，精整而森严，不像开封的包公祠，莲池映日，碧草掩阶，

古园　香花墩

廉和贪的边际，横亘着精神的鸿沟。让无语的泉水鉴别品性，照出内心的清与浊。

带些家院气，和这里真有布置上的相近，只嫌局促了些。

　　建在香花墩上的包公祠，前后几进院落，左右几道回廊，空敞处栽松植柳种竹，再往后就环着水了。清风阁朝这里耸起九层的骨架。结构之新，看出是近年增筑的。凝眸暂对，好像包公站在那里，既高

且尊，我望见了感性的他。庭院间的荫下徘徊，或是流芳亭中的倚栏默坐，是要在神祠的清境中做故史的追想。宋朝的日子，我辈无缘赶上，宋朝的事情，却还零星地知道。只要史官留下的文字不谬，我就有深信书中所载俱实的勇气。况且中国的读书人不但以官为师，向来还是以史为镜的。

包公的作为，久在舞台上演着，元杂剧《陈州粜米》便是熟知的一出，教化的力量甚至盖过正史。这里不去说它，而在我，只叹光阴去得疾，只叹生死不由己，值得敬为贤者的人，多半只能隔着岁月之河相望了。包公即是这样的一位。我呢，腹笥既虚，史识又浅，站在赵宋门外去看彼时的人和事，不在包公面前知趣而退，还等什么？

李鸿章筹了白银重建的祠殿里，高供着这位孝肃公，看他执笏握笔的神姿，李瀚章（李鸿章之兄）题在匾上的"色正芒寒"四字，担受得起。黑脸变作金面，眉目严冷，铁面而无一丝笑痕，端肃正大气足至十分，竟和神像仿佛。他接纳着蒲团上的跪拜，接纳着默祷中的礼祭。香烛从雕了花纹的铜炉里腾出火烟来，丝丝缕缕地飘，两隔的阴阳好像被什么给连起了。《左传·昭公六年》有云："严断刑罚，以威其淫。"法度之制下的严正，铸成包公的灵魂，凛凛威容凝成的符号化表情，也独属于他。

穿廊绕到祠的东面，那口为贪者讳的廉泉就入了眼。筑了一座六角的亭子在上面。望亭如观人，止不住一番钦仰。设若倚住美人靠，谈些包公遗事，也就"循其远节，每有感焉"了。

由这里顺堤向包公墓去的一侧景致，柳影泛翠，明漪一片。风舞，花蕊落在岸上，粉似的铺了浅浅一层，惜花人不忍踏上去，怕要轻轻收足呢。不禁又要絮叨，所见真如西子湖气象，最适切于无虑的雅踱。至

古园 香花墩

入云的高阁，是一种深刻的象征。追怀先贤清风，让历史告诉今天。

于河畔游客意态的闲散，谈笑的轻松，却是周末应有的光景。柳影沿堤荡过去，拖起浓浓的绿，给河面添出多少明秀。包公的魂灵是与长河相厮守的呀，他的一清如水，是前人那样说，想必也是名下无虚吧。

越过神门，又把凝着肃穆气的享堂回看一下，就迎着包公的栖神之域了。墓地的静，是森森的松柏笼出来的，是严严的威容衬出来的。宿草之上，春绿遮满低圆的丘土，萋萋，离离，郁郁。依礼遵制，一块墓碑，几个供具，就是包公垄茔陈设的全部。低回于这深葬遗骨的墟落，除去吟几句怀古的诗，诵几声叹惋的词，更有何念呢？由壁刻宋代《二十四孝图》的墓道转到坟下，幽冥石椁，只孤停着金丝楠木棺具。神木俑环棺而立，暗色中辨不清它们的眉目。我一边慨叹生命转瞬成古，一边我刚刚怀着的那一缕温感冷去了。包公亲眷的长夜之室亦伴随左右，《包拯家训》一行行地刻在坚硬的石上，字字结实，魂楼主人永世的承诺，表明了一种庄严的担当。幽宅之上，仿佛有他厚重的声音萦响。泉下的相聚，已这样过去了千年，我的感喟怎能不深？

被明月亭衬得极显峻伟的，是清风阁，它使平面的香花墩有了精神的高度。此筑既须得仰观，照我的习惯，是要快步径上的，也好练练我疲弱的脚力。却有电梯直达阁顶，身体的抬升也只在顷刻。香花墩是宜于鸟瞰的。天上浮着一层淡灰的薄云，轻笼着蜀山的峰峦。水景敞旷，若要硬添些装饰进去，则清闲气味必致删减三两分。江南的树丛，叶子的绿意仿佛永不会脱尽，从这里看过去，包河的水面叫它收去了半边，摇着清澄的水色和明洁的云光，宛如要流涨到初夏的空中去。玉带桥柔柔地卧在波心，美人的纤腰袅娜地一摆似的，粼粼波滟却又掩不尽娇娆风情。虽不是轻荡画船在扬州瘦西湖上，却早把廿四桥的情调领略了去。水岸弯出舒展的弧线，少了些曲折，自然也缺了幽深的韵味，而它的明白清畅又最贴着访客的心，抵得过一幅白描。不待我把这样的一番意思表露无遗，则眼底的风景已如武林山水一样入画了。

大自然已将一切安顿好，只差烟霞俦侣悠然而往。

我久居北方都市，钢铁的森林、水泥的峡谷镇日折磨我的视感，我的灵魂沿着它们交错的边缘陷落。山水无觅，精神岂获一刻的宁帖？此时，扰心的聒噪消歇了，这满墩的草色花影，像茂树梢头曼舞的晨云，送我清凉。朝云暮霞中，纵有彩舟灯舫间飞响轻歌浅唱，弦索上曼妙的音调也是低回不尽呢。优伶的清婉仪态、端丽姿容也是可想的。倏地，像是有什么俗务催索着赶去应命。恋恋的我呀，似乎明白，此世今生，登临这样高敞的楼头，把合肥的山水看遍，在我也仅此一度了。

教弩台、逍遥津只依稀望见一点影子，庐州古景始有寻处，且留待我临屋上井，登听松阁，拜扫张辽衣冠冢，在黄梅调的腔曲中，细说故国沧桑。

辑十三

古镇

昨日楼台 老建筑的文学追忆

河桥、茶楼、市招,挽留着水乡的遗韵。一只小船,摇过九百年的甜梦。

周庄

菌子寄来一篇她的散文,题目叫《水汪汪的周庄》。我呢,读,编发,还闭目想了一些时候,仍然不知道周庄是什么样子。所得,像是只剩下三个字:水汪汪。

一晃,十年过去了。

我在周庄转了多半日,几次想起菌子的文章,"水汪汪"用得真好,换旁的,好像都不合适。水汪汪,容易让人产生联想,比方秀女的美目。说周庄是苏南的眼睛,毫不为过。

这里的房屋,多数老旧,粉墙黛瓦,互为依傍,映在河里,影子很美。

古镇 周庄

长橹从上面摇过去,绿漪荡开悠悠的浅痕,就不只好看而且很耐看了。

双桥跨在十字河口,两座桥连在一起,这么紧,只有在周庄这样密的河道上才有必要。双桥,一拱一平,有主从,有映衬,古时造桥人的眼光,现在看也不落后。桥梁的石缝间斜生一棵野树,枝叶还绿着。它是怎么长出来的呢?桥边是一个作坊,有位年轻的手艺人正在赶制一个很大的木盆。刨花一片片翻卷着。这样笨重的盆,在外面已经很少见到了。房檐下的阴凉里,摆着一溜药瓶子,里面腌着的,是菜苋。春三月,满田畈的油菜正肥,本地人取其嫩苔,腌,留待秋天吃,仍很鲜。即便普通人家,平素也要炒一盘下饭。这菜,北方人不常吃。

由这里往前不远,立着一座酒楼。翘檐下斜挑一面杏黄幡。说笑声

从窗子飘出来。我无端地觉得，快活的空气里，周旋于杯盘间的，应当是清一色的长衫主顾。

沈厅是以堂前的南市河为门的，本地人呼为水墙门。这也算门？我还是头一次见识，恐怕唯水乡独有。河边砌阶为埠，供自家船只停泊。寻常百姓也有这种排场吗？我感到江南豪富沈万三是带些霸气的。厅堂轩廊，饶园亭之趣。在周庄，辟广亩，造百屋，以为独家之享，并世也难有第二了。我从这座深宅转出来，所感是，财主的夸富之气仿佛不散。沈万三身拥金银，曾同张士诚、朱元璋有过往，是一位常出入于庙堂之间的商人，为富至此，以后该怎么办呢？洪武皇帝翻脸，把他发到云南充军，也毫无办法。魏阙之下，朱门家财并不足恃。沈万三是个值得研究的人物。

沈厅门对富安桥。桥名也是沈家人起的，时在沈万三赴滇之后。"富安"二字的背后，有凄楚的味道。隔水桥楼，雕窗朱栏，同沈厅相呼应。

张厅在双桥南侧，由沈厅去，数步可到。厅前有一排临河的护栏，雕了几尊石狮，像是官府门前才这样。我留有印象的，是老墙间的那条窄弄，又暗又深，一直通向后院。院子不小，妙在忽然闪出一条小河，它有名字，叫"箸泾"。箸，筷也，河也就宽不到哪儿去。不宽，宅院内有此一河，也是少见。河水紧贴矮檐下覆着青苔的墙脚流走，也聚下一汪水，依水叠石植卉，聊得大明寺的六一居士"手种堂前垂柳，别来几度春风"的逍遥。河房开花窗兼置美人靠，夏秋日里，坐对一溪风月，也是私园别业的面貌。

一位老阿婆蹲在门口择菜，天井里扯着数根绳，搭晾不少雪里红。没有谁来打扰她，她有滋有味地过自家的日子。头上那块蓝格巾，是这一带妇女的永久饰物。

我对她脚旁的两个木质柱础发生了兴趣。老阿婆说，这是明代的东西。我没有理由不信。钱君匋为一本介绍这里的书题写书名，是"九百岁的水镇周庄"，这是于史有据的，不是虚话。这样久的历史，有古物留下来，无足怪。镇上千户人家，所居大半是明清时代的老屋，临街店面也多是相同。一门扇，一鳞瓦，或可有资格选为古董了。河岸多香樟，绿成一片，其下的石栏，有孔，以碗口粗的竹子相穿接，形貌古拙，也像是旧时代才有。枕河人家，鱼摊菜担之外，应该有两三绣娘倚门而飞针线，才同风景般配。

迷楼在镇之西，远商市之喧而得诗酒之雅。楼双层，新修过。顺木梯上到顶层，前后的隔扇窗都敞着，朝外望，河水从楼下流过，水面漂着几片叶子。贞丰桥上走过老人和孩子，石隙间钻出的枸杞枝，瘦韧的枝条在风中轻轻摇动，衬着他们的背影。稍近的老街上，一只小黄狗朝远处望着什么。总的说，是有小桥流水人家的情趣。赏景之外，喝阿婆茶兼聊些闲散的话题，虽片时，也可抵十年的尘梦。这又是苦雨斋的意思了。假如老天多情，隔帘斜雨湿乱花，倚小楼的雕窗外望，也能相宜。张寄寒同志知道我来，从家里赶到迷楼。他在周庄文化站工作，写散文，江南水乡给了他一副湿漉漉的笔墨，又以周庄这样的地方为家，故腕底的种种，非他人能够取代。我们在一张旧式的桌旁坐下，沏了茶，主客答问，皆是周庄的古今。

一楼风雅，仿佛全在叶楚伧所绘的那幅《汾堤吊梦图》（一说出苏曼殊之手），是旧日迷楼风景，一派郊野荒古意，由图而想到昔年登楼的人。其时，柳亚子、叶楚伧几位南社成员，都还年轻，青衿学子，诗酒高会，是那一时代的普遍风气。乘一时之兴，仿古人水边修禊事，泛月湖荡也未可知。"虽不善酒，却是喜欢闹酒"的柳亚子，会是什么疏

放态度呢？迷楼主人是一对母女，这几位南社文人有诗咏女儿阿金，可据此想象她的美貌。诗，我没有读到，却无妨摹画出一幅图：滴雨的檐下，一位江南女酤酒方归，细瘦的影子印在湿亮的石板街巷，很快，那把油纸伞移上微雨中的贞丰桥……

阿金，使迷楼大为浪漫。

柳亚子《南社纪略》以下，足征引的，还有郑逸梅遗著《南社丛谈》，记南社始末较详。其中《南社雅集的几处地点》（同他故世前几日寄我的《南社雅集的几处园林》可互为甲乙）没有写这座迷楼，却并不是说它就该列在青史之外。

壁上有柳亚子的长诗《迷楼曲》，抄前面几句，是"贞丰桥畔屋三间，一角迷楼夜未关。尽有酒人倾白堕，独留词客赋朱颜"。想见迷楼中人之一的叶楚伧（号小凤），郑逸梅记他"状貌魁梧，有幽燕气，为文却很秀丽"，或谓"以貌求之，不愧楚伧，以文求之，不愧小凤"，就觉得是一件艺林趣事。山温水软的江南，能塑心灵，故秀外未必就与慧中相表里，此理，叶小凤可证。

坐进沈厅酒家吃午饭。靠窗，入目的都是水乡风景。桌上的菜，有些是只有在周庄才能够吃到的，万三蹄就是。这道沈家名馔，热腾腾的蹄髈（北方惯呼为肘子）炖得十分烂糊，很入味。我口不胜荤，只看别人吃得非常之香。这道菜，没有什么特别，人们乐于吃，我看是冲着沈万三的名字去的。

水鲜也有。稻熟螺蛳麦熟蚬。我尝的是蚬肉炒青菜，为时似稍早了些，等到割麦之时再吃，会更好。鲈鱼，已不常见，代而上桌的，是塘鳢鱼，或叫菜花鳢。田间油菜花这时已是一片金黄，正该吃它。这种鱼我还是头一次见到。鳢、鲤音同，样子却一点不像。我吃的这几条，只几寸长，根本不能和兴凯湖的大鲤鱼去比。汪曾祺说"苏州人特重塘鳢鱼。上海人也是，一提起塘鳢鱼，眉飞色舞"。其间的道理，我也不很明白。管它呢！总之是吃到了蚬江的鱼。我是在水边长大的，盘中的香味一飘，我就知道，这是刚出水的鲜鱼！莼菜还没上市，故未尝其鲜。要不，正可远追张季鹰，温习千年以上的莼羹鲈脍之梦。

昨日楼台 老建筑的文学追忆

人生滋味的甘苦，化作粼粼池波，在退思园的水榭楼廊间浮漾。

同里

同里，读字面，就觉出亲切，视乡谊如鱼水的人，更会感到这样，或可别求诗境，站在桑梓的绿影里长相忆。

我本燕赵之客，上追经历，还无妨更远些，是曾身受关东的麦豆蔬鱼滋养，却也爱听吴歌越吟。单说在同里的片时，穿街过桥，观古时的旧影，兼看今代的新貌，心情和久居这里的百姓，很容易融合。就我的感觉言，镇与镇相比，周庄多水乡气，同里多闾巷意。傍岸，南有道士埭，北有富观街，沿河人家，门楼多很俨然。桥也多，样子小巧，人走在上面，远望，高高低低，浮在一溪波影间，颇入画意。临河的女贞、合欢与香樟，摇清风而拂碧漪，有提篮少年踏荫而行。三三两两的妇人执长竿从枝头挑下晾干的花衣裳，且聚在阶前说着甜软的话。小镇给我的感觉是：静，进一步，是很舒服。晨昏，推门仿佛就看到一幅画。同里人，真有福气！

小镇风景，最宜坐在夕阳下的桥头看。桥，出名的有三座：长庆、太平、吉利，桥史，可以查到明清时代。同里乡俗，婚庆的花轿，必要从这三座石桥上颠过，老人祝寿，小孩满月，也多是一样。这有说法，叫"走桥"。推想一定很热闹吧！正可为桃花坞木刻年画所取材。眼下还能够看到吗？

桥底轻轻响着流水之音，花树下闪过三五闲步的老少，听不见谁大声嚷嚷，陶彭泽笔下的那些，仿佛尽在其中。我一步而入，真像是另换了一种新鲜空气。

我是坐享桥头之翁的好处，眼看的同时，又要口讲指画。比方对崇本堂隔扇上的全套《西厢记》雕刻，三叹似不足赞其妙。王实甫已杳，我这个老乡，且代他谢过同里的知音了。

嘉荫堂前值得流连，因为和人有因缘。此屋，柳亚子曾住。真的吗？青色砖墙下露出半截石，有字，是"嘉荫堂柳"。实物在，所传就成为足信。同里没出过沈万三那样的乡豪，却素有科名。南社中人，陈去病、范烟桥是同里人，柳亚子是黎里人。同里、黎里取义近，相隔也不远，可称乡邻。据郑逸梅老人讲，陈去病又为柳亚子父执，有雅怀，相友善，亦以南社的事业引为同道，"今屈原"住在这里，是可信的，与周庄的叶楚伧、吴县的包天笑、周瘦鹃诸人相往还，很近便。莘莘千人，吴门一带，真可作为南社之家。

退思园，不很古，只有百十年。南人造园，多借水景，任兰生的这一座，也是。满园廊榭，像是从波光里浮出的一样，宅院之中，养一池活水，得半亩方塘之胜，故园主人自有着意处，身退闲，心也就在林泉之间了。

依水而设山巅石隙之景，绕墙而覆牵藤引蔓之荫，枝上花叶正与波心游鱼相映带，清凉瓦舍如在武陵图画中。北窗仰眠，屋梁之下犹可耳如倪文节公，卧听松声，涧声，鹤声，琴声，山禽声，野虫声，煎茶声，棋子落声，雨滴阶声，雪洒窗声……更相宜的，还是清婉的苏滩。小园风景，虽非一片真山水，却有筹划，不粗率，举目一扫，就知道是花费了百般的功夫。同不很远的淀山湖大观园比，虽未能尽其方圆，玲珑气却是可以同那里的怡红院略近的。更上层楼，是不着穿凿之痕，而尽显旧观。这样好的地方，怎么单用来"退思"呢？于其间诵读啸咏，或作文字饮，为最相宜。室无长物，唯万卷散乱，随手拈取，在燃香的清堂，在临池的琴室，在瘦如蛇的石径，在花似锦的竹篱，均惬意，更可养几分禅心。这里正用得上怡红公子的一联诗："新涨绿添浣葛处，好云香护采芹人。"虽贾政听了并不说好，但可以不管。还有适用的，是晋简文帝的那段话："会心处不必在远，翳然林水，便自有濠濮间想也。觉鸟兽禽鱼自来亲人。"这样看，此园也像陆龟蒙的拙政园，在营造上是"毫发无遗憾"了。访园林如探亲友，须经一番心的体贴，缺少，一园清阴似无闲处安置槛外人。

粉垣花窗之上，巧嵌九字：清风明月不须一钱买，这仿佛是心迹的表白。我看，退思园主是以谢惠连为法的，小谢曾说："入吾室者，但有清风；对吾饮者，惟许明月。"这似乎不够，还要学少陵野老临浣花溪而筑茅屋之法，贴碧池造一座退思草堂，聊以寄意。朝市之外，能栖身的，仿佛只剩下一角庭园。形拘门墙之内，万丈俗尘好像就会离开身边远退到看不见的地方，这是自欺呢，还是欺人？

我旧日读陶潜、王维，像是真就望见了桃花源和终南山风光，也曾想一路杖履，去寻游故迹。桃花源是去了，钻过秦人古洞而看良田美池、桑竹之属。这大约是我有出入风浪十载的身世，学武陵渔人就比较容易。

隔年又看退思园，这类入过圣经贤传的人物，上登青云之志，下隐岩穴之心兼容得真是尽善矣。比之已在泉下千几百年的文章伯，我的想望要单纯得多，是不愿意深思，也没有多余的幽情，只是乐于明月满园之夜，独自坐在临水的亭下，观风摇竹、鱼跳波，得菰蒲之境，或许还会随口诌几句什么。这并非有心循严子陵隐于渔钓之旧，或是不自量，要当泉石烟霞主人，我的所求只是，身离江南之后，也能常在故乡的月下，默默画出湿漉漉的梦影。这同任兰生的本愿，自知是隔得过远了。

当晚，主人烹鲜款客。我不能忘记的是青团子，这是一道乡味，糯米面为皮，包馅儿，蒸，出锅，满眼鲜绿，据说是兑入了时鲜的金花菜汁，近清明时，方能吃到。青团子虽为家常，却有资格高登古籍之堂。《随园食单》谓："捣青草为汁，和粉作粉团，色如碧玉。"再上追，旧史与传说相错综，又同晋文介推之事有关。

塘鳢鱼也有，我在周庄即已尝过，尺寸虽未可盈车，调汤，其味却甚鲜美。汪曾祺先生说它"头大而多骨，鳍如蝶翅"，我才忽然明白，所谓塘鳢鱼，敢情活像我们兴凯湖的嘎牙子！我小时候，很爱听它出水时嘎嘎的动静。

秋风未起，湖鱼之思已在粼粼春水间。

织云绣锦,透明的丝绸在老镇的史册中飘卷。犹见戏楼上江南名伶的舞姿,教民养蚕缫丝的嫘祖,在祭坛上微笑。

盛泽

向来多水的江南,鱼米之外,又以绸缎出名。

青林远村之间,吴越人家的机杼晨昏不歇。日产的万绸经商贾之手,被舟楫水运四方。绸都的名号固属昨日,在盛泽人那里仍颇自负,不免还要把它常常说起。明清的繁华足够镇上人续谈百年。

盛泽的镇景不如故。邻近的同里不废古旧气,尽力牵留着岁月。到了柳亚子、陈去病出入的茶楼,任兰生遁迹自匿的退思园,更不消说。盛泽也有此种去处。张中行游过的目澜洲,植树,筑亭,在元代就颇有名。明人沈周亦尝赋咏。推想柳如是的游憩之影也在园内飘闪而过。因年远,芳尘往迹渺不可寻。这是张先生《水乡记历》中专述游园的一节。文章是我编发的。人到盛泽，东道未引我去这个值得一顾的小园，却载至终慕桥北的先蚕祠。门楣旧，立于街旁。院内堂舍参差。碑廊勒明清蚕桑诗，和陶潜农事杂咏全是一类，悉有可观。蚕皇殿供神农、轩辕、嫘祖三尊泥金像。蚕皇的嘉名配给谁呢？嫘祖是也。教民育蚕，她是乡间的俗神。设坛祭祝，制肇于周。这个小小祠堂，真不敢轻看。小满乍来，坐入厢楼，观台上酬神的祥瑞戏，弦管清音、宫商雅韵，牵情的最是京昆的腔曲。

抽丝剥茧，绣锦织云，是盛泽人日日应付的功课。这和我曾在震泽的所见大抵一样。村坊间，采桑饲蚕，煮茧缫丝成了四季之常；儿童调丝，老妪摇纤，日下晒匾，溪边漂绸，犹似枕河人家晨昏看着的一幅画。蚕妇发髻、鬓角和辫梢上斜插的蚕花，又给这画添了春色。长巷深处摇响的络丝纤子，依旧循守昨日的板眼。检史阅志，老镇在绸绫闪闪的光影中延续着不灭的风流。吴越女子的美，倒有几分出在罗绮缝纫的锦袍上面。

绫罗绸缎绉纺纱这七字，自小从书本上读来。识得笔画，实物的分别我却一点看不出。到了镇上一家专出衣料的厂子，满室的黄绿青蓝炫惑我的双眼，莫知所措。越绮吴绫，尽美矣！我一个人临窗远看低低的绿野和缓缓的坡岭，暂将红粉衣装抛扬一旁。

盛泽仍有倾心文学理想的一群，自编刊物，把写好的诗文印上去，互为传阅。吴门胜流，柳亚子、徐蔚南、叶圣陶皆其中瑰异拔萃者。以今比昨，彼此的时代不同，彼此的环境不同，彼此的遭际也不同，而他们却有相同的心。吴中文脉，因之传承不绝。虽则纸上诗文无荣利可以鸣高，却依然保留一种纯洁精神。时间流过去了，一片色香悦人的文学花朵被柔煦的风吹开，这当然也算金阊之野上须记的好景。

朱彝尊改定的盛泽十景早入稗存野史。"盛湖周围二十里，水光回绕，遥接平林，凫渚花汀，更多殊境，波卷洞庭之雪浪，源探天目之云根"数语，境界全出。我读而浮想，仿佛真就看见翠堤白漾、菱渡锦塘。树丛桥影间，织户染坊飞出的说笑和机杼之音，又是竹枝词里清悦的平仄。

烟峦雾泾过眼本已够了，鱼鲜河虾再来入馔，实叫我不舍吟哦。所谓香波桥上高诵，目澜洲中低咏是也。

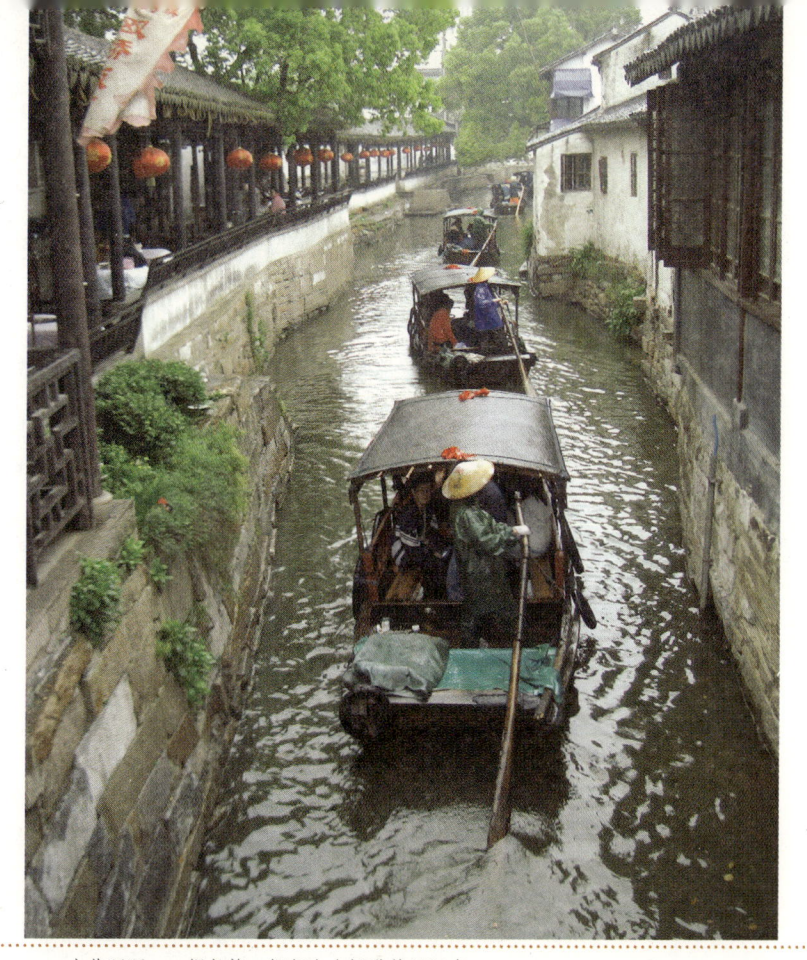

水巷深深。一根长橹,把船上人摇进梦里江南。

锦溪

  一天微雨,湿湿地斜飘。天上的水落下来,不像是雨,倒像是烟,是雾,浮动在这早春的苏南。"锦溪"这两个字,很美,真不枉对眼底风景。只说字面,周庄过朴,甪直太僻,同里嫌实,木渎的旧典,又要远寻到春秋。枕河人家的风味,仿佛只有在锦溪这样的名字上才能有所想象,并且凭此做出淡彩的画来也说不定。

  雨会给风景别添一种风味,不论游山,不论泛水。有此心得的,便是坐在覆着乌篷的船上,随均匀的橹声缓缓移动在河浜里的那些人。披蓑戴笠的船家站在翘起的船尾,摇动拖进水里的长橹,节奏的舒徐,像

是给流水打着匀速的节拍。站在桥上，低头看首尾相衔的几只船从那边贴水来，又从桥底轻轻荡过，待你转身把目光追过去，它们在前面的弯处忽然一折，不见了。依旧是粼粼的水光映着岸旁的河房和廊棚。红绿纸伞下面飘响的笑声，也叫河水送远。心空了。河面漾着自己的影，凝睇，也就极易感叹时日的飞流，年华的老去。

尝河鲜是在匾上题着"绿江南"的那一家。双层，临岸，推开木窗，随眼一看，小街、石桥、屋瓦、店幌、人影，都在雨中。踩着窄木梯登楼的两个卖唱人，男的老而瘦，操弦成调，跟在一旁的姑娘脸上略挂羞涩，宛转而歌，润而甜。此番情景仿佛是被谁写过、演过的。评弹的腔曲水似的流入空气里，一切都软了。锦溪好像自古便如此。回到过去原来是简单的。

云仍湿浓，雨还没收。灰暗的天色下，石板铺出的街路却在闪闪的雨丝下亮着，是竖在古镇上的弦，拍栏度曲的妙韵也是可想的。雨点的落响里，侧耳的人，听着老故事。在我，心事却没这般深。我很有几年没得清暇来亲近这苏南的水乡了，只消学数十年前俞平伯在西湖边的样子，"宁耐着心情，不厌百回读似的细听江南的雨"或者就是了。

傍水的小巷，梦一般悠长。湿亮的石板路上弹响轻快的足音，愈加衬出四围的静。固然大都市的繁华小镇抵不过，而小镇的清美幽谧又岂是从无处不喧扰的都会里寻得出的？究竟谁在好处上来得弱些？实难匆忙下一个结论性的判断，似要看各人心情了。不过在此时，我是想趁机把心上担着的烦忧涤滤一下，只怕品不够这里的风味哩。

出了河身的尽处，迎着一片湖。云影在上面舞蹈，丰富了水的表情。长长的廊桥跨在水上。在多水的南方，自然添深了它的装饰意味，无它，水景就真的太淡了。有它的临水一横，再配上浮漾的雨雾，再配上几只

古镇 锦溪

在临水的廊棚，品一杯香茗，思绪如烟。

泊岸的渡船，和舱里矮凳上闲坐待客的船娘，蓝色印花的短衫和头帕，浸着水乡颜色，淡而雅，素而美，就似看到昔日大致的风情。我们，身不染姑苏的色调，心不谙吴越的风流，也无闲走进乡间博物馆领略收藏的岁月，也无闲坐入依水的茶舍得片时的自在，却捉住了一点江南的感觉，并且明白它的意韵究竟不差于画里的笔墨。

宫灯的照射下，金字牌匾炫示一种心理的富足。

木渎

坐船荡香溪，过山塘，是游览木渎的风趣。若是去比夫差陪西施采香泾上的泛舟，情味怕还是不及呢。

天平的枫色，灵岩的旧迹，馆娃的遗香……吴中胜概岂是文字载得动的？范仲淹的石像在山下，容颜苍苍，让我在一望间觉得，世上若少了他的那些诗文，宋代文学还有什么可以称说？

都怪我看惯北国景物的大略，到了这一切的一切都精致入微的南方，特别是看过苏州的园林，我怎么也说不细所得的印象。心底仿佛梦忆似的只印下一个轮廓罢了。亭阁间，是杂植的花木，山石旁，是绕流的池水。

富户的家宅，让精致的趣味点缀理想空间。

"溪山风月之美，池亭花木之胜"所摹的，恰是它们的风致。浮水石桥那着意的几折，穿院游廊那用心的几曲，叫园景添深了幽趣，自然笼着一缕清虚之气。

吴人造园，木渎留迹。永安桥北的严家花园，是个大宅院，匾上落款，留着翁同龢的名字。翁氏，常熟人，在苏南一带，他的字，大约常见。选《古诗源》的沈德潜，是本地人，就曾退隐在这个园子里，后来，园子转到镇上富户严家手里。话说得远了，仿佛白头宫女空忆天宝遗事。唉，历史早成了现实生活之外的一种存在，何必叫它坠着今人的心！在

我，入旧园，能睹未湮的故迹，也算得偿所愿。

筑山，凿池，花园极有布置。只说以春、夏、秋、冬为序，辟出四个小园，一年好景，是在临风的玉兰、浮水的荷花、溢香的丹桂、摇曳的梅姿上面让你赏看哩，如此匠心比起做诗也不会容易。香山帮在营造上的技艺，是叫人叹服的。檐下另悬一块匾，题着"羡园"，我妄猜，取意大概本此。

满园清芬还在襟袖间，又顺着山塘街走到它的东面。香溪流过的那座宅院，便是虹饮山房。自创仿真绣，写出《雪宦绣谱》的沈寿的故家，即此。严家和沈家，占了木渎风光的半壁。

分列东西的小隐园和秀野园，以中路的门厅、花厅、古戏台为屏隔。

落第秀才徐士元的东园得逍遥气。园主疏池开径，叠石栽花。庭树疏影下，文士的雅集，佳人的宴赏，风华尽在银月晓风下的清歌。人散去，唯留馨梦沁怀。

徐士元嗜饮，把门前虹桥下的香溪当做买醉的酒，大概是他的痴愿。心浸月影风荷，一切怨叹皆消，而清厉的骨格是隐在醺态后面了。

东林党人王心一的西园得官宦气。园主建草堂，筑山房，造水景，邀朋聚友，游观酬唱，遣一时之闷而求宽心适意。

私家宅园能建成这个排场，也只有在当年吧。水粼粼，花馥馥，雅步而上荷香亭，俯望深秀花木中的鳞瓦，我的感觉是，主人造出一片城市山林，这园景的后面，深藏心机。

山房门外，怡泉亭的古，从亭身石质的苍朽可以断定几分出来。坐在那里面看清浅溪水的人，神态悠然，仿佛这里的岁月同自己并无牵扯。更知道闲为何物的，是明月寺里的僧人，只身漫踱于山塘街上，还会迈上西施桥，坐定桥亭的木栏而望灵岩。

乾隆帝下江南，入园而游，兼听戏文，啜香茗，吟诗句，今人还在拟出它的景象供客玩赏。光阴流驰，无论是帝，无论是官，终究随光阴而面影模糊，谁也无奈，幸而历史还留着一个清晰的轮廓给后人看。雕栏榭台上飘响的轻软弦歌，怎抵得冷峭的描叙？

我，低眉凝视透过门厅窗扇泻落的几束日光，怀往之情也如流云飞雾一般缥缈，并且自知也该坐入香溪上的木船缓缓归去了。

昨日楼堂 老建筑的文学追忆

鹧鸪溪上飘溢嘉业堂的书香。叠石、植枫、筑亭、砌墙，装点荷花池畔。流连碑廊，曼声诵读传世古帖，更喜月下的诗酒酬唱。

南浔

到了南浔，初识蚕乡风气。辑里湖丝，天下有名。写出《蚕桑乐府》的董恂，即为南浔人。

入郊野，桑树随处都是。在一户养蚕人家，楼上撂着竹质的团匾，很像一个圆盘。蚕簞则略小些，编为六角形。离清明尚早，桑叶未绿，这些育蚕之器都还闲着。心间却并非一片空白。"桑之落矣，其黄而陨"，至少可以想到上古的那首《氓》诗。谣曰："清明削口，看蚕娘娘拍手。"我是渔人出身，不懂蚕事，暖阳下的饲蚕之乐却仿佛近身可感。

南浔出过多家殖财的富户。能发，总和养蚕卖丝有不小的关系。四象八牛七十二狗，是百姓对本镇阔人的一种通俗的叫法。刘大钧《吴兴农村经济》："所谓'象'、'牛'、'狗'，皆以其身躯大小，象征丝商财产之巨细也。如此比拟之称，本齐东野人之语，何足具论，然民谣稗史，足为正史之补。吾侪考察社会史实，正宜利用此种材料，岂可舍弃之。"升格为"象"的，家财最殷，过百万元。在镇上，为数只四户。居榜首者，刘镛，清人，靠开设丝行发家。《南浔镇志》："虽有财，但无禄，不上门第，故亟力教子读书，应试科举……"刘镛很有志向，不是土财主。家风下传，子孙多有出息。刘锦藻傍挂瓢池而辟的小莲庄，刘承干就近补筑的嘉业堂藏书楼，为乡人所周知。一庄一楼，把它们建在一处，莲池的清芬和古堂的书香，似将全镇的风雅占尽。

嘉业堂藏书楼，颇精整，回廊式，双层，站在天井里感到十分敞亮。堂主刘承干就此写过一篇记，不妨择数行，抄录在这里：

乃归鹧鸪溪畔，筑室为藏书计。靡金十二万，拓地二十亩。经营庚申之冬，断于甲子之岁。略置邱壑，杂莳花木。中为楼，上下各二十楹，档杆楯周，玻璃通明，储书满中，旷列四部，额其匾曰："嘉业"。其上即"希古楼"也。更以楼之东偏，筑藏书之室三进。前有厅事，为"抗昔居"，供款客及编校者栖息之所。

这段字句，说清了嘉业堂的大略。

我入内，让宋元刊本、清刻本、名人稿本和抄校本连同架上的雕版、墙边的碑石联翩过眼，还抄下一些丛录杂编的名目。古今珍册要籍，只看看封皮，也算一次精神的饱饫。一份材料上说，刘承干乘辛亥板荡之秋，"先后'照单全收'买下了甬东卢氏抱经楼、独山莫氏影山草堂、

仁和朱氏结一庐、丰顺丁氏持静斋、太仓缪氏东仓书库等十数家的藏书"，费银而得书六十万卷，郁郁乎文哉！散佚之书入了这里，也算得其所归。江浙两地的私人藏书，尝蔚成风气。这是一个很值得重视的文化现象，可以和社学义塾乃至书院的兴盛来一同研究。我的所游有限，无法遍观，很希望有人能够尽心力，编一本藏书楼的大全。能读，我虽无积书之癖，插架不富，却也仿佛得尝汲古阁或者铁琴铜剑楼主人坐拥百城的斯文气，兼获藏书之学的津逮。

刘堂主不只在藏书上用心，还倾力于刻印。宋四史斋是一间很大的厅堂，藏精刻古籍的红梨木雕版于此。一问，三万多块！真是洋洋大观。这样的规模，大约只有北京云居寺的石刻经版能相比方。印出的书，多种，皆用连史纸。柜里摆着《史记》、《汉书》、《后汉书》、《三国志》，以史部镇库，堂主是有识见的。《嘉业堂丛书》、《吴兴丛书》、《求恕斋丛书》、《留余草堂丛书》、《希古楼金石丛书》，也足可支撑门面。正统之外，清廷的禁毁书，也敢印。我细查了一下，多是明人遗著。屈大均的《翁山文外》、《安龙逸史》，蔡显的《闲渔闲闲录》，都还可以看到。

刘承干是一个有叛逆精神的人物。

楼外是一大片池水，比天一阁前的那汪水可要大多了。题为"浣碧"和"障红"的两座亭，影子映入清波。环池播植杂卉，颇得梅雪荷风之姿。从书楼里走出来，倚亭栏坐观，纸页字迹换为浮动的水光，有入梦之感。刻有阮元"啸石"二字的庭石，我没有见到。也无可憾，因为池畔多耸太湖石，都很耐看。

在南浔，蒋汝藻的密韵楼、张石铭的六宜阁、庞元济的半画阁，都曾为藏书之处。行色匆匆，我是连旧迹也未得暇往观。闭目浮想，其大致面貌总也近于万卷堂或是花雨楼吧!

出藏书楼,沿鹧鸪溪东行数步,就是小莲庄。为什么要叫这个名字呢?我在读过园主刘锦藻的《小莲庄记略》后才明白,曰:"因赵松雪有'莲花庄',额之曰'小莲庄'。"其境相像吗?我过湖州而未入莲花庄,不好妄说,推想"净根无不竞芳菲,万柄亭亭出碧漪"却应该是一样的。香莲如醉,东南贮藏之家与汲古之士上效汉武明皇,从而可知,临水阁榭同影娥池、花萼楼总也别无所异。

南人筑园,颇有一套。莲塘柳岸最可见出独到的心思。莲花庄内的青卞居,名由王蒙的《青卞隐居图》来,题山楼则可直溯管道升的《山楼绣佛图》。布置犹含花溪渔隐的风调,是纯然的书画之气。小莲庄绕十亩挂瓢池而造,靠西是长廊,入内可赏《紫藤花馆藏帖》、《梅花仙馆藏真》等多种碑刻,净香诗窟守在碑廊的尽端。内园叠太湖石为山,辟松径,意在巧摹杜牧"远上寒山"之诗。这全是十足的诗文气了,或说书香仍是不散。头冠唐巾的青藜学士过此,照例不难独坐诵书,或可飘然师古,心效枕上的卢生,大做黄粱之梦。比起莲花庄,我更喜欢这里。退修小榭略带些避世闲居的调子,就浮在字面的意思看,颇同天一阁的昼锦堂、拙政园的梧竹幽居室接近。由景及人,范钦、王献臣是将簪缨易为萝薜,自寻春园剪韭之趣,比较着看,刘锦藻素无官俸,就简单得多,遑论机心的深浅。纵使如此,这些镇绅对景赋名,也还要渗入自己对生活的理解和处世的态度。

今春,天寒飞雪,莲塘毫无生气。柳堤的柔枝和随处栽植的翠竹却临水摇绿,旁衬一楼檐一亭角,配以池畔的曲槛回廊、短桥长阶,越显出水树的交映和园景的变幻。临此,依然值得朝画纸上略施色墨,绘出《清塘荷韵图》像是不难。小姐楼香消久矣。李白:"佳人彩云里,欲

赠隔远天。"如果得缘，倒很宜于凭碧栏绿窗而闲咏浔溪闺媛诗文，比方温彬的《凝春阁遗诗》或者吴掌珠的《饮香楼小稿》。吟罢，炎夏可赏千朵粉荷出水，清秋可叹一片风花愁红，想想，又全是宜于拈取入诗的旧题材。

庄外的街坊衢巷，似同园内风景连为一处。在老桥古弄信步，宜雨宜雾，正是所谓人在画中行了。百间楼一带，旧屋如故，木栅窗轻掩着一段段味深的家常。我很想坐入小篷船，闲流缓棹，在柔柔的响水声里长泛浔溪，游观荻塘帆影兼听曲江菱歌，若是几首隔岸飘来的《春米谣》和《蚕桑词》，就更得意。赏景之乐，至此为最。

南浔尽多佳景，大半均很可停下细看。只说市街里外绕着的宽宽窄窄的河流，就远要胜出常旱的北方。在向来得水浸润的江浙，艺园无须太过费力，随心一弄，仿佛都会着手成春。

水巷深深，欸乃声声。轻舟摇进彩色的乡画。

枫泾

  我对枫泾古镇的感觉，是在艄公长橹点破细瘦水巷的那一刻开始的。这个地方在上海，是以农民画出名的。农民做画，偏爱大红大绿，还带些刺绣、木雕或者印花布、灶壁画的影子。画面虽是静的，热烈的色彩却让眼睛安静不下来。坐在船上游市河，河水顺着船边流过去，心又是静的了。河身窄，像一根瘦长的带子，在贴水的廊棚、亭台间软软地绕。河边柳垂着柔细的长丝，染一片翠影在水上。

  最多的是桥，在船的前面躬身候着，船缓缓荡过去，转过脸，便又在目光里退远了。橹梢漾起的波缕，仿佛含着一点恋意。

石岸依水。镇上人家，后窗临河埠，雨里雾里，整日有湿漉漉的景色看。游走的人，伞下闪出脸上的笑。手里的相机也朝向船。一船人就成了风景给拍去了。茶楼的木窗敞着，外面摆几张桌子，窗下都是喝茶的。清风阁那一家，择势甚好，双层小楼，青瓦檐吊着几串红灯笼，老远就能瞅见。楼旁斜伸出一株老树，叶子近水，遮出一片荫。临着的石拱桥，题了联语。我记住上联："水接四方环如玉带"。停而不走，喝茶，品联，真叫滋润！过而闲望，如赏画中小景。

河房中间的街巷，也有可看的岸上风物。杏黄色招幡上"鲜肉粽"三字就颇惹眼，笔画里似飘出香气来。诱人的还有古董铺。当家的老者，身子枯瘦如一根柴，半仰在老式摇椅里，手里捧一把紫砂茶壶，不时把壶嘴送进口里，意态甚暇。主顾来了，也不欠身，倦眼乜斜，并不殷勤。没把生意放在心上似的。橱间柜中的摆设，倒有几件入眼的。价码呢，老者的口，自然不肯松。

街的尽头，一座临水戏台，和上海城隍庙里的社戏大舞台有几分像。唱的是哪路腔曲？我一个北方人，听不懂，只觉得轻，觉得柔，把心都唱软了。江南的调子。红着脸吼出的歌，砸在水上一片浪，是野性汉子的豪气。想听，要去追黄河的风。

大河是史诗，水巷是小品。一边奏以金石，一边奏以丝竹。观赏景致的理想状态，是要领受艺术的双美。

戏台旁边一家画店，卖的是农民画。女店主弯眉细目，话声也极轻柔。用貌秀而神慧来摹状她，大概是合适的。壁上有些作品，她的笔墨。门外河景，也是映进心里的一幅画。我在心里暗把"江南才女"四字给她。

河那岸，一溜廊棚，也是古来的商市。米粮行、麸皮店的门面和茶铺直悬的竖招杂在一处。这边的唱戏声，隔水也能听得真亮。

枫泾是画乡，程十发、丁聪是这里的人。沿河有条北大街，顺石板路走进去，右手一个短巷，树荫深处露出一道灰色院墙，里面的两层楼屋便是丁聪漫画陈列馆。丁聪之名，我熟；其父丁悚，我近来才留意到，是写现代风景散文史的时候，不能绕开周瘦鹃和他办的《礼拜六》周刊。上海中华图书馆印行的这份刊物，以言情、哀情为嚆矢。周刊的另一编者王纯根为首期而作的《出版赘言》，即有"晴曦照窗，花香入坐，一编在手，万虑都忘，劳瘁一周，安闲此日，不亦快哉"一类言语。丁悚为封面绘制的时装仕女图，颇能同鸳蝴气味合拍。我上二楼，在一个展室，看见丁悚的旧画，低回片时。银杏、芭蕉、紫薇、桂花、腊梅之香飘在空气中。埠头边橹叶的阵阵搅水声，直似把人送进梦里。

水景、美术，这里面的关系，不是我一点浅思能够得解的。好在放眼一望，还能大略端详出曲折河岸的颜色，也就浸入往昔沪上的回味里去。

枫泾之东的张堰镇，有万梅花庐。庐主高天梅，辛亥革命前，和柳亚子、陈去病共创南社的，便是此君。他的叔父是高吹万。从前我编发郑逸梅先生的文章，见过这个名字。出资刊印过《南社丛刻》的姚石子也是镇上人。那天，要是能顺带去看，就好了。

朝云暮雨，古码头迎送嘉陵江上的桅帆。

磁器口

嘉陵江流过沙坪坝，甩下一个水码头。顺水东漂的大小船只多要在这个叫磁器口的老镇泊靠，卸载货物。明清之际名播巴蜀的青花磁便产在这地方，镇名的来历据此可知。

傍江一带的茶馆，永远坐满人。口上趣话旋绕在热闹的龙门阵里。一位老汉稳坐当中，大约在这里当家。客来，直起身子相迎，翘在脑后的一截短辫就晃几下。此种装扮放在有清一代则可，到了今日，未免滑稽了些。檐下立碑，上面"小重庆"三个字，是林森写的。笔画很稳，在茶客的笑嚷中自显一种平静态度。

陈敬容寓渝，留下一首《夜街》。我读罢这首散文诗，写了一点感想，发表时，想配一张山城的照片：一条狭长的坡路上，印着一些寂寞的影子，又轻又细的脚步声也仿佛听得到。却找不着合意的。在磁器口，这样的小街到处都是。走在街上，入眼的是临门飞针的绣娘，是吹弄糖人的壮汉，是叫卖椒盐花生的掌柜，而在一些当街的灶台后，毛血旺、烩千张、河水豆花、豆瓣鲫鱼的香味招诱着过往路人。华子良来过的鑫记杂货店还在，箩筐里盛着辣椒、海带和盐。镇上人家持守着往昔的生活秩序，很平静，很安逸，似乎不大受到外面的影响。比起江南的周庄，也就更古朴些。

用长条青石铺成的街路被我一步步地走到尽头，就是江岸了。望着浊黄的流水和江那边一抹隐隐的山影，心就逐着波上的桅帆飘远。

传奇《千忠戮》写燕王朱棣攻陷南京，建文帝扮为僧道，流亡湖广、云南的故事。建文帝大约也是到过巴渝的。或曰，磁器口横街上的宝轮寺即其隐修处。宝轮寺不算一座大庙，平常词典亦不载录。但是因为和建文帝有些关系，应当另眼来看。建文帝的下落是一个疑案。他是不是真的入宝轮寺当了和尚，实难断定。这位落难的皇帝给小镇带来了波澜，却又用典故装点了它。有几家店铺的门匾上用了"龙隐"两个字，大概也和建文帝相关。宝轮寺正在大修，我朝里面望望，过去了。

在一个老宅院，存下一口古井，据传井枯时，亡命的建文帝藏在里头，饥渴难忍，忽然清泉喷涌，饮而获救，此井便很自然地得了"圣泉"这名字。如果就此编一出戏，坐在梧桐树下的竹椅上听，意味倒是不浅。"护龙水"也是一则相近的故事。树影里就有一尊妇女怀抱溺童的雕像，附会其意。

水浪拍打的石矶上，耸出一座建文亭。石筑的拱形门前立着建文帝像。相貌苍老而瘦，龙衮换成僧袍，眉宇间仍含风霜之色。目光如炬，飞向江面。建文帝常出宝轮寺，登此眺览江山之胜。显于朝，隐于野，

多少滋味！临江的石墙旁，长着一棵黄桷树，甚高大，遮出一片绿荫。有个老汉闲坐树前，听江声、风声，犹忆建文旧事。

嶙峋江崖下，歇泊数只覆篷的渔船。缕缕炊烟朝江天飘散，比云还逍遥。

黄桷树覆出一片浓绿。隐遁的建文帝，心中湍涌着江流。

水绕老镇，古街巷像历史一样悠长。

三河镇

　　三河在过去是叫做鹊渚的，是浮在巢湖里的一块沃洲。不谙古镇来历，便不明白何所取意。四近不见青苍的屏峦，目光可以落到极远处。鸟在飞，"燕子来时，绿水人家绕"，何必燕子，不知名的野雀，也是一样意味。后来，古渚与湖岸连壤，成了陆地。到了今天，丰乐河、杭埠河、小南河穿镇流去，漫进平衍的圩田，捉不到影子了。到处都是桥，站在鹊渚廊桥上一低头，才发觉，浮动的波光把自己的眉眼摇进水里了。

　　水长流，整个小镇也像在绿波间浮荡着。湿漉漉的雾气漫成一片，高高矮矮的岸树受着滋润，青得要滴下来。自然的美妙尤能感知的，即

是水与花木，这在三河都不少。若叫一个诗人看到，语言的狂欢、灵魂的舞蹈必会瞬间激起。团团绿荫云似的遮住黑色瓦檐上古老的花纹，又沿着褪了漆色的门扇滑落在石板铺砌的街面，门阶前闲坐的老人必会细眯眼睛朝夹在长巷上方一条蓝蓝天空凝眸，且伴随一声低微叹息。水岸之美还用说吗？你在河上可以看木桨的舞动；你在廊桥可以听调缓的腔曲；茶楼里头有清茗供你消闲，说书讲史的一到，稗官杂录、遗闻琐记都被装入这一班艺人的嘴里，供你忍笑而听，他们这讲唱声调颇有特别的地方，比那天桥乐茶园里郭德纲的相声还觉得喜欢；拉长尖脆叫卖声的，是食坊的老板娘，滋味最足，又比较亲切些的，还数她家陶碗中喷香的土菜，肴名之俗，一时不易写定，字号是得月楼；一户飞溢花馨的宅院里，主人自足的笑脸隐在绿叶的影子中，也叫你感知了镇上人家的寻常景况。淳古、简净的印象后面，是感情的真朴与仁厚。江南普通小镇的实际，我在这个院落中可以知道大半了。

　　水使一切滋润、温暖、明亮。这样的话，放到我的人生经验里，未免轻浅了些。我对于重量的认识却是从水开始的。看着木船载满人与货往来河道上，看着吃水线被浪沫吞浸，隐隐的挣扎感中，我就得到了某种暗示，那份沉重便坚石般狠坠心头，呼吸也不自主地紧促。我实在是发杞人之忧了。终日为巢湖烟波所笼的三河，水运码头卸载着外埠沉甸甸的财富，时间堆积起古镇的文明。现代人的游屐踏入三河，意在街市铺肆间寻找早年商业的痕迹吗？

　　物质的土壤诞生老镇的传奇。古西街上的刘同兴隆庄，货架上的各色布匹，木柜里的糯米、粳米、早稻米，被店主喝卖得颇具声色，柜台后是忙碌的账房和伙计，帮衬老板把生意运筹。踏木梯，把转角处贴在墙上的旧上海烟草广告的时装女郎轻瞥，就转上二楼。书房里的笔砚和

古镇 三河镇

望见粉墙壁衬着的红灯笼,宛如看到古老而年轻的笑脸。

线装书，佛堂里诵经的老妪，闺房里刺绣的女眷，让人领受商户家居的细节……颇涉遐想的，是琴房里的古筝，虽则弦索暂无柔指拨弄，想到昔日的音调飞出雕花窗棂，响在深巷里，诗意已盈满心头。

　　古镇的基业，是哪一代创下的？我说不清，只知道物质建设是一个逐年累积的过程。企业的先人早已远离，在另一个世界回视。我为他们在这个中国江淮乡镇进行的近代商业实验而感动。生命活动创造的遗产，满足了后人的寻索。生活传统的承续和文化秩序的坚守，在飘着香味的土菜馆里；在溢满豆香的罗记茶干店里；在扇坊的鹅毛扇摇出的清凉里；在万年台、藕香榭演出的黄梅戏、庐剧里；在河埂边扭起的闹花船、羽扇舞里；在聚和春、天然楼飞散的鸡蛋馍、炕粑粑、酥鸭面的早茶香里；在古南街、下横街、菜市街、太平巷、永安巷、锦织巷的家常谈笑里；在鹊渚桥、三县桥、国公桥、麻石桥、油坊桥下往来的舟楫里；在青年人开设的画廊里，线条和色彩装饰着心灵。楼院的天井含贮着小镇人的舒适感，那么安乐，那么自足。一只小鸟栖在低低的檐下，谁的臂影一动，便叫它惊惶逃去？是主人，似乎担心它会衔走窗内的秘密。明洁的窗前、粉白的墙下，葱茏的花草摇动心中的春，还叫访客不期然地欣赏了中国建筑中徽派这一支，总之比西式洋房更要与自然相近一点吧。江南乡镇的生活风趣，溢满长街短巷，恰能对应着知堂老人文章中这几句话："因为这是平民生活，所以当然没有什么富丽，但是却也不寒伧，自有其一种丰厚温润的空气。"一个个单体的经济细胞，维系着古镇的生机。因了血缘或者利益的关系，这一些人把家财传到那一些人手中，世代相沿，以至不绝。我亦认识到自己同他们的世界有多远了。

　　循着河沿向东走去，遇着水面拱起的一座老桥，桥头石碑刻着它的名字——三县桥，又勒字数行，把民国十五年修建它的用意说了一番。

"一桥跨两岸，鸡鸣听三县"是一句俗话。三县，把周公瑾的舒城、刘兰芝的庐江也捎上了。魏晋南北朝的气味透过史期的边界荡过来，我仿佛嗅得一丝。《三国演义》第十五回"当先一人：姿质风流，仪容秀丽；见了孙策，下马便拜。策视其人，乃庐江舒城人：姓周，名瑜，字公瑾"，即其一例。《孔雀东南飞》是汉乐府民歌中一首有名的长篇叙事诗，南朝陈徐陵编选《玉台新咏》时，收了它。诗里的刘兰芝之夫焦仲卿，即为庐江府吏。一个"揽裙脱丝履，举身赴清池"，一个"徘徊庭树下，自挂东南枝"，感动了古今多少痴男怨女！在乐府《杂曲歌辞》里存目，怎是"撰录艳歌"呢？好了，这里不去说它。总之，抚桥身而远思，皖中之地和我从文学史里得来的印象接上了。

　　过桥到镇上依小南河而辟的一片市肆，左右一望，都是敞着门面的大小铺子。经久的熙攘不曾转到他处，乡村赶集式的热闹我也会从相连的商摊上传来的货声中觉出。我看到的不消说多是米酒与茶干一类当地吃食，一屋一屋地摆列，它们的新与鲜，对于外乡人的招诱是不可抑的。空气中颤动的吆卖声一阵高一阵低，彼此起伏，交混着形成一种骚动的音浪，反觉桥埂下的河水流得很平静似的。南北宽不过几十米的河面上，密泊着暂无所载的灰黄色木船，四角木杆支起平齐的深黑顶子，同绍兴的乌篷船约略可以相比而又敞透许多。不见船家影子，怕是上岸各有去处，只把船搁在水上了。不到天色暗下来游人散去时分，青石板街上是不会因静歇而显出空旷的。即是说，逢着游览旺季，街店要比平日收市晚得多。无论夜怎样深，有过路人的影子晃，便不肯灭灯，还要招得本镇人迎着越爬越高的月亮跑上街去。水面岸边，牵留无数来客。鹊渚廊桥一带，尤有古镇的老味道，配着衣服上全是颜色的游景男女，这街头一角，留给我的印象算本县最繁华热闹的。在商贸经营中寻求物质生活

改变的古镇人，已守不住无聊赖的寂寞，他们耳边不能缺少音乐般动听的市声。不然，会觉得一颗心没有着落。沈从文的书里有一段话，仿佛是讲给这些人的："他们那么忠实庄严的生活，担负了自己那分命运，为自己，为儿女，继续在这世界中活下去。"就我说，虽是燕赵之子，也能够明白这话里的意思。

中国近代商业模式的构制，是在一个个普通而忙碌的日子中完成的。

三河镇上可说的，还有人，百姓将其皆作英雄看待，野乘上的掌故也多由他们来。古史里站着陈玉成，歼湘人李续宾所率六千清兵于一役的三河大捷，便是由他统领太平天国农民军勇获的，并凭此得着英王的美名。闭目浮想他的颜貌，自己好像又退回了几十年的时光——全是幼年从连环画里得来的样子，眉宇间凝着英气，刀剑一般锋锐。昔年他稳坐阵帐指挥太平军的地方修起了英王府，受时间之限，我未往观。如入内，思绪该往昨日去了，也很想记述一点下来，虽则在那里暂无多少布置。环抱了王庭的粉白墙壁，朝天昂翘的乌黑的檐角及砖木的刻绘，都换了一种建筑的感觉给我。这新造的楼殿，依然傲现坐镇的雄姿似的。麾军麈兵，苦击而多杀，三河的铁血性格与历史的硬度，我只有遥遥领略而已。

再一位活在现下，是杨振宁。他随父亲到过清华园。他在三河旧居的展陈里有这样的话："在我的记忆里，清华园是很漂亮的。我跟我的小学同学们在园里到处游玩，几乎每一棵树我们都曾经爬过，每一棵小草我们都曾经研究过。"这是能够打动我的，因为我正利用工余在清华听着课，经了秋冬迎来了夏，对那里水树交映的园景特别有一种感情。日本人打来了，杨振宁跟父母避乱合肥，插班庐州中学，又随校退至三河，差不多两个月后，被父亲接往西南联大。课诵的光阴在一园花草和屋檐下的雨声中过去。流年似水，他坐卧的这间瓦屋前，草木长得依然很杂，茂绿的枝叶映着几进院落。阳光照下来，老宅前后一片明亮。有一道门，额题"杏园"，倒含着一点鲁迅的百草园的意味。总之是一个读书人的所在。现今，杨振宁入清华园而居，却已老了。人无法与记忆告别，浮生之梦在他，色彩的浓淡只有心知了。院墙东边一条深巷，窄极了，大胖子走不过去。"一人巷"这个名字，非常贴切，因为想不出比它更合适的了。

出了镇口，那种半古半新的空气就消散了，浮上眼前的尽是平日习见的种种，自然又是一种风光。我无法拒绝这种转换，像服从命运的安排一样回到久度的都市生活里去，却想让老镇留住我的依恋。三河半日，沈从文写过的乡下镇上的光景，我在这里见到了相似的一些，虽则湘西和皖中隔着的山水遥望不断。

镇上的一切来处，要到历史里去寻。我匆匆过身，实在只是略见大意罢了，恭维的话却一点讲不出。有所明白的是，生活演进的支撑力，始自多源，而生存消费的需要又总是重要的方面。一边是物质的创造，一边是财富的积累，文明史便逐日添深了内容。古镇如人，也经历生命的成长，表现出成熟风度的一刻，昨日容颜必会老去。虽然名字还叫做"三河"，不过门店太稠了一点，笑响也过杂，就欠一点宁静。旧的意味总是一天天地减淡了。昔有今无，固可慨叹。把这话讲给苏南的周庄、浙北的西塘，当不厌听。

行旅的身影点缀漫漫商道。苍老的院墙内，隐藏着一种久传的精神。

暖泉

暖泉是蔚县的一个镇。这个地方在张家口之南，距坝上还有一段路，和山西的广灵挨着。

暖泉，这个名字好！这里一定是有泉水的，才叫了它。塞外天冷，前面带一个暖字，也是有用意的。在苦寒之地，嘴里念着它，心中会发热。

真的有泉，就在王敏书院后进院的几棵老树下。砌了一个方形的池子，倚栏静看新泉往上冒泡，颇有济南城中观趵突泉的意味。这水，好像有灵。

这个王敏，元朝工部尚书，懂建筑，修过元大都。书院过去是个什么样子？不知道。正在翻建，院墙已经不是黄土版筑的了，用的都是一色青砖。东北角那座魁星楼，在翠绿的柳影间很有姿态，平常人家修不到这个份上。

从这里穿街而行，约莫一里之远，就见着一座牌楼——西古堡到了。这是镇上一个好地方。蔚县的古城堡、古民居、古寺庙、古戏楼，即所谓"四古"，在口外一带名气不小，本地人颇感自豪。进了寨堡，一看，都全了。

年轻人进京上卫打工去了，剩下好些老人，有事没事就在路边墙下、门楼台阶上坐成一溜，占了半条街，聊天，大有篱前檐下的闲在。外面的人来了，停住嘴，脸都转过来，瞧个新鲜，目光那么温和，瞅得你心里熨帖。拿相机拍他们，也让，不改和善。这些人，就是老，神情却不憔悴，看得出，心里还是很舒坦的。他们对生活要求不高，能有三餐一睡就挺知足，不再动脑筋琢磨更加滋润的活法，啥事都不上心，也无须上心。他们常常能这样在家门口坐一整天。累了一辈子，也该歇歇了。这些老年男女，姓什么？是什么年月搬来的？怎么会住在这样一个地方？孩子们哪里去了呢？不知道。嗨，有什么关系呢，从这些上古代郡遗民朴质的眼神里看到一颗颗善良的心，竟至产生某种心理感应，就够了。

这条街，两边收得紧，也就几米宽。当时的人，建造庄寨，不乱占土地。两头伸向南北堡门，是这里的正街。临街不吵闹。饼铺也卖粉坨、糊糊面、荞麦饸饹，窗边还挂着成串的手工扎制的灯笼，也是卖的。生意不坏，好像没有发出多大动静，更不见讨价还价，闹个大红脸。有一只小狗趴在当街的青条石上，过人也不躲。没谁吓唬它。整条街都是安静的，没有一惊一乍，没有大喊大叫，那叫一个安逸！西街尽头露出一截残了的堡垣，黄土夯筑的，好像挡住了外面的一切。有它，寨堡里的人觉着心

里踏实。其实，能挡住什么呢？山上的长城够高吧，瓦剌和鞑靼南下的铁骑还不是风似的冲过去？

　　一个中年汉子推着架子车，上面放一个大铁盆，盛着自家做的豆腐干。有人逛近了，就吆喝几声。豆腐干点了卤水，压得挺瓷实，有咬劲儿。嚼在嘴里，咸香！

　　也不全是静。东街尽头就不消停。一阵哼哼唧唧。是一座小庙，门额题着"岭圣寺"三字。院子里坐着、站着十来个人，都有把子年岁了。他们在学唱歌。领头的是一个老头儿，短发都白了，坐在一架电子琴前，弹着。乐音颇清亮。一瞅歌片儿，知道他教唱的是《观音灵感歌》。庙，佛曲，有一点世外的意思。小镇不简单！门的这一面，题额"如是闻"，恍兮惚兮，侍者阿难宣唱佛祖之声的影子，仿佛一闪。

　　不逢年节，正街南头的戏台，空着。今天是平常日子，我来的不是时候，热闹的庙会戏、开市戏、还愿戏、义赈戏就都赶不上。蔚县古属燕云十六州，不是僻乡，汉、蒙古、契丹、女真、柔然、鲜卑诸族，融合一体，艺术亦然。晋、汾、蔚、朔一带，年节或者赶集、庙会和祭神拜祖之日，听上一段河北梆子、京剧、晋剧，不稀罕，连姑苏的评弹，也有。蔚州百姓不能少了戏曲，赶骡帮走商道的旅人，照样！他们是爱生活的，对这个世界怀着感情。（我想听的，是本地戏曲——蔚县秧歌，外加道情、弦子腔和灯影戏，它们延续着古蔚州的文明。临去的当晚，县上剧团专门为我们唱了一折蔚县秧歌《剪纸谣》，声调真是高亢！）这边没有响动，就全听岭圣寺那边的唱诵了。

　　戏台西边也有庙，显圣庵。门不开在正面。曹森同志在《古城堡里看蔚州》中说西古堡的"两座瓮城都拐弯开东门，以防冲入的敌兵直冲堡门下，当地人曾有'虎抱头'的说法"。建造显圣庵的工匠，大概是

古镇 暖泉

学了这个做法。一过砖雕门楼，好家伙，里面藏着一个天地！这样的气派，说是庵，像是屈了它。可不是嘛，本地人呼为地藏寺，还有一个俗名，阎王殿。在我看，说是一座城台也行。底下一层，四面砖券窑洞，形制像是从鲜卑人在大同武周山凿建的石窟寺那里借来的。抬眼瞧，转圈都是楼阁，把上面一层围紧了。当中一个天井，精整的瓦檐给一块明蓝天空镶了边，颇有装饰意味。墙角有个扶梯，绕一个弯，通到上面。七转

塞外的风雪，因乡民的狂欢而起舞。夜色下的古镇，迸闪起美丽的树花。

八转，东面又是一个回字形的院儿，结构差不多。建的东西不少，地藏殿、阎君殿、鬼王殿、观音殿、三义庙、马神庙……我有点迷瞪。张家口一带，虽属边地，儒释道三家，也都凑齐了，煌煌然萃于一处，施朱傅粉贴金，面目也颇俨然。再往东，几步上到堡门顶上的魁星楼。这里和北堡门的九天阁隔空相望，全堡风物尽在眼底了。鳞鳞屋瓦下，参差多少人家！暖泉老镇，一入眺览，它的形胜也就大略明白了。

东堡门外，是一片黄土垄，长着玉米，一人多高了，褐色的穗子在过午的太阳底下摇，叶子在风里摆出绿，连向远处的河川、丘陵。有了这抹绿，望多久，眼睛好像也不会酸。近些的地方，有几间坯子垒出的矮屋，一匹黑色的毛驴拴在那里，尾巴垂着，一动不动。墙很黄，毛驴贴在上面似的，有点像皮影。假定南张庄的王老赏还活着，一看这乡景，自会刻出一幅好窗花。

一个挑担的汉子晃悠过去，毛驴一点没反应。它很傲慢。

瓮城里是寺连寺，街两边垒墙筑院，更是院套院。正街东面紧靠地藏寺的地方，有一座院落，人称"九连环"，逛一圈，懂了这里的营造法式。这个大院过去应该是有多进的，拆了一些隔墙，却显得通敞了。门口挂着几块牌子，标着单位名称。现如今，西古堡村委会在这儿办公。北屋很安静。东耳房前有块地儿，就算是个小院子吧。这个旮旯原先开了一扇偏门，通向外面，不知哪年哪月给堵上了。也好，不过人，门额上雕着的"小自在"三字少人注意，得以原样保留下来。小自在，透着滋润！窗外的粉墙剥落了，左下角残留半幅水墨兰花，有年头了。逸笔草草，是那种表现胸襟的文人画。题了几句诗，大都剥落了，无法卒读。落款署"静观轩主人"，这位是干什么的呢？总之，他闲得很适意，无所谓喜悦，也无所谓苦恼。平静是一生的常态。

古镇

暖泉

村堡人家,院墙不开窗。一色的黄垣朝外。站在街上,看不到院子里的名堂。那就猜,门脸高大深阔的,是昔日的镇上大户吧?岭圣寺前的一条街就是这样。午后的阳光晒在黄土墙上,对过院墙的阴影映了上去,产生一种轻巧的对比,饶有木刻之美。更添趣味的是,一树浓绿的枝叶探出这家的墙头,透出一点消息似的。跨入一个院子,正房前种了一片花草,西番莲开得很艳。堡里的人养花,干脆种在地上,比起来,盆栽似乎显得小家子气了。西边一个很暗的过道,可以进到后院。空气中满是老宅的气味。极静,窗后有人轻撩帘子,朝外瞅瞅。

壶流河水日夜流,住在这里的人,一天一天,过着安稳的日子。燕山和恒山的青色影子,浮云似的横在远天,护佑甜甜的山乡之梦。梦里迸闪的暖泉树花,很美。

辑十四

古桥

昨日楼堂 老建筑的文学追忆

万年安澜的愿景，连接着洛阳江的两岸。石狮、石亭、石塔，是一种希望的装饰。

洛阳桥

桥，古来入得诗词。唐郑谷："和烟和雨遮敷水，映竹映村连灞桥。"宋晏小山："梦魂惯得无拘检，又踏杨花过谢桥。"一实一虚，都在纸上。终始灞浐，出入泾渭，相别的士女动了离情，折去桥头多少柳枝；而谢桥何处去觅？离了这首《鹧鸪天》，寻遍南北，只怕也无。

此时北国的寒空已降着疏疏的雪了，八闽临海的一边，入了冬也少受朔方的苦寒。刺桐、紫荆、木棉，不待春来，花瓣先红上枝头。默望，心里倒像有几分暖意似的。

走泉（州）惠（安）道上，过洛阳江，看了其上的宋桥。被桥头古榕衬着的这位，应是蔡襄了。峨冠宽袍，丰颐长髯，舒眉朗目间透着端肃的神仪，伟像也。江宽五里，两岸村户隔水相望。我在江之东，君在江之西，人艰于往来，物艰于互通。蔡襄知泉州，跨江筑桥，人与物皆可越过水之阻而交流始畅。他在官与民之间连筑起永远的津梁。每不自持地端详，未被时光磨损的历史记忆便在心上。转目去看镇风塔内的石人，却像随身的仆役，几炷燃去大半的残香，已淡了气味。

弃古渡舟运之劳，取舆梁车载之便，这其实又是桥梁的一般功能。洛阳桥特别的好处，一是以船筏式桥墩分水，二是种蛎于础以为固。我登临古桥的一刻，即想从上面瞧出一点痕迹来。

桥面用阔厚的长石平铺而成，似有无尽的长。其上必有无数过往足痕，年深代久也磨不穿它。人迹稀疏，只两三个汉子骑着车从我身边过去，胶轮在石面轻轻颠动。逢着落潮，南通泉州湾的江水浅下去。锐角的桥墩裸出它的原形，直迎水浪的壮景我却看不到。想着奔涛至此分流，收敛威势匆匆地去了，就要赞叹造桥者巧思中杂以的雄劲。若移在诗里，豪放的字句未及吟出先已夺魄了。细看桥墩，受着阳光的一面，晒得枯了，斑驳如苍老的皱肤；背阴处，则挂着暗苔。怎样辨识牡蛎的影子呢？我自认毫无这方面的天分。

头上虽有暖暖的太阳，到底临了三九的天气，"小径红稀，芳郊绿遍"的光景只在长短句里勾牵我们的想象。四顾一大片沙砾，漫成寂寥的荒滩，愈显得水瘦波寒，景象更觉清旷了，像要等谁在这幅淡白的画上另外加些笔墨，着意给它添一点风姿似的。近桥泊着五六条首尾宽平的渔船，舱里满堆着网。一阵风来，双棹在水面划出数丝细痕，船影摆动，于静中蓦地添出几分凄迷。虽非曹魏的洛京，移想却也正好。凝视清波，竟至"精移神骇，忽焉思散"，如见"瑰姿艳逸，仪静体闲"的宓妃浮水而舞，云髻、

修眉、丹唇、皓齿、明眸、笑靥，一派幽兰芳蔼，华容婀娜。更有南湘之二妃、汉滨之游女来做游侣，飘飘的仙影在朗阔的江天闪逝。

　　却有两个渔女行舟江上。潮水还没有升涨，大片的江滩露着湿黑的淤泥，其间倒潴积一湾浅水。近午的日彩叫静浮的云影掩着，半露出灿亮的金缕，照在野丛点缀的浅滩，闪出一抹灰白。天边的光霭流瀑似的泻落，映着渔女头上轻飘的花巾。看她们一下一下悠然荡桨，三分豪气又非婉媚的西湖船娘可比。舱间的谈笑可惜我听不到。也不知道炉中煨着的，是喷香的八叶牡蛎还是锦鳞子鱼。那船朝南面的海湾缓移，牵着我的目光，远了。我还不舍这桥上的徘徊。

　　我这个出入兴凯湖的渔民，破浪的膂力虽不如昨，思情却未断灭。便是尘飞人遐，温寻旧梦，心头腾跃的犹是一棹碧涛。

　　不知怎么又忆起北方来。唉，我这萦怀的乡恋。

古老的石板，载着岁月的辙迹。江风海涛铸造着闽南的民性，坚韧中的那份柔情，献给造桥的蔡襄。

妈祖的福泽，庇佑渔人的生命。桥亭里的缕缕香篆，飞入粼粼清波。

五里桥

我领受五里桥上的静旷，当海风吹送闽南的清芬。

刚在石井镇吃了一桌鱼，鲜味还留在齿颊，就北行一程，到了水井镇，把覆船山下的郑成功陵墓仰瞻一回，径奔同晋江相接的这座长桥上来。如果不是观音殿的香篆尚未成烬，不是帐帘深处的咒曲尚未消歇，只看出水的墩础、粗硬的栏杆，更有苍古的石板，也不管腾跃的涛澜，也不管喧豗的湍流，平直地前伸，从容而舒展，我要错认它作洛阳江上的古桥。

两岸野滩叫蒌蒌荒草半遮，天气虽好，晴光里还是袅袅地浮着淡雾，露出水乡的本色来，南面连向围头湾的入海口也就辨不很清了。

水寂寂，暂无舟楫来扰它的眠梦。风不光顾，细涟也难皱一丝。唯受着午后日光的柔抚，水面闪成一片浅晕似的淡黄，明漪里，犹依枕睡着一位褪妆的妇人，梦里秋波盈盈。

总该给这泓水一个名字，我既没有打听，也没有想好，轮到说它，笔便拖了负累般踌躇不能下。若论我彼时的直感，它的无波的静谧，则丝毫也不让金陵城里的那湾青溪，虽则秦淮的风月艳迹这里是一点不见，而云光映处，媚香楼的书室琴房、桃叶渡的灯船画舫，兼以伴醉的唱曲随逐波的残脂柔腻地逝去，终可来慰我们的幽情。

桥身这般长，目光难及它的尽头，引领我的想象抵达的地方，自然远得很了。在石桥上散漫地走着，轻拍古时的桥栏，寻不见漫漶的刻迹，稍供后人追溯的点滴，无名的筑工都没有留下。既踏着这座血汗凝铸的大桥，他们的韧筋，他们的硬骨，便抵得炎炎之语，早已替代传世的文字而不隐灭。有这铁一样的证明在，何愁追怀不至呢？缓踱着步子，低思着旧事，一程一程地移近昨天，仿佛遥眺宋时的明月升上历史的天空，朗朗地俯照。

还沉陷在缅邈的追忆里，人已站到中亭前。平展的桥面，立着这样的建筑，颇有格局。五里的桥身，至此可说东西平分，也是南安和晋江两地间分壤的标识。心里微微地起了一丝异样的感觉，很快就平复了。亭那边，数峰暗碧隐约薄霭下，峦姿的妖娆正可为丹青添色。山水必会同此妍秀，民风必会同此淳朴。他日，我或许履其地，访其古，问其俗。我也自知，这当然要期于可巧遇却不可妄求的机缘了。

桥亭不闲，所供观世音恰如闽南渔户敬奉的妈祖，替天佑民。一步迈过低槛，淡红的烛焰就先于菩萨的眉目而跳入视线。垂帘后的烛光同寻常屋宅窗下的烛光原是不相似的，何况又有渺渺的梵歌伴响呢？观音在蜡炬的微芒里浮笑，观音在蜡炬的微芒里看我，以柔婉的、温和的双眸盈闪的神色。鼎中的香烬满了，烟消前的一刻，待添续新燃的宝篆。祭烛的暖红光缕，虚灵而缥缈，招诱蒲团上跪拜的众生把心沉陷于迷境。我明白这感觉在转身离去的一瞬便幻灭了。谁人能够久依着烛影里观音的明姿躲入避世的幽隅？跨出漆色剥落的木门，便了却拖牵；况且身无俗累的我，只在菩萨闲定的眼神里体味着千古的静，萦上心间的，如酒后一层浅浅的醉。

时间不肯停留，车马行过，只我这独游人痴伫在空空的桥上，剩一些冷清在心头。呵，岁月原是柔软的，千年光阴也只给粗硬的桥面磨蚀一片浅深的乱痕，不消说我这积了半世风雨的生命，更无影迹。

又朝亭额一眼瞥去，"水心古地"这四字的由来，并且刻上匾，巧妙断非常人揣摩得透。机锋却落下迹象，借问傍桥栏而立、神貌若金刚的护桥石将军，或可得解。

浮水的清光更其澄莹了，瞧不见鱼的影，一圈圈漪澜却悄然荡散，联翩而来的遥想也如它一样漫衍无边。

寿陵少年远来赵城学步，反失故技。走不出心理迷境而无力前行，只因精神已经匍匐。

学步桥

　　一座石桥，跨沁河之上。芦荻舞风，芰荷弄影，水面散浮红蓼青萍，被晚风吹得于夕阳下一闪一闪。夹岸杨柳依依情，紫山雾里连绵。

　　仿佛旧日里站在北京鼓楼下的银锭桥远望西山一抹碧痕的感觉。这时，最好从天上飘落几丝微雨，疏影如淡墨，疑是从古典诗词中走出的意境了。

　　一角好风景。

　　学步桥不是建筑史上的名桥，是千百年前的那位寿陵少年为邯城添一段故事。庄子把这个意味深长的典故记录下来，引人发笑之余，是对读书之道的教训语。

　　桥栏雕刻人物，有情节，多为口耳相传的民间故事。桥枕清流，将隔岸的北关街和城内中街连通，沿岸人家尽可于柳荫下享受郁达夫营造的"门对长桥，窗临远阜"那样的氛围了。只叹这里不是江南的渔梁渡头，亦无野寺悠扬的晚钟。但毕竟有山有水，搭配又好，尚不缺少中国画里疏散淋漓的逸韵。望着，可以叫人的心里飘起一缕说不出的闲情，却不会无聊。

　　南北街口计四幅瓷砖壁画，题材亦是胡服骑射、邯郸学步、完璧归赵和负荆请罪等燕赵故实，放在这里，谁都会觉得亲切。

　　桥头"学步桥"石碑和"邯郸学步"人物雕像，除点题的作用外，大约是专为游人照相用的。咔嚓一响，就意味着领略了它。石像雕得很细腻，形神和姿态都很好。我只从《庄子·秋水》里读到很概括的几句："且子独不闻夫寿陵余子之学行于邯郸与？未得国能，又失其故行矣，直匍匐而归耳。"细节的描写却没有，因而想象不出邯郸人迈出的步子究竟是个什么样，有什么特别的高明。快哉？美哉？寿陵，燕之邑；邯郸，赵之都，并不是天涯之距，能相差到哪儿去？终究是一则寓言，要紧的是字面背后故意不挑明的话。忽然悟到了，会让人的心情一下子大不一样起来。

　　有一位叫李光远的明代诗人，邯郸籍，为学步桥吟七律："学步邯郸未可非，寿陵余子古来稀。百川学海终成海，一钵传衣始得衣。西子捧心原暧昧，南车指路自光辉。国能未得无坚志，莫怪当年匍匐归！"诗者对学步的故事另有一番机杼。他对寿陵少年勇于学习他人长处的精神是嘉许的。匍匐归者，怪其心未坚，而教步的邯郸人责任尽得怎样？我看蔡志忠漫画里的寿陵少年形象，并无好讥好笑的地方，去拜异国之师以习人之生存中最起码的本领，庶几乎失步于他乡而为天下笑，倒也很可贵呢！这同庄子的另一则寓言《东施效颦》，应当区别。

李光远道常人所未道，他走出了自己的步子，不俗！

满桥好绿一片柳。

古桥，石头一样沉默。雕镂的纹饰，蕴含丰富的语言。

弘济桥

　　这座桥，弓形，架在滏阳河上，自有一种谦恭姿态。石板铺成的桥面，硬度似还不够，轮碾脚踩，遍是痕。单拱形桥身映进河里的那一弯，又好似美人入鬓的斜眉，带出一抹艳媚的风情。纵使挂一点残迹，风霜总也摧不尽姣好的姿态。岁岁年年的过桥人，脚底留下的该是心情的重量。

　　思情一浓，踏上桥头的我，心就给牵住了。便是眼不见二十四桥幽凉的明月，耳不闻玉人凄婉的箫声，也要倚栏凝想。我也想此刻有人伴于身侧，得尝庄子与惠子游于濠梁之上的深趣，即或不辩鱼之乐，看看东流之水也好。

说起这桥，年深代久，可是拿它和同省的赵州桥比，就等而下之了。况且赵州和尚的履迹如果不到，遍覆大千的赵州门风更是疏矣哉。桥龄不及赵州桥高，典故也不及曾印寿陵少年足痕的学步桥多，身价却不会叫人看轻。你瞧栏板上的石雕，又是狮子又是麒麟，配着石榴蜜桃，还让武松八仙也凑上去，手艺比起曲阳匠人的活儿，一丝也不差。那个细心劲儿，好像在绣花。古代石匠把生活情趣刻在桥上了，给平淡的日子添一点浪漫诗意。轻抚着风雨磨蚀的雕刻，我觉不出冷硬，却感到了一点温度。镌饰灵魂最能延续生命的长度，先人用工艺语汇传递这个道理。这种内心的精致我是怎样接受的？真也说不清。

　　桥形的静中之动、筑工的拙中之巧，只有术业有专攻者方可道出。由物及心才是我下笔的理由，看桥，实在是遥想胼手胝足的工匠的身影。后人的品德文章，仰赖劳有功者创下的根基。可是在这样的古桥面前，又不免怀疑语言的力量。物象的艺术美，一碰字词，就要朦胧竟至苍白，反不如绘画与摄影的手段好。

　　桥身大而沉，滏阳河反被衬得细瘦了。就算水不枯，到底是顺着旧河道浅浅地流，承不住它。洪波涌起的壮势虽说能配得起桥的气派，可是农妇出村舍，临水而难浣洗，捣衣笑乐的田家光景还能寄于咏唱吗？就不能知道了。

　　我在兴凯湖边长大，朝夕守着一片大水。没有桥，也用不着在水上造桥，因为渡水全靠舟楫。我们那里，桥和水不一定相关，可是这并不影响我对于桥的想象。一个临水舞棹的青年，心里怀着单纯的意绪，很诗意，也就很美。我那时还诵不出"荒桥断浦，柳荫撑出扁舟小"（宋·张炎《南浦·春水》）、"杨柳又如丝，驿桥春雨时"（唐·温庭筠《菩萨蛮》）这样的旧句，也没有这番婉约情怀，却隐隐地对云树烟柳、荒江野桥的画境有一点浮想。俯仰湖天，也能让澄碧波心漾着的一弯冷月把神思带远。其时最是想家思亲，"年年伤别，灞桥风雪"的情感之伤，早就化作心底之泪。就地理空间说，有了桥，两岸人家不必隔水问渡；心理空间呢？很多时候，桥只怕无可为力。

逢着仲秋的午后，默伫弘济桥头，其上不见人，其下不见船，古桥为之空旷。尘飞人远，总会感到寂寞吧。好在燕赵之士性本放达，古来曾咏多少慷慨悲歌。就让一丝清愁随桥下波流而去吧。

古桥 弘济桥

辑十五

古塔

凌云古塔，俯瞰万户人家。一片仁心，飞向洞庭烟波。

慈氏塔

洞庭之滨，一塔巍峨，古意苍茫；湖光中，斑驳塔身一片暗绿。此为岳阳名胜慈氏塔。

古时，此地有"十影"之说，算是概括了岳阳城的精粹风景，"塔影"即其一。清人吴树萱诗曰："城头塔影在空蒙，无数帆樯落镜中。"高耸的古塔，其凌霄的气势，恐怕并不在岳阳楼之下。

观岳阳之景，大多同历史上的名人相关。且不消说岳阳楼与范仲淹，文庙同孔夫子，更无论鲁肃墓和小乔墓，就连那座金鹗山也跟误了中原社稷的吴三桂有些纠葛。唯这尊慈氏塔，却是和一个普通寡妇的善举不能分离。如今能够读到的，是《巴陵县志》上的一段记载：唐朝开元年间，西域有一位叫妙吉祥的佛教徒来到岳阳，说西方有一条白色孽龙窜到这一带，日久将兴风作浪，危害百姓，必须建塔镇之。城内有一寡妇，呼为慈氏，捐钱建造了这座宝塔，所以称慈氏塔。

  我想，那位自西域来的和尚所言大概是一派没根据的话。洞庭水"周极八百里，凝眸望则劳"（唐·释可朋），"岳阳楼望水无涯，万里荒荒白浪开"（清·袁枚），闹些风浪本是经常的事情，哪里会有什么孽龙？即便有，不也早在汉代便被武帝刘彻射杀了吗？岳阳人谁个不知道君山岛上那块射蛟台？当然，这是传说，没有多少科学的道理。我只觉得，应该谢一谢那些为慈氏塔编织传说的先人。在这一片人文荟萃的地方，没有忘记给普通百姓、特别是一位寡妇以尊崇的地位。在封建社会，能创造出这个传说，使之流传下来，很不容易。古来中国，很看重臣民的分野。倒是宋人张升一句"多少六朝兴废事，尽入渔樵闲话"写得散淡轻闲，伟业功名仿佛均成了烟云。他从历史中悟出了一些道理，也上升了寻常百姓的地位。如此一联想，神州大地上的文化古迹，不光只和英雄或名人拴在一起，庶民理应获得一份位置，这大约是慈氏塔给我们的一点启示。

  此塔本建在唐代，现在我看到的塔已经是南宋淳祐壬寅年重建的了，好在还保留了旧有的风格。塔身以青砖筑，八角实心，基座均用厚重的大条石铺砌。塔计七层，多佛龛，檐角垂以风铃，塔顶有六根铁链直贯塔基，起稳固塔身和避雷作用。环塔曾有寺院，毁于清。

  历八百年风雨，塔体的砖石略显出酥润感，覆一层青色苔藓，且有深褐色枝条从裂隙中探出，在空中摇曳几蓬叶子的绿影。

  慈氏塔耸立如阅尽沧桑的古碑，镌刻着小人物的大功业。

昨日楼台 老建筑的文学追忆

古榕的巨冠，在堤岸摇起绿色的浪，和塔基雕饰的花纹媲美。浪漫的心飞上塔巅，领略西江风月。

崇禧塔

　　肇庆四塔中，崇禧塔最为漂亮。一是模样秀气，八角形，很细溜；二是敷色雅气，以素白配赭红，颇悦眼目。二气恰巧凑成它的岭南风致。在我见过的塔里，它是比较出众的一尊。

　　因是风水塔（元魁、文明、巽峰诸塔皆然），故不像一般佛塔下必定有座寺院僧舍相伴，禅味那样重。塔院虽有，却不成规模。信风水是求出人才，文化上的人才。那时的百姓觉得依城流过的西江水"滔滔而东，其气不聚，人才遂如晨星"，若建塔聚气，情况便会有所不同。崇禧塔果然就是渡头村一个叫梁挺芳的人仕途腾达时建的，他是指望在科举中夺头名，光耀乡里的。顺带说一下隔岸的巽峰塔，寄寓也相同。巽字，要到八卦里去找。《易·说卦》："巽为木，为风。"风生木，木者，人才也。十年树木，百年树人，总之是大有可以比较的地方。

崇禧塔综合楼阁式和密檐式两类塔形的长处，有层阶，有勾栏，有拱门，可供眺览；又覆重檐，因是短檐，故使塔身愈显玲珑。若把崇禧塔和西安的大雁塔，开封的铁塔、繁塔等等放在一起来比，相同的是都为空心塔，足供登攀，但又不尽如这些先朝旧物，因为它远佛界，自有面目，在感情上易于同普通人亲近。

开封铁塔上所开的小窗，虽用来采光通气，但弯腰隔铁栏，依然可望黄河。崇禧塔紧傍西江，又可放步在檐廊上走，观风景较铁塔要从容开畅得多。

照罗哲文先生的见解，沿江河建塔，多为导航引渡、指示津梁。崇禧塔重风水，即使有灯塔之功，大约也不是头等要紧。我居塔的顶层俯瞰江景时，忽然觉得为造塔选址的那些风水先生真不简单。西江宽而深，浑黄如乌江，却不如何汹涌，也远没有那么多弯折，流得很大气，很从容，甚至很悠然，是从高山深谷里奔泻出来后那样一种沧桑感，宛然古图画。江中有浮荡的船只。格外叫人瞅住不放的，是那些扣着半圆乌篷的小舟，长棹在水中舞着，尖翘的船头尺尺寸寸地犁着波光。静止的挖沙船，在我的眼中则熟悉得多，在长江，在沅水，曾多有所见。

江水滔滔而东，却带不走江南江北的翠影。彼岸的高要县城在阳光下闪出一片银白。虽听不见喧闹的市声，想象却尽被人流车海填满。崇禧塔下的阅江路，实际是一道护城大堤，榕荫的绿冠是凝固的云浪。肇庆市区稠密的楼宅互为经纬，衡宇低昂，和七星岩的浓黛连成一片。

飞檐翼角下，铃铎响得很清脆，被风遥送江天。对岸的巽峰塔一定

也远远近近地响着。本地人说这两座塔虽被西江隔开，塔身上的券门却是南北相对的。没有谁去推敲，实在也无法推敲，但古代工匠的智慧谁也不会怀疑。

　　崇禧塔是建在石顶冈上的。冈，山脊之谓。讲一句略带意味的话，这塔就是山魂的一种飞升，那八角塔形显示的是古代工匠性格的棱角。同它终年厮守的，是浸满历史情绪的大江。

云的纹线，轻盈地缠绕在浑圆的塔身，成为吐鲁番盆地上美妙的装饰，更寄寓一种虔敬的纪念。

苏公塔

我看过的塔，样子多种。图省力，聚零为整，归结而举大类，可说的也不会少。多，只是就外形看，造塔的本意却很相同，是没有哪一家会离开佛境。也有例外，苏公塔就是。它不是佛塔，而是伊斯兰教的塔。我在新疆转了多日，这样的塔，只在吐鲁番见过。

古人造塔，常取楼阁式、密檐式，苏公塔就不是。它用黄颜色的方砖砌成细圆的塔身，像一根柱子。砌得很讲究，把许多美妙的、带有维吾尔族风格的图纹砌进去了。它不似花塔有那样繁多的雕饰，看上去有一种单纯的美。

还不止于此。吐鲁番的天空是明净的，在阳光下，苏公塔闪烁着一种很鲜亮的米黄色，这样的颜色同纯蓝的天空一配，真好！

天下之塔多矣，论静美，无过苏公塔。

塔不矮，四十多米。这样高的塔，完全不借木石。二百多年过去，它立得稳稳的，一根砖柱就把它给撑住了。造塔的工匠，真有办法！

这根砖柱亦供作塔梯，旋而上，可至顶。依习惯，我游而遇塔，常登。这次却没有，因为无此安排，很遗憾。

苏公塔是一座纪念性的建筑。读碑文，知其是苏来满尽孝道，为其父额敏而造。子对父的追念能以建筑的方式表达，由思情方面说，可算一种极致了吧！

塔院的建筑不多，值得游而观之的，是礼拜寺，很大，千人在此也不会感到拥挤。我在里面转了一会儿，印象是它过于简素，灰墙芦棚，别无装饰。比较着看，喀什的艾提尕清真寺就阔气多了，明黄鲜绿，塔楼经堂无不耀目。退一步想，求朴，也有好处，是入此可感一股清虚之气。

寺顶不严实，有几处开了四方形的天窗。外来人不解，遂过问：不怕漏雨吗？

真是少见多怪，吐鲁番缺的就是雨！

我一抬头，四方格子直如取景框，正好将湛蓝的高空和苏公塔浑黄的塔身收进来，自成画境。我惊得一叹，这真是一个浪漫的设计！这样接纳风景，妙！此法别处也有。颐和园的游廊间，粉壁多开花窗，目光透过去，昆明湖碧波、万寿山翠影可赏。吐鲁番地远，造艺却不土。乾隆年间的建筑师们，想到一块儿去了。

还有，苏公塔是直立的，礼拜寺是平卧的，这样相配，看上去很舒服，没有失调的感觉。

塔周，遍植葡萄，触目皆为绿色。

瘗骨的石塔，支撑着不肯朽去的身躯。山风为他们催眠。

银山塔林

　　长夏之日，我去了一趟北京昌平的银山塔林。铁壁银山在明代即列入"燕平八景"，于史久矣。行军都山，群峦尽绿。越岭数折，近下庄，车前忽然耸峙三峰，大块山石跃出翠树，阳光照来，浮闪一片赭色。铁壁当此之谓。银山景致，须待冬来，苍山负雪之时方可得观。现在不是时候，无从领略。

　　银山虽则不像张家界的山形那样孤峭，互无依傍，延绵中却足可显出北方山的峥嵘。松柏亦多，为山石添翠。欲以水墨摹状，大概要远袭李唐的院体山水才滋润。假定照搬戴本孝的焦墨山水，则

流于枯瘦。

银山道场很有名，在唐朝即同镇江金山寺相垺。七十二座梵宇遍布一山，法华禅寺居首。寺额由明英宗亲赐，绝非等闲。我在塔下读到一尊碑，勒《敕赐法华寺记》全文。撰者杨溥。这位历事四朝的明代大臣，辅政之暇能做这一篇记，实能见出银山古刹的不寻常。

望山，伽蓝无存，烟雨楼台和诵经唱偈之音皆邈矣。幸而法华禅寺残址内尚有五尊墓塔在，禅风就未逝尽，可让往游银山者睹旧物而发一缕怀古的幽情。五塔是为金朝入寺说法的晦堂、懿行、佛觉、虚静、圆通诸师建的。塔皆筑砖为之，实心，下辟地宫，存其舍利，故无从登临。这和用于眺览或者饰景的一些古塔不同，而在造艺的精致上却无不苦费琢磨。银山五塔，体量高大，密檐式，七级的、十三级的都有。这大约因五位禅师的身分稍有高下之别。砖雕的匠心在懿行大师塔身约略可观。因是金代塔，故雕饰较唐宋塔繁丽。须弥座上刻花，荷、菊、牡丹、宝相花，叶瓣楚楚有致。云中菩萨亦有风姿。第一层塔身面阔，门窗、檐柱、斗拱、椽檩都能近真。往上，飞头瓦陇又很和楼阁式塔相似。还可以望见檐上数十尊小佛，居最上方者，生翼，欲飞，真是浪漫。延楼羽人，差有升仙之概。这像是道门的风仪了。云峦之际，浮岚积翠，自然是大可飞遁的天地。相邻诸塔，建造年代非一，所镌也就互有异同。金刚、力士之外，我喜看的还是飘举的飞天和翔舞的凤凰。又想到，筑塔者如果在地宫画壁，当有嘉峪关古墓群中魏晋壁绘之美吧。

银山诗文颇丰。名入文学史的李梦阳、唐顺之，写《帝京景物略》的于奕正，多有歌吟。于氏"涧响水争壑，林花雨正晴"十字，为昌平山水写照。山下垄亩，瓜菜熟透，田家摘采卖于路旁，农事杂咏正可从这里取材。月上东山时，设若投宿塔林四近的村舍，户外山风吹树，炉前鸡黍飘香，恰似禅者怀慕的家常风趣，颇宜笑赋竹枝，闲步庭花。

偈曰："一池荷叶衣无尽，数树松花食有余。刚被世人知住处，又移茅舍人深居。"读，致远之心遥如空中一片云。

辑十六

古坊

牌坊，是一种观念的象征，把游人的目光带向沉重的岁月。

棠樾牌坊

安徽省歙县城郊，田野青翠，弥望中七座黑色石牌坊排列在阡陌中。

凝视着，人们会产生一种沉重感。苍古的历史给这绿色江南覆上永远抹不去的印痕。

建筑学家忍不住赞叹，说它雕刻精美，古朴雅致，堪与民居、祠堂并称为"歙县三绝"。

我却着意从社会和伦理的角度去看这牌坊群。

古老中国的南北，牌坊绝非稀罕物，它是作为封建礼教的象征而引人膜拜的。无数尽忠守节的所谓理想人物死后，仅一块石碑似不足以昭彰其高功劭德，便有了石筑的牌坊。可称作国粹的这类建筑物，于沉默中将封建的宗法思想和道德观念凝聚为巨大的精神象征。

因这些牌坊立于棠樾村口，故名"棠樾牌坊群"。它们以忠、孝、节、义……的顺序依次排列。所旌表的人物，我们既不必来一番诔墓之词，也不必拿今日的眼光去苛求。

牌坊多为皇帝赐建，如那座"义字石坊"，上题"乐善好施"四字，据说和乾隆皇帝还有一段因缘。

相传棠樾村先有忠、孝、节三座牌坊，富商们想再建一座义字坊，便将此意透露给乾隆帝。天子总不能轻允，要村内巨富之一的盐商鲍漱芳做些善举。时值洪泽湖决堤，"诸坝灾民嗷嗷待食"，鲍漱芳捐米六万担；淮河、黄河闹水灾，他又力请公捐麦四万担，"所存活者不少数十万人"；改六塘河从开山归海，他又"集众输银三百万两，以佐工需"；疏浚芒稻河，这位鲍漱芳又捐银六万两；助浚沙河闸，捐银五千两。因"屡次捐银，叠奉恩旨"，乾隆帝终于赐建这座"乐善好施"的义字坊。鲍漱芳的功业在怯于水害的农业古国，真好比大义昭然的鲧禹，不能为人忘，诚如孔圣人所谓"博施于民而能济众"的圣德了。进入这般境界，能不感动天子和臣民吗？

至于忠、孝、节诸石坊，大约都有这类传说，不必推究端详。

牌坊群之侧有男女祠堂，已是一派残旧，仍可见出昔日规模的阔大。墙面多碑文，匆匆然不及认真辨读。男祠辟为小学校，书声琅琅可闻。见我们走近，孩童们皆睁亮眼睛新奇地注视。齐腰高的短墙隔出祠堂的一隅便作为课堂。教和学的环境是颇艰苦的，但文化的种子、知识的根苗却顽强地发芽生长，显示着生命力。女祠堂则当成了榨油的作坊，黯淡的光线中林立一片古铜色的大油缸。歙县人有自己的打算：将小学校

迁出，辟男祠为游人小憩之所；女祠则可建为古代徽州宗法制度陈列馆。人们在这古歙大地，不只领略悠久的徽派建筑艺术的风采，还会在这里获取一缕关于历史的沉思。

古坊 许国石坊

新安江缓缓流过老城。坚硬的石坊上，雕镂着家族的功名。

许国石坊

　　平生见过不少牌坊，尤其居住京城多载，对这类建筑物自然感觉不出新鲜。

　　可这次竟例外。安徽古城歙县的许国石坊却叫我吃惊不小。我再不是漫不经心地瞥去几缕目光，倒真切地涌出了瞻仰古金字塔般的肃穆感，因为我面对的是在风雨中沉默数百年的凝固的历史。所以，那湿亮的青石板路，那狭长街面上古旧的民居，那横跨练江的太平桥，那峭耸的太白楼，那西干山上的长庆寺塔，诸般景物，均仿佛浸有了沧桑感，也沉重也苍凉，悠然而意远。

词典对这尊许国石坊记载得颇详明。此坊是全国罕见的典型的明代石坊建筑，立于万历十二年（公元1584年）。石坊四面八柱，呈"口"字形，故俗称"八脚牌楼"。仿木结构，青石构筑的脊、吻、斗拱，沉雄厚实。梁枋、栏板、雀替均用几吨重的石料造就，且雕有古朴优美的图案，疏朗多姿。更有石狮六对，威猛雄武。堪称古歙绝艺的砖雕、石刻，在这尊巨坊上大放光彩。

　　许国，字维桢，歙县人，嘉靖四十四年进士，历仕嘉靖、隆庆、万历三朝。万历十二年以云南"平夷"有功，晋太子太保、武英殿大学士。可以想见，这位许国确是此地一位颇杰出的人物。关于他与这座石坊，当然少不了因缘，也少不了传说。

　　明王朝曾经赐许国一品服出使朝鲜，因他"馈遗一无所受"，"朝鲜勒碑以颂"，足证这是一位颇有廉洁声名的官吏。在物欲横流的社会中，能清标独树，自成高格，以寒素为本，自然同趋利如逐臭之蝇者云泥异路。

　　历代牌坊，特意为活人建筑的大约是少数。许国偏获这份殊荣。他因对平息云南上层土司的反叛"决策有功"，一路青云，终于成了仅次于首辅申时行的次辅，"积年捕寇，一旦荡平"，万历皇帝龙心大悦，告谢郊庙之余，大赏群臣，尤以许国为重。许国一再恳辞"殊常恩命"，但皇帝下旨"毋得固辞"。许国只好返家乡，于生前为自己建起这座大牌坊。这是何等的气派，真有千般风流。寻常人难遇如此配享圣庙般的荣耀。

　　许国"卒赠太傅"。生前身后，声华籍籍，以至石坊上的所有题字，如"恩荣"、"先学后臣"、"上台元老"、"大学士"、"少保兼太子太保礼部尚书武英殿大学士许国"等等，全是馆阁体、擘窠书，相传为明代大书画家董其昌手笔。清人吴梅曾有"八脚牌楼学士坊，题额字爱董其昌"诗句，可见此传不谬。

　　许国石坊屹立如古碑，镂刻了风雨沧桑中一个历史人物的侧影，也表达着世人对一种精神的钦敬。

　　新安江流域文化，正是因为胜迹久存而风采不减。

本书摄影和供图：

马 力	关志宏	杨乃运	周伟民	邢光明
班若川	李鹏冲	沈仲亮	欧阳昌佩	张 华
王晓民	张建华	张 耘	梅柏林	洪志祥
陈伟国	尹明伟	吴 林	张毅兵	张明灿
李存修	向 辉	赖庆民	余南忠	覃爱民
周康启	朱庆福	刘才全	宋惠元	

肇庆市旅游发展局
青岛市南区旅游局
湖南省通道县旅游局
甘肃省天水市旅游局
甘肃省敦煌市旅游局
长沙市天心阁景区